KB098807

살인 기술자

MURDER BAG

murder bag

살인 기술자

MURDER BAG

토니 파슨즈 장편소설 | 박미경 옮김

목 차

살인 기술자

❖ 일러두기

1. 본문에서 글자체가 다른 부분은 원서에서 볼드체나 이탤릭체 또는 대문자로 표시된 부분입니다.
2. 본문 속의 각주는 모두 옮긴이의 주석입니다.
3. 경찰 수사관의 직급은 '순경, 경장, 경사, 경위, 경감, 총경'의 순서로 높아집니다. 참고로, '경관'은 '경찰관'의 줄임말일 뿐 계급명이 아닙니다. 순경, 경장, 경사, 경위, 경감, 총경이 모두 경관입니다.

프롤로그

1988

그녀를 실컷 갖고 놀았는지 그들은 자리를 털고 일어났다. 얼굴을 매트리스에 대고 축 늘어진 그녀는 이미 죽은 사람 같았다.

지하실에 몰려든 사내아이들. 그들은 다 큰 사내의 건장함과 미숙한 아이의 잔인함을 모두 지녔다. 욕구를 모두 발산하고 이젠 더 이상 쏟아낼 것도, 그녀에게서 앗아갈 것도 없는 듯했다.

귓전을 울리던 그들의 목소리가 사라졌다. 얼굴을 짓누르고 온몸을 압박하던 뜨끈한 숨결과 음흉한 시선도 모두 사라졌다. 그들은 이제 기다란 식탁에 둘러 앉아 대마초를 피우며 그들의 비행을 자축했다.

티셔츠가 보였다. 저걸 걸칠 수만 있다면. 죽을힘을 다해 손을 뻗었다. 용케 손이 닿았다. 티셔츠를 걸치고 몸을 돌렸다. 이대로 가만히 있을 수 없었다. 그녀는 지하실 계단을 향해 기기 시작했다.

식탁 쪽에선 아무 소리도 들리지 않았다. 아마 그들은 대마초에 취해 동작이 굼떠지고 정신이 몽롱해졌나 보다. 이럴 땐 대마초가 고맙기 그지없다.

입에 피가 고이고 얼굴이 욱신거렸다. 아프지 않은 데가 없었다. 코피가 흘러 입으로 들어왔다. 찐득한 피가 목구멍에 걸렸다.

숨이 막히고 구역질이 올라왔다.

잠시 멈춰 피를 뱉어낸 다음 다시 앞으로 기어갔다.

근육이 파열됐는지 다리를 움직일 때마다 통증이 밀려왔다. 어디 한 군데 제대로 작동하는 곳이 없었다. 앞으로도 제대로 작동할 것 같지 않았다.

전부 다 망가졌다.

좌절감에 눈물이 쏟아지려 했지만 이를 악물고 참았다. 다시 젖 먹던 힘까지 끌어 모아 조금씩 기어갔다. 지하실 바닥에 팔꿈치와 무릎이 긁히고 까졌다. 바닥을 밀고 나아갈 때마다 쓰라린 아픔이 밀려왔지만 멈추지 않았다. 조금씩 조금씩 앞으로 나아갔다.

이곳엔 사악한 기운이 감돌았다.

하지만 오늘 밤이 이승에서 숨 쉬는 마지막이어서는 안 된다.

이 음침한 지하실에서 눈을 감을 수는 없었다.

처음엔 그들이 눈치채지 못한 줄 알았다. 대마초에 취해 몽롱한 상태로 그녀를 잊은 줄 알았다. 그래서 대마초에게 감사의 찬가라도 불러주고 싶었다. 하지만 그게 아니었다. 계단 발치에 이르러 잠시 숨을 고르는데 그들의 웃음소리가 들렸다.

고개를 돌리자 숨죽이고 그녀를 쳐다보는 그들의 얼굴이 보였다. 그들은 줄곧 그녀를 지켜보고 있었던 것이다.

그중에 몇 명은 조롱 섞인 박수를 보냈다.

가장 악질적인 녀석, 처음부터 끝까지 욕설을 내뱉고 그녀의 치아와 손톱을 부러뜨리고 그녀의 비명을 즐기던 녀석, 사악한 무리 중에서 최고로 못된 녀석이 하품을 크게 하면서 말했다.

녀석의 값비싼 교정기가 훤히 드러났다.

"재를 이대로 보내주면 안 돼."

그녀는 숨을 깊이 들이마시면서 두 손으로 계단 맨 아래 칸을 짚었다.

공기를 한껏 들이키려 했지만 뜻대로 되지 않았다. 코 때문이었다.

검붉은 핏방울 하나가 손등에 똑 떨어졌다.

손가락으로 코밑을 한번 쓱 닦아냈다. 두 팔과 무릎에 끙 하고 힘을 주며 몸을 일으켰다. 그대로 몸을 돌려 벽에 기댔다. 이대로 그냥 잠이 들길 기도하면서 눈을 감았다.

하지만 통증이 그녀를 깨웠다.

두려움이, 그리고 사내아이들이 그녀의 흐릿한 의식을 일깨웠다.

그중 하나가 옆으로 다가왔다. 그는 재미있어 죽겠다는 표정으로 그녀를 내려다 봤다.

그녀에게 처음 말을 걸었던 녀석, 만면에 미소를 띠고 그녀에게 접근했던 녀석, 그녀를 이곳으로 유인했던 녀석이었다.

녀석은 그녀의 머리를 한 움큼 잡아 자기 쪽으로 홱 당겼다. 그런 다음 손아귀에 힘을 주고 그녀를 지하실 가운데로 질질 끌고 갔다. 기어이 그녀를 여기서 끝장내려는가 보았다.

순식간에 그녀의 두 손이 녀석의 얼굴로 날아갔다. 그녀는 왼손으로 녀석의 머리를 감싸 쥐고, 오른손 엄지손가락으로 한쪽 눈동자를 힘껏 눌렀다. 손가락이 안으로 조금씩 조금씩 들어갔다.

이젠 녀석이 고통을 맛볼 차례였다.

'나쁜 새끼들, 나쁜 새끼들.'

두 사람은 댄스 파트너마냥 딱 붙어 섰다.

그의 손아귀엔 여전히 그녀의 머리칼이 한 움큼 잡혀 있었다.

그녀도 남은 힘을 모두 끌어 모아 자신을 조롱하던 푸른 눈동자에 엄지손가락을 찔러 넣었다. 그가 비명을 지르며 고개를 뒤로 젖혔다. 그 바람에 그녀의 왼손이 허공으로 떨어졌다. 그가 헛손질로 그녀를 후려치려는 사이, 그녀의 오른손 엄지손가락은 그의 왼쪽 눈을 더 깊이 찔렀다. 금쪽같은 몇 초가 흐르자 갑자기 물큰 터지는 듯한 느낌이 들더니 손가락이 그의 머리 뒤쪽으로 쑥 들어갔다.

녀석이 비명을 내질렀다.

녀석의 비명이 지하실을 뒤흔들었다. 그녀의 머리와 적막한 어둠을 뒤흔들었다. 그들은 테이블 주변에 서 있었지만 방금 한쪽 눈을 잃은 친구가 내지르는 비명에 놀라 꼼짝하지 못했다.

다음 순간 그녀는 계단 쪽으로 몸을 날렸다.

그리고 미친 듯이 계단을 뛰어 올라갔다.

문이 안으로 잠겨 있었지만 천만 다행히 열쇠가 꽂혀 있었다. 덜덜 떨리는 손으로 간신히 열쇠를 돌려 문을 열었다. 녀석의 비명을 뒤로하고 드디어 밖으로 나왔다. 바깥세상은 어느새 어둠이 걷히고 있었다.

도대체 얼마 동안 갇혀 있었던 걸까?

자욱한 안개 사이로 운동장 양 끝에 세워진 하얀 럭비 골대가 희미하게 보였다. H 모양의 골대 너머로 멀리 도로가 보였다.

그녀는 운동장을 가로질러 달렸다. 축축한 잔디 위를 맨발로 미끄러지듯이 달렸다. 짙은 안개가 얼굴을 간질였다. 전통과 명성에 걸맞은 아름다운 학교 건물이 뒤로 점점 멀어졌다.

뒤를 돌아볼 새도 없었다. 그녀를 쫓아오는 소리가 들리는 것만 같았다. 그들이 금방이라도 쫓아와 그녀를 갈가리 찢어놓을 것만 같았다.

그런데 아무도 쫓아오지 않았다.

운동장 끝에는 돌로 지은 작은 집이 한 채 있었다. 동화에 나오는 나무꾼의 오두막과 달리, 돌집에선 희미한 불빛 하나 새어 나오지 않았다. 그녀는 집 대신 도로 쪽으로 향했다. 도로까지만 가면 오늘 밤 여기서 개죽음을 당하진 않으리라.

도로까지 절반쯤 다다른 후 그녀는 럭비 골대에 기대 숨을 골랐다. 불안스레 고개를 돌렸지만 아무도 쫓아오지 않았다.

걸음을 옮길 때마다 가죽 끈이 어깻죽지와 옆구리를 자꾸만 때렸다. 불현듯 그들이 개 목걸이를 그녀의 목에 걸어주던 기억이 떠올랐다. 그녀는 분노하며 개 목걸이를 벗어 던졌다.

때마침 차 한 대가 도로가에 멈춰 섰다. 헤드라이트가 그대로 켜 있고 시동도 꺼지지 않았다.

누군가가 그녀를 본 것이다.

그녀는 비틀거리며 차를 향해 달려갔다. 손을 흔들며 기다려 달라고 소리쳤다. 가지 말라고 목청껏 외치며 철망 울타리를 따라 달려갔다. 울타리 어딘가에 빠져나갈 구멍이 있을 거라 믿고서 젖은 잔디밭 위를 내달렸다. 어느새 맨발에 와 닿는 감촉이 달라졌다. 아스팔트가 나오자 이내 철망 울타리에 휑한 구멍이 나타났다. 그 틈으로 잽싸게 빠져나온 후, 차를 향해 가지 말라고 소리쳐 울면서 거친 아스팔트 위를 헐레벌떡 달려갔다. 그런데 조수석 문이 벌컥 열리더니 뚱뚱한 녀석이 차에서 내렸다. 가장 악질적인 녀석이었다. 웃음기를 싹 거둔 그는 주먹을 불끈 쥐고 살기등등한 얼굴로 그녀를 노려봤다. 그제야 오늘 밤 이 자리가 이승에서 숨 쉬는 마지막 장소라는 걸 직감했다.

차에서 몇 명이 더 내렸다.

뚱뚱한 녀석이 자동차 트렁크를 열었다. 시커먼 트렁크가 펑하고 열렸다. 그녀를 집어삼킬 무덤이었다.

그런 와중에도 그녀는 누군가가 차 뒷좌석에서 내지르는 비명을 감지했다. 눈이 아프다고 내지르는 비명 소리가 고요한 새벽 공기를 타고 멀리 멀리 퍼졌다.

그녀가 상처를 준 녀석, 그녀가 눈을 멀게 한 녀석의 비명이었다.

다른 녀석들도 모조리 상처를 주고 싶었다. 그들의 눈을 모두 멀게 하고 싶었다. 그들은 그래도 쌌다.

하지만 너무 늦었다. 그녀에겐 기회가 없었다. 이대로 끝이었다. 피로감이 밀려오며 맥이 탁 풀렸다. 그들이 이겼다.

분노에 찬 손길이 그녀를 덮치더니 얼마 남지 않은 생명의 불씨를 모조리 꺼트렸다. 그런 다음 번쩍 들어 차 트렁크에 억지로 밀어 넣었다.

트렁크 문이 쾅 닫혔다. 차가 학교 쪽으로 천천히 이동하는 사이 그녀는 칠흑 같은 어둠에 갇혔다. 그리고 지하실 매트리스에서 벌어진 참상에 대해 한마디도 못하고 최후를 맞이했다.

죽는 순간 그녀는 가족을 떠올렸다. 다시는 그녀를 보지 못할 가족을 떠올렸다. 어렴풋이 보기만 했을 뿐 밟아보지 못한 도로처럼 그녀가 아직 만나지 못한 남편과 태어나지 못한 아이들, 영영 누리지 못한 행복한 삶을 떠올렸다.

그녀의 혼이 육신에서 빠져나가는 순간, 그녀가 내뱉은 마지막 숨은 그들이 앗아간 모든 것들에 대한 분노와 비탄의 소리 없는 아우성이었다.

10월 돼지를 모두 죽여라

1

나는 죽기로 작정한 남자를 기다렸다.

낡은 BMW X5를 기차역 입구 맞은편에 세워 놓고, 트리플샷으로 주문한 에스프레소를 마셨다. 일터로 향하는 사람들을 지켜보면서 쓰디쓴 커피를 서둘러 마셨다.

남자는 금방이라도 나타날 것이다.

계기판에 사진 세 장을 올려놨다. 한 장은 내 아내와 딸의 사진이고 나머지 두 장은 죽기로 작정한 남자의 사진이다. 출입국관리소에서 보내준 여권 사진과 CCTV 화면에 찍힌 흑백 사진이다.

가족사진을 지갑에 끼워 가죽 재킷 안주머니에 넣었다. 그런 다음 죽기로 작정한 남자의 사진 두 장을 계기판에 테이프로 단단히 붙였다.

시선을 다시 거리로 돌렸다.

차의 후면이 기차역을 향하도록 세웠기 때문에 기차역 앞의 번잡한 대로가 한눈에 들어왔다. 지나간 여름날의 흐릿한 기억처럼 도로가 가을 햇살을 받아 희끄무레하게 빛났다. 100미터쯤 떨어진 곳에서 운동복 차림의 젊은 여자가 신문 가판대의 창문을 들여다보고 있었다. 그녀 옆에는 커다란 셰퍼드가 듬직하게 앉아 있었다. 목줄이 느슨하게 묶인 셰퍼드는 영민한 표정으로 주인을 쳐다봤다. 출근을 서두르는 무리와 달리 아주 느긋해 보였다.

"멋진 개로군." 내가 혼잣말을 했다.

여자가 마치 내 말을 들은양 웃으면서 개의 목덜미를 쓰다듬었다.

때마침 귀에서 무전기 소리가 들렸다.

"아아, 델타 1의 수신 상태는 양호!"

곧이어 다른 목소리도 들렸다.

다들 무선 호출 신호가 잘 들리는지 확인하느라 한마디씩 했다. 차분한 목소리로 전송 상태를 확인하는 절차는 경찰이 극도로 긴장된 순간에 흔히 써먹는 수법이다. 여객기 조종사가 엔진을 모두 점화한 뒤에 승객에게 안내방송을 하는 것과 같다. 승객 여러분, 순조롭게 진행되고 있으니 마음 푹 놓고 쉬십시오.

주변 어딘가에 있을 정찰용 밴과 위장 순찰차, 평복 차림의 대원들을 찾아봤다. 다들 솜씨가 좋아서 전혀 눈에 띄지 않았다. 멋진 셰퍼드와 함께 있는 여자만 눈에 들어왔다.

그때 현장 지휘관이 나에게 말을 걸었다. "맥스, 자네 자리에서는 브라보 1이 육안으로도 보이고 소리도 들린다. 따라서 자네 역할이 중요하다. 차 안에서 대기하다가 브라보 1이 사정거리에 들어오면 즉시 신원을 확인하라. 우리는 자네 신호를 기다리고 있겠다."

"알겠습니다." 내가 말했다.

잠시 후 귀에 익숙한 목소리가 들렸다.

"맥스 울프 경장! 여기는 총경이다!"

엘리자베스 스와이어 총경. 내 상관이다.

"네, 총경님."

"행운을 빈다, 울프." 다른 사람들을 의식하는지 총경의 말소리가 평소보다 살짝 나긋했다. "방금 지시받은 대로 차 안에서 대기해라. 힘든 일은 건장한 장정들이 알아서 처리할 테니까."

나는 앞쪽 도로를 주시했다. 이제 얼마 남지 않았다.

"네, 총경님." 나는 셰퍼드처럼 듬직하게 대답했다.

백미러를 살짝 젖히자 기차 역사 위에 들어선 빅토리아풍 호텔이 올려다 보였다. 구름 한 점 없는 파란 하늘 위로 첨탑이 우뚝 솟은 모양새가 마치 동화에 나오는 성 같았다. 눈을 감으면 머릿속은 백 년 전으로 돌아갈 법했다. 건장한 장정은 호텔 바깥에서 전혀 볼 수 없다. 하지만 호텔 내부에는 소규모 전쟁을 치러도 될 만한 인력이 주둔하고 있었다.

커튼이나 휘장 뒤쪽 어딘가에 런던 경찰청 소속 특수 부대인 SCO19 대원들이 대기하고 있었다. 그들은 각각 헤클러 앤 코흐Heckler&Koch G36 소총 한 정과 글록Glock SLP 9mm 권총 두 정을 들고서 숨죽이고 있을 것이다. 하지만 다들 감쪽같이 숨었는지 내가 대기하는 자리에선 눈 씻고 쳐다봐도 볼 수 없다.

저 안에는 영국 공군에서 파견한 폭탄 처리반도 있을 것이다. 협상가와 생화학무기 전문가도 있을 것이다. 개중에는 피자를 주문하는 사람도 있을 것이다. 기차 역사 주변에도 스무 명 남짓한 대원들이 있을 텐데, 개를 데리고 있는 여자 말고는 대원이 누군지 알 수 없었다. 전송 상태를 확인하는 대화가 다시 이어졌다.

"모든 대원은 보고하라. 에코 1?"

"이상 무"

"빅터 1?"

"이상 무."

"탱고 1?"

"포착했다." 여자의 목소리였다.

순간, 귀에 꽂힌 플라스틱 무전기에서 처음으로 침묵이 흘렀다.

"브라보 1이 시야에 들어왔다." 여자의 목소리가 다시 들렸다. "포착했다." 또다시 침묵이 흘렀다. "용의자 포착." 여자가 다시 말했다. "반복한다. 용의자를 포착했다."

"용의자 포착." 현장 지휘관이 다급한 목소리로 지시했다. "확인하고 자세히 보고하라!"

곧이어 여자가 다시 말했다.

"용의자. 빨간 배낭. 방금 국립 도서관을 지나갔다. 기차역을 향해 동쪽 방향으로 걸어간다. 포획 구역 안으로 접근한다."

하지만 미심쩍다는 기운이 살짝 느껴졌다.

"델타 1?"

"알았습니다." 내가 말했다.

"그럼 저는 물러갑니다." 탱고 1이 말했다. 목표물이 그녀의 시야에서 벗어났다는 뜻이다.

나는 계기판에 붙여 놓은 사진을 힐끔 쳐다봤다. 남자가 어떻게 생겼는지 정확히 알기 때문에 굳이 더 볼 필요는 없었지만 마지막으로 한번 더 살폈다. 그런 다음 다시 전면을 주시하고 행인들을 살폈다.

"아직은 보이지 않습니다." 내가 말했다.

곧이어 더 다급한 목소리가 귓전을 울렸다. 개를 데리고 있는 대원이었다. 그녀가 말하는 모습을 셰퍼드가 유심히 지켜봤다.

"여기는 위스키 1, 위스키 1. 용의자 육안 포착. 브라보 1이 이쪽으로 오고 있다. 200미터 전방. 도로 끝에서 동쪽 방향으로 진행하고 있다. 빨간 배낭. 용의자 포착."

웅성거리는 소리가 들리자 조용히 하라는 외침이 들렸다.

"용의자를 확인하라. 확인하라. 전 대원 대기하라. 델타 1, 대기하라."

다시 침묵이 흘렀다. 무전기에서 탁탁거리는 잡음이 긴장감을 고조시켰다. 다들 내 신호를 기다렸다.

처음엔 나도 남자를 뚫어져라 쳐다보기만 했다.

뭔가 달라졌기 때문이다.

계기판에 붙여둔 사진 두 장을 재빨리 확인했다. 남자는 사진에 보이는 사람과 딴판이었다. 검은 머리칼은 옅은 갈색으로 바뀌었고 성긴 턱수염은 말끔히 사라졌다. 하지만 그게 다가 아니었다. 얼굴이 바뀌었다. 통통하게 살이 오른 얼굴은 사진 속 인물과 전혀 다른 사람 같았다.

하지만 한 가지는 똑같았다.

"델타 1?"

"포착했다." 내가 말했다.

빨간 배낭은 계기판 사진에 나온 것과 똑같았다. 아울러 그가 화공약품 도매점에서 과산화수소를 구입하던 날 CCTV 화면에 찍힌 배낭과도 똑같았다.

남자가 440리터들이 탈색제를 계산대로 들고 올 때 저 배낭을 메고 있었다. 50파운드짜리 지폐로 550파운드를 결제할 때도 저 빨간 배낭을 메고 있었다. 우리가 카메라를 설치해 둔 차고지에서도 남자는 저 빨간 배낭을 멘 채 밴에서 짐을 내렸다.

그러니 저 빨간 배낭을 멘 남자를 여기서 놓친다면 그게 더 이상할 노릇이었다. 에베레스트 산에 오를 때나 사용할 만한 배낭이었다. 눈에 확 띄는 빨간색에 크기도 엄청 컸다. 하지만 남자의 얼굴은 예전과 같지 않았다. 얼굴에 뭔가를 주입한 듯 잔뜩 부풀었다. 그러니 미치고 팔짝 뛸 노릇이었다. 남자는 아마도 그걸 노렸을 것이다. 남자는 딴 사람의 얼굴로 죽음을 맞이할 작정인가 보다.

그렇더라도 내 눈은 속일 수 없었다.

의심의 여지가 없었다.

"저자가 맞다." 내가 말했다. "포착했다. 얼굴에 뭔 수작을 부렸는데, 그게 뭔지는 모르겠다. 하지만 저자가 분명하다. 육안식별상 확실히 맞다. 포착했다."

"저격수 1, 사정거리." 낯선 목소리가 들려왔다. 그제야 처음으로 길 건너편의 저격수들이 눈에 들어왔다. 줄지어 늘어선 허름한 상점과 식당의 지붕 위에서 대원 셋이 은밀히 움직였다. 그들의 손에 들린 무기가 햇빛을 받아 번쩍거렸다. 이젠 명사수들이 임무를 수행할 차례였다.

만에 하나 실패하면 끝장이었다. 그런데 벌써 실패할 조짐이 보이기 시작했다.

"여기는 저격수 2! 사정거리 내! 하지만 방아쇠를 당길 수가 없다. 목표물이 정확하게 잡히지 않는다. 아래쪽에 사람이 너무 많다."

남자는 길 건너편에 멈춰 서서 횡단보도 신호가 바뀌길 기다리고 있었다. 쏜살같이 달리는 차들 사이로 남자의 시뻘건 배낭이 언뜻언뜻 비쳤다. 나는 이어폰에 손을 댔다. 웬일인지 아무도 내게 말을 걸지 않았다.

"우리가 찾던 놈이다." 내가 말했다. "용의자 신원 확인. 포착했다. 포착했다. 이상!"

신호가 바뀌었다. 달리던 차들이 마지못해 멈춰 섰다. 사람들이 서둘러 횡단보도를 건너기 시작했다. 빨간 배낭을 멘 남자도 무리와 함께 움직였다.

"여기는 델타 1, 신원 일치! 목표물이 포획 구역 안에 들어오기 직전이다. 듣고 있나? 이상." 내가 또박또박 천천히 말했다.

그런데도 잡음 외에는 반응이 없었다.

잠시 후에야 소리가 들렸다. "델타 1은 용의자 확인하고 대기하도록!"

내가 고개를 저으며 다시 얘기하려는 찰나에, 스와이어 총경의 착 가라앉은 목소리가 들렸다. "신원 불일치. 우리가 찾는 남자가 아니다, 울프. 신원 불일치. 작전 취소."

곧이어 현장 지휘관의 목소리가 들렸다. "저자가 아니다. 신원 불일치. 작전 취소."

그 사이 신호등이 적색으로 바뀌었다.

남자는 이미 횡단보도를 다 건너왔다.

이젠 기차역 쪽으로 걸음을 옮겼다.

"아니, 그럼 놈이 부르카(중동 이슬람 여성의 의복 - 옮긴이)라도 착용하길 바란 겁니까?" 내가 따져 물었다. "저자가 브라보 1입니다. 표적이 맞습니다. 우리가 찾던 남자라고요. 얼굴만-"

"육안식별상 맞지 않다." 현장 지휘관이 말했다. "신원이 일치하지 않는다, 델타 1."

스와이어 총경이 그의 말을 이어받았다.

"그자가 아니야, 울프. 우기지 마." 총경의 말투는 단호했다. "우리 임무는 끝났다. 후속 조치는 필요하지 않다. 전 대원 철수한다. 반복한다. 작전 취소다. 다들 수고했다."

차도를 건너온 통근자들이 킹스크로역에서 나오는 사람들과 엉키며 역 바로 앞에서 속도를 늦췄다. 표적이 역 안으로 사라지는 걸 막을 수 있는 시간은 고작 1분밖에 남지 않았다. 테러리스트인 놈이 일단 역 안으로 들어가면, 간선 열차 안에서든 지하철 안에서든 대합실에서든 간단한 동작만으로 역 내를 불바다로 만들어 놓을 터였다.

놈은 한쪽 손에 들린 배터리를 통해 전류를 일으켜 신호를 다른 손에 들린 단말기로 전송시킬 것이다. 그 전류는 다시 두 개의 배선을 따라 빨간 배낭 속으로 전해질 것이다. 배낭 옆쪽에는 기다란 홈이 파여 있을 것이다. 곧이어 개조된 전구가 소형 튜브에 내장된 기폭장치를 건드릴 것이다. 그게 다시 폭약을 작동시킬 것이다. 그 순간, 남자가 50파운드짜리 지폐 11장을 내고 구입한 과산화수소가 펑 하고 터질 것이다.

CCTV에서 확인한 바, 남자는 당시 6인치짜리 강철못도 다량 구입했다. 그가 들고 나온 비닐봉지는 여러 개였다. 강철못은 폭약 바깥쪽에 테이프로 붙여져 있을 것이다. 폭발과 동시에 수많은 사람을 불행에 빠뜨릴 것이다.

폭탄이 터진다면.

남자가 그 정도로 영리하다면.

그리고 준비 과정에서 실수하지 않았다면.

나는 목구멍에서 올라오는 주먹만 한 덩어리를 꿀꺽 삼켰다.

"총경님이 틀렸습니다." 내가 말했다. "그자가 우리를 속였습니다."

나는 남자가 살던 집의 차고지에도 다녀왔다. 그곳엔 탈색제를 사용하고 난 빈 병 수백 개가 나뒹굴었다. 나는 남자가 탈색제를 구입한 날의 CCTV 영상도 눈이 빠지도록 돌려봤다.

실은 계기판에 붙여둔 사진을 볼 필요도 없었다. 남자는 이미 내 머릿속에 각인되어 있었다. 귀신은 속여도 나를 속일 수는 없었다.

"전 대원 철수한다." 총경은 여전히 남의 이목을 의식해 차분하게 말했다. "알아들었나, 델타 1?"

"아니요. 그랬다간 끝장날 겁니다."

이제 30초 남았다.

중무장한 저격수들이 포진하고 있는데도 결국 나 혼자 놈을 대적할 수밖에 없었다. 하지만 출근을 서두르는 수많은 사람들 속에서 죽기로 작정한 남자를 나 혼자서 어떻게 막는단 말인가?

나는 예전에 햄프셔주(州) 브람스 힐에 있는 경찰학교에서 대

(對)테러 강연을 들었다. 경찰 교육기관으로는 옥스퍼드나 캠브리지에 버금가는 곳이다.

테러에 맞서는 방법을 알려주려고 미국 FBI 요원이 멀리서 날아왔다. 하얗고 고른 그의 치아가 무척 인상 깊었다. 그의 전문적 식견은 더더욱 인상 깊었다.

요원은 FBI가 테러 가능 지역 스물다섯 곳을 포착했다고 설명했다.

"기본적으로 테러는 장소를 가리지 않고 발생한다."

FBI 요원은 또 테러범이 될 만한 사람도 설명했다.

"기본적으로 테러범은 누구나 될 수 있다."

당시 나와 함께 있던 경찰학교 학생들은 영국 경찰청 범죄 수사과의 차세대 유망주들이었다. 젊고 강인하고 똑똑해서 진급도 가장 빨랐다. 그런 학생들이 요원의 말에 코웃음을 쳤지만 나는 그냥 웃어넘길 수 없었다. 오히려 진지하게 새겨들었다. 그가 농담을 던지기 직전에 한 말이 너무나 와 닿았기 때문이다.

"용의자는 변장에 능하다."

동료들이 실실 웃으며 흘려버렸지만 나는 하나하나 새겨들었다. 너무나 뻔해 보이는 사항을 간과하지 마라. 용의자의 신분증 사진과 CCTV 영상에 찍힌 모습이 같을 거라고 기대하지 마라. 변장했을 가능성을 염두에 두라.

그런데 FBI 요원이 강연에서 언급했더라면 좋았을 내용이 한 가지 더 있다. 변장에 능한 용의자라도 귀찮게 가방을 새로 구입하진 않을 거라는 점이다.

"배낭이 같잖아요." 나는 차 문을 열면서 무전기에 대고 말했다. "CCTV 화면에도 빨간 배낭, 장비를 구입할 때도 빨간 배낭, 계속 저 빨간 배낭을 메고 있었다고요. 저 놈이 맞아요."

"이봐요, 여기 주차하면 안 됩니다." 런던 토박이 말투를 쓰는 흑인 주차 단속원이 창문을 내리라는 시늉을 하며 내게 말했다. 나는 한동안 이어폰에서 들리는 소리만 듣다가 갑자기 밖에서 나는 소리를 들으니 깜짝 놀라지 않을 수 없었다.

흑인 주차 단속원은 사정도 모르고 내게 주차위반 딱지를 발부했다. 나는 얼른 차에서 내렸다. 서아프리카 부족민처럼 뺨에 문신을 새긴 단속원은 내가 항의하려는 줄 알고 몸을 뒤로 살짝 젖혔다. 나는 빨간 배낭을 멘 남자를 보려고 고개를 빼꼼 빼고서, 덩치가 산만한 단속원 너머를 재빨리 살폈다. 기차역 입구엔 이제 사람이 별로 없었다.

남자도 곧 기차역으로 들어갈 듯했다.

15초.

그때 귓속에서 다시 소리가 들렸다.

"빌어먹을! 울프, 당장 차 안으로 돌아가!"

애써 차분한 말투를 고수하던 총경이 버럭 소리쳤다.

나는 잠시 머뭇거렸다.

결국 차 안으로 돌아왔다.

주차 단속원이 와이퍼 아래에 주차위반 딱지를 끼워 넣었다. 나는 고개를 절레절레 흔들며 백미러를 쳐다봤다.

그 순간, 죽기로 작정한 남자가 내 바로 뒤에 서 있었다. 그곳은 기차역 주출입구 바로 앞이었다. 다른 사람들은 모두 사라졌다. 진입에 방해될 게 전혀 없었지만 남자는 안으로 들어가지 않고 잠시 멈춰 섰다.

남자가 혼잣말을 했다.

아니다.

그는 기도를 올렸다.

10초.

빨간 배낭을 멘 남자가 다시 걸음을 떼기 시작했다.

9초.

나는 후진 기어를 넣었다.

8초.

몸을 틀면서 엑셀을 있는 힘껏 밟았다.

차가 뒤로 확 돌진했다. 나는 빨간 배낭을 멘 남자에게 시선을 고정했다. 충돌에 대비해 한 팔로 조수석 의자를 단단히 붙잡았다. 주변 사람들에게 경고하기 위해 핸들을 쥔 손으로 경적을 계속 눌렀다.

남자는 움직이지 않았다. 기도를 하려고 했는지 웅얼대던 입술도 움직이지 않았다.

낡은 X5가 자신을 향해 돌진하는 순간 남자는 내 눈을 쳐다봤다.

5초.

차가 남자를 들이받았다. 무릎 뼈 바로 위를 강타하고 허벅지 뼈를 박살냈다. 남자의 상체가 X5 후면부에 쿵 하고 떨어지면서 얼굴이 뒤쪽 창문을 강타했다. 뒤쪽 창문도 남자의 얼굴을 강타했다.

그 충격으로 남자의 몸이 뒤로 튕겨져 나가 빅토리아풍의 붉은 벽돌담에 쿵 부딪혔다. 남자의 뒤통수가 쇠망치에 맞은 반숙 계란처럼 터진 것 같았다.

3초.

나는 잽싸게 전진 기어를 넣은 다음 주차 단속원이 입을 쩍 벌린 채 쳐다보고 있는 곳으로 돌아왔다.

다시 후진 기어를 넣고 엑셀을 밟을까 생각해 보았다.

하지만 그럴 필요까지는 없었다.

0.

나는 차에서 천천히 내렸다.

사방에서 비명이 터져 나왔다. 통근자들이 내지르는 비명과 귀 안에서 들리는 비명으로 고막이 터질 것 같았다. 그에 질세라 개들이 금방이라도 달려들 듯 컹컹 짖어댔다.

업무상 과실치사니 고의적 살인이니 나를 비난하는 무전기 속의 목소리가 개 짖는 소리보다 더 요란하게 귓전을 때렸다.

"울프!"

스와이어 총경이었다.

이어폰을 뽑아서 휙 던져 버렸다.

빨간 배낭을 멘 남자는 벽돌담에 기대 앉아 나를 똑바로 쳐다봤다. 일그러진 얼굴엔 황당하다는 듯한 표정이 역력했다. 갑작스러운 충격에 놀라 팔 한쪽이 씰룩씰룩 움직였다. 양손은 비어 있었다.

'이상하다, 빈손일 리 없는데….'

발라클라바(머리, 목, 얼굴을 거의 다 덮는 방한모-옮긴이 주)를 뒤

집어 쓴 무장 경찰이 여기저기서 나타났다. 그들은 죽은 남자에게 총구를 겨누었다. 글록 SLP 9mm 권총과 헤클러 앤 코흐 소총이었다. 일부는 나한테도 총구를 겨누었다.

"저자가 타깃이었습니다." 내가 말했다.

경찰청 특수 부대인 SCO19 대원들이 사방에 깔렸다. 주변엔 비명을 지르며 뛰어가거나 땅에 엎드려 기어가는 통근자들로 아수라장이었다. 무장한 대원들이 경찰처럼 보이지 않았기 때문일 것이다. 그들은 케블라 섬유로 된 방탄복을 착용하고 어깨에 D자형 강철 고리까지 장착했다. 카라비너라 불리는 강철 고리는 혹시라도 대원이 총에 맞아 쓰러졌을 때 용이하게 이송하기 위한 장치였다. 눈과 입만 뚫려 있는 발라클라바는 무장한 은행 강도를 연상시켰다.

대원들은 그런 복장이 자신을 보호해줄 거라 여겼지만 내가 보기엔 테러 분위기만 증폭시킬 뿐이었다.

그들은 머리에 장착된 무선 통신 장치에 대고 소리쳤다. 복면을 쓴 얼굴들이 내게 엎드리라고 고래고래 소리쳤다.

하지만 내 머릿속에선 다른 소리가 들렸다.

'얼른, 얼른, 얼른. 얼른 하라니까!'

나는 바지에서 신분증을 꺼내 보여준 뒤 대원들 쪽으로 던졌다. 그런 다음 두 손을 들었다. 하지만 그들 앞에서 무릎을 꿇지는 않았다. 얼굴을 땅에 대고 엎드리지도 않았다. 그 대신 바닥에 쓰러진 남자를 향해 꼿꼿이 걸어갔다.

내가 옳았는지 확인해야 했기 때문이다.

'마지막 기회야! 얼른 해!'

나는 바닥에 쓰러진 채 죽은 남자 앞에 쭈그리고 앉았다. 충격의 여파는 놀라웠다. 남자의 두개골 뒤쪽은 금이 간 정도가 아니라 아예 박살나 있었다.

바닥엔 이미 피가 흥건했다.

겁에 질린 사람들의 비명은 전혀 잦아들지 않았다. 개들이 바짝 접근했는지 냄새가 났다. 너무 가까워서 거친 숨결이 느껴질 정도였다.

시야 끝에 걸린 납작한 글록 권총이 왠지 낯설게 보였다. 대부분 바닥에 쓰러진 죽은 남자를 향하고 있었지만 내 머리를 겨눈 것도 있었다. 안전장치는 풀려 있었다.

하지만 이 남자는 우리의 타깃이었다, 그렇지 않은가?

나는 놀란 눈으로 내 손을 쳐다봤다.

죽은 남자의 피로 범벅이 돼 있었다.

하지만 놈의 가방 안을 살피려고 빨간 배낭을 찢는 동안에도 내 손은 전혀 떨리지 않았다.

2

"죄송합니다."

결혼식 이후 거들떠보지도 않던 양복을 걸쳤더니 영 어색했다.

지금 내가 출동해 있는 이 사무실은 살인 사건 현장을 조사하러 나온 감식반원들과 수사관들로 혼잡했다. 감식반원 하나가 지나가려다 나랑 살짝 부딪혔다. 흰 조사복 차림에 파란 마스크까지 썼지만 성가시다는 눈빛은 고스란히 드러났다.

나는 유리 건물 꼭대기 층에 자리 잡은 널찍한 사무실에 어정쩡하게 서 있었다. 어렸을 때 학교 운동장에서 전학생이라는 이유만으로 투명인간 취급받던 상황이 언뜻 스쳤다.

그런데 바로 그때 내 앞을 지나가려던 감식반원의 눈빛이 잠깐 흔들렸다.

"아, 당신이로군요." 그녀가 말했다.

"신참입니다." 내가 말했다.

"신참은 무슨! 완전 영웅이죠. 기차역에서 한 건 크게 했잖아요. 강력계에선 언제부터 일했어요?"

"오늘이 첫날입니다."

파란 마스크 너머에서 여자가 빙그레 웃었다.

"그렇군요. 법정에선 당신을 뭐라고 부르던가요?"

"A 요원이라고 부르던데요."

"이번 주엔 누구 죽인 사람 없어요, A 요원?"

“아직은.” 내가 말했다. “월요일 이른 아침이잖아요.”

여자가 눈웃음을 치며 자리를 떴다.

나는 지금 자기 사무실에서 살해당한 남자의 책상 옆에 서 있다. 선혈이 낭자한 책상 위엔 낡은 사진만 한 장 놓여 있었다.

사진 속에선 일곱 명의 젊은이가 군복 차림으로 카메라를 응시하고 있었다. 그들은 모두 찬란한 미래를 꿈꾸는 양 환하게 웃고 있었다. 액자 한쪽에 피가 잔뜩 튀었지만 그들의 우쭐한 얼굴을 가리진 못했다.

사무실 책상에 놓인 사진치고는 상당히 의외였다. 아내나 아이들 사진, 하다못해 애완견 사진도 아니고 일곱 명의 소년병 사진이라니! 게다가 지금은 선명한 피로 얼룩져 있으니 왠지 섬뜩해 보였다.

동맥에서 갓 뿜어져 나온 신선한 피.

나는 얼굴을 숙이고 사진을 자세히 들여다봤다. 바랜 색상과 소년병들의 헤어스타일로 추측컨대 80년대에 찍은 사진이었다. 앞은 짧고 옆과 뒤는 긴 헤어스타일과 구식 유니폼이 마치 워털루에서 춤추고 노래하던 듀란듀란(미국 그래미어워드 최우수상을 탄 가수 - 옮긴이)을 보는 듯했다.

자세히 보니 그들은 청년도 아니었다. 오뉴월 뙤약볕을 한 해 더 쬐더라도 소년티를 벗어나지 못할 것 같았다. 군복을 입었는데도 전혀 군인처럼 보이지 않았다. 그냥 군인 복장을 한 학생들로, 끽해야 열여섯이나 열일곱쯤 돼 보였다. 두 명은 쌍둥이였다. 이 무리 중 하나가 지금 사무실 한쪽에 죽어 있는 남자였다. 사진 속 소년은 자라서 은행원이 되었다. 그리고 살해당했다.

감식반의 사진사가 책상을 찍으려고 다가오는 통에 나는 한 쪽으로 비켜섰다.

"누가 이런 물주를 죽이고 싶어 했을까?" 사진사가 말했다.

그 말에 감식반원들이 흰색 마스크 뒤에서 키득거렸다. 미세한 혈흔 샘플과 정액과 오물 따위를 수집하다 보면 사소한 농담에도 웃음이 터지나 보았다. 그런데 책상 너머 구석진 곳에 서 있는 고참 형사 하나는 약간의 미소조차 띄지 않았다. 농담을 못 들었거나 시신에 정신이 팔렸는지도 몰랐다. 어쩌면 시신을 앞에 두고 경솔하게 농담하는 것을 용납할 수 없었는지도 몰랐다.

피웅덩이에 빠진 듯한 시신을 두고, 의사가 공식적으로 사망 선고를 내릴 때까지 고참 형사는 참을성 있게 기다렸다. 형사는 머리카락을 시원하게 밀어서 대머리가 불빛에 반사될 정도로 반질반질했다. 하지만 염소수염 같은 턱수염은 길게 기르고 있었다. 여러 번 부러진 듯한 코는 스키 활주로처럼 가운데가 툭 불거져 있었다.

꿰뚫어 보는 듯한 푸른 눈이 내게로 향하는 순간, 언뜻 바이킹족이 떠올랐다. 노략질할 해변을 물색하고, 괴롭힐 수도승을 포착하는 험상궂은 바이킹족. 하지만 바이킹족은 형사처럼 안경을 쓰진 않았다. 존 레논이 '이매진 Imagine'을 부를 때 쓰던 것과 같은 둥근 무테 안경이 험악한 인상을 완화시켜 주었다. 딱딱한 인상 뒤에 왠지 섬세한 면모가 숨겨진 듯 보였다.

그는 내가 새로 부임한 강력반의 상관이었다.

"울프 경장입니다." 내가 말했다.

"아, 신참이로군. 난 맬러리 경감이다."

한자씩 똑똑 끊어 정확히 발음하는 걸로 봐선 북쪽의 애버딘이나 그 너머 하일랜드 산악 지대 출신일 것 같았다.

맬러리 경감을 만난 적은 없지만 이름은 익히 들어 알고 있었다. 그만큼 그는 경찰 대원들 사이에 명성이 자자한 인물이었다. 빅터 맬러리 경감. 내가 강력계로 옮기고 싶었던 주요 이유 중 하나였다.

둘 다 푸르스름한 장갑을 끼고 있어서 굳이 악수하려고 손을 내밀지 않았다. 하지만 미소 띤 얼굴 뒤에서 서로를 순식간에 가늠했다.

맬러리 경감은 40대 후반으로 보이지 않을 만큼 체격이 좋았다. 헬스클럽에서 몇 시간씩 단련해서 얻은 몸매가 아니라 건장한 체형을 타고 난 듯했다. 의사가 시신을 분주히 살피는 동안 경감은 푸른 눈동자를 반짝이며 나를 살폈다.

"딱 맞춰 왔군." 맬러리 경감이 말했다. "막 시작하려던 참이었네. 강력계에 온 걸 환영하네."

군더더기 없는 환영사였다.

의사가 자리에서 일어났다.

"확실히 사망했습니다." 그가 가방을 탁 소리 나게 닫으며 말했다.

경감은 그에게 고맙다고 인사한 뒤 내게 고개를 끄덕였다. 나는 몇 걸음 다가갔다.

"이리 와서 시신을 살펴보게, 울프." 경감이 말했다. "전에 혹시 이런 시신을 본 적이 있는지 말해보게."

나는 책상 끝에 있는 맬러리 경감 옆으로 가서 죽은 남자를 내려다봤다. 처음엔 피밖에 안 보였다. 셔츠나 넥타이 아래쪽 동맥에서 피가 잔뜩 분출한 듯했다.

"고인은 휴고 벅이라는 사람이야." 맬러리 경감이 이야기를 시작했다. "서른다섯 살. 차이나코스라는 회사의 투자은행가야. 청소원이 6시 25분에 시신을 발견했어. 아시아 주식 시장을 공략하려고 일찍 출근했나 봐. 커피를 마시다 목을 베였어." 맬러리 경감은 나를 유심히 쳐다봤다. "이런 시신을 전에도 본 적이 있나?"

나는 여전히 뭐라고 대답해야 할지 몰랐다.

은행가의 목은 칼로 슬쩍 베인 정도가 아니었다.

목이 쫙 벌어질 정도로 쭉 찢겨 있었다.

목의 앞부분이 찢겨서 벌어진 모양새가 외과의사나 전문 도살업자의 솜씨처럼 정확하고 예리했다. 머리를 바닥에 두고 똑바로 누워 있는 것처럼 보이지만 목뼈만 아니라면 몸통에 붙어 있지도 않을 것 같았다. 동맥에서 피가 분출해 셔츠와 넥타이를 흠뻑 적셨다. 그 모양이 시뻘건 턱받이처럼 보였다. 갑자기 비릿한 피 냄새가 코를 찔렀다.

휴고 벅의 재킷은 의자 등받이에 걸려 있었다. 피가 거기까진 미치지 못했는지 멀쩡해 보였다. 나는 맬러리 경감을 힐끔 쳐다본 뒤 다시 시신을 내려다 봤다.

"목이 베여 죽은 시신을 세 번 목격했습니다." 내가 말했다.

내가 머뭇거리자 경감이 고개를 끄덕이며 계속하라고 재촉했다.

"경찰복을 입은 지 일주일 만에 처음 목격했는데요. 아내의 휴대폰에서 자기 친구의 문자메시지를 발견한 남편이 고기 써는 칼로 아내를 내리쳤던 사건이죠. 그로부터 1년쯤 뒤, 보석상에서 강도 사건이 발생했습니다. 주인이 보안 단추를 누르자 강도가 총을 발사했는데 불발되자 도끼를 꺼내서 주인을 내리찍은 사건입니다. 마지막으로 결혼식 피로연에서 있었던 사건인데요. 신부 아버지가 신랑 들러리의 연설이 마음에 안 든다고 그의 목에 깨진 샴페인 잔을 휘둘렀습니다. 이렇게 총 세 번에 걸쳐서 목이 베인 시신을 목격했습니다."

"그중에 이번 것과 비슷한 형태가 있었나?"

"없었습니다."

"이건 참수형에 맞먹는 것 같아." 맬러리 경감이 말했다.

"필시 누군가는 무슨 소리를 들었을 텐데요." 내가 주변을 둘러보며 말했다.

"아냐, 소리를 들은 사람은 아무도 없어. 이런 건물엔 그 시간에도 사람이 바글거리지만 남자가 목이 거의 잘릴 정도로 공격당하는 소리를 누구 하나 듣지 못했어."

경감이 연푸른 눈으로 나를 바라봤다. 하지만 나는 그의 말뜻을 알아듣지 못했다.

"기도(氣道)가 베였기 때문이지. 공기가 들어왔다 나가는 숨통이 잘렸으니 공기가 있을 수 없잖아. 소리를 치려면 공기가 필요하거든. 애초에 들을 만한 소리가 없었으니 아무도 듣지 못할 수밖에."

우리가 시신을 말없이 응시하는 사이, 널찍한 사무실 도처에서 흰옷 차림의 감식반원들이 참사 현장을 조사하는 법의학자 처럼 느린 동작으로 움직였다. 그들은 흰 조사복에 마스크와 장갑까지 끼고 있어서 하나같이 똑같아 보였다. 발자국 사진을 찍고 미세한 섬유조직을 찾아서 증거물 봉투에 담았다. 책상과 카펫과 유리 벽면 등 사방으로 튄 혈흔 샘플도 채취했다. 감식반원 한 명은 현장을 스케치했다. 누가 이런 물주를 죽이고 싶어 했을까, 라고 농담했던 사진가는 현장 사진을 다 찍었는지 이젠 사무실 구석구석을 동영상으로 찍었다. 그들은 데이터베이스에 조회할 발자국을 수집하면서 값비싼 카펫 위에 노란색의 작은 번호판을 여기저기 세워 놨다.

맬러리 경감이 감식반원들의 활동을 지켜보면서 말했다. "강력 범죄의 상당수는 오히려 아마추어의 소행처럼 어설프지. 그런 걸 모순이라고 해야 하나, 역설이라고 해야 하나? 술집 폭력배들, 푼돈이라도 만져보겠다고 사람을 죽이는 멍청이들…. 그런 양아치들이 저지르는 범행 수법은 늘 지저분해. 그런데 이 사건은 너무 달라. 절개선이 참으로 깨끗하지 않나? 사람의 목을 따는 경우, 대부분 날카로운 칼로 베거나 도끼로 찍거나 톱으로 썰거든. 그런 방법은 사람을 아주 엉망진창으로 만들어 놓지. 자네가 목격한 사건들도 그렇잖아. 격분한 인간이 날카로운 도구로 도륙하면 얼마나 처참해지는지 봤을 거야. 하지만 이건 단칼에 끝났어. 그런데도 머리가 댕강 잘릴 뻔했어. 이런 식으로 목을 절단할 수 있는 사람이 누구겠나?"

"이런 일에 도통한 사람이겠죠." 나는 잠시 뜸을 들이다 덧붙였다. "도살자나 외과의? 아니면 군인?"

"군인? 그럼 베트남전에서 돌아온 람보가 설치고 다닌다는 건가?"

"람보가 설치고 다니는지는 모르겠습니다. 어쩌면 거리에서 노숙하는지도 모르죠."

맬러리 경감이 유리벽 너머로 30층 아래 거리를 내려다 봤다. 회색 뱀 같은 강줄기가 햇살을 받아 반짝거렸다.

"얼마나 많은 퇴역 군인들이 저 거리에서 노숙하는지 아나?"

"무지 많죠." 나는 그들의 모습을 상상하면서 대답했다. "그중 하나가 오밤중에 여기 들어왔겠죠. 몸을 누일 곳도 필요하고 훔쳐갈 물건도 필요할 테니까. 그러다 주인에게 들켜서…" 나는 더 이상 말을 잇지 못했다. "하지만 이런 건물에 들어오려면 먼저 보안대를 통과해야겠죠."

"도살자, 외과의, 군인." 맬러리 경감이 말했다. "그런데 말이야, 의외로 이런 일을 전혀 안 해본 사람일 수도 있어. 휴고 벅의 동료 은행가나 청소원처럼 말일세. 그냥 운 좋은 초범일 수도 있어. 아니, 어쩌면 벅의 아내일지도 몰라. 듣자 하니 남편이랑 사이가 좋지 않았다더군. 사흘 전 부부 싸움 도중에 경찰까지 출동했대. 폭력이 일어났나 봐. 저쪽에 침대 보이지?"

유리벽 한쪽에 킹사이즈 매트리스가 세워져 있었다. 운송회사인 페덱스의 포장지와 로고가 그대로 붙어 있었다.

"저게 부부가 쓰던 침대라고요? 아내가 남편 사무실로 침대를 보냈다고요?"

"아내가 용무를 마치고 일찍 귀가했더니 남편이 가정부랑 같이 있더래." 맬러리 경감은 못마땅한 듯 눈살을 찌푸렸다. "흠,

가정부가 식기 세척기에서 접시 꺼내는 걸 남편이 도와주고 있진 않았겠지? 아내가 굴 까는 칼을 들고 남편한테 덤볐나 봐."

"굴 까는 칼이요?"

"그래, 굴 까는 칼. 칼날이 짧고 널찍하잖아. 있는 건 돈밖에 없는 부부라 굴을 즐겨 먹었겠지. 아무튼 아내가 남편의 고환을 잘라서 항문에 쑤셔 넣겠다고 위협했대. 하도 요란하게 싸우는 통에 이웃 사람이 경찰에 신고했어. 출동한 경찰이 두 사람을 저지한 뒤에야 소동이 가라앉았어. 그 뒤로 남편은 집에 들어가지 않았어."

우린 페덱스 포장지에 감싸인 침대를 쳐다봤다.

"그럼 이게 아내 소행이라고 생각하십니까?" 내가 물었다.

맬러리 경감이 어깨를 으쓱했다. "지금으로선 아내가 제일 유력하지. 경찰이 출동한 상황에서 남편의 고환을 잘라버리겠다고 위협했잖아." 경감은 은행원의 훼손된 목을 내려다 봤다. "이 자한테 그 정도로 적의를 품을 만한 사람이 또 있을라고."

"그렇다면 아내가 사람을 썼겠네요. 실력 좋은 전문가를 고용할 정도로 돈이 많잖아요."

"내 생각도 그래. 그런데 장갑 자국이 없단 말이야. 이런 일에 도통한 사람을 고용했다면, 필시 사무실에 장갑 자국이 있어야 하거든. 알다시피 장갑 자국도 지문처럼 독특하잖아. 게다가 장갑이 아주 얇으면 지문이 겉으로 드러나기도 하고, 장갑 안에 지문이 남아 있기도 하지. 장갑을 집으로 가져가는 놈은 거의 없어. 흔히 범죄 현장 근처에 버리지. 그래서 지금 장갑 자국은 물론 장갑 자체를 열심히 찾고 있다네."

"하지만 장갑 자국을 찾지 못하면 어쩌죠?"

"그럼 사무실에 있는 흔적이란 흔적은 죄다 뒤져야지."

나는 책상에 놓인 사진을 다시 쳐다봤다. 이번엔 좀 더 많은 게 보였다. 남자의 어린 시절 모습이 그려졌다. 휴고 벅은 사진에서 제일 오른쪽에 서 있었다. 작은 핏방울 하나가 그의 이미지에 콕 찍혀 있었다. 20년이라는 세월이 흘렀지만 장래 은행가의 매끈한 얼굴이 통통한 젖살 밑에 고스란히 들어 있었다. 사진 속 소년은 어른이 되었고 산 사람은 죽은 사람이 되었다.

"저 자의 손은 봤나?" 맬러리 경감이 물었다.

휴고 벅의 손은 몸통 옆에 가지런히 놓여 있었다. 죽는 순간 들고 있던 약병을 그대로 쥐고 있었다. 아까는 포착하지 못했던 것이다.

"긴장성 사체경직(緊張性 死體硬直, Cadaveric spasm)이라는 거야." 경감이 웃으며 말했다. 내가 놓친 점을 알려주는 게 내심 기분 좋은 듯했다. "갑작스러운 죽음의 충격 때문에 생의 마지막 순간을 간직한 채 몸이 굳는 거야. 폼페이 최후의 날을 맞았던 사람들처럼. 약병에 뭐라고 쓰였는지 볼 수 있겠나?"

나는 시신 옆에 웅크리고 앉아 약병의 라벨을 읽었다. 비릿한 피 냄새를 맡지 않으려고 숨을 꾹 참았다.

"제스토레틱Zestoretic. 하루 한 알씩 복용. 휴고 란돌프 벅에게 처방함. 제스토레틱?"

"혈압약이야." 맬러리 경감이 말했다. "고혈압인가 보군."

"혈압약을 먹기엔 아직 젊지 않나요?" 내가 일어서며 말했다. "은행에서 일하느라 스트레스가 많았나 봅니다."

"집에서는 더 많았겠지." 맬러리 경감이 말했다.

우리는 잠시 죽은 남자를 물끄러미 바라봤다.

"그들은 왜 그를 바로 쏘지 않았을까?" 맬러리 경감이 물었다.

나는 무슨 말인가 싶어 경감을 쳐다봤다.

"은행원 말입니까?"

"아니, 폭파범 말이야." 경감은 잠시 뜸을 들이다 말을 이었다. "자네가 사살한 폭파범. 총경이 기겁했다더군. 현장 지휘관은 아예 얼어버렸고. 그자가 맞는지 아무도 확신하지 못했다던데. 장 찰스 드 메네지스(2005년 7월 21일 런던 지하철 역사에서 발생한 폭파 사건의 범인 중 한 명으로 오인돼 사살당한 민간인 - 옮긴이 주) 사건이 아직도 기억에 생생하잖아. 민간인 오인 사살 이력을 갖고 싶은 사람이 어디 있겠나? IPCC, 그러니까 경찰 고충처리 위원회에 불려갈까 봐 다들 몸을 사리는 분위기잖아. 그뿐인가, 검찰에 기소되고 인권 변호사들한테 시달리고…." 맬러리 경감이 푸른 눈을 반짝이며 슬며시 웃었다. "하지만 자네는 그자가 맞다고 확신했어. 다른 요원들의 지시를 싹 무시했어. 순전히 독단적으로 판단했어. 물론 자네는 그자를 알아봤겠지. 줄곧 감시하고 추적하고 관찰했을 테니까. 자네가 사활을 걸고 우기는데도 그들은 왜 덤비지 않았을까? 그자를 왜 쏘지 않았을까?"

"새로운 교전 규칙에 따라 그들은 머리만 쏠 수 있습니다." 내가 말했다. "다른 부위는 너무 위험하거든요. 폭탄 조끼를 입었을지 모르니까 흉곽을 쏘면 안 됩니다. 팔이나 다리도 쏠 수 없습니다. 가지고 있는 폭탄을 어떻게든 폭파시킬 수 있으니까요."

나는 어깨를 으쓱하면서 말을 이었다.

"아마 머리를 명중시킬 자신이 없었나 보죠. 어쩌면 제 말보다는 현장 지휘관과 총경의 말을 더 믿었는지도 모르고. 미심쩍은 요소도 분명히 있었습니다. 그런 상황에서 머리를 쏘는 건…, 다소 경솔한 처사일 수도 있죠."

맬러리 경감이 고개를 끄덕였다.

"어쩌면 우리가 임무 수행을 점점 더 두려워하는 건지도 몰라. 그나저나 이번 강도 사건은 어떻게 생각하나?"

"이건 강도 사건이 아닙니다. 휴고 벅의 손목에 찬 롤렉스시계만 해도 15,000파운드는 나갈 텐데 그대로 있잖습니까?"

"훔치려고 했지만 뭔가에 의해 방해받았을 수도 있지." 맬러리 경감이 말했다.

나는 문 너머로 툭 터진 사무 공간을 쳐다봤다.

"그나저나 여길 치우려면 청소 인력이 많아야겠는데요."

"여긴 관계자 외 출입금지야. 사진이 부착된 신분증과 출입증이 없으면 이 건물에선 오줌도 못 싸. 우린 지금 휴고 벅을 발견한 청소부를 면담하려고 통역관을 기다리는 참이야. 청소부가 리투아니아 공화국의 수도인 빌뉴스 출신이래."

"요즘도 영어를 못하는 사람이 있나요?"

"청소부가 시신을 발견한 뒤론 정신이 혼미해서 리투아니아 말로만 지껄인대. 다른 청소부들은 지하주차장에 있어. 일단 다 만나보기 전까진 건물 밖으로 내보낼 수 없잖아. 부하 두 명이 지금 그들을 만나고 있어. 자네도 내려가서 게인 경위와 화이트스톤 경위를 도와주도록 하게."

"알겠습니다, 경감님." 내가 말했다.

벽의 사무실 문 앞에서 제복 경관 두 명이 현장을 드나드는 사람들을 일일이 기록했다. 젊은 두 남녀 순경은 똑같이 검붉은 머리카락이어서 얼핏 남매로 봐도 될 성싶었지만, 여자 쪽은 작고 날렵한 데 비해 남자는 크고 우람했다. 보아하니 아까 전화로 얘기했던 경관 같았다.

이십 대 중반인 남자 순경은 나와 몇 살 차이 나지 않았지만 나보다 한참 어려 보였다. 게다가 금방이라도 쓰러질 것처럼 위태로워 보였다. 내가 다가가자 그는 벽에 기대며 토하고 싶은 걸 억지로 참는 눈치였다. 여자 순경은 나이가 어려 보였지만 한 손을 동료의 어깨에 대고 토닥토닥 두드렸다.

내가 출입자 명부에 서명하는 모습을 지켜보던 여자 순경이 변명조로 말했다. "시신을 처음 봐서 그렇습니다." 그녀는 잠시 머뭇거리더니 한마디 덧붙였다. "저도 그렇고요."

여자가 남자보다 더 잘 견디는 것 같았지만 둘 다 긴장하긴 마찬가지였다. 잔뜩 놀란 얼굴은 마치 자신의 애완견이 죽은 모습을 발견한 아이 같았다. 변장한 산타클로스의 실체를 보고 사악한 세상의 실상을 어렴풋이 느낀 아이 같기도 했다.

"숨을 크게 들이쉬게." 나는 코로 숨을 크게 들이쉬었다가 입으로 천천히 내뱉으며 몇 차례 시범을 보였다.

"알겠습니다." 남자 순경이 말했다.

건물엔 직원용 엘리베이터가 여섯 대, 화물용으로 사용하는 엘리베이터가 한 대 있었다. 화물용은 더 크고 지저분해 보였다.

나는 혹시 장갑을 찾을까 싶어 계단을 이용하기로 마음먹었다. 30층 꼭대기에서 절반쯤 내려가자 호흡은 그대로였지만 땀이 흐르기 시작했다.

그런데 100미터쯤 아래쪽에서 무슨 소리가 들렸다. 잠시 멈추고 귀를 기울였다.

고개를 숙이고 쳐다보니 희미한 그림자가 비쳤다. 곧이어 문이 쾅 하고 닫히는 소리가 어렴풋이 들렸다. 누구냐고 소리쳤지만 대답이 없었다. 서둘러 내려가다 마지막 층에서 속도를 늦췄다. 그러다 벽에 쓰인 글자를 보고 다시 걸음을 멈췄다.

거무스레한 글자였다.

피가 마르면 저런 색이 되지 않을까 싶었다.

돼지

휴대폰을 꺼내 벽에 쓰인 거무스레한 글자를 찍었다. 그런 다음 나머지 계단을 내려갔다. 지하에서 웅성거리는 소리가 점점 더 크게 들려왔다.

지하층으로 내려와 문을 열자 주차장에 가득 모인 청소부들이 보였다. 거리에서 바라볼 때는 전혀 눈에 띄지 않던 사람들. 남자와 여자, 젊은이와 늙은이. 제각기 다른 언어로 지껄이는 사람들. 빛나는 유리 건물 안에서 바닥과 창문과 변기를 닦으며 하루하루 살아가는 사람들.

가난에 찌든 사람들.

그 수가 하늘에 떠 있는 별처럼 많다는 걸 이제야 알았다.

3

그날 밤 내가 집에 도착했을 때, 현관에 들어서기도 전에 뭔가 잘못됐음을 직감했다.

우리는 상가 건물 꼭대기 층을 개조한 집에서 살고 있었다. 문을 열자 지독한 냄새가 훅 끼쳤다. 나는 냄새의 출처가 뭔지 바로 알았다. 단서가 도처에 널려 있었기 때문이다. 현관 앞엔 이빨 자국이 난무한 구두 한 짝이 보였다. 마룻바닥엔 증거를 없애려 한 흔적이 고스란히 남아 있었다. 쓰레기통엔 더러운 키친타월이 넘쳐났다. 그런 게 아니더라도 동물의 퀴퀴한 분비물 냄새가 사방에 진동했다.

녀석이 또 사고를 쳤다 보다.

집 한쪽 구석에 놓인 소파에 머리가 희끗한 노부인이 앉아 있었다. 그녀의 무릎에는 불그스름한 강아지가 놓여 있었다. 소파 한쪽에 새로 생긴 얼룩이 선명하게 보였다. 소파를 내다버리기 전까진 저대로 참고 써야 할 것이다.

머피 부인은 TV 소리를 죽인 채 화면만 보고 있었다. 내 딸 스카우트가 잠들면 으레 그렇게 했다.

불그스름한 강아지의 이름은 스탠이다. 녀석은 테니스공만 한 머리를 들지도 않고 커다란 눈알을 굴려 나를 쳐다봤다. 어둑한 실내에서 녀석의 툭 불거진 흰자위가 번뜩거렸다.

녀석은 나와 눈이 마주치자 잽싸게 시선을 돌렸다.

"머피 부인, 오늘도 고생 많으셨습니다."

"아휴, 고생은 무슨…." 머피 부인이 스탠의 귀를 쓰다듬으며 말했다. 그녀의 억양은 아일랜드 남서부의 코크 카운티에서 평생 벗어나지 않은 사람처럼 굉장히 부드러웠다. "스탠이 아직 새끼 강아지라 그래. 점점 나아질 거야. 그리고 오늘은 좋은 소식도 있어. 스카우트가 저녁을 먹었다니까. 뭐, 많이 먹은 건 아니고. 그래도 평소 깨작거린 것보단 더 먹더라고. 애가 워낙 안 먹잖아. 불면 훅 꺼질 것 같다니까."

나는 고개를 끄덕인 뒤 딸을 보러 갔다.

스카우트는 다섯 살이지만 아직도 아기 같았다. 작은 주먹을 움켜쥐고 만세를 부르며 자는 모습이 마치 역기를 들어 올리는 꼬마 역도 선수 같았다. 잠든 지 몇 시간 지났을 텐데도 방 안엔 불이 환했다.

스카우트는 잘 때 불을 끄지 못하게 했다. 엄마가 떠난 뒤로 줄곧 그랬다.

바닥에 떨어진 스웨터를 집어, 의자 등받이에 걸쳐놨다. 내일 입고 갈 교복이 의자 위에 놓여 있었다. 머피 부인이 준비해 둔 것이다. 방을 나오다 말고 잠시 머뭇거렸다. 불을 끄고 싶었다. 언제까지 이렇게 할 수는 없었다. 하지만 결국 그냥 나오고 말았다.

머피 부인이 코트를 집어 들며 말했다.

"점점 나아질 거야."

새벽녘에 잠이 깼다.

날이 밝을 때까지 푹 잤던 적이 언제인가 싶었다.

몸은 자고 있지만 뇌는 깨어 있는 렘수면 단계에서 내내 뒤척거렸다. 어제 마신 커피와 죽은 자의 망령에 못 이겨 결국 눈을 떴다.

아침이 시작될 기미는 보이지도 않는데 늘 먼저 일어나 동이 트길 기다렸다.

새벽 여섯 시로 맞춰둔 알람이 울릴 새도 없이 꺼버리고 침대에서 조용히 빠져나왔다. 이를 닦고 다시 침실로 돌아와 바닥에 엎드렸다. 빠른 속도로 팔굽혀 펴기를 스물다섯 번 반복했다. 일어나서 침대맡에 둔 물을 마시며 창밖을 내다봤다. 세인트 폴 성당의 돔 지붕 위로 10월의 새벽 하늘은 여전히 컴컴했다.

다시 엎드린 다음 팔굽혀 펴기를 스물다섯 번 더 했다. 이번엔 자세와 기술에 신경 쓰며 천천히 반복했다. 1분 정도 휴식을 취한 뒤 스물다섯 번 더 반복했다. 근육에 젖산이 쌓이면서 팔이 떨리기 시작했다. 자리에 앉아 잠시 숨을 고른 다음 마지막으로 스물다섯 번을 더 반복했다. 마지막 세트는 힘이 아니라 의지력으로 수행했다.

그런 다음 딸과 강아지를 깨우지 않도록 조용히 주방으로 걸어갔다. 어둠 속에서 낮게 킁킁거리는 스탠의 숨소리가 들렸다. 잠시 걸음을 멈추고 녀석의 요상한 숨소리에 귀를 기울였다. 하루 종일 집 안을 쑥대밭으로 만드느라 녹초가 됐나 보다. 그런데 녀석이 내 인기척을 느꼈는지 커다란 귀를 꿈틀거렸다. 비단 커튼처럼 드리운 귀 뒤로 녀석의 똥그란 두 눈이 번쩍 뜨였다. 스탠이 결국 깨고 말았다. 나와 눈이 마주치자 녀석은 우리에서 빼내주길 간절히 바라는 눈길로 처다봤다.

스탠을 들어올려 품에 안았다. 녀석은 짓눌린 자두 같은 코를 내 손에 붙이고 킁킁거렸다.

스탠이 우리 집에 온 지 한 달쯤 지났다. 기분엔 그보다 훨씬 더 오래된 것 같았다. 스카우트의 다섯 번째 생일을 기념해서 내가 준비한 선물이었다. 인터넷에서 브리더를 물색하던 중에 태어난 지 두 달 된 스탠을 찾아냈다. 법원으로 이송하는 죄수마냥 녀석의 얼굴을 천으로 가린 채 집으로 데려왔다.

그게 실수였다는 생각이 들 때마다 나는 스카우트가 스탠을 처음 보고 지었던 표정을 떠올렸다. 스카우트의 미소는 태양처럼 환하게 빛났다. 개를 키우기로 한 결정이 실수가 아님을 그 순간 깨달았다.

주방에서 스탠을 무릎에 앉히고 트리플샷 에스프레소를 마셨다. 노트북을 켜고 의료 사이트에서 기도(氣道) 절개 방법에 관한 정보를 뒤졌다.

스탠은 다시 잠이 들었다. 그 사이 나는 기도의 양쪽이 경동맥이며 심장에서 뇌로 혈액을 나른다는 사실을 알아냈다. 기도를 절개하면 치명적인 뇌손상을 초래한다는 사실도 알아냈다.

하지만 수많은 의료 사이트를 뒤지고, 검색창에 '목 절개'라 치고 온갖 정보를 살펴봐도 그 일을 수행하는 데 쓰는 도구는 찾을 수 없었다.

결국 검색 엔진이 한계에 이르렀는지, 면도에 필요한 도구를 알려주는 웹사이트로 나를 이끌었다. 면도 거품과 면도 크림, 젤, 온갖 종류의 구식 면도칼이 보였다. 이발사 출신의 연쇄살인범인 '스위니 토드(Sweeney Todd: 팀 버튼 감독, 조니 뎁 주연의 잔혹

한 이발사 이야기 - 옮긴이 주)'가 흥미를 보일 만큼 사악해 보이는 면도칼도 있었다. 하지만 휴고 벅의 목을 거의 절단 낼만큼 상처를 깊게 입힐 만한 도구는 보이지 않았다.

7시가 되자 하늘이 서서히 밝아왔다. 스카우트가 잠옷 바람으로 졸린 눈을 비비고 주방으로 들어왔다. 나는 잽싸게 노트북을 닫았다.

스탠이 내 무릎에서 낑낑대며 내려가 스카우트에게 달려갔다. 집은 성인 남자와 어린 아이, 개까지 셋이서 지내기엔 너무 넓었다. 가족이 쪼그라들수록 집은 점점 더 커지는 것 같았다. 노출된 목재 들보 아래 휑한 공간에서 우리는 맘껏 뒹굴었다. 윤기 나는 목재 마루엔 스탠의 발자국이 여기저기 찍혔다. 스탠은 코를 킁킁대거나 침을 질질 흘리며 스카우트를 쫓아다녔다. 때로는 스카우트에게 안기려고 앞발을 들고 종종거리기도 했다.

"스탠이 말썽을 부렸어요." 스카우트가 녀석의 머리를 건성으로 쓰다듬으며 말했다.

"알고 있어."

"소파에-."

"봤어."

"주방에도. 그리고 문 앞에도." 스카우트는 잠시 생각한 다음 말을 이었다. "아니, 집 안 전체에."

"머피 부인이 다 치웠어."

"나도 도와줬어요."

"고맙구나."

잠시 침묵이 흘렀다.

"스탠을 돌려보내야 해요?" 스카우트가 물었다.

딸과 눈높이를 맞추려고 쪼그려 앉았다. 엷은 갈색 머리칼, 짙은 갈색 눈동자, 부드러운 얼굴선. 제 엄마를 쏙 빼닮았다. 실은 스카우트라는 이름도 아내가 좋아하던 책의 등장인물에서 따왔다. 그런데 아내는 떠났다. 다시는 이곳으로 돌아오지 않을 것이다. 딸애를 볼 때마다 아내가 보였다.

"스탠은 이제 우리 강아지야." 나도 모르게 머피 부인의 말을 인용했다. "아직은 새끼 강아지라 그래. 점점 좋아질 거야. 알았지?"

"알았어요."

우리는 평소처럼 서둘러 아침을 먹었다. 스카우트는 토스트를, 나는 포리지(오트밀에 우유나 물을 부어 걸쭉하게 끓인 음식 - 옮긴이 주)를, 스탠은 사료를 먹었다. 스카우트는 다 먹은 접시를 싱크대에 갖다 놓은 뒤 이를 닦으러 갔다. 식사 전이 아니라 후에 이를 닦을 것! 엄마가 정해준 규칙 중 하나였다.

우리는 그녀가 정해준 규칙을 늘 성실히 지켰다.

우리는 스미스필드라는 오래된 육류 시장 맞은편에 살았다. 이른 아침은 야간에 근무하는 일꾼들이 업무를 마치는 시간이었다. 도살업자와 짐꾼은 밤새 작업한 고기를 배송한 뒤 식당과 술집으로 몰려갔다. 일찌감치 문을 연 술집의 야외 테이블엔 벌써 일꾼들로 붐볐다. 그들은 핏물이 잔뜩 밴 하얀 앞치마를 두르고 피곤에 쩐 얼굴로 맥주를 들이켰다. 그중 몇 명이 스탠에게 아침 인사를 보냈다. 스카우트와 나는 우쭐해서 씩 웃었다.

스탠은 굉장히 멋진 강아지였다. 희미한 햇살을 받아 녀석의 털빛이 무척 아름답게 빛났다. 검붉은 장미꽃잎 같기도 하고 빛바랜 황금 같기도 한 털은 전체적으로 곱슬곱슬했다. 커다란 귀를 덮은 구불구불한 털을 보면, 녀석이 간밤에 소파에다 오줌을 싸지른 게 아니라 값비싼 애견샵에서 관리받고 나온 듯했다. 스탠은 스카우트의 오른쪽 팔목에 두 번 감긴 목줄로 연결된 채 기분 좋게 총총거렸다. 작은 머리를 치켜들고 꼬리는 바싹 세웠다. 그러다 뭐라도 포착하면 폭우에 맞서는 와이퍼처럼 꼬리를 좌우로 신나게 흔들었다.

학교 정문에 다다를 즈음에 스카우트는 다른 여자 아이랑 나란히 걸어갔다. 그 아이의 엄마는 고개를 돌리고 다른 엄마와 수다를 떨었다. 나는 교문 앞에서 스탠을 달래며 서 있었다. 스탠은 스카우트가 가버리자 낑낑거렸다. 우리는 스카우트가 돌아보며 손이라도 흔들어 줄까 싶어 고개를 빼고 기다렸다. 하지만 스카우트는 우리를 까맣게 잊은 채 친구랑 신나게 걸어갔다.

스카우트의 뒷모습을 보고 있자니 교복이 너무 크다는 생각이 들었다. 앞으로도 오랫동안 저렇게 클 것 같았다.

머피 부인 말이 맞았다.

내 딸은 불면 훅 꺼질 것 같았다.

불면 훅 꺼진다 해도 나한테는 저 아이가 전부였다.

★

휴고 벅의 집은 리젠트 파크를 내려다보는 고급 아파트라 경비가 일반인의 출입을 통제했다.

내가 방문했을 땐 경비가 잠시 휴식을 취하러 갔는지 자리에 없었다. 하는 수 없이 이중 유리문에 기대선 채 리젠트 파크에서 뛰노는 개들을 바라봤다. 하나같이 줄이 풀려 있었다. 래브라도, 리트리버, 에어데일 같은 덩치가 크고 잘생긴 녀석들, 비글과 웨스티 같은 작고 귀여운 녀석들까지 종류도 다양했다. 그들은 낙엽에 코를 대고 킁킁거리거나 서로 뒤꽁무니를 쫓다가도 주인이 부르면 냉큼 달려갔다. 내가 부르면 스탠도 달려올까? 그런 날이 오긴 할까?

"형사님?"

이십 대로 보이는 남녀 한 쌍이 다가왔다. 아까 주차할 때 봤던 커플이었다. 부모 잘 만나 놀고먹는 한량쯤으로 여기고 지나쳤었다. 아까 그들은 잘 가꿔진 정원 옆 야트막한 담장에 걸터앉아 담배 한 개비를 나눠 피우고 있었다. 부잣집에 태어나야 저런 여유도 부릴 수 있는 법이라고 생각했다.

아파트 진입로에는 포르쉐 911 사이에 커다란 검정 벤츠가 세워져 있었다. 벤츠 기사가 챙 달린 모자를 만지작거리며 여자를 훔쳐봤다.

여자와 함께 온 청년의 어깨에는 카메라가 들려 있었다. 이제 보니 둘은 기자들로 추측되었다. 여자가 내게 말을 걸었다.

"휴고 벅을 만나러 오셨습니까? 아내가 용의자인가요? 조만간 체포하실 건가요?"

나는 엄지손가락으로 벨을 꾹 눌렀다.

"증오 범죄인가요, 형사님?"

나는 여자를 빤히 쳐다봤다.

"살인은 모두 증오 범죄입니다." 내가 말했다. "소속이 어디라고 했죠?"

"제 소개를 안 했군요."

여자가 가방에서 명함을 꺼내 내밀었다. 여자의 다른 손에는 소형 디지털 녹음기가 들려 있었다. 빨간 불빛이 반짝이는 걸 보니 벌써 작동하고 있었다.

'스칼렛 부시. 데일리 포스트.'

이름과 소속 밑에는 휴대폰 번호와 이메일 주소가 있었다. 네다섯 개나 되는 SNS 계정까지 빼곡히 적혀 있었다. 너무 많다는 생각이 들었다.

"스칼렛 부시예요." 여자가 웃으며 말했다. "무슨 포르노 배우 이름 같죠?"

내가 고개를 들자 여자가 카메라 기자에게 고갯짓을 했다. 남자가 어깨에 걸친 카메라를 내게로 돌리며 방아쇠를 당겼다. 촬영하는 게 아니라 기관총을 쏘는 것 같았다.

"무슨 짓입니까?" 내가 손을 들어 얼굴을 가리며 말했다.

"온라인 커뮤니티에서 떠드는 얘기를 들어보셨습니까?" 여자가 소형 녹음기를 바싹 들이대며 말했다. "그들은 '도살자 밥'을 영웅으로 떠받들고 있습니다."

나는 여자를 쳐다보며 물었다. "도살자 밥?"

"SNS에선 그 사람 얘기뿐이에요. 하루 종일 검색어 상위를 차지하고 있는데…." 스칼렛 부시의 얼굴에 믿기지 않는다는 듯한 미소가 얼핏 스쳤다. "진짜로 모르세요?"

때마침 경비가 문을 열려고 다가왔다. 나는 유리문에 대고 신분증을 보여주며 이름과 지위를 말했다. 결국 여자도 내 이름을 알게 되었다.

"울프 경장님, SNS에서 살인자를 영웅으로, 피해자를 인간쓰레기로 부르는 걸 어떻게 생각하십니까?"

"죄송합니다, 죄송합니다." 경비가 그제야 문을 열면서 고개를 조아렸다.

나는 들어가려다 말고 몸을 돌렸다.

"살인자는 결코 영웅이 아닙니다."

스칼렛 부시가 이번엔 활짝 웃으며 나를 쳐다봤다. 그게 사실이 아님을 알지 않느냐는 듯한 표정이었다.

휴고 벽의 아내인 나타샤 벽은 짙은 선글라스를 끼고 있었다. 방금 샤워를 마쳤는지 젖은 상태로 목욕 가운을 걸쳤다. 삼십대 초반에 키가 크고 늘씬했다.

가운과 선글라스의 묘한 조합 때문에 그녀는 휴양지에 수영하러 나온 사람 같았다. 물기에 젖은 금발은 흑백 영화 속 여배우의 금발처럼 풍성하고 아름다웠다. 자연스러운 금발로 보였지만 염색한 것일 수도 있었다. 부유한 여자들이 으레 그렇듯이 애써 가꾼 늘씬한 몸매와 그에 버금가는 특권의식으로 똘똘 뭉친 사람처럼 보였다.

긴 금발을 타월로 말아 올린 후, 그녀가 내 신분증을 보더니 피자집 전단 보듯 얼굴을 찌푸렸다.

"남편을 갑작스럽게 잃으신 점, 안타깝게 생각합니다, 벽 부인. 경황이 없으실 줄 알지만 몇 가지 여쭤볼 게 있어서 왔습니다."

"경찰에게 내가 아는 걸 이미 다 말했어요. 젊은 흑인 남자와 백인 여자 경찰이 다녀갔어요."

그녀는 영국에서 10년 넘게 부유층으로 살아온 사람답게 외국인 발음을 애써 감추며 말했다.

"게인 경위와 화이트스톤 경위가 다녀간 건 저도 압니다."

"면봉으로 입 안을 쑤시기까지 하더군요."

"DNA 검사를 위해 그랬을 겁니다. 용의선상에서 당신을 배제하기 위한 조치였습니다. 괜찮다면 몇 가지 세부 사항만 확인하겠습니다."

"흠, 괜찮지 않은데요." 가는 팔목을 감싼 시계를 힐끔 쳐다보며 그녀가 말했다. 시계에 촘촘히 박힌 다이아몬드가 싸구려 보석처럼 반짝거렸다. "금방 나가봐야 해서요."

그녀는 넋 놓고 바라볼 만큼 대단히 매력적이었다. 남자한테서 아름답다는 얘기를 지겹도록 들었을 성싶었다.

"약속을 잡고 왔습니다, 벅 부인. 지금 곤란하면 나중에 다시 만나도록 하죠." 나는 잠시 뜸 들인 후 말했다. "그땐 경찰서로 출두하셔야 합니다."

그녀가 처음으로 나를 제대로 쳐다보더니 피식 웃었다.

돈이 많을수록 경찰을 두려워하지 않는 법이다.

"변호사를 불러야 하나요?"

"아뇨, 그냥 얘기만 할 겁니다."

그녀의 머리카락이 흘러내려 얼굴을 가렸다. 그녀는 베일처럼 드리운 머리카락 사이로 나를 물끄러미 바라보더니 뒤로 쓸어 넘겼다.

"내가 용의선상에 올랐나요?"

목소리 톤이 처음보다 낮고 느려졌다. 듣기에 더 좋았다.

"아직은 아닙니다."

우린 잠시 서로를 물끄러미 쳐다봤다.

"아, 그럼 얼른 끝내도록 하죠." 그녀가 말했다. "커피 드실래요? 내가 직접 타야 해요. 가정부가 남편의 거시기를 쭉쭉 빠는 걸 보고 그냥 둘 수가 없었어요." 그녀가 한숨을 내쉬며 일어났다. "괜찮은 사람을 구하기가 너무 힘드네요."

집 안은 먼지 한 톨 없이 깔끔했다. 돈도 많이 들이고 취향도 고급스러웠다. 어지를 아이도 없었다. 문득 피로 얼룩진 사무실이 떠올랐다. 죽은 은행가의 흔적을 이곳에서 느껴보려고 주변을 둘러봤다. 설사 그의 혼이 가까이 있다 해도 나로선 감지할 수 없었다. 오랫동안 여자 혼자 외롭게 살아온 집 같았다.

벽에는 같은 화가가 그렸음직한 그림이 두 점 걸려 있었다. 하나는 버려진 철길 그림이고 다른 하나는 터널 그림이었다. 둘 다 일요일 아침의 도시 풍경처럼 적막했다. 그림 속 풍경은 새벽인지 황혼인지 모를 어슴푸레한 햇살에 안개가 자욱했다. 마치 꿈속 같았다. 사람이 하나도 없어서 왠지 더 평화롭게 보였다. 어디선가 본 듯한 장소처럼 익숙하게 느껴졌다.

화가 이름을 찾아보려고 터널 그림에 얼굴을 가까이 가져갔지만 소문자로 쓰인 이니셜 두 글자만 보였다.

j s

벅 부인이 커피를 준비하는 사이, 조그마한 개가 거실로 들어왔다. 페키니즈와 치와와를 교배한 종처럼 보였다. 내 손을 킁킁거리며 핥는 녀석을 집어서 무릎에 올렸다. 몸을 심하게 떠는 녀석은 솜털처럼 가벼웠다.

내가 쓰다듬으려 하자 녀석은 냉큼 일어나 소파 끝으로 걸어가 버렸다. 그러더니 나를 노려보면서 오줌을 싸질렀다.

벅 부인이 은쟁반에 카페티에르(금속 필터로 커피를 걸러 마시는 데 쓰는 커피포트 - 옮긴이 주)를 들고 왔다.

"수잔, 그럼 못 쓴다니까. 카펫에 내려가서 쌌어야지."

벅 부인은 얼룩진 소파에 실크 쿠션을 덮어 놓고 강아지를 바닥에 내려놓았다. 그런 다음 내 맞은편에 앉으며 기다란 다리를 꼬고서 소파 등받이에 기댔다. 가운이 벌어지자 한숨을 내쉬며 단단히 여몄다. 때마침 커피 테이블에 놓여 있던 아이폰이 진동했다. 강아지가 분풀이라도 하듯이 컹컹 짖었다. 벅 부인이 휴대폰을 집어 들고 메시지를 읽어 내려갔다. 나는 그 자리에 없는 사람 같았다.

나는 헛기침을 한 뒤 입을 열었다.

"누가 남편분을 죽이고 싶어 했을까요?"

아이폰을 바라보던 그녀의 예쁜 얼굴이 찡그려졌다.

"당신은 빼고 말이죠." 내가 덧붙였다.

그제야 그녀가 얼굴을 들고 나를 쳐다봤다.

"벅 부인, 잠시만 우리 대화에 집중하시죠."

그녀는 아이폰을 한번 더 쳐다본 뒤 꺼버렸다. 치미는 화를 누르고 있었다.

"내가 진짜로 남편이 죽길 바랐을 거라고 생각하세요? 정말 바보 같군!"

나는 숨을 깊이 들이마셨다.

"남편분이 죽기 삼 일 전에 경찰이 여기로 출동했죠."

"그거요? 그냥 사랑싸움이었어요."

"죽이겠다고 위협하셨다면서요."

"가정부가 남편 물건을 쭉쭉 빠는 걸 보고 무슨 말을 하길 기대하세요? 눈이 뒤집히는데 무슨 말인들 못하겠어요."

"침대를 남편분의 사무실로 보내셨더군요."

"그를 엿 먹이고 싶었어요. 망신 주고 싶었어요. 내 기분이 얼마나 더러운지 그이가 알았으면 싶었다고요."

"그런데 하필 누군가가 그의 목을 그었습니다."

그녀는 한숨을 내쉬며 커피를 따랐다.

"공교롭게 됐네요. 설탕? 밀크?"

"블랙으로 마십니다."

"하지만 난 그이가 죽길 바랐던 건 아니에요. 그냥 그 짓을 멈추길 바랐어요. 그 짓을…. 그이가 더 이상 아무데서나 지퍼를 내리지 않기를 바랐을 뿐이에요."

커피 맛이 참 좋았다.

"남편분은 친구가 많았습니까?"

"영국 사람들, 특히 영국의 상류층 사람들이 어떤지 알잖아요. 개는 침대에 들이면서 자식은 딴 데 맡겨버리죠. 그이 집안도 그랬어요. 그이는 일곱 살 때 기숙학교에 보내졌죠. 거기서 친구를 사귀고 그 우정을 평생 간직했어요. 다른 건 전혀 안중에도 없었어요. 자기 마누라조차도."

나는 사무실 책상에 놓여 있던 사진을 떠올렸다.

"어느 학교를 다녔죠?"

"캠브리지의 트리니티 대학. 찰스 왕자도 거기 출신이에요."

그녀는 은근히 자부심을 드러내며 웃었다.

"그 전엔 어디를 다녔죠?" 내가 물었다.

"포터스 필드Potter's Field. 그이 아버지와 할아버지도 거기 출신이에요. 그이 말로는 운동선수와 음악가와 폭력배에겐 이튼스쿨보다 나은 곳이라더군요."

"남편분은 어떤 부류였습니까?"

"운동선수였죠. 그이는 운동을 아주 잘했어요."

"포터스 필드에서 즐겁게 지냈다고 하던가요?"

"가학적 성향의 교장, 기름진 음식, 찬물 샤워, 왕성한 스포츠 활동, 왕따와 괴롭힘, 동성애…. 그이는 그때가 인생에서 최고로 좋았던 시기라고 노래 불렀어요."

"남편에게 애인이 있었나요?"

그녀가 코웃음을 쳤다.

"가정부 말고." 내가 덧붙였다.

"많았죠."

"그중에는 유부녀도 있었나요?"

"뭐, 일부 있었죠. 혹시 질투에 눈먼 어느 남편의 소행으로 생각하는 건가요? 그럴 수도 있겠네요. 하지만 휴고는 도우미를 좋아했어요. 내 친구들한테는 접근하지 않았어요. 그 점은 높이 살만하죠. 물론 그이가 도덕심에서 그랬던 건 아닐 거예요. 자기

보다 못한 부류에게 대접받는 걸 좋아했을 뿐이니까."

"가정부의 이름과 연락처가 필요합니다. 내 동료들한테 그런 게 없다고 하셨다던데."

그녀가 욱해서 소리쳤다. "그년이 벌써 키예프로 튀었으니까요. 그들에게 이미 설명했는데, 모든 걸 두 번씩 말해야 하나요?"

"남편분이 혹시 사업 파트너들과 사이가 틀어졌나요? 전화나 이메일, 편지 등으로 위협을 받지는 않았습니까?"

그녀는 고개를 절레절레 흔들었다. 더 이상 참을 수 없다는 듯 휴대폰을 집어 들었다.

"어제 새벽 5시에서 7시 사이에 어디 있었습니까? 당신의 신용카드 기록과 휴대폰 청구서, 각종 컴퓨터 기기와 암호가 필요합니다. 노트북과 데스크톱 컴퓨터, 태블릿 컴퓨터까지 모두. 내 말 듣고 있습니까, 벅 부인?"

그녀가 일어났다.

"내 남편이 어떤 인간인지 정말로 알고 싶으세요?"

우린 또 한참 서로 노려봤다.

"그렇습니다."

"그렇다면 이참에 제대로 알려드리죠."

그녀는 어깨를 으쓱하면서 가운을 바닥으로 툭 떨어뜨렸다.

팔과 다리에 멍 자국이 보였다. 시퍼런 자국과 오래되어 희미해진 자국까지 얼굴만 빼고 온몸에 구타의 흔적이 고스란히 남아 있었다.

"내 남편은 이런 인간이에요."

"벅 부인-."

"폭력을 행사한 쪽은 내가 아니라 남편이었어요. 내가 굴 까는 작은 칼을 집어 드니까 그이는 코웃음을 치며 날 조롱했어요, 형사님. 그렇다고 그이가 죽기를 바라진 않았어요. 말만 험하게 했을 뿐, 죽기를 바라진 않았다고요." 그녀의 눈에 눈물이 그렁그렁 맺혔다. 그녀의 진심이 느껴졌다. "그이가 나한테 상냥하게 대해주길 바랐어요. 밖으로 나돌지 않길 바랐어요. 너무 가난하고 멍청해서 싫다고 뿌리치지 못하는 여자들을 희롱하며 나한테 굴욕감을 안기는 짓을 멈추길 바랐어요. 난 그이가 멈추길 바랐어요."

내가 자리에서 일어났다.

"벅 부인-."

"나타샤라고 부르세요."

나는 가운을 집어서 그녀의 어깨에 둘러줬다. 그녀가 내 허리에 팔을 둘렀다. 그대로 잠시 잡고 있길 바라는 것 같았다. 온갖 질문에 답변하느라 지쳤나 보다. 어쩌면 그냥 외로웠는지도 모르겠다. 얼굴이 맞닿았다. 그녀의 숨결이 느껴졌다. 나도 모르게 몸이 후끈 달아올랐다.

나도 외로웠기 때문이다.

그렇게 한참 있다가 몸을 뺐다. 정강이가 커피 테이블에 부딪히는 바람에 강아지가 눈을 떴다.

나타샤 벅은 짧게 웃으며 가운을 여민 뒤 가는 허리 위로 벨트를 단단히 묶었다.

"아, 당신도 천연기념물이군요." 그녀가 내 왼손을 쳐다보며 말했다. 컵을 집어 드는 내 왼손에서 결혼반지가 부드럽게 빛났다.
"자기 아내를 사랑하는 유부남!"
"커피 드시죠." 내가 말했다.

아파트를 나서는데 경비는 어디에도 보이지 않았다. 기자와 카메라맨도 사라지고 없었다. 벤츠 기사는 모자를 푹 눌러쓴 채 꾸벅꾸벅 졸았다. 공원에서 뛰놀던 개들도 모두 집으로 돌아갔다. 하루해가 너무 일찍 저물었다.

낙엽 더미를 발로 차면서 차로 걸어가는데 나타샤 벅의 벗은 몸이 떠올랐다. 때마침 휴대폰이 울렸다. 맬러리 경감이었다.

"운 좋은 초범이 아니었네. 사건이 또 발생했어."

4

컴컴한 골목 입구에 새까만 장례차가 대기하고 있었다. 경찰차 십여 대가 소호 식당가의 밤거리를 푸르스름하게 비췄다. 제복 경찰들이 샤프츠베리 가로(街路)를 따라 접근금지 띠를 치면서 군중을 밀어냈다. 시신을 보겠다고 몰려드는 사람들이 점점 더 늘어났다.

나는 푸른색과 흰색으로 된 접근금지 띠를 살짝 들어 올린 뒤 현장으로 들어갔다.

공중파 라디오에서 떠드는 소리가 쉴 새 없이 들렸다. 감식반원들이 머리끝에서 발끝까지 흰 유니폼을 챙겨 입는 사이, 맬러리 경감의 두 부하는 보호 장비를 벗고 있었다. 게인과 화이트스톤은 들떠 있었다.

"깨끗한 시신이야."

게인이 내게 말했다. 그는 젊은 흑인으로, 머리를 멋지게 밀었고 옷도 차려 입은 티가 팍팍 났다.

나는 얇고 푸르스름한 라텍스 장갑을 끼었다.

"깨끗한 시신이라뇨?"

"더러운 시신은 일반인이 발견한 시신을 말해." 화이트스톤이 말했다. "소변이 마렵거나 구토가 나오려는 주정뱅이들, 혹은 애완견을 데리고 산책 나온 사람들은 시신이 차가워지기도 전에 현장을 엉망으로 해놓거든. 우리가 시신을 확인하기도 전에 증거를 훼손하고 현장을 함부로 건드리지."

화이트스톤은 삼십 대 중반의 금발 여성으로, 사려 깊은 눈빛에 검정 뿔테 안경을 썼다. 살인 사건을 조사하는 강력팀에서 10년이나 굴렀다는 게 믿기지 않았다.

"반면에 깨끗한 시신은 경찰이 발견한 거야." 화이트스톤이 계속 설명했다. "현장이 그대로 보존돼서 업무 처리가 훨씬 수월하지."

"다행히 이번 건은 깨끗한 시신이야." 게인이 끼어들었다. "자네 얘기는 많이 들었네, 울프. 법정에서 자네를 뭐라고 부르던가?"

"A 요원." 내가 말했다.

"A 요원이라…. 그럼 SO15 소속이었나?"

SO15는 경찰청의 대테러부대를 말한다.

"네, 감시 요원이었습니다."

"감시 요원이었다고?"

게인 같은 강력팀 형사들은 감시 업무를 하찮게 여겼다. 물론 감시팀의 업무는 거리에서 대기하거나 사람을 미행하거나 CCTV 영상을 살피는 등 시시해 보이는 일이 많았다. 반면에 강력팀의 업무는 살인, 과실치사, 살인미수 등 살인과 관련된 강력 사건이 많았다. 런던 경찰청에서 엘리트 그룹으로 손꼽히는 부서였다. 게인은 내가 패스트푸드점에서 프렌치프라이를 주문받다 형사로 전직한 초짜인양 말했다.

"폭파범이 폭탄 제조를 잘못하는 바람에 어차피 터지지도 못했을 거라던데." 게인이 씩 웃으며 말했다.

"저도 그 얘길 들었습니다." 내가 라텍스 장갑을 낀 손가락을 구부렸다 폈다 하면서 말했다. "기술팀 요원의 말로는, 그자가 과산화수소를 적절한 농도로 정제하지 않았다더군요. 계란 흰자를 거품이 일 정도로 휘젓듯 잘 저어가며 끓였어야 했는데 말입니다. 뭐, 사실일 수도 있지만 그냥 웃자고 한 얘기일 수도 있죠. 낡은 주방에서 폭탄을 제조하는 놈들이 똑똑하면 얼마나 똑똑하겠습니까?"

"그나저나 그 일로 뭐 받은 건 없나?" 게인이 물었다.

"QPM, 그러니까 여왕님께서 하사하시는 훈장을 받았습니다."

게인이 휘파람을 불었다. "QPM? 그건 임무 수행 중에 대단히 용맹하거나 엄청나게 기여한 경관에게 수여하는 훈장이잖아." 그러더니 살짝 웃으며 덧붙였다. "그자의 가방 속에 폭탄이 있었으니 망정이지, 까딱 잘못됐으면 감방에서 푹 썩을 뻔했어."

"우리 팀에 잘 왔어, 울프." 화이트스톤이 한담을 끝내며 말했다. "경감님이 아까부터 기다리셔."

골목 끝에선 감식반원들이 번뜩이는 아크등을 설치하느라 낑낑댔다. 맬러리 경감은 바닥에 놓인 검은 형체 앞에서 조명이 세워지길 차분히 기다렸다. 그 옆으로 커다란 재활용품 용기들이 보였다. 흰색 유니폼 차림의 경감은 무대로 올라가기 위해 큐 사인을 기다리는 배우 같았다. 냄새나고 지저분한 이 골목은 휴고벅이 발견된 화려한 유리 건물과 몇 광년 떨어진 곳처럼 보였다.

"동일한 사건인 줄 알았습니다." 내가 경감에게 다가가며 말했다.

"동일한 사건 맞아." 맬러리 경감이 말했다.

복서(불도그나 테리어 비슷한 중간 크기의 개 - 옮긴이 주)와 독일산 셰퍼드 종에겐 특유의 표정이 있다. 세상이 얼마나 험난한지 아는 듯한 표정. 맬러리 경감의 얼굴에서 바로 그런 표정이 비쳤다.

"장소는 다르지만 동일범의 소행이야. 자세히 보게."

죽은 남자는 노숙자인 듯 행색이 남루했다. 그리고 목이 찢겨 있었다. 찢겨서 쫙 벌어져 있었다.

번뜩이는 흰 불빛에 피해자의 쫙 벌어진 목이 고스란히 드러났다. 이번에도, 목의 앞부분이 예리한 칼로 쭉 찢긴 것 같았다. 이번에도, 목뼈만 아니라면 머리가 몸통에 붙어 있지도 않을 성싶었다. 맬러리 경감의 말이 맞았다. 그런데 악취 나는 이 골목에서 죽은 노숙자와 화려한 유리 건물에서 죽은 은행가는 완전히 딴 세상 사람이었다.

하지만 동일범의 소행이 분명하다.

아크등 불빛 아래서도 골목은 서늘했지만 얇은 라텍스 장갑을 낀 손바닥에서는 땀이 배어났다.

손전등을 켜서 아크등 불빛이 미치지 않는 곳을 비췄다. 동맥에서 분출된 피가 벽과 재활용 용기를 뒤덮은 모습을 찬찬히 살폈다. 손전등을 끄면서 피에 흠뻑 젖은 시신 상부로 눈길을 돌렸다.

웨스트엔드 거리의 매연과 음식과 술 냄새에 비릿한 피 냄새까지 뒤섞여 구역질이 올라왔다.

피로 얼룩진 끔찍한 형체에서 얼마 전까지 살아 숨 쉬던 인간의 모습을 찾으려고 애썼다.

긴 머리카락은 부스스하게 헝클어졌고 남루한 행색은 오랜 노숙의 흔적을 고스란히 드러냈다. 나이는 가늠하기 어려웠다. 잔인하게 살해되기 전에 이미 삶의 에너지를 모두 소진한 듯 보였다.

"팔에 주사 자국이 있을 겁니다." 나는 잠시 뜸 들이다 덧붙였다. "다리에도, 어쩌면 발가락 사이에도."

"안 그래도 서둘러 죽겠다고 덤비는 사람을 왜 굳이 살해했을까?" 맬러리 경감이 말했다.

시신 옆에는 유품으로 보이는 물건이 있었다. 검정 쓰레기봉투에 담겨 있었던 모양이다. 동전이 가득 든 모자, 금속 버튼과 키가 복잡하게 얽힌 악기. 그것뿐이었다.

"클라리넷인가요?" 내가 말했다.

"클라리넷치고는 좀 작지. 이건 오보에야."

"길거리 연주가 죽음을 불러올 정도로 형편없었을까?" 감식반원 중 하나가 말했다.

아무도 웃지 않았다.

맬러리 경감은 피로 얼룩진 시신과 동전이 가득 든 모자, 악기를 차례로 훑더니 연민에 찬 눈빛으로 고개를 절레절레 흔들었다.

"거리에서 한동안 떠돌았나 봅니다." 내가 말했다. "약물 중독자들과 중독에서 벗어난 자들이 소호 식당가 주변에서 배회하는 경향이 많습니다. 하지만 노숙자들끼리 죽이는 일은 거의 없잖아요."

"그렇지." 맬러리 경감이 말했다. "말썽을 일으키는 부류는 흔히 돌아갈 집이 있는 사람들이지."

나는 시선을 돌려 거리를 바라봤다. 흰옷 차림의 유령 같은 감식반원들이 느린 동작으로 임무를 수행하고 있었다. 발자국을 사진 찍고 담뱃재와 섬유조직을 수거하고 혈액 샘플을 채취했다. 그들 중 한 명은 현장을 스케치했다. 사진을 다 찍은 대원은 동영상 촬영에 들어갔다. 노란 플라스틱 번호판이 길바닥 여기저기에 세워졌다. 감식반원들은 번호판을 건드리지 않으려고 발끝을 들고 다녔다. 그들 너머로 경찰차의 푸르스름한 경광등이 번뜩거렸고, 제복 경찰들은 휴대폰을 들이대는 군중을 밀어내느라 진땀을 흘렸다.

"저들은 우리가 여기서 '레미제라블'이라도 찍는 줄 아나 봐." 맬러리 경감이 말했다. "참으로 요상한 동네야, 안 그런가?"

고개를 들고 보니 경감의 말이 맞았다. 이곳은 골목이 아니라 샤프츠베리 가로에 들어선 거대한 두 극장의 틈새 같았다. 틈새 끝에서 기웃거리는 구경꾼들의 머리 위로 도시의 심장부에서 번쩍거리는 화려한 불빛이 보였다. 극장 정면의 흰색 네온등, 차이나타운의 붉은 등과 노란 등이 어두운 골목과 극명한 대조를 이루었다.

"이번에도 누구 하나 소리를 듣지 못했어." 맬러리 경감이 내 속내를 읽은 듯 말했다.

"숨통이 잘렸으니까요." 내가 말했다. "기도가 베였으니 비명을 지를 수 없었겠죠."

사람들을 멀찌감치 밀어내자 항의하는 목소리가 커졌다. 그들은 목을 빼고 쳐다보면서 조그마한 휴대폰을 머리 위로 치켜들었다.

“아무 때나 스마트폰을 들이대는 멍청한 사람들을 누가 좀 말려줬으면!” 맬러리 경감이 탄식하듯 중얼거렸다.

사람들의 시선을 차단하고 날씨로 인한 증거 훼손을 막고자 감식반원들이 시신 위에 텐트를 치기 시작했다. 맬러리 경감의 시선은 동전이 가득 든 비니 모자와 악기 사이를 오갔다.

“마약에 찌든 인간이 오보에 연주로 행인에게 돈을 받다니, 도대체 어떤 사람이었을까?”

나는 그 점을 곰곰이 생각했다.

“있는 집 자식으로 태어나 온갖 기회와 특권을 누렸겠죠. 음악 교사가 매주 찾아와 오보에 레슨을 해줬을 테고. 레슨이 몇 년에 걸쳐서 이뤄졌을 테니 어렸을 때는 돈이 궁했을 리 없어요.”

맬러리 경감은 큼직한 손으로 벗겨진 머리를 쓸더니 존 레논 스타일의 안경을 고쳐 썼다.

“어쩌면 오보에를 훔쳤을지도 모르지.” 하지만 이내 고개를 저으며 자기 말을 부정했다. “하지만 그랬을 것 같진 않군. 자네 말이 맞을 거야. 있는 집 자식으로 태어나 온갖 혜택을 받으며 자랐을 거야. 아주 오래전에.”

감식반원의 카메라 플래시가 터지자 아크등 불빛이 미치지 못한 어두운 벽면이 한순간 환해졌다. 핏자국이 선명히 드러나면서 아까 놓쳤던 낙서가 눈에 확 들어왔다. 시선을 사로잡은 글자를 살피려고 다가갔지만 굳이 보지 않아도 뭐라고 쓰였을지 알았다.

돼지

골목 끝 '접근 금지'라고 쓰인 띠 앞에서 휴대폰 백여 대가 제복 경찰의 어깨 위로 이리저리 움직였다. 경찰이 사람들을 밖으로 계속 밀어냈지만 수가 줄기는커녕 점점 더 늘어났다. 그들은 경찰을 밀치고 당기면서 휴대폰을 높이 치켜들었다. 겨울밤 먹이를 찾아 헤매는 늑대의 눈처럼 하얀 불빛이 번뜩거렸다.

감식반원 하나가 우리 쪽으로 다가왔다. 그녀는 한손에 노트북을 들고 다른 손으로 마스크를 벗으며 말했다.

"깨끗한 시신입니다, 경감님."

"목격자도 없고 범행 도구도 없어. CCTV도, 신분증도, 장갑 자국도 전혀 없어." 맬러리 경감이 말했다. "이보다 깨끗할 순 없지."

아침에 딸과 강아지를 머피 부인에게 맡기고 일터로 향했다. '런던 W1, 세빌 로Savile Row 27번지.' 런던 경찰청은 이곳을 '웨스트엔드 센트럴'이라고 불렀다.

세빌 로 27번지는 현대식 건물이지만 정면에 낡고 푸르스름한 가로등이 달려 있다. 셜록 홈즈가 안개 낀 런던 거리에서 살인마 잭Jack the Ripper을 추적할 때 사용했을 법한 구닥다리 등이다. 세빌 로 거리가 두 가지 점에서 유명하지만 웨스트엔드 센트럴은 그 둘에 끼지 못했다.

세빌 로에는 최고급 수제 양복점이 늘어서 있으며, 수백 년 동안 세계 최고 자리를 지켜왔다. 이 거리의 한 건물 옥상에서 비틀즈가 마지막 공연을 하기도 했다. 웨스트엔드 센트럴의 경찰들도 비틀즈의 열렬한 팬이라, 그들이 마지막 공연을 무사히 마치도록 도와줬다고 한다. 웨스트엔드 센트럴에 얽힌 일화는 이게 전부였다.

소호 식당가에 있는 '바 이탈리아Bar Italia'에서 산 트리플샷 에스프레소를 들고 'MIR-1'이 자리 잡은 꼭대기 층으로 올라갔다. MIR-1은 살인 사건 수사에서 중심 역할을 하는 수사본부로, 책상마다 최신 컴퓨터가 놓여 있다. 이른 시간이라 맬러리 경감 외에는 아무도 없었다. 경감은 홍차가 담긴 종이컵을 감싸 쥐고서 텅 빈 화이트보드를 멍하니 쳐다보고 있었다.

"일찍 나왔군." 경감이 먼저 아는 체를 했다. "아침 브리핑이 시작되려면 1시간은 족히 남았는데."

"처음이라 긴장돼서 서둘러 나왔습니다." 내가 말했다.

경감이 웃었다. "난 브리핑을 시작하기 전에 혼자서 사건 전체를 곱씹어 보곤 하네. 부유한 투자 은행가와 마약에 찌든 노숙자를 연결할 만한 게 뭐가 있을까?" 경감이 고개를 저었다. "모르겠어. 당최 모르겠단 말이야. 하지만 그걸 알아내야 해. 적어도 그럴듯한 가설이라도 세워야 해." 경감이 차를 한 모금 들이켰다. "'골든아워Golden Hour' 원칙이라는 말을 들어봤나?"

내가 고개를 끄덕였다.

"까딱 잘못하면 놓칠 수도 있는 증거를 재빨리 확보한다는 뜻이죠. 그래야 목격자는 상황을 더 또렷이 기억하고 범인은 현장에서 멀리 벗어나지 못하죠. CCTV 영상도 지워지지 않았고요.

시간이 지체될수록 그런 증거를 놓칠 가능성이 커지죠."

"나도 누구 못지않게 골든아워 원칙을 중요하게 생각하네." 경감이 말했다. "하지만 옛 성현들이 말씀하신 '급할수록 돌아가라'는 말도 중요하다고 봐. 무턱대고 덤비지 말고 차분히 생각하라는 뜻이야."

맬러리 경감이 하도 상냥하게 말하는 통에 나는 한참만에야 말뜻을 알아차렸다. 내가 너무 일찍 나오는 바람에 경감이 혼자 반추하는 시간을 방해했던 것이다. 내 속내를 또 읽었는지 경감이 넌지시 말했다.

"잠깐 지하실에 다녀오지 않겠나? 내려가서 범행에 쓰였을 법한 도구를 찾아보게." 경감이 A4 파일을 내밀며 덧붙였다. "이걸 가져가게."

"알겠습니다, 경감님."

커피를 급히 마신 다음 지하실로 내려갔다. 엘리베이터 문이 열리자 구내식당에서 쓸법한 테이블이 줄줄이 늘어서 있었다. 테이블에는 온갖 종류의 칼이 놓여 있었다.

젊은 제복 경찰 한 명이 칼을 일일이 촬영하면서 클립보드에 뭐라고 기록하고 있었다. 그는 특이한 물건을 파는 시장을 구경하는 여행객 같았다.

"뭘 도와드릴까요, 경관님?"

"칼을 찾고 있네." 내가 말했다.

"어떤 종류의 칼을 찾으시죠?"

"이런 일을 처리할 수 있는 칼."

파일에는 휴고 벅과 노숙자의 시신을 찍은 사진이 두 장씩 들어 있었다. 절개된 목의 상처가 적나라하게 드러난 사진이었다. 사진을 보여주자마자 순경의 얼굴에서 핏기가 싹 가셨다.

"두루 살펴보십시오, 경관님." 순경이 말했다. "칼이란 칼은 죄다 있으니까."

사실이었다. 형광등 불빛 아래 수백 개, 어쩌면 수천 개나 되는 칼이 번쩍거렸다. 수사 과정에서 압수하거나 찾아낸 칼은 물론이요, 자진 신고 기간에 제출되거나 그냥 버려진 칼까지, 이 자리에 오게 된 사연도 다양했다. 하도 많아서 은행가와 노숙자의 목을 절단한 칼과 비슷한 걸 못 찾으면 오히려 이상할 것 같았다.

순경은 나와 보조를 맞추며 걷다가 불안스레 헛기침을 했다.

"저는 그린이라고 합니다, 경관님. 빌리 그린 순경입니다. 저번 날 아침에 은행에서 뵀었죠? 제가 바보같이 굴었을 때 호흡하는 법을 알려주셨잖아요."

그를 찬찬히 살펴보니, 전에 시신을 보고 잔뜩 긴장한 젊은 경관이 떠올랐다.

"그린 순경," 내가 말했다. "내가 사복 차림이라 꼬박꼬박 '님' 자를 붙이나 본데, 그러지 않아도 돼." 나는 결혼식 때 입었던 검정색 폴스미스 예복을 입고 있었다. 세빌 로의 양복점은 내 월급으로 드나들기엔 아직 무리였다. "난 울프 경장이네. 내가 사복 형사긴 하지만 직급은 자네와 같으니까 그냥 울프라고 부르든, 맥스라고 부르든 알아서 해. 그놈의 '님'자를 붙이면 우리 둘 다 우스워지는 거야. 경장detective constable은 제복 순경police constable과 권한이 똑같다는 거 알잖나?"

그는 당황한 듯 보였다. "물론입니다, 경관님-. 아차, 맥스 경장. 아무튼 제대로 고맙다는 인사를 드리지 못했습니다. 그날 다들 저를 겁쟁이라고 비웃었는데, 유일하게 절 도와주셨습니다. 그게 도움이 많이 됐습니다. 천천히 호흡하니까 긴장이 풀리더군요."

"그 뒤론 현장에 출동하지 않았나?"

하얗게 질렸던 그의 얼굴이 살짝 붉어졌다.

"내근직으로 발령받았습니다. 사무실 정리나 하라더군요. 테이블 정리요." 그린이 비참한 표정으로 웃었다. "현장에 한번만 더 나가면 기절할 거라고 생각하나 봅니다."

내가 얼굴을 찡그리며 말했다. "그건 좀 심하군."

그린이 칼을 가리키며 화제를 바꿨다. "그나저나 찾으시는 게 있습니까?"

"아직은 눈에 띄지 않는데."

나는 테이블 사이로 다니며 줄줄이 놓인 칼을 찬찬히 살폈다.

표창, 수렵용 칼, 카드 지갑에 들어갈 만큼 작고 얇은 칼, 사무라이 검, 카펫 절단기, 네팔의 구르카 족이 사용하는 쿠크리 칼, 녹이 잔뜩 슨 스탠리 칼, 티타늄 손잡이와 스테인리스 칼날을 지닌 접이식 반자동 칼, 살인 청부업자가 45구경 콜트 권총을 꺼내듯 잽싸게 꺼낼 수 있는 칼 등 모양과 크기와 쓰임새가 제각각이었다.

나는 그중 하나를 손바닥에 올려놓고 살폈다.

"요즘 그런 칼이 많이 들어옵니다." 그린이 말했다. "폭력배들이 즐겨 사용하거든요. 혹시 살인 도구가 그런 칼이라고 생각하십니까?"

"그렇게 보이진 않아." 내가 칼을 내려놓으며 말했다. "이건 길이가 너무 짧아. 내가 찾는 칼은 12인치쯤 되는 거야. 칼날이 아주 길고 얇아. 아마 양날일 거야. 목을 베는 용도로 만들어진 칼."

그린이 침을 꿀꺽 삼켰다. "이게 다 도살자 밥 때문이죠?"

"도대체 그 도살자 밥이 누군가?"

그린이 노트북을 가져와서 도살자 밥의 기사가 뜬 화면을 불러왔다. 한 신문사의 웹사이트가 떴다.

도살자 밥, 도시의 겁먹은 화이트칼라 남자들을 공격하다.

스칼렛 부시, 범죄사건 전문 기자

투자 은행가인 휴고 벅의 죽음이 증오 범죄로 밝혀지자 샴페인에 취한 화이트칼라 도시 청년들이 극심한 공포에 시달리고 있다. 수사를 진행하는 맥스 울프 경장이 공포심을 느끼는 그들을 확인사살했다.

"도살자 밥이 아무 죄 없는 젊은 은행가를 살해한 사건은 증오 범죄였습니다. 하긴 살인은 모두 증오 범죄입니다."

금융가의 고급 술집에서 보너스를 흥청망청 쓰던 도시 청년들이 도살자 밥에게 겁을 잔뜩 집어먹었다. 부유층이 주로 다니는 치프사이드에서 '더 럭키 크리플The Lucky Cripple'이라는 술집을 운영하는 브루노 만치니는 이렇게 말했다.

"도살자 밥이 은행가를 표적으로 삼았다니, 참으로 끔찍합니다. 돈 많은 게 뭐 잘못입니까? 우린 성공하기 위해 열심히 일합니다."

욕이 절로 나왔다.

"난 아무 말도 하지 않았어." 그러다 기사를 힐끔 쳐다본 뒤 다시 말했다. "아니, 적어도 저렇게 말하진 않았어."

기사 옆에 작은 사진이 보였다. 리젠트 파크 앞에서 마주친 젊은 여자였다. 기사의 의도가 뭔지는 모르지만 사건 수사에 좋을 리 없었다. 휴고 벅의 살인과 노숙자의 살인을 연관 짓지 않았으니 그나마 다행이었다.

나는 테이블 사이로 계속 돌아다니며 칼을 살폈다. 하지만 왠지 내가 찾는 칼이 여기 있을 것 같지 않았다.

"도와줘서 고맙네, 빌리 그린 순경. 현장에 출동하지 못하게 된 건 안타깝군."

그린의 표정이 살짝 밝아졌다. "그렇게 나쁘지만은 않습니다. 제가 워낙 음침한 데를 좋아해서요. 그리고 여기 있으니까 절로 역사 의식이 싹트더라고요. 시간 있으면 저쪽도 한번 살펴보시겠어요?"

그린이 문을 열자 비좁은 보관실이 나왔다. 세빌 로의 건물 옥상에서 비틀즈가 공연하던 시절에 버렸음직한 물건이 잔뜩 보관돼 있었다.

"처치 곤란한 물건이 가득하죠." 그린이 말했다. "증거물이 아니라 제대로 보관하기도 애매하고, 쓰레기가 아니라 버리기도 애매하고, 딱히 중요하지도 않아서 박물관에 두기도 애매하죠. 그래서 여기 처박아두고 다들 잊었나 봅니다. 잠깐 들어가서 둘러보시겠습니까?"

우리는 먼지가 자욱한 방으로 들어갔다. 진열된 물건을 보니 입이 떡 벌어졌다.

좀과 곰팡이로 반쯤 부식된 난로 연통. 박스를 가득 채운 고무 재질의 낡은 경찰봉. 무게에 짓눌려 옆으로 쓰러진 폭동 진압용 방패. 한번도 썼을 것 같지 않은 런던 경찰청 로고가 박힌 야구모자. 선반 한쪽에 차곡차곡 쌓여 있는 묵직한 방탄 재킷. 요즘 우리가 착용하는 얇고 튼튼한 재킷과는 차원이 달랐다. 그밖에도 다양한 소품과 유니폼이 보였다. 배지가 사라진 헬멧. 금속 단추가 다 떨어진 경찰복. 20년에서 100년은 됐음직한 각종 장비들. 누가 나서서 버리기도, 정리하기도 귀찮은 잡동사니였다.

그래서 죄다 여기 처박아 둔 모양이었다.

"블랙 뮤지엄이라고 들어보셨습니까?" 그린이 말했다. "뉴스코틀랜드 야드(런던 경찰청의 별칭- 옮긴이 주)에 있는 박물관인데, 일반에겐 공개되지 않습니다. 여기도 블랙 뮤지엄 같은 곳입니다."

"블랙 뮤지엄보단 더 지저분하군." 내가 슬며시 웃으며 말했다. "맞아, 블랙 뮤지엄엔 오래된 장비가 굉장히 많지. 각종 총과 칼은 물론이요, 검으로 변신하는 지팡이나 총알이 발사되는 우산도 있어. '경찰 킬러'라고 불리는 칼도 있어. 하지만 엄밀히 말하면 박물관이 아니라 교육장이야. 교육용 기자재가 전시된 곳."

그린의 눈이 휘둥그레졌다. "거길 가 보셨어요?"

내가 고개를 끄덕이며 말했다. "훈련의 일환이었어. 순직한 경찰과 관련된 도구들이 진열돼 있거든. 그런 일이 또다시 일어나지 않도록 미리 보여주는 거지."

그린이 숨을 깊이 들이마신 후 천천히 내뱉었다. 그러더니 제일 안쪽 구석을 가리키며 말했다.

"저거 좀 보세요."

"난 아무것도 안 보이는데."

나는 그린이 가리키는 쪽으로 한 발 다가갔다. 어둠에 익숙해지자 낡은 물체가 눈에 들어왔다.

거미줄로 뒤얽힌 선반에 낡아 빠진 가죽 가방이 홀로 놓여 있었다. 진갈색 소가죽 표면은 해지다 못해 쩍쩍 갈라졌고 청동으로 된 장식과 잠금장치는 녹이 슬어 거무튀튀했다. 내가 잘 볼 수 있도록 그린이 가방을 들어줬다. 가방 뒤쪽에 숨어 있던 거미가 약속 시간에 늦은 듯 허둥지둥 달아났다.

"낡은 왕진 가방처럼 보이는군." 내가 말했다.

"글래드스톤 백Gladstone bag입니다. 윌리엄 글래드스톤 총리가 즐겨 들었다고 해서 붙여진 이름입니다." 그린이 설명했다. "이 가방이 특별한 이유는 살인 사건을 해결할 때 쓰는 가방, 즉 머더 백Murder Bag이라는 거죠. 이건 초기 모델로 보입니다. 머더 백에 대해 들어보셨나요?"

나는 고개를 저었다.

"머더 백은 수사의 근대화를 이끈 가방입니다. 1925년에 런던 경찰청에도 두 개가 있었습니다. 고무장갑, 확대경, 혈액 샘플을 담을 용기, 지문 채취를 위한 기구 등 수사에 필요한 도구가 몽땅 들어 있죠. 형사들이 훼손된 시신을 맨손으로 만지는 걸 보고 버나드 스필스베리 경이 처음 고안했습니다. 살인 사건에 대한 근대적 수사의 시작이었죠." 그린 순경이 나를 수줍게 바라봤다. "현장에서 뛰는 형사들이 주로 하는 수사 말입니다."

그는 낡은 가방이 보물이라도 되는 양 제자리에 조심스럽게 내려놨다. "이게 바로 역사죠. 저는 이런 역사를 좋아합니다."

"그런데 도통 이해되지 않는 게 있어." 내가 말했다.

그린이 나를 쳐다봤다.

"자네 동료, 그러니까 저번에 같이 있던 여순경 말로는, 죽은 은행가의 시신이 자네가 평생 처음 접한 시신이라던데."

"에디 렌 순경이요? 예, 그 말이 맞습니다."

"그럴 리가 있나? 자네, 경찰에 입문한 지 얼마나 됐지?"

"6년 됐습니다."

"모르긴 해도 자네가 나보다 시신을 더 많이 봤을 텐데. 하루에 못해도 한 구씩은 봤을걸! 문자메시지를 보내다 앞 유리로 튕겨 나온 운전자, 버스에 부딪힌 자전거 이용자, 자전거나 자동차에 부딪힌 보행자…." 나는 고개를 절레절레 저으며 덧붙였다. "그런데 휴고 벅이 자네가 본 최초의 시신이라고?"

그린이 잠시 생각에 잠겼다.

"물론 죽은 사람이야 많이 봤죠. 하지만 에디, 그러니까 렌 순경과 제가 그날 아침에 발견한 시신은 종류가 다릅니다. 운이 나빠서, 혹은 부주의로 초래된 결과가 아니었습니다. 음주 운전자나 휴대폰에 정신 팔린 운전자 때문에 생긴 사고가 아니었습니다. 그 남자는, 그 은행가는 사고로 죽은 게 아니었습니다. 비명횡사한 게 아니었습니다. 계획적으로 살해당했습니다. 그건 길거리에서 날마다 벌어지는 죽음과 차원이 다릅니다. 어떻게 다른지는 설명하기 어렵지만, 아무튼 다릅니다."

나는 고개를 끄덕였다. "자네 말이 맞네. 살인은 완전히 다르지."

나는 너무 일찍 눈을 뜬다.

다시 자기엔 너무 늦고 벌떡 일어나기엔 너무 이른 어중간한 시간.

그럴 땐 가만히 일어나 창가로 간다. 육류 시장의 환한 불빛을 바라보다 다시 침대로 돌아가 걸터앉는다. 미친 남자의 눈과 마주치는 것 같아서 시계에 비친 내 눈을 쳐다보지 못한다.

그러다 결국 쳐다본다.

03:50

벽장 쪽으로 걸어가 문을 활짝 연다. 문 안쪽에 내걸린 벨트와 목걸이가 서로 부딪히면서 가볍게 쨍그랑거린다.

왼쪽엔 구두가 보인다. 끈이 달린 샌들과 굽이 높은 힐까지 종류도 다양하다. 오른쪽엔 주인의 손길이 다시는 미치지 않을 속옷과 니트와 바지가 차곡차곡 쌓여 있다.

정면 옷걸이엔 원피스와 치마, 셔츠와 재킷이 빼곡히 걸려 있다. 갖가지 색깔의 면 티셔츠도 걸려 있지만 어두워서 구별이 가지 않는다. 주황색 실크와 파랑색 바틱 원단, 속살이 비칠 듯 얇은 시폰도 있다. 깃털처럼 가볍고 부드러워 한숨에도 날아가 버릴 것 같다.

팔을 활짝 벌리고 앞으로 다가간다. 쓰러지듯 그 옷에 나를 내맡긴다. 그녀의 옷에 얼굴을 묻고 좋았던 옛 시절로 돌아간다.

그녀의 체취를 한껏 들이마신다.

그러다 다시 침대로 돌아간다.

5

아이들이 그린 가족 그림이 한쪽 벽에 가득했다. 다섯 살 꼬마들이 세상 속에서 자신의 자리를 알아가기 시작했다.

그림에 등장하는 사람은 하나같이 젓가락처럼 가는 몸에 얼굴만 동그랬다. 엄마는 검정과 갈색과 노란색의 구불구불한 머리칼을 길게 늘어뜨렸다. 간혹 소시지 몸통에 동그란 머리가 달린 아기를 안은 엄마도 있었다. 아빠는 대체로 길이가 더 긴 젓가락으로, 대부분 네모난 갈색 물건을 들고 있었다. 서류 가방인가 보다. 도화지마다 온갖 크기와 모양의 젓가락 부모와 형제자매로 생기가 넘쳤다.

하지만 스카우트의 그림은 그렇지 않았다.

"보세요, 저게 내 그림이에요." 스카우트가 말했다.

내가 그걸 어떻게 모를 수 있겠는가?

스카우트의 그림엔 네모난 물건을 들지도 않고 웃지도 않는 젓가락 아빠와 왕방울만한 갈색 눈이 달린 젓가락 소녀가 있었다. 발치엔 빨간 소시지 몸통에 다리가 넷 달린 강아지가 있었다.

그날 아침엔 스탠을 집에 두고 나왔다. 녀석이 분노와 절망으로 컹컹 짖는 통에 떼어놓느라 애를 먹었다. 한 달에 한번 학교에 방문할 땐 녀석을 집에 두고 나와야 했다. 이른 아침 교실에 들러 아이들의 작품을 구경했다. 남들에겐 손꼽아 기다리는 행복한 시간일 터였다. 다들 그림 앞에서 웃고 떠들었다. 하지만 나는 스카우트의 그림을 보고 아무 말도 할 수 없었다.

참석한 아빠들은 대부분 양복에 넥타이를 맸고 서류가방을 들고 있었다. 엄마들은 정장 차림이거나 편한 운동복 차림이었다. 운동복 차림의 엄마들은 아기를 안거나 걸음마를 뗀 아이의 손을 잡고 있었다. 나는 그림 속 젓가락 가족의 실체를 눈앞에서 확인할 수 있었다.

뉴질랜드 출신의 젊은 데이비스 선생님이 흐뭇한 표정으로 우리를 지켜봤다.

"마음에 들어요?" 내 침묵에 속이 상했는지 스카우트가 내게 물었다.

"마음에 들다마다." 내가 애써 웃으며 말했다.

실상은 가슴이 찢어질 듯 아팠다. 도화지 속의 휑한 여백이 젓가락 가족을 압도하는 것 같았다. 도화지를 가득 채운 다른 가족들과 극명하게 대비되었다. 스카우트의 도화지는 앞으로도 흰 공간이 더 많을 것이다. 빈자리를 채워줄 사람이 돌아오지 않을 테니까. 영원히.

딸의 어깨에 손을 얹자, 아이가 동그란 눈을 크게 뜨고 나를 쳐다봤다. 엄마를 쏙 빼닮은 눈이었다.

"잘 그렸구나, 스카우트." 내가 말했다.

"데이비스 선생님이 가족만 그리랬어요." 스카우트는 말을 마치더니 갑자기 흥미를 잃은 듯 자리로 돌아갔다.

이제 돌아갈 시간이었다. 엄마들과 아빠들은 아이에게 작별의 뽀뽀를 하고 선생님과 몇 마디 인사를 나눴다.

하지만 나는 수업 종이 칠 때까지 꼼짝하지 못했다. 스카우트가 그린 가족을, 휑한 여백에 압도된 우리 가족을 넋 놓고 바라봤다.

스탠은 집에 혼자 있는 걸 좋아하지 않았다. 내가 나갔다 온 사이에 녀석은 물그릇을 뒤엎고 방석을 갈가리 뜯어 놨다. 그래도 분이 안 풀렸는지, 커피 테이블에 올려둔 노트북의 마우스를 떨어뜨렸다. 교수형에 처해진 사람처럼 마우스가 테이블 밑에서 달랑거렸다.

눈이 마주치자 우리는 눈싸움이라도 하듯 노려봤다.

사실 처음엔 카발리에 종을 데려올 생각이 전혀 없었다. 래브라도나 골든 레트리버 같은 큰 개를 마음에 두었었다. 독일산 셰퍼드도 괜찮을 것 같았다. 더 크고 똑똑한 놈을 데려왔어야 한다고 투덜대면서 집 안을 치우는 사이, 스탠은 TV 케이블을 깨물며 툭 불거진 눈으로 나를 쳐다봤다.

하지만 스카우트는 나와 생각이 달랐다. 어디서 봤는지 스탠 같은 카발리에 종을 원했다.

스탠이 집 안을 잔뜩 어질러 놨지만 오늘은 녀석에게 화를 낼 수 없었다. 저 녀석마저 없었다면 휑한 공간이 우리를 산 채로 집어삼켰을 테니까.

"부검실에 가 보세." 맬러리 경감이 아침 브리핑 시간에 말했다.

세인트 제임스 파크를 가로지르면 세빌 로 27번지에서 호스

페리 로드Horseferry Road에 있는 '웨스트민스터 영안실'과 '이안 웨스트 부검실'까지 10분밖에 걸리지 않았다.

"이안 웨스트는 법의학자들 사이에서 엘비스 프레슬리 같은 사람이야." 맬러리 경감이 걸음을 재촉하며 말했다. 게인과 화이트스톤과 나는 뒤처지지 않으려고 뛰다시피 했다. "모든 걸 바꿔놓은 천재 법의학자지. 이본 플레처라는 여순경이 리비아 대사관에서 발사된 총에 맞았다는 사실을 밝혀냈고, 피해자들의 부상을 바탕으로 브라이튼 호텔에 설치된 폭탄의 위치를 정확히 알아냈어. 헤롯 백화점과 하이드 파크에서 IRA의 만행으로 희생된 피해자들을 조사했고, 킹스크로스 역에서 화재가 발생했을 땐 피해자들을 부검해서 철도 안전을 획기적으로 개선시켰어. 아쉽게도 젊은 나이에 세상을 떠났지만 그는 막판까지 우리에게 크나큰 가르침을 남겼어."

"그 가르침이 뭡니까?"

"'죽은 자는 거짓말을 할 수 없다'는 거야."

이안 웨스트 법의학 사무실에서 우리는 푸른색 수술복과 헤어네트를 걸치고 참을성 있게 기다렸다. 법의학자인 엘사 올센이 만찬을 대접하는 여주인처럼 만면에 미소를 띠고서 설명을 시작하려고 했다.

나는 엘사의 미소가 참 예쁘다고 생각했다. 그녀는 시선을 돌려 철제 테이블에 놓인 벌거벗은 두 시신을 바라봤다.

"미스터리한 이 남자는," 엘사가 마약에 찌든 노숙자의 시신을 가리키며 이야기를 시작했다. "아담 존스입니다. 1973년 새해 첫날 태어나 2008년 10월 10일에 사망했습니다." 그녀는 옆

테이블에 놓인 은행가의 기름진 시신을 가리키며 말을 이었다. "그리고 다들 알다시피 이쪽은 휴고 벅입니다. 1973년 1월 7일에 태어나 2008년 10월 9일에 사망했습니다."

엘사가 잠시 뜸을 들이는 사이, 맬러리 경감과 나는 두 시신을 유심히 쳐다봤다. 두 사람은 7일 간격으로 태어나 24시간 이내로 함께 세상을 하직했다. 목에 검푸른 절개선이 생겨 활짝 벌어졌다는 점 외엔 완전히 딴 세상 사람들처럼 보이는데, 두 시신은 과연 무슨 관계가 있을까?

휴고 벅은 고급 식당에서 기름진 음식을 많이 먹고 업무상 술자리 참석도 잦은 탓에 살이 붙긴 했지만 죽은 후에도 아마추어 운동선수처럼 다부져 보였다. 아무리 바빠도 매주 몇 시간씩 격렬하게 운동한 티가 났다. 아마도 시간당 50파운드씩 받는 개인 트레이너가 옆에서 고래고래 소리치며 지도했을 것이다.

'마누라나 패는 개자식.'

그에 비해 아담 존스는 피골이 상접했다. 앙상한 몸에 새겨진 온갖 문신과 주사 자국이 흉측해 보였다. 혈관뿐만 아니라 그의 일상 전반에까지 몹쓸 마약이 침투된 듯했다.

문득 몸이 선뜩했다.

실내 온도는 영하를 간신히 면한 정도였다. 얼른 시작하길 바라는 마음 외엔 시신을 보고도 별다른 느낌이 없었다. 그들의 영혼은 이미 빠져 나갔다. 오싹한 이 방에는 살아 숨 쉬는 네 사람과 잔인하게 살해된 두 인간의 껍데기가 있을 뿐이었다.

"사망과 관련된 네 가지 의문점은 다음과 같습니다." 엘사 올센이 다시 이야기를 시작했다. "원인, 도구, 방식, 시간." 엘사가 생긋 웃더니 한 가지 덧붙였다. "마지막 다섯 번째 의문점은 '누구'냐는 겁니다. 그건 여기 계신 신사분들이 알아내셔야 합니다."

화이트스톤 경위가 한마디 덧붙였다. "숙녀도 한 명 있습니다."

엘사가 철제 테이블 사이로 걸어갔다.

"두 남자의 사망 원인은 질식입니다."

엘사의 말에 맬러리 경감이 물었다. "과다 출혈로 죽은 게 아닌가?"

엘사가 고개를 저었다.

"목에 생긴 단일한 상처로 과다 출혈이 일어나긴 했죠. 사망은 순식간에 이뤄졌을 겁니다. 아주 조용히 그리고 지저분하게. 동맥이 절단됐으니 처음엔 피가 사방으로 튀었을 거예요. 그 뒤론 철철 흘렀을 테고요. 경감님이 보신 대로, 기도가 잘렸기 때문에 비명을 지를 수 없었습니다. 비명을 지르는 데 필요한 공기가 없었으니까. 그런데 잘린 건 기도만이 아니었어요. 안쪽의 경정맥과 함께 경동맥도 잘렸어요. 두 사람 다 즉사했을 겁니다. 결국 출혈 과다로 죽을 기회가 없었죠. 그들은 피를 다 쏟기도 전에 숨이 막혀서 죽었습니다."

엘사는 스칸디나비아 반도 출신인데도 영어가 막힘이 없었다. 노르웨이 국적에 나이는 마흔 살 정도로 보였다. 키가 크고 늘씬했으며 금발이 대부분인 북유럽 출신과 달리 흑발에 푸른 눈을 지녔다. 맬러리 경감은 법의학자들 중에서 엘사를 제일 좋아했다. 부검 테이블에 놓인 시신도 한때는 살아 숨 쉬던 인간으로 여기고 존중한다는 이유였다. 경감은 누구나 다 그렇게 취급하진 않는다고 귀띔했다.

"우린 무기를 찾지 못했어." 경감이 말했다. "실은 어떻게 생겼는지도 몰라. 어떤 칼날이 목을 저런 식으로 절단 낼 수 있지?"

"사망 도구는 가늘고 날카로울 겁니다." 엘사가 대답했다. 그녀는 우체통의 수취구처럼 길게 벌어진 휴고 벅의 상처를 쳐다보며 덧붙였다. "가해자는 피해자 뒤에 서 있었습니다. 살해 도구는 짧은 양날 검이거나 수술할 때 쓰는 기다란 메스일 겁니다. 날카롭고 끝이 뾰족하며 예리할 겁니다. 상처를 보세요. 기막힐 정도로 깨끗해요. 파열된 동맥은 흔히 위축되면서 출혈을 억제하려 들거든요. 그런데 예리하게 절단된 동맥은 출혈이 시작된 뒤에도 멈추지 않습니다." 엘사는 말을 맺으려다 언뜻 생각난 듯이 덧붙였다. "참, 사망 방식은 살인입니다."

"사망 시간은요?" 화이트스톤이 물었다.

"휴고 벅의 사냉(死冷), 즉 사후 체온 하강은 36.1℃였습니다. 정상 체온인 37℃보다 많이 떨어지지 않았죠. 아담 존스는 35℃였습니다. 하지만 미스터 존스는 길거리에서 죽었고 미스터 벅은 난방이 잘된 사무실에서 죽었다는 점을 감안해야죠."

"야외에선 체온이 더 빨리 떨어지지." 화이트스톤이 게인을 바라보며 말했다.

"아담 존스는 저녁 7시 직후에 발견됐습니다." 엘사가 다시 입을 열었다. "사망 시간은 5시에서 7시 사이로 추정됩니다. 휴고 벅은 아침 6시에 발견됐으니, 4시에서 6시 사이에 사망한 것으로 추정됩니다."

맬러리 경감이 웃으며 말했다. "2시간 간격이라…. 엘사, 너무 느슨하게 잡은 거 아닌가?" 그런 다음 부하들을 쳐다보며 말했다. "그렇다면 우리가 아깝게 놓쳤나 보군. 둘 다 우리가 도착하기 직전에 사망했어."

불필요한 언쟁을 피하려는 안주인처럼 법의학자가 두 손을 들었다.

"사망 시간은 그저 추정일 뿐입니다. 그건 경감님도 잘 아시잖아요."

"흠, 엘사를 다그칠 생각은 없어." 경감이 여전히 웃으면서 말했다. "사망 시간은 특정 용의자를 용의선상에서 완전히 배제시킬 수도 있고, 지옥에 떨어뜨릴 수도 있어. 법의학자 입장에선 조심스러울 수밖에 없지. 함부로 단정하기 어려운 부분이야."

"하지만 사건을 수사하는 입장에선 정확성이 절실한 부분이죠." 엘사가 덧붙였다.

"방어흔은 없나요?" 게인이 물었다. "딱히 눈에 띄지 않네요."

"없어요." 엘사가 말했다. "두 사람 다 맞서 싸울 의지나 기회가 없었나 봅니다. 손과 팔, 팔목, 다리, 발 등에 방어흔이 전혀 없어요." 그녀는 아담 존스의 시신을 찬찬히 바라보며 덧붙였다. "다만, 존스의 시신에는 경미한 사고로 생긴 상처와 멍, 찰과상이 있긴 해요."

"거리에서 생활하다 보면 멀쩡할 수가 없죠." 내가 말했다. "최근에 약물을 남용한 흔적은 없습니까? 사망 시점엔 마약을 하지 않았나요?"

엘사가 고개를 저었다.

"놀랍게도 없어요." 그녀의 목소리에서 연민의 정이 느껴졌다. "존스는 마약을 하지 않았어요. 겉보기엔 형편없지만, 생을 마감할 즈음엔 생활 방식을 바꾸려고 애쓴 듯 보여요."

존스의 팔에는 헤로인 남용에 따른 주사 자국이 기차선로처럼 길게 이어져 있었다. 하지만 정맥을 따라 길게 이어진 자국이 약간 희미해져 있었다.

"마약을 끊으려고 했나 봐요. 그런 시도를 한번 이상 했다고 봅니다." 엘사가 말하더니 사과조로 웃었다. "이런, 내가 여러분의 일을 넘봤네요. 또 그러면 좀 말려주세요."

맬러리 경감이 말했다. "별자리는?"

엘사가 경감을 쳐다보며 말했다. "황소자리죠. 경감님이 보고서에 언급한 오보에를 보면 알 수 있어요. 황소자리에 태어난 사람은 음악과 노래를 즐기거든요." 그러더니 엘사가 피식 웃었다. "이런, 별걸 다 물으시네!"

한바탕 웃음이 터졌다.

나는 몸을 기울여 시신을 유심히 살폈다. 처음엔 아담 존스의 목을, 다음엔 휴고 벅의 목을 살폈다. 상처의 길이와 깊이와 색깔까지 정확하게 일치했다.

"단칼에 베었어요." 내가 고개를 저으며 말했다. "한번에 제대로 끝냈어요."

"제대로만 하면 단번에 끝낼 수 있지." 맬러리 경감이 말했다. "그런데 줄리어스 시저는 암살자들에게 스물세 번이나 찔리고도 죽지 않았어. 그 당시 시저를 진찰한 로마 의사에 따르면, 만약 시저가 암살자들 사이에서 브루투스를 발견해서 삶에 대한 의지를 내려놓지 않았더라면 살았을 거라고 결론 내렸어."

엘사가 두 시신의 복부를 열어 살핀 뒤 다시 닫았다.

"꽉 쥔 주먹에서 알 수 있듯이, 미스터 벅은 사망할 때 긴장성 사체경직이 일어났습니다. 경감님이 즐겨 인용하는 표현 있잖아요. 폼페이 최후의 날을 맞은 사람들처럼 생의 마지막 순간을 그대로 간직한 채 몸이 굳었습니다. 반면, 존스는 다릅니다. 다리에만 경직이 일어났어요. 알다시피, 긴장성 사체경직이 일어나지 않거나 또는 몸의 어떤 부분에서 에너지가 떨어지지 않는다면, 보통은 사후경직이 일어나는 데 2시간 정도 걸립니다. 사후경직은 화학 반응을 일으킵니다. ATP, 즉 아데노신3인산이라는 유기화합물이 상실되면서 근육이 뻣뻣해지고 위축됩니다. 다리에만 경직이 일어났다면 죽기 전에 다리에 격렬한 근육 활동이 있었다는 뜻입니다."

우리는 아담 존스의 시신을 쳐다봤다.

"그렇다면 존스가 달리고 있었다는 말이로군." 맬러리 경감이 말했다.

"쫓기고 있었던 거죠." 내가 말했다.

엘사 올센이 우수한 학생을 바라보는 선생님처럼 나를 보며 웃었다. 그러더니 상이라도 주듯이 손을 내밀었다.

"이건 벅의 것입니다." 그녀는 내 손에 작은 물체를 떨어뜨렸다.

둥글고 단단하며 푸르스름한 물체가 저승에서 나를 쳐다봤다.

"휴고 벅의 눈은 의안이었습니다." 엘사가 말했다.

6

리젠트 파크의 아파트 앞에 차를 세웠을 땐 이미 날이 저물기 시작했다. 단풍이 물든 나무들이 오후 햇살을 받아 울긋불긋한 자태를 뽐냈다. 가을빛으로 곱게 물든 저 잎들도 곧 떨어질 거라 생각하며 유리문 앞으로 걸어갔다. 계절이 바뀌는 게 느껴져 코트를 걸치지 않은 걸 후회했다.

경비가 유리문을 열어 주었다. 나타샤 벅은 이번에도 가운 차림으로 현관에 나왔다. 가운만 걸치고 있기엔 너무 이른 시간인지, 아니면 너무 늦은 시간인지 종잡을 수 없었다. 그래도 이번엔 머리가 젖어 있지 않았다. 게다가 혼자 있지도 않았다.

한 남자가 나를 노려보며 거실을 가로질러 왔다. 한 손엔 기포가 올라오는 샴페인 잔이, 다른 손엔 담배가 들려 있었다. 기다란 검정 벤츠에서 졸던 운전기사였다. 속옷 차림인데도 한눈에 알아봤다. 그간의 훈련 덕택이었다.

"왜 이렇게 늦게 오셨죠?" 벅 부인이 말했다.

"금방 끝날 겁니다." 내가 말했다.

운전기사가 샴페인을 홀짝이며 현관으로 나왔다. 모르는 사람이 보면 출세한 사업가로 여길 것 같았다.

"무슨 문제라도 있습니까?" 운전기사가 물었다.

"아직은." 내가 말했다. "문제가 있길 바랍니까?"

"난 다른 방에 있겠습니다." 그가 말했다.

'머리가 둔하진 않군.'

운전기사가 샴페인 잔을 들고 사라졌다.

"남편의 눈에 대해 얘기해 주세요." 내가 말했다. "한쪽 눈을 상실했잖아요."

"뭘 알고 싶은 거죠?"

"어쩌다 그렇게 됐습니까?"

"학교 다닐 때, 그러니까 포터스 필드에서 운동하다 그렇게 됐대요. 트라이로 점수를 올리는 순간 상대에게 눈을 차였다고 하더라고요. 휴고는 타고난 운동선수였어요." 왠지 남편을 자랑스러워하는 듯한 말투였다. "영국에서 생겨난 운동은 죄다 좋아했어요. 럭비는 물론이고요 크리켓, 테니스, 축구까지 못 하는 게 없었죠."

"그러니까 어렸을 때 그렇게 된 거라는 얘기죠?"

나타샤 벅이 고개를 끄덕였다. "그이는 게임에 아주 능했어요."

다음 날 아침, 브리핑이 끝나고 바로 웨스트엔드 센트럴을 나왔다. 1시간 뒤, 자갈이 고르게 깔린 진입로에 BMW X5를 세우고 널찍한 단독주택을 올려다봤다. 한적한 전원주택처럼 보였다.

필리핀 가정부가 문을 열어주었다. 아담 존스가 이런 집을 두고 왜 거리에서 헤맸을까, 생각하면서 안으로 들어갔다. 가정부가 나를 현관에 세워두고 사라졌다. 휴고 벅의 어머니가 나오길 기다리며 유리문을 통해 뒤뜰을 내다봤다.

뒤뜰 한 켠에 방치된 수영장이 보였다. 수영장 안팎엔 낙엽이 잔뜩 쌓였고 넓은 뒤뜰엔 풀이 무성했다. 정원사가 나오지 않을 걸 알기라도 하듯이 수영장 근처에서 여우 한 마리가 졸고 있었다. 쇠락의 흔적이 곳곳에 드러났다. 그래도 예전엔 돈이 꽤 많았을 것 같았다. 어쩌면 여전히 많을지도 몰랐다. 사라진 건 돈이 아닐지도 몰랐다.

벽에 그림이 하나 걸려 있었다. 저무는 햇살을 받아 고층 건물들이 은은하게 빛나는 그림이었다. 도회지였지만 사람은 하나도 보이지 않았다. 휴고 벅의 아파트에 걸린 그림과 같은 화가의 작품으로 보였다. 게다가 그림 한쪽에 보이는 소문자 두 개도 똑같았다.

j s

"이렇게 찾아와 줘서 정말 고마워요." 존스 부인이 계단을 내려오며 말했다. 반가운 사람이라도 맞는 양 두 팔을 활짝 벌렸다.

나는 놀란 표정을 애써 숨겼지만 그녀가 머리에 화려한 스카프를 두른 이유를 단박에 알아차렸다. 창백한 혈색에 퉁퉁 부은 얼굴은 오랜 방사선 항암 치료의 부작용이었다.

그녀는 죽음을 앞두고 있었다.

그런데도 그녀에겐 젊은 시절의 미모가 고스란히 남아 있었다. 오랫동안 항암 치료를 받았을 텐데도 얼굴엔 주름 하나 없었다. 세월의 흔적도, 병마의 흔적도 그녀의 미모는 건드리지 못한 듯했다.

"존스 부인, 저는 울프 경장입니다. 전화로 잠깐 이야기했었죠. 아드님을 잃고 얼마나 상심이 크신지요?"

그녀는 내가 내민 신분증을 쳐다보며 미소를 지었다. 하지만 내 말이 다 끝나자 고통스럽게 입을 비틀며 고개를 한번 끄덕였다. 하지만 이내 평정심을 되찾았다. 자부심이 강해서 다시는 볼 일이 없는 사람에게도 흐트러진 모습을 보이고 싶지 않은 듯했다.

"들어오세요." 그녀가 거실 쪽으로 몸을 돌리며 말했다.

노부인을 따라 안으로 들어갔다. 꼿꼿하게 걸으려 애쓰는 뒷모습이 안쓰러워 보였다. 나는 그녀가 안락의자에 앉을 때까지 기다렸다가 맞은편 소파에 앉았다. 노쇠한 검정색 래브라도가 거실로 느릿느릿 들어왔다. 내가 손을 내밀자 녀석은 잠시 코를 킁킁거리더니 몸을 돌려 주인의 발치로 건너갔다.

필리핀 가정부가 나타났다.

"차를 내오너라, 로잘리타." 존스 부인이 말했다. 그런 다음 안경 너머로 나를 쳐다봤다. 깊고 푸른 두 눈은 여전히 슬픔과 충격에서 헤어나지 못한 듯했다.

"와줘서 정말 고마워요." 그녀가 말했다. "수사는 어떻게 진행되고 있나요? 범인은 잡혔나요?"

"아직 잡히지 않았습니다, 부인. 몇 가지 질문에 답해 주시면 수사를 진행하는 데 크게 도움이 될 겁니다."

그녀가 검정색 래브라도의 목덜미를 무심코 쓰다듬으며 고개를 끄덕였다. 개가 기분 좋게 가르랑거렸다.

"아드님, 그러니까 아담에 대해 얘기해 주십시오." 나는 잠시 머뭇거리다 덧붙였다. "사망 당시 거주지가 일정치 않더군요."

존스 부인이 옛일을 회상하며 미소를 지었다.

"그 아인 재능을 타고 났어요. 가히 천재라 할 만했죠. 감수성이 풍부했어요. 뛰어난 음악가였죠. 정말 뛰어났어요!"

존스 부인이 문득 거실을 둘러봤다. 그녀에게 이곳은 죽은 아들의 성지나 마찬가지라는 생각이 들었다. 책장에는 트로피와 상패가 가득했다. 베토벤을 비롯한 음악가들의 흉상도 보였다. 벽에는 액자에 담긴 인증서가 잔뜩 걸려 있었다. 작은 피아노 위에는 은박 액자가 줄줄이 놓여 있었다.

"내 아들은 왕립 음악원에 다녔어요." 존스 부인이 말했다. "그런데 한 학기를 마치고 그만둬야 했어요."

로잘리타가 차를 내왔다. 존스 부인이 한 손을 들자 가정부는 말뜻을 알아듣고 바로 물러났다. 나는 가정부가 거실에서 나갈 때까지 기다렸다.

"왜 그만둬야 했습니까?"

존스 부인은 얼굴을 찡그리더니 개의 양쪽 귀 사이를 헝클어뜨렸다. 불시에 찾아오는 통증을 참는 듯 보였다.

"그건," 부인이 어렵사리 이야기를 시작했다. "그 애한테 어두운 면이 있었기 때문이에요." 그녀는 슬픔을 억누르며 미소를 지었다. "달리 어떻게 설명해야 할지 모르겠네요. 내 아들에겐 어두운 면이 있었어요. 그 때문에 마약에 손을 댔고 결국엔 마약이 모든 걸 앗아갔어요."

"아드님이 마약을 끊으려고 노력했던 것으로 보입니다. 부검

결과, 사망 시점엔 몸에서 약물이 검출되지 않았습니다."
"그래요. 그 애는 끊으려고 노력했어요. 굉장히 노력했어요." 그녀가 나를 쳐다봤다. "고마워요."
뜬금없이 고맙다는 말에 나는 뭐가 고맙다는 건지, 또 뭐라 대답해야 할지 몰랐다.
존스 부인이 차를 따랐다. 나는 창밖을 내다봤다. 수영장 근처에서 졸던 여우는 사라지고 없었다.
"아드님을 마지막으로 본 게 언제였습니까?"
"한 달 전이에요. 돈을 빌리러 왔더군요." 그녀가 허탈하게 웃었다. "빌리러 오다니, 거참 우습네요! 걔 아버지가 2년 전에 세상을 떠났거든요. 그 뒤론 아들이 집에 와서 돈을 달라고, 아니 빌려 달라고 하기가 수월했죠. 남편이 살아 있을 땐 어림도 없었거든요. 언쟁하고 거절하고 소리 높여 싸웠죠. 앞으로 제대로 살겠다고 눈물로 호소하기도 했고요. 그간 별의별 일이 다 있었어요. 그러다 물건이 하나둘 없어졌어요. 침대맡에 둔 시계가 없어지고, 지갑에 넣어둔 돈도 없어지고. 그 때문에 아담은 아버지랑 사이가 틀어지고 말았어요. 하지만 내 물건엔 손대지 않았어요. 한번도. 마약에 중독된 사람은 자기를 아끼는 사람의 물건을 슬쩍하기도 한대요. 내 아들도 그 중 하나였죠."
나는 차를 마셨다. 아담 존스는 더 이상 차가운 길바닥에 죽은 채로 발견된 마약 중독자가 아니었다. 철제 침대에 벌거벗은 채 놓인 시신도 아니었다. 그는 누군가의 아들이었다.
"그리고 어젯밤에도 그 애를 봤어요." 존스 부인이 말했다. "내 아들 아담을 꿈속에서 봤어요. 그런데 너무나 생생해서 꿈

같지 않았어요. 얘가 아주 슬퍼 보였어요. 이런 얘길 들어봤나요?" 그녀가 다시 웃었다. "내가 나이를 먹어서 정신이 오락가락하는 걸까요?"

"아닙니다. 그런 일은 흔히 일어납니다. 이별한 직후에는 더 그렇죠. 사랑하는 사람을 떠나보내는 게 어디 쉬운 일인가요?"

그녀가 나를 쳐다봤다. "난 쉽게 지쳐요." 머리에 두른 스카프를 가리키며 덧붙였다. "이게 말썽이죠."

내가 고개를 끄덕였다.

"식사를 제대로 못하시나 봅니다, 존스 부인." 나는 잠시 뜸을 들였다가 말을 이었다. "방사선 치료 때문에 입맛이 떨어지신 거죠?"

"그래요. 치료를 시작하기 전부터 다들 머리카락이 빠지고 구역질이 날 거라고 겁을 주더군요. 그런 건 누구나 알아요. 하지만 입맛이 떨어진다는 얘긴 아무도 안 했어요." 존스 부인이 나를 찬찬히 쳐다봤다. "그나저나 별걸 다 알고 있네요."

"저희 할머니도 암으로 고생하셨거든요. 뭐, 오래전 일입니다."

"할머니랑 무척 가까웠나 봐요."

"전 할머니 손에 자랐습니다. 부모님이 일찍 돌아가셔서 할머니가 절 키워주셨거든요. 제겐 어머니 같은 분이죠."

"그렇군요. 아주 좋은 할머니를 뒀군요."

"세상에서 가장 따뜻한 분이셨죠."

"지금은 안 계시겠네요."

"네. 그럼 아담에 대해 좀 더 자세히 말씀해 주세요. 혹시 사이가 안 좋은 사람이 있었나요?

그녀가 눈썹을 치켜떴다. "누군가가 내 아들을 살해했어요. 내 아들의 목숨을 빼앗았다고요. 하지만 그 애는 참으로 온화한 아이였어요. 누구하고도 척진 일이 없었어요. 내가 알기론 그래요."

"존스 부인, 살인 사건의 피해자는 대부분 자신을 죽인 사람과 아는 사입니다. 혹시라도 아담에게 해를 끼치고 싶어 하는 사람이 있지 않았을까요? 집에 왔을 때 돈 문제로 힘들다고 얘기한 적은 없습니까? 빚 독촉에 시달린다는 얘기를 들어보셨습니까?"

"돈이야 늘 쪼들렸죠." 존스 부인이 말했다. "하지만 걔한테 악의를 품은 사람은 없었어요. 세상을 더 좋게 만들려고 애쓰는 사람을 누가 미워하겠어요. 그런데 어쩌다 길을 잘못 들어서 헤어나지 못하고 말았죠. 백방으로 애썼지만 소용이 없었어요. 우리가 그 애를 아무리 사랑해도, 붙잡고 아무리 애원해도 먹히지 않았어요. 그 애가 잘 되길 아무리 기도해도, 또 본인이 아무리 노력해도 다 부질 없었어요. 하지만 원래는 심성이 고운 아이였어요. 행복한 아이였어요. 어둠에 갇혀 슬퍼하던 아이가 아니었어요."

존스 부인은 몹시 지쳐 보였다. 갑자기 피아노 쪽으로 몸을 돌리더니 은박 액자를 가리키며 말했다.

"직접 봐요. 내 아들을 보라고요. 어서." 청이 아니라 명령에 가까웠다. "어서 보라니까."

나는 액자가 여남은 개 놓인 피아노 쪽으로 걸어갔다. 아기 때 사진과 어렸을 때 사진뿐이었다. 사진만 봐서는 아담 존스가 십

대 중반을 넘기지 못한 것 같았다. 일단 귀여운 아기 사진이 몇 장 보였다. 침대에 누워 있거나 존스 부인의 품에 안긴 모습이었다. 그때만 해도 부인은 젊고 건강하고 아리따웠다. 갓난아기를 품에 안고서 해맑게 웃고 있었다. 그 옆으로 아담이 해변에서 아장아장 걷는 사진이 보였다. 통통한 두 다리로 서서 아버지 손을 꼭 붙잡고 있었다. 예닐곱 살 먹은 아담이 조그마한 바이올린을 들고 씩 웃는 사진도 보였다. 앞니가 몇 개 빠져 있었다. 아이가 성장하는 모습이 한눈에 들어왔다. 하지만 아이는 어른으로 자라지 못했다. 적어도 이 사진들 속에서는.

나는 몸을 돌려 안락의자에 앉아 있는 존스 부인을 건너다봤다. 눈이 감겨 있었다. 래브라도가 이때다 싶어 그녀의 무릎으로 뛰어 올랐다. 앞으로 수그러지던 그녀의 고개가 번쩍 들렸다.

"난 이렇게 금세 지쳐요." 존스 부인이 나를 올려다보며 말했다. "당신 할머니도 이렇게 지치셨나요?"

"네, 그러셨습니다."

나는 아담이 열 살 무렵 사진을 집어 들었다. 손뼉을 치는 관객들 앞에서 정장 차림으로 당당히 서 있는 모습이었다. 손에는 아동용 오보에가 들려 있었다.

사진을 제자리에 내려놨다.

"방사선 치료 때문에 금세 지치는 거죠." 내가 말했다.

그녀는 다시 잠이 든 것 같았다. 나는 사진 쪽으로 몸을 돌렸다. 사진 속에서 뭐라도 찾아낼 요량으로 찬찬히 살폈다. 다른 형제는 없었다. 슈퍼맨 캐릭터가 그려진 파자마를 입은 아담, 청소년 오케스트라 단원으로 활동하는 아담, 한두 해 지난 뒤 똑같은 오케스트라 단복을 입은 아담이 차례로 보였다. 그리고 엄마와 함께 회전목마에 올라 활짝 웃으며 손을 흔드는 아담이 보였다. 빙빙 도는 목마를 타고 카메라를 향해 소리쳤을 것이다.

안녕! 아빠, 안녕!

나도 모르게 액자를 하나 집어 들었다. 은박 테두리엔 세월의 흔적이 묻어 있었다. 그렇게 얼마 동안 들고 있었는지, 로잘리타가 문간에 서서 나를 쳐다보는지도 몰랐다. 그녀는 거실로 들어와 찻잔을 치웠다. 나는 손에 들고 있던 사진을 다시 쳐다봤다.

군인들이 보였다.

군복을 입은 청년들이 보였다.

휴고 벅의 책상에 유일하게 놓여 있던 액자의 사진과 똑같았다. 피로 얼룩진 액자 속에서 찬란한 미래를 향해 환하게 웃던 일곱 명의 젊은이들이 여기에도 있었다.

이번에도 얼핏 봤을 때만 군인으로 보였을 뿐, 그들은 어린 학생들이었다. 구식 군복 차림이었지만 군인도, 어른도 아니었다. 하지만 얼마 안 가서 소년티를 벗어날 터였다.

사진의 한쪽 끝에 때 묻지 않은 아담 존스가 보였다. 그리고 아담의 반대쪽 끝에 십 대 시절의 휴고 벅이 보였다.

나는 이십여 년 뒤의 모습으로 그들을 만났다. 송장으로, 살인 피해자로, 자신이 흘린 핏물에 빠진 모습으로 만났다. 이안 웨스트 법의학 사무실의 썰렁한 부검실에서 철제 테이블에 놓인 시신으로 만났다.

하지만 사진 속에서 그 두 사람을 포착하는 건 어렵지 않았다.

“내가 또 졸았나 보네요.”

존스 부인이 바로 옆에서 말하는 통에 나는 화들짝 놀랐다. 전혀 예상치 못했기 때문에 하마터면 헉, 하는 소리를 뱉을 뻔했다.

부인은 내게서 사진을 가져가더니 오랫동안 잊고 있었던 듯 한동안 쳐다봤다. 잠시 후 액자가 놓여 있던 자리에 다시 내려놨다. 검정 피아노에 내려앉은 먼지가 액자의 원래 위치를 알려주었다.

그녀는 나더러 사진을 보라고 했다. 자기 아들을 제대로 알아달라고 했다. 하지만 죽음을 눈앞에 둔, 예의바르고 친절한 이 여성은 내가 자기 아들의 사진을 만지는 건 원치 않은 듯했다.

“혹시 휴고 벅을 만나신 적이 있습니까?”

“휴고? 20년 가까이 만나지 못했어요. 하지만 잘나가는 은행가라고 들었어요.”

“아담이 휴고 벅과 친구 사이였죠, 그렇죠?”

그녀가 고개를 끄덕였다. “포터스 필드에서 같이 공부했어요.”

7

나는 세빌 로 27번지로 돌아와 그날 오후와 다음 날 내내 MIR-1에서 벗어나지 못했다.

두 번째 사진을 발견한 뒤로 수사 방향이 확 바뀌었다. 수사의 핵심 라인은 20년 전 군복을 입고 카메라를 향해 웃고 있는 일곱 명의 학생들로 정해졌다.

"사진을 중심으로 기본 원칙에 따라 수사를 진행하도록 한다." 맬러리 경감은 우리가 작업하는 단말기 사이를 오가며 독려했다. "함부로 추정하지 마라. 함부로 믿지도 마라. 죄다 의심하고 확인하라."

우리는 홈즈[2](HOLMES[2], Home Office Large Major Enquiry System)라는 중앙 컴퓨터에 접속하여 수사와 관련된 정보를 검색했다. 우리의 휴대폰은 언제 출동할지 몰라 최대로 충전된 상태였다.

유리창 너머로 비치는 메이페어 주택가의 하늘엔 구름 한 점 없었다. 맬러리 경감은 오후 브리핑을 시작하기에 앞서 한 손으로 민머리를 쓸어 넘기더니 차갑게 식은 차를 벌컥벌컥 들이켰다.

"자, 지금 우리가 쳐다보는 게 뭔가?"

우리는 MIR-1 벽에 걸린 대형 플라스마 스크린을 쳐다봤다. 스크린에선 아담 존스의 어머니 집과 휴고 벅의 책상에 있던 사진이 보였다.

강력계 책임 수사관인 화이트스톤 경위가 헛기침을 하고 나서 이야기를 시작했다.

"이것은 1988년 봄에 포터스 필드 고등학교에서 찍은 사진입니다. 포터스 필드 고등학교는 열세 살에서 열여덟 살 사이의 남학생을 수용하는 기숙학교로, 버크셔와 버킹엄셔 경계선 상에 있습니다. 사진에 나오는 일곱 명은 연합 장교 양성대Combined Cadet Force의 유니폼을 입고 있습니다. 제일 왼쪽이 아담 존스이고 제일 오른쪽이 휴고 벅입니다."

스크린 옆에는 맬러리 경감이 사용하는 커다란 화이트보드가 있었다. 보드에는 일곱 소년의 실제 사진이 8×10인치 크기로 붙어 있었다. 그 옆으로 존스와 벅의 다른 사진들이 조그마한 자석으로 고정되어 있었다. 살해된 장소와 이안 웨스트의 부검실에서 찍은 것들이었다.

"연합 장교 양성대는 포터스 필드에서 학생 군사 교육단을 칭하는 이름입니다." 화이트스톤이 계속 설명했다. "오래된 공립학교에선 요즘도 이런 프로그램을 운영합니다."

"포터스 필드는 그야말로 전통 있는 학교지." 맬러리 경감이 말했다. "한 500년쯤 됐을 걸? 해로우, 세인트 폴스, 웨스트민스터, 윈체스터, 럭비, 말보로 같은 학교만큼이나 오래됐을 거야. 아, 물론 슬로우 컴프리헨시브(Slough Comprehensive '슬로우 지역에 있는 종합 중등학교'라는 뜻이지만, slough에 '절망의 구렁텅이'라는 뜻이 있음. 이튼스쿨을 칭함 - 옮긴이 주)도 빼 놓을 순 없지."

맬러리 경감이 우리의 멍한 표정을 보더니 설명을 덧붙였다.

"이튼 말이야. 그 동네에선 자기들끼리 우스개로 그렇게 불러.

그나저나 이 사진은 어디서 나왔나?"

내가 말했다. "아담 존스의 어머니에게서 얻은 사진입니다."

"이게 휴고 벅의 책상에 있던 사진과 같은 거라고 확신할 수 있나?"

게인 경위가 자신의 노트북을 쳐다보다 고개를 들었다. "은행에 있던 사진은 표면에 경미한 손상이 생겼습니다. 핏방울이 액자 속으로 스며들었거든요. 하지만 동일한 사진이 맞습니다."

"그럼 존스와 벅은 학교를 졸업한 뒤에도 연락하는 사이였나?" 맬러리 경감이 물었다.

"각자 다른 길을 간 것 같습니다, 경감님." 내가 대답했다. "존스의 어머니는 지난 20년 동안 휴고 벅을 한번도 보지 못했답니다. 그가 죽은 줄도 모르던데요."

"그분은 신문도 안 읽나 보죠?" 게인이 말했다.

"말기 암 환자입니다. 다른 데 신경 쓸 여력이 없겠죠."

"연락했는지 여부를 존스 어머니가 몰랐다고 해서, 두 사람이 전혀 연락하지 않았다고 보면 곤란하죠." 게인이 반박했다.

"휴고 벅의 미망인인 나타샤 벅은 아담 존스를 만난 기억이 전혀 없답니다." 내가 말했다. "다만 집 앞인지 결혼식장인지 정확히 기억나진 않지만, 웬 마약 중독자가 불쑥 찾아왔던 것 같다고는 하더군요."

"예전에 존스가 벅의 사무실에도 찾아와 만나게 해달라고 했답니다." 화이트스톤이 말했다. "차이나코스 투자은행의 비서와 얘길 나눴는데, 휴고 벅의 옛 친구라는 남자가 찾아와서 그를 만나게 해달라고 청했답니다. 이삼 년 전에요. 비서 말로는 부랑

자처럼 보이더랍니다. 필시 존스를 말하는 것 같았습니다. 하지만 벅이 만나지 않겠다고 해서 경비를 불러 건물 밖으로 쫓아냈답니다. 꼴사나운 광경이 연출됐다고 하더군요."

"마약 중독자가 부자 친구한테 돈 좀 얻어 쓰려다 쫓겨난 거네요." 게인이 말했다.

"그럴듯한 추정이야." 맬러리 경감이 말했다.

"그렇다면 우리가 지금 연쇄살인을 다루는 겁니까?" 게인이 물었다. "즉, 범인이 같다는 전제 하에 움직여야 하는 겁니까? 피해자들이 거기 어디냐, 포터스 필드를 졸업한 뒤로 연락하진 않았지만 말입니다."

"그렇다." 맬러리 경감이 단정적으로 말했다. "살인 수법, 사망 방식, 출신 학교. 이것만 봐도 연쇄살인으로 보기에 충분하다. 그나저나 지문과 족적에 대한 수사는 어떻게 진행되고 있나?"

"차이나코스 사무실에서 찾아낸 지문과 족적은 전부 파악했습니다." 게인이 말했다. "하지만 존스가 살해된 골목은 최악입니다. 확인할 수 없는 지문과 족적 천지랍니다."

"장갑 지문은?" 맬러리 경감이 말했다.

"없습니다. 죄송합니다, 경감님."

"장갑 지문이 필시 있을 텐데." 경감이 고개를 젓다가 사진을 올려다보며 물었다. "나머지 다섯 명은 누군가?"

"지금 알아보고 있습니다, 경감님." 화이트스톤이 말했다. "오늘 중으로 신원이 파악될 겁니다. 울프 경장이 아담 존스의 어머니를 다시 만나러 갈 예정입니다. 학교 측엔 제가 접촉했습니다. 교장이 저한테 연락 주기로 했습니다."

"사진을 찍은 사람도 알아보도록 해." 경감이 말했다. "그건 화이트스톤 경위가 알아보도록! 알았나? 그리고 게인 경위는 얼굴을 클로즈업 해봐."

게인이 컴퓨터 키를 몇 번 두드리자 카메라가 움직이는 것처럼 사진이 확대되었다. 일곱 명의 얼굴이 흐릿한 과거에서 현재로 순간 이동하는 것 같았다.

우리는 말없이 그들을 쳐다봤다.

조금 전까지만 해도 그들은 다 똑같아 보였다. 부모 잘 만나 온갖 특혜를 누리는 거만한 청년들, 앞은 짧고 옆과 귀는 긴 헤어스타일에 미래가 자기들 거라는 자신감에 넘치는 청년들로만 보였다. 그런데 확대된 사진으로 보니 제각각이었다.

아담 존스는 제일 왼쪽에 있었다. 빼빼한 체구에 순진무구한 표정이 나머지 청년들보다 훨씬 어려 보였다. 어린 티가 가시지 않은 유일한 학생이었다.

휴고 벅은 제일 오른쪽에 있었다. 까무잡잡한 피부에 날마다 수염을 깎아야 할 정도로 남성미가 풍겼다. 자신의 외모와 능력과 지위에 자신감이 넘치는 모습이었다.

나는 사진을 더 자세히 들여다봤다. 제대로 보니 각자의 개성이 또렷이 드러났다.

전부 다 웃고 있지도 않았다.

중앙에는 검정 안경을 쓴 청년이 있었다. 심약해 보이는 얼굴이 다른 친구들과 달리 사뭇 진지했다. 앞머리를 뒤로 넘겨서 넓은 이마가 훤히 드러났다.

그의 양 옆에는 쌍둥이가 서 있었다. 누가 누군지 구분되지 않을 정도로 똑같았다. 쌍둥이 형제는 키가 크고 잘생겼으며 인상이 차가웠다. 쌍둥이 중 하나는 얼굴 한쪽에 톱니 모양의 흉터가 있었다.

흉터가 있는 쌍둥이와 아담 존스 사이에 뚱뚱한 청년이 보였다. 심술보가 가득하고 입꼬리 한쪽으로 혀가 삐죽 나와 있었다.

반대편의 휴고 벅 옆에는 거무스름한 피부의 활짝 웃는 청년이 있었다. 인도계로 보이는 그는 다른 학생들보다 키가 훌쩍 컸다.

이렇게 자세히 보니 그들이 입은 군복만 똑같았다.

"연합 장교 양성대라는 게 정확히 뭡니까?" 게인이 물었다. "부잣집 자제들이 군대놀이라도 하는 건가요?"

"아냐, 그들은 굉장히 진지하게 임해." 맬러리 경감이 말했다. "이런 학교에서는 상당히 많은 소년들이 장교 훈련을 받아. 예나 지금이나 포터스 필드 졸업생이 제일 많은 곳은 영국 육군일 거야. 이튼 출신은 군대와 정계와 연예계로 빠지고, 포터스 필드 출신은 군대와 금융계와 감옥으로 빠진다더군."

나는 맬러리 경감이 그런 걸 다 어떻게 알았는지 궁금했다.

"하지만 학생 군사 교육단이니 연합 장교 양성대니 하는 게 다 무슨 소용입니까?" 게인의 질문이 집요하게 이어졌다. "공립학교에 다니는 놈들이 왜 군복차림으로 똥폼을 잡는 겁니까?"

화이트스톤이 자신의 노트북 화면을 들여다보며 말했다. "그건 상당히 오래된 전통이야. 포터스 필드 연합 장교 양성대는 '포터스 필드 소총부대'라는 이름으로 1805년에 설립됐어."

맬러리 경감이 게인을 애정 어린 눈으로 쳐다보며 웃었다. 존 레논 스타일의 안경이 불빛을 받아 반짝거렸다.

"1805년이라…. 게인 경위, 뭐 생각나는 거 없나? 없다고? 흠, 그 해는 나폴레옹이 쳐들어올까 봐 온 나라가 걱정하던 때야. 20만 명이나 되는 프랑스 군인들이 자국 해안에서 출정 명령을 기다리던 상태였어. 그래서 당시 공립학교들이 나라를 지키려고 똘똘 뭉쳤던 거야. 침략자를 물리치기 위한 청년 운동의 일환이었어."

"그래서 나폴레옹이 겁먹고 쳐들어오지 않았나요?" 게인이 물었다. "무식해서 죄송합니다."

"그래, 나폴레옹이 실제로 공격을 포기했어." 맬러리 경감이 화면을 보며 말했다. "그런데 학생 군사 교육단이니 연합 장교 양성대니 호칭은 달라도 각 학교의 소총부대는 계속 운영됐어."

"그들은 보통 열다섯 살에 입대해. 사진에 나오는 소년들도 그 나이대로 보이잖아." 화이트스톤이 경감의 말을 이었다. "육군 장교로 복무하는 데 필요한 교육을 정기적으로 받는 거야. 리더십을 기르고 암호를 해독하고 총도 쏘지. 실탄을 사용해 실전처럼 훈련받아."

"그밖에 더 논의할 내용은 없나?" 맬러리 경감이 물었다.

"도살자 밥이 남았습니다, 경감님." 게인이 말했다.

맬러리 경감이 돌연 나를 쳐다봤다.

"자네는 언론에 대고 함부로 떠들지 말도록, 알았나? 그런 일을 전담하는 사람들이 따로 있어. 그러니까 언론 대응은 공보관한테 맡기고 자넨 맡은 임무나 충실히 수행해. 자네가 기자들한테 어쭙잖은 이야기를 함부로 떠벌리는 순간, 아이맥(애플의 일반용 퍼스널 컴퓨터-옮긴이 주)을 사용하는 마마보이들이 사회에 앙심을 품고서 SNS에 반사회적 글을 씨불인단 말이야. 너도 나도 나와서 자기가 도살자 밥이라고 주장할 거야. 그럼 우린 그걸 죄다 조사해야 해. IP 주소를 추적해 현장에 출동하고, 그들에게 장난치지 말라고 엄포를 놔야 한단 말이야. 그러니까 우린 언론에 아무 말도 하지 말아야 해. 그건 공보관들이 알아서 할 거야. 알았나?"

"잘 알았습니다." 내가 말했다.

경감은 내가 변명하려 들지 않자 목소리를 누그러뜨렸다.

"스칼렛 부시라는 기자는 특히 조심해야 해. 아주 악질이거든. 타블로이드판에 어울리는 두뇌와 종합 일간지에 어울리는 입을 가졌다고 하더군. 흠, 내가 반대로 말했나?"

"그렇다면 도살자 밥을 어떻게 취급해야 합니까?" 내가 망설이다 물었다.

"우리에게 선택의 여지가 없잖아." 게인이 말했다. "누가 불쑥 사람을 죽였다고 주장하면 우리로선 진지하게 취급할 수밖에. 당장 출동해서 잡아들여야지. 그게 우리 일이니까."

"도살자 밥의 IP 주소는 확보했나?" 맬러리 경감이 물었다.

"아직 확보하지 못했습니다." 게인이 대답했다. "그는 일종의 익명 서비스 또는 익명 프록시 서버를 통해서 메시지를 올리고 있습니다. 필시 '토르Tor'나 '12P'로 인터넷 추적을 따돌리는 것 같습니다. 아동 포르노가 대부분 이런 익명 서비스를 통해 유포됩니다. IP 주소를 숨기려고 고안된 심층 웹입니다. 그나저나 밥이 또 메시지를 올렸네요."

게인이 자판을 두어 번 두드리자 대형 스크린의 화면이 바뀌었다. 일곱 소년의 사진이 사라지고 우표 크기만 한 흑백 사진이 올라왔다. 양복과 넥타이에 모자를 쓴 야윈 얼굴의 남자가 입에 담배를 물고 있었다. 역사 속 인물이었다.

맬러리 경감이 큰 소리로 메시지를 읽었다.

"나는 세상을 파괴한 자, 죽음의 신이 되었다. 보라! 사람들의 은밀한 천사요, 추방된 자들의 정당한 복수자를. 도살자 밥이 갈 것이다. 은행가를 모두 죽여라. 돼지를 모두 죽여라. #돼지를모두죽여라."

게인이 깔깔 웃었다.

"짜식이 컴퓨터 게임을 너무 많이 했나 봅니다."

맬러리 경감은 웃지 않았다.

"앞부분은 원자폭탄의 아버지로 불리는 로버트 오펜하이머가 한 말이다. '나는 세상을 파괴한 자, 죽음의 신이 되었다.' 사진 속 인물은 오펜하이머야. 힌두 경전인 〈바가바드기타Bhagavad Gita〉에서 인용한 문구야. 핵무기가 처음 터지고 세상이 발칵 뒤집힌 후에 오펜하이머가 한 말이야."

"제가 그놈을 찾겠습니다." 게인이 컴퓨터 키를 거칠게 몇 번 두드렸다.

화면에는 다시 일곱 소년의 사진이 나타났다.

"포터스 필드. 이 학교가 핵심이다." 맬러리 경감이 말했다.

"포터스 필드는," 화이트스톤이 말했다. "헨리 8세가 1509년 즉위하면서 설립한 학교입니다. 성경에서 이름을 따왔는데, 가난한 사람들을 위한 공동묘지라는 뜻입니다. 제사장들이 유다의 피값을 주고, 토기장이의 밭(土器, potter's field; '포터스 필드'라는 학교 이름의 유래-옮긴이)을 사서 묘지로 사용했답니다."

화이트스톤이 이야기를 마치며 슬며시 웃었다.

"주일학교에서 배웠어요?" 게인이 물었다.

"구글에서 찾았지." 화이트스톤이 대답했다.

"그들은 제가 생각했던 것보다 출신이 다양합니다." 내가 말했다. "휴고 벅은 금융 가문 출신이고 아담 존스는 음악 특기생으로 장학금을 받았습니다. 두 사람은 딴 세상에서 죽었을 뿐만 아니라 애초에 딴 세상에서 왔던 겁니다."

맬러리 경감이 고개를 끄덕였다. "원래 부자와 신흥 부자와 가난뱅이가 뒤섞였던 거군. 하지만 누가 그들을 미워하는 걸까?"

우리는 포터스 필드의 1988년도 연합 장교 양성대원들에게서 눈을 떼지 못했다. MIR-1에는 침묵이 흘렀다. 세빌 로의 5층 건물 아래에서 들리는 자동차 소리만 간간이 들렸다. 그제야 나는 맬러리 경감이 침묵의 순간을 어떻게 활용하는지 알았다. 진실이 저절로 스며들 틈을 주는 것이었다.

"어쩌면 서로 미워하는 건지도 모르죠." 내가 말했다.

늦었다. 아주 된통 늦었다.

스카우트는 방과 후 특별 활동에 참여했다. 뭘 하는지는 모르지만 패션 일러스트레이션 수업이라고 들었다. 그림 그리기를 좋아하는 아이와 업무에 바쁜 부모를 위해 생긴 과정이었다.

스카우트가 데이비스 선생님과 함께 교문 바로 안쪽에 서 있었다. 다른 아이들은 한참 전에 집으로 돌아갔다. 두 사람은 행복한 얼굴로 이야기를 나누고 있었다. 아니, 스카우트 혼자 조잘대는 통에 뉴질랜드 출신의 여교사는 말할 기회를 못 잡고 미소 띤 얼굴로 고개만 끄덕였다. 스카우트는 금발의 데이비스 선생님을 무척이나 좋아하고 따랐다.

나는 교문에 최대한 가깝게 차를 세우고 얼른 뛰어갔다.

"죄송합니다. 차가 많이 막혀서요."

데이비스 선생님은 선선히 웃으며 나를 맞아 주었다. 스카우트는 무표정한 얼굴로 나를 본체만체했다.

집으로 가는 도중에 나는 백미러로 스카우트를 쳐다봤다. 녀석은 고개를 틀고서 거리만 쳐다봤다.

"스카우트." 내가 말했다.

스카우트가 백미러에 비친 내 눈을 쳐다봤다. "네?"

"미안하구나."

"오늘은 머피 부인이 아니라 아빠가 데리러 오는 날이잖아요. 아빠의 당번 날이라고요."

"아빠가 더 노력할게. 머피 부인에게 당번 날을 늘려달라고 부탁해볼게. 아무튼 다시는 늦지 않을게."

스카우트는 이미 고개를 돌렸다.

"스카우트?"

"왜요?"

"아빨 용서해 줄 거지?"

스카우트가 고개를 돌리고 나를 쳐다봤다.

"난 언제나 아빠를 용서해요."

집으로 돌아오는 내내 그 말을 곱씹었다.

스카우트는 집에 들어오자마자 스탠과 뒹굴었다.

"스탠이 밤에 가끔 울어요." 스카우트가 말했다. "진짜로 울어요. 우는 소리를 내가 직접 들었어요."

내가 고개를 끄덕였다. "아빠도 그 소리 들었단다."

"옛날 집이 그리운가 봐요."

"아니야. 스탠은 어미의 심장소리가 그리운 거야. 참, 어미가 그리워서 우는 강아지를 달래줄 묘책이 있어. 뭔지 알려줄게."

나는 낡은 자명종 시계를 찾아서 스탠의 요람 아래에 슬쩍 넣었다.

"째깍째깍 소리를 들으면 스탠은 어미의 심장 소리라고 생각할 거야."

스카우트가 전혀 믿기지 않는 표정으로 바라보는 통에 나 역시 터무니없는 짓인가 싶었다.

하지만 그 방법이 먹혔다.

그날 밤에도 나는 새벽녘까지 뒤척거렸다. 육류시장의 소음이 잦아들고 여명이 조금씩 스며들 때까지 잠을 이루지 못했다. 그 사이 스탠의 낑낑거리는 소리는 한번도 들리지 않았다.

8

'블랙 뮤지엄'은 런던 경찰청의 별칭인 뉴스코틀랜드 야드에 있었다. 그런데 이름만 박물관이지 실제론 박물관이 아니다. 전시물을 일반에 공개하지 않고 육중한 문 뒤에 꼭꼭 숨겨 둔다. 공식적으론 블랙 뮤지엄이라고 불리지도 않는다. 소수 인종이 다수 근무하는 지역에서 블랙 뮤지엄이라는 명칭에 대해 불만을 제기하는 바람에 '런던 경찰청 범죄 박물관'으로 개명되었다. 하지만 우린 앞으로도 이곳을 블랙 뮤지엄으로 부를 것이다.

전에 그린 순경에게 말했듯이 블랙 뮤지엄은 교육장이다. 당초 설립 목적도 범죄에 사용된 도구를 이용해 호신술을 교육시켜 경찰의 생명을 지키는 것이다. 빅토리아 시대에 설립되어 지금까지 건재한 것도 다 그런 이유 때문이다.

맬러리 경감과 함께 블랙 뮤지엄을 방문했다. 아침부터 내내 홈즈[2]를 붙잡고 씨름했지만 소득이 없었다. 수사의 핵심 라인 중에서 한 가지를 맡아 하루 종일 조사했다. 나는 용의자 파악을 맡았다. 칼로 목을 긋는 식으로 살해한 전과자들 중 이미 죽거나 감옥에 갇히지 않은 자를 찾아내는 일이었다. 하지만 아무리 뒤져도 용의자가 나오지 않았다. 타는 속을 달래느라 커피를 어찌나 마셨던지 카페인에 취할 것 같았다.

그래서 해가 질 무렵, 우리는 살인에 쓰인 무기를 찾아보기로 결정했다.

맬러리 경감과 나는 뉴스코틀랜드 야드의 101호실 앞에서 멈췄다. 경감이 이를 활짝 드러내며 웃었다.

"101호실이라…. 딱 맞아떨어지는군. 안 그런가?"

나는 무슨 뜻인지 몰라 당황했다.

"101호실은," 경감이 실망한 듯 이마를 찌푸렸다. "애정성(愛情省, Ministry of Love)에 있는 고문실이잖아. 조지 오웰의 〈1984〉도 안 읽었나?"

경감의 이야기를 따라잡으려고 뇌가 분주히 움직였다. 〈1984〉는 어렸을 때 읽어 봤다. "쥐들이 있던 곳이죠." 기억을 더듬으며 내가 말했다. "꽁꽁 묶인 윈스턴에게 굶주린 쥐떼가 담긴 우리를 들이대던 곳이죠."

"101호실은 지옥 같은 곳이야. 세상에서 가장 끔찍한 것들을 모아 놨으니까. 오브라이언은 101호실 앞에서 윈스턴에게 말하지. 안에 뭐가 있을지 다 안다고."

맬러리 경감이 문을 두드리자 안에서 들어오라는 소리가 들렸다.

블랙 뮤지엄을 방문할 때는 강력계 경감도 미리 약속을 잡아야 했다. 안으로 들어가자, 101호실의 전시 책임자인 존 케인 경사가 경감을 옛 친구 대하듯 반갑게 맞았다. 얼굴엔 30년간 복무한 티가 역력했지만 몸엔 군살이 단 1그램도 없는 듯했다.

"뭘 도와드릴까요, 경감님?" 블랙 뮤지엄의 책임자가 경감과 악수를 나누며 물었다.

"칼을 찾고 있네." 맬러리 경감이 말했다. "꼭 칼이 아니더라도 양날로 된 날카로운 물건을 찾고 있네."

경감이 서류가방을 열면서 덧붙였다. "장검(長劍)보다는 단도(短刀)에 가까울 것 같아." 경감은 파일에서 사진을 한 뭉치 꺼내 책상에 펼쳤다. "이런 일을 해치울 수 있는 물건이야."

케인 경사는 사진 여섯 장을 유심히 살폈다. MIR-1의 화이트보드에 붙어 있던 것과 같은 사진이었다. 그 사이 나는 전시실을 휘 둘러봤다. 벽마다 책장이 세워져 있고, 남은 공간엔 세계 각지에서 찾아온 경찰대원들의 배지가 붙어 있었다. 블랙 뮤지엄을 보여줘서 고맙다는 표시로 두고 간 듯했다. 나는 케인의 책상에서 하드커버로 된 낡은 책을 집었다. 먼지를 막기 위한 커버는 씌워져 있지 않았다. 프레더릭 포터 웬슬리가 쓴 〈스코틀랜드 야드에서 보낸 40년: 범죄수사부에서 평생을 바친 형사의 기록〉(원제: Forty Years of Scotland Yard: The Record of a Lifetime's Service in the Criminal Investigation Department. 국내 미출간)이었다.

"당장 내려놓게." 케인이 나를 쳐다보지도 않은 채 말했다.

나는 책을 제자리에 꽂아 놨다.

케인이 맬러리 경감에게 말했다. "도살자 밥과 관련된 사건 때문에 오신 거로군요."

"아직은 그렇다고 단정할 수 없네." 맬러리 경감이 말했다.

"그렇더라도 연쇄살인을 다루는 건 맞죠?"

경감이 고개를 끄덕였다. "동일범의 동일 수법이긴 하지만 그게 밥이라는 확신은 없네."

케인 경사가 송곳처럼 날카로운 눈으로 나를 쳐다봤다. 그가 낯선 사람을 경계한다는 얘기는 경감한테 미리 들었다. 하지만 경계한다는 말이 노골적인 적대감을 뜻할 거라고는 생각지 못했다.

“이쪽은 강력계 신참 멤버인 울프 경장이야.” 맬러리 경감이 나를 소개했다.

케인 경사는 내가 내민 손을 거들떠보지도 않았다. 제복 차림이긴 하지만 직급이 나보다 높다는 점을 일깨워 주려는 듯했다.

“좋아.” 케인 경사가 말했다. “기본 원칙을 알려주겠다. 사진 촬영은 일절 금한다. 내가 허락하지 않는 한 아무것도 만지지 않는다. 그리고 내가 하는 말은 절대로 기록하지 않는다. 알았나?”

“알았습니다, 경사님.” 내가 말했다.

“좋아. 그럼 들어가지.”

101호 안에는 자물쇠가 채워진 문이 있었다. 케인 경사가 문을 열자 오래전에 누가 실제로 살았음직한 응접실이 나왔다. 벽난로와 돌출된 창, 가스등이 눈에 들어왔다. 너무나 그럴듯하게 꾸며져 있어서 거실로 위장된 곳임을 알아차리는 데 시간이 좀 걸렸다. 사방에 무기가 널려 있었다. 어떤 유리 상자 안에는 권총이 잔뜩 들어 있고, 한 책상에는 휴전 협정의 결과처럼 보이는 물건이 놓여 있었다. 천장에는 교수형에 쓰이는 올가미가 걸려 있었다.

“이 박물관을 설립한 형사가 누구였지?” 맬러리 경감이 물었다.

“님Neame 형사입니다, 경관님.” 케인이 대답했다. “1874년에요. 죽 둘러보시겠습니까? 안쪽에 다양한 종류의 칼이 전시돼 있거든요.”

맬러리 경감은 해적들이 쓰던 단검을 뚫어져라 쳐다봤다. "음, 울프 경장이랑 앞서 가게. 난 천천히 따라가겠네."

나는 케인 경사를 따라갔다. 따로 문이 없는 출입구가 나왔다.

"이곳을 공개한다는 얘길 들었습니다." 내가 침묵을 깨면서 말했다.

경사가 걸음을 멈추고 무뚝뚝하게 반문했다. "공개?"

"일반 사람들에게 말입니다. 재원을 마련하려고요."

"일반 사람들에게 공개한다고?" 경사가 불쾌한 목소리로 말했다. 인간의 사악함이 빚어낸 101호실의 물품이 죄다 일반 사람들 탓인 것처럼 들렸다. "누가 여길 일반에 공개하고 싶어 한단 말인가?"

"그야 물론 시의회죠." 나는 속으로 괜한 얘길 꺼냈다고 후회했다.

"그들 눈에 흙이 들어가기 전에는…." 케인 경사가 말했다.

"그 말씀은-"

"어림도 없다는 뜻이야." 경사가 말했다. 그러다 갑자기 짝! 소리가 나게 손을 맞잡더니 기분이 좋아진 듯 사악한 미소를 지었다. "그나저나 자네는 담력이 센 편인가? 혹시 속이 울렁거리면 바로 알려주게."

"전에도 여길 왔었습니다." 내가 말했다. "범죄 아카데미의 견학 프로그램이었죠."

"아, 전문가라 이거지? 그럼 얼마나 노련한지 볼까, 신참?"

경사가 지팡이를 집어 들었다. "이게 뭐로 보이나?"

"검이죠." 내가 추측했다. "지팡이로 위장한 검."

케인 경사가 씩 웃었다. "똑똑한 친구로군." 그는 지팡이에서 12인치나 되는 강철 검을 분리했다가 다시 합체했다.

"자, 내가 자네를 공격하면…."

경사가 지팡이로 내 얼굴을 향해 내리쳤다. 내가 잽싸게 지팡이를 잡았다.

"그럼 경사님이 검으로 사용하기 전에 낚아채야죠."

나는 지팡이를 잡은 손을 틀어 경사의 손에서 지팡이를 낚아챘다.

하지만 내 얼굴에 떠오른 미소는 얼마 가지 못했다. 경사의 손에 지팡이 손잡이가 여전히 들려 있었는데, 그 손잡이는 다름 아닌 권총이었다.

"그럼 내 손엔 권총만 남겠지." 경사가 권총을 내 얼굴에 겨누며 말했다. "빵빵! 자넨 이미 죽었어."

"실제로 발사되는 건가요?" 내가 지팡이를 건네며 물었다.

"물론이지. 여기 있는 건 죄다 작동하는 거야." 케인은 말하면서 손잡이에 지팡이를 조심스럽게 끼웠다. "그게 중요 포인트야."

맬러리 경감이 안으로 들어왔다.

"눈에 띄는 게 있습니까?" 케인이 물었다.

맬러리 경감이 고개를 저었다.

"아마 여기 어딘가 있을 겁니다." 케인이 쾌활한 목소리로 말했다.

그렇게 말할 만도 했다. 블랙 뮤지엄에는 100년도 더 지난 폭발물과 총기, 독극물까지 기상천외한 무기가 수두룩했다. 죄다 실제로 살인에 쓰였던 무기였다.

내 바로 앞 책상에는 크레이 형제가 사용한 단검이 있었다. IRA가 사용한 로켓 발사기도 보였다. 전시실 한 켠에 조그마한 주방 시설도 있었다. 처음엔 케인이 실제 사용할 목적으로 설치했나 보다고 생각했다. 그런데 알고 보니 연쇄 살인범인 데니스 닐슨이 피해자의 신체 일부를 냄비에 넣고 끓였던 곳이었다. 그 밖에 웨스트엔드 센트럴 지하에서 봤던 것보다 더 많은 칼이 있었다.

블랙 뮤지엄에는 널찍한 전시실이 여러 곳 있었다. 전시실마다 대형 유리 진열장에 다양한 물건이 전시되어 있었다. 선반에는 살인자의 얼굴을 본뜬 마스크가 빼곡히 놓여 있었다. 지극히 평범해 보이는 살인마들이 피해자를 총으로 쏘거나 독살하거나 칼로 찔러 죽였다. 심지어 토막 내서 끓여 먹기도 했다. 그들의 사악함이 빚어낸 참상으로 수많은 사람들의 행복한 일상이 무너지고 태산처럼 높은 고통이 초래되었다.

그렇다, 나는 전에도 여길 왔었다.

하지만 그때와 느낌이 달랐다.

이번엔 같이 둘러볼 동료가 없었다.

군중 속에 숨을 수도 없고, 긴장을 덜기 위해 농담을 주고받을 수도 없었다. 떼로 몰려다니던 견학 프로그램과 확연히 달랐다. 블랙 뮤지엄이 자아내는 공포와 고통이 폐부 깊숙이 밀려들어 숨 쉬기도 힘들었다.

어쩌면 다른 이유 때문인지도 몰랐다. 범죄 아카데미의 견학 프로그램으로 방문했던 당시엔 겁날 것 없는 청년이었다. 상실의 아픔이 뭔지 모르는 총각이었다. 그런데 지금은 그게 뭔지 알았다.

속이 울렁거리고 식은땀이 솟았다. 쪼그려 앉아 휴지통에 얼굴을 기울였다. 때마침 내가 있는 전시실로 맬러리 경감과 케인 경사가 들어왔다. 그들은 불편해하는 나를 보고 아무 내색도 하지 않았다.

"그럼 맞춤 제작된 칼일 수도 있겠네요." 케인 경사가 말했다. "사람의 목을 따려는 목적으로, 오로지 그 목적으로만 특수 제작된 칼요."

밖에서 빅벤이 6시를 알렸다. 지금쯤 필시 머피 부인이 스카우트를 데려와 저녁을 준비하고 있을 것이다. 스카우트는 스탠을 쫓아 널찍한 집을 마구 뛰어다닐 것이다.

나는 게워낸 노란 담즙을 혐오스럽게 쳐다보며 일어났다. 맬러리 경감이 다가와 등을 가볍게 두드려 주었다.

나는 당황해서 경감을 똑바로 쳐다보지 못했다.

"따끈한 차 한 잔 하겠나?" 경감이 말했다.

맬러리 경감은 나를 자기 집으로 데려갔다.

핌리코의 주택가로 들어서자 거리가 한산했다. 아담한 테라스 하우스 앞에 차를 세우자 경감의 아내가 나와 대문을 열어주었다. 그녀는 천으로 된 슬리퍼를 신고서 눈을 반짝이며 우리를 맞았다. 머리는 희끗희끗하게 셌지만 몸매가 늘씬하고 눈매가 선했다. 웨스트 하일랜드 화이트 테리어 한 마리가 따라 나와 꼬리를 흔들었다. 오랜 세월 함께 살아온 부부답게 두 사람의 대화는 간결했다.

"일은 다 마쳤수?" 경감의 아내가 팔짱을 끼면서 말했다.
"아직." 경감이 아내의 뺨에 가볍게 입을 맞추며 말했다.
"그럼 다시 나갈 거유?"
"옷 좀 갈아입고."
"뭐 좀 내올까요?"
"차 좀 준비해 주겠소?"
그녀의 말투도 남편처럼 애버딘 지방 억양이 강했다. 같은 동네 출신인지도 모르겠다.
"이분은?"
"울프 경장이라고, 우리 부서 신참."
"안녕하세요?" 맬러리 부인이 활짝 웃으며 말했다. "어서 들어와요."
그녀가 차와 비스킷을 내왔다. 당과 카페인이 들어가니 속이 좀 풀렸다. 맬러리 경감은 차를 훌쩍 들이켜더니 생강 쿠키를 입에 넣으며 일어났다.
"5분만." 경감이 내게 말했다.
화이트 테리어가 팔짝팔짝 뛰면서 따라갔다.
부부의 복층 주택은 넓진 않았지만 깔끔했다. 벽난로와 책장에 사진 액자가 여럿 놓여 있었다. 빛바랜 사진에서 부부의 옛 모습을 살펴볼 수 있었다. 15년, 어쩌면 25년 전으로 거슬러 올라간 사진에서 두 사람은 카페에 앉아 수줍게 웃으며 건배하고 있었다. 그 옆 사진에선 삼십 대에 벌써 머리가 벗겨진 맬러리 경감이 반바지에 티셔츠 차림으로 활짝 웃고 있었다. 경감의 양옆에선 제복 차림의 동양인 남자 둘이 똑같이 웃었다. 경감 부부가 멀리 항구를 뒤로하고 포즈를 취한 사진도 있었다.

"홍콩이에요." 맬러리 부인이 말했다. "남편은 왕립홍콩경찰 Royal Hong Kong Police Force에서 15년 동안 복무했어요. 'We serve with pride and care!' 긍지와 헌신으로 복무한다는 그들의 좌우명이죠. 그이가 이런 얘기 안 했어요?"

"안 하셨습니다, 부인."

맬러리 부인이 웃었다. "그냥 마가렛이라고 불러요."

"경감님은 개인적인 이야기는 전혀 안 하십니다, 부인. 아니, 마가렛."

"우린 1997년에 돌아왔어요. 홍콩이 중국에 반환된 직후였죠. 영국이 홍콩에서 통치권을 상실하고 물러나는 바람에 거길 떠날 수밖에 없었어요. 처음엔 충격을 받았어요. 그 시절이 그리워요. 물론 지금의 홍콩은 그때와 많이 달라졌다더군요."

여러 사진 속에서 삶의 여정이 드러났지만 어디에도 아이는 보이지 않았다.

"그나저나 울프 경장은 가족이 있나요?" 맬러리 부인이 내게 물었다.

"딸이 하나 있습니다. 부모님은 오래전에 세상을 떠났고, 형제는 없습니다." 울렁거리는 가슴을 누르며 한마디 덧붙였다. "아내도 떠났습니다."

부인은 무슨 이야기가 더 나오길 기다리는 눈치였다. 하지만 나는 더 할 말이 없었다.

"그렇군요."

"딸은 이제 겨우 다섯 살입니다." 내가 차를 휘 저으며 말했다. "개랑 단둘이 살고 있습니다."

맬러리 부인이 고개를 끄덕였다. "그럼 가족이 있는 거네요."

나는 그 말을 평생 잊지 못할 것이다.

해가 질 무렵 우리는 강을 건넜다. 다리 위에선 여행자들이 웨스트민스터 궁과 빅벤, 웨스트민스터 사원을 배경으로 사진을 찍느라 여념이 없었다. 붉은 석양에 물든 건물들이 참으로 위풍당당해 보였다. 하지만 대다수 런던 시민은 이 멋진 광경을 본체만체하며 귀가를 서둘렀다.

"졸지에 내 안사람을 만났군." 맬러리 경감이 말했다. "다리를 건넌 후에 램베스 로드 쪽으로 가세."

"알겠습니다."

남쪽으로 한참 가다보니 거대한 대포 두 문이 석양에 우뚝 솟아 있었다. 영국 국기가 펄럭이는 돔 건물 바로 앞이었다.

"전쟁 박물관에 가고 있는 건가요?"

"예전엔 베들렘 로얄 병원으로 쓰던 건물이야." 맬러리 경감이 말했다. "베들렘 정신 병원. 알고 있었나? 흠, 세인트 조지 로드에 차를 세우고 걸어가세. 정문으로 들어가지 않을 거니까."

우리가 정원을 지나 샛문으로 다가가자 보안 요원이 나타났다. 그가 의심스러운 눈초리로 우리를 훑어보는데, 때마침 안쪽에서 여자 목소리가 들렸다.

"괜찮아요, 찰리. 그분들은 내가 안내할게요."

보안 요원이 옆으로 물러나자 휠체어를 탄 젊은 여자가 보였다. 그녀는 맬러리 경감을 보자 미소를 지었다.

"오셨어요?" 그녀는 경감에게 인사하면서 더 활짝 웃었다.

"캐럴, 오랜만이로군." 경감이 그녀의 볼에 입을 맞추며 말했다.

경감의 소개로 나는 그녀와 인사를 나눴다. 우리는 그녀가 좁은 공간에서 휠체어를 돌리는 동안 잠시 기다렸다. 내가 도와주려고 나섰지만 그녀는 내 도움을 딱 잘라 거절했다.

"내가 알아서 할게요."

우리는 캐럴을 따라 좁은 복도를 걸어갔다. 곧 중앙 홀이 나왔다. 실내엔 불이 다 꺼져 있었다. 스핏파이어, 허리케인, 메서슈미트 같은 전투기와 V2 로켓이 어렴풋이 보였다. 2차 대전 동안 하늘을 누비던 각종 무기가 시간이 정지된 듯 공중에 매달려 있었다.

"제가 뭘 도와드릴까요? 경감님." 캐럴이 말했다.

맬러리 경감이 서류가방을 열면서 말했다. "살인 무기를 찾고 있네."

캐럴은 경감이 내민 파일을 천천히 살폈다.

"우리 추측으론 인간의 목을 베는 용도로 특수 제작된 도구인 것 같아."

"경감님 추측이 맞습니다." 캐럴이 다시 웃으며 말했다. "딱 맞는 무기를 제가 알고 있거든요. 저장고에 하나 있을 거예요. 따라 오세요."

칼은 12인치 길이로, 양쪽 날이 매우 길고 얇았다. 힘들이지 않고서 사람을 해칠 수 있도록 특수 제작된 칼이었다. 경감에게 칼을 건네받은 나는 가벼운 무게에 적잖이 놀랐다. 둥근 홈이 잔뜩 파인 손잡이는 그립감이 아주 좋았다. 오른손으로 꽉 쥐어 보니 엄청난 파워가 생기는 것 같았다.

"페어번-사익스Fairbairn-Sykes 군용 나이프죠." 캐럴이 설명했다. "윌리엄 이워트 페어번William Ewart Fairbairn과 에릭 앤서니 사익스Eric Anthony Sykes가 전쟁 발발 전에 상하이에서 치안 유지를 위해 개발했습니다."

"코만도 나이프. 그래, 이거야!" 맬러리 경감이 말했다.

너무 가벼워서 손에 금방 익지 않았다. 그래도 그립감이 좋아서 상대를 찌르고 베는 데 용이할 것 같았다. 칼끝이 날카롭고 칼날도 매우 예리했다. 저장고의 어둑한 불빛 속에서도 날카로운 칼날이 번뜩거렸다.

"이걸 두 경찰관이 개발했다고요?"

내 물음에 캐럴이 고개를 끄덕였다.

"페어번은 근접 전투에 능한 사람이었죠. 맞붙어 싸울 때는 이만한 도구가 없어요. 애초에 전투용 나이프로 고안됐는데, 살인 무기로 딱이죠! 2차 대전 당시 코만도 특공대원들에게 제공됐어요. 이걸 소지한 채로 나치에게 붙잡히면 스파이로 간주돼 즉석에서 총살당했어요. 일반적으로 칼은 살상용으로 제작되지 않지만 페어번-사익스는 살인 무기예요. 사용하기 쉬워 보여도 실제론 쉽지 않아요. 어떤 동맥이 피부에 가까우면서도 옷으로 가려지지 않는지 알아야 합니다. 칼을 이리 줘 봐요."

휠체어를 탄 젊은 여자가 사용법을 시범 보였다. 왼손을 쫙 펴서 상대의 머리를 한쪽으로 당기는 시늉을 하더니 오른손에 쥔 칼끝을 옆으로 눕혀 푹 찔렀다.

"푹 찔러서 확 당겨요." 캐럴이 동작을 취하며 말했다. "목 옆으로 칼끝을 찔러 넣은 다음 칼날을 앞쪽으로 밀면서 확 당겨야 합니다. 그러면 나중에 접합할 수도 없고 뉴로펜 플러스 같은 진통제도 들지 않아요. 목을 딸 경우, 사람들은 흔히 바깥쪽에서 시작해요. 마구 찌르고 톱질하듯이 썰고 거칠게 내리치죠."

캐럴은 마구 찌르고 톱질하고 내리치는 시늉을 했다.

"상대를 자극할 목적이라면, 또 상대에게 당신의 흔적을 남길 목적이라면 그렇게 해도 무방해요. 하지만 상대를 처단할 목적이라면 그런 식으론 안 됩니다."

"푹 찔러서 확 당긴다 이거지." 맬러리 경감이 말했다. "그렇게 하면 기도는 물론이요, 경동맥도 절단할 가능성이 크지."

"크다마다요." 캐럴이 말했다. "그 동작을 '경동맥 찌르기'라고 부릅니다. 경동맥을 절단하는 게 핵심입니다. 그 충격으로 즉사하진 않더라도 결국엔 죽습니다. 경동맥이 잘렸으니 피가 심장에서 뇌로 전달되지 못하잖아요."

"얼마 만에 죽죠?" 내가 물었다.

"바로 뇌사에 빠지죠." 캐럴이 말했다. "5초 만에 의식을 잃고 12초 만에 사망합니다."

"그렇다면 이 칼은 언제까지 생산되었습니까?"

"이 칼은 지금도 나와요. 조금씩 개선되면서 100년 가까이 시장에 나오고 있습니다. 특수 부대에서 사용하는 최신 제품은 UK-SFK(영국 특수부대용 칼, United Kingdom Special Forces Knife)라고 불립니다. 전투용으로 개발된 칼 중에서 가장 뛰어난 제품입니다." 캐럴이 잠시 뜸을 들이더니 경감을 쳐다보며 덧붙였다. "도살자 밥에게 이 칼이 있다고 봅니다."

나는 두 사람이 어떻게 아는 사이인지 궁금했다.

"밥의 소행인지는 아직 몰라." 맬러리 경감이 웃으며 말했다. "하지만 훈련받은 전문가이자, 이런 무기를 손에 넣을 수 있는 사람이라는 건 알지." 경감이 나를 보며 물었다. "그나저나 페어번-사익스를 인터넷으로 구입할 수 있나?"

"인터넷으론 뭐든 구입할 수 있습니다." 내가 말했다.

"훈련과 지식 외에 '경동맥 찌르기'를 할 줄 알아야 합니다." 캐럴이 말했다. "웬만한 실력으론 어림도 없거든요. 그런 기술을 익히는 데만 몇 년 걸립니다. 그러고도 필요한 게 하나 더 있습니다."

우리는 캐럴이 페어번-사익스 전투용 나이프의 무게를 가늠하는 모습을 지켜봤다.

"이런 식으로 누굴 죽이려면, 그러니까 목 옆으로 칼끝을 찔러 앞쪽으로 밀면서 당기려면…." 캐럴이 잠시 뜸을 들이며 경감을 쳐다봤다. "상대를 지옥까지 쫓아가서 죽이고 싶을 만큼 증오해야 할 겁니다."

★

링에 서 있는데 다리가 후들거렸다.

3라운드를 시작한 지 1분밖에 안 지났지만 벌써 쓰러질 것 같았다. 로프에 기대 헉헉거렸다. 꼼짝없이 샌드백 신세였다. 팔꿈치를 갈비뼈에 딱 붙이고 글러브로 얼굴을 가렸다. 흐르는 땀 때문에 14온스짜리 글러브의 가죽이 미끈거렸다.

펀치가 계속 날아왔다. 낡은 헤드가드 밑으로 백발을 길게 늘어뜨린 남자가 날리는 펀치였다. 체구가 작고 날렵한 남자는 사악하게 웃으며 파란 마우스가드를 드러냈다. 어깨를 웅크리고 글러브를 치켜든 채 끝장을 내려는 듯 달려들었다.

나는 얼굴을 글러브로 가린 채 남자가 전광석화처럼 날리는 펀치에 옆구리를 내주었다. 키는 작지만 근육질의 다부진 남자는 쉬지 않고 펀치를 날렸다. 왼쪽, 오른쪽. 왼쪽, 오른쪽. 나는 옆구리를 방어하려고 팔꿈치를 낮췄다. 하지만 갈비뼈를 강타하는 펀치는 계속 이어졌다.

남자는 얼굴이 맞닿을 만큼 가까웠다. 183센티미터인 나는 상대인 프레드를 한참 내려다봤다. 복싱 링에서 내가 처음 배운 내용은 스피드가 파워를 능가한다는 점과 키가 클수록 맞을 데가 많다는 점이었다.

레프트 훅이 날아와 오른쪽 옆구리를 가격하자 숨이 턱 막히며 내 방어선이 흔들렸다. 어떻게든 막아 보려고 팔꿈치를 더 낮췄다. 얼굴을 가리던 글러브가 살짝 내려간 순간, 프레드가 기회를 놓치지 않고 머리를 공격했다.

한쪽을 막겠다고 다른 쪽을 무방비로 노출하는 실수를 저지르다니, 참으로 한심했다. 이젠 공격 방향이 위, 아래로 이어졌다. 로프에 기대며 몸을 더 웅크렸다. 쓰러지지 않으려고 후들거리는 다리로 기를 쓰고 버텼다.

하지만 레프트 훅이 또다시 내 헤드가드의 오른쪽을 가격했다. 곧이어 라이트 훅이 왼쪽을 더 세게 가격했다. 헤드가드의 두툼한 가죽에도 불구하고 귀가 먹먹하고 얼얼했다.

얼굴을 가리려고 본능적으로 글러브를 올리자, 사악한 프레드가 레프트 훅의 진로를 확 낮춰 오른쪽 옆구리를 가격했다.

맞는 것도 힘들지만 내리 공격하는 것도 쉽지 않은 법이다. 프레드 역시 슬슬 지치기 시작했다. 연속 공격의 속도가 느려졌다. 하지만 몸통을 가격하는 파워는 약해지지 않았다. 펀치를 맞을 때마다 통증이 뼛속까지 밀려오고 다리 힘이 더 풀렸다. 그냥 쓰러지라는 소리가 사방에서 들리는 것 같았다. 하지만 버텼다. 두 발을 바닥에 붙이고서 등 뒤 로프에 더 기댔다. 끝까지 버티겠다는 내 의지에 기댔다.

프레드가 그런 나를 보고 씩 웃었다. 파란 마우스가드가 다시 드러났다. 레프트 훅을 날리려고 그의 왼쪽 팔꿈치가 올라갔다. 복싱의 묘미는 상대가 공격하려는 순간 나도 공격할 틈이 생긴다는 점이다.

나는 그 기회를 놓치지 않았다.

프레드가 레프트 훅을 내 옆구리나 머리에 날리기 전에 내가 먼저 그의 턱에 레프트 어퍼컷을 날렸다. 그의 머리가 뒤로 확 꺾이는 순간 버저가 울렸다. 길고 긴 3라운드가 마침내 끝났다.

우리는 진이 빠져서 서로의 품에 쓰러진 채 껄껄 웃었다.

프레드와 떨어진 뒤에도 나는 상체를 숙이고 숨을 헐떡거렸다. 줄넘기를 하는 소리, 트레드밀 옆에 놓인 TV에서 나는 경제 뉴스, 요가 동작을 가르치는 강사의 구호 소리가 들려왔다. 숨을 고른 뒤에 몸을 일으켰다. 프레드가 낡은 헤드가드를 벗자

긴 백발이 흘러내렸다. 그 모습이 꼭 바다를 누비는 해적 같았다.

"나랑 단련할 수 있으니 운 좋은 줄 알아!" 프레드가 마우스가드를 벗고서 말했다.

나는 프레드가 경의의 표시로 들어 올린 글러브에 내 글러브를 맞댔다.

"잘했어." 프레드가 내게 말했다. "하지만 팔꿈치는 몸에서 떼지 않도록 해. 그리고 동상처럼 가만히 서 있지 마. 펀치를 날린 다음엔 빠져 나와야 해. 사진 찍는 것도 아닌데 계속 서 있으면 쓰나. 기운이 다 빠졌을 때도 마찬가지야. 그럴 땐 더더욱 가만히 서 있으면 안 돼."

"그게 말처럼 쉬워야죠." 내가 가쁜 숨을 가라앉히며 말했다.

프레드가 껄껄 웃었다. "쉬우면 쓰나. 그럼 누구나 할 수 있지." 그가 내 등을 툭툭 치면서 덧붙였다. "정리운동으로 30분 동안 자전거를 타게. 아, 스트레칭 하는 것도 잊지 말고."

잠시 후, 호흡이 진정되고 풀렸던 다리에 힘이 돌아왔다. 내일 아침에 옆구리가 쑤시겠지만 머리 통증은 이미 가라앉았다. 특별히 신경 쓸 정도로 아픈 곳은 없었다. 맞을 때는 충격이 크지만 시간이 지나면 통증은 가라앉는다. 그렇다고 얻어터지는 게 아무렇지 않다는 말은 아니다. 얼굴에 가해진 펀치는 의외로 통증이 심하지 않다. 하지만 옆구리 통증은 한동안 지속된다.

프레드는 체육관에 있는 사람들 중에서 체구가 가장 작았다. 그런데도 누구 하나 그의 말을 거스르지 않았다. 체력 단련을 목적으로 오는 경찰들, 빈민가 아이들의 우두머리가 되려는 청년들, 호신술을 배우려는 젊은 여자들, 탄탄한 몸매를 가꾸려는 도시 남자들 중 누구도 감히 프레드의 말에 "노"라고 대답하지 못했다.

어쩔 때 보면, 프레드는 복서가 아니라 철학자 같았다.

"얼마나 세게 치느냐는 중요하지 않아."

9

MIR-1에서 아침마다 열리는 브리핑 시간이었다. 화이트스톤 경위가 맬러리 경감의 화이트보드를 뒤로하고 섰다. 화이트보드에는 일곱 소년병의 확대 사진이 붙어 있었다. 그녀는 소년병들의 이름이 적힌 메모를 들고 있었다.

"결국 네 명 남았습니다." 화이트스톤 경위가 말했다.

경위는 몸을 돌리더니 좌측 끝에 서 있는 소년의 얼굴에 붉은색 마커로 엑스자를 그었다.

"아담 존스, 사망."

경위는 우측 끝에 서 있는 소년의 얼굴에도 붉은색 마커로 엑스자를 그었다.

"휴고 벅, 사망."

마지막으로 정중앙에 서 있는 소년의 얼굴에도 똑같이 엑스자를 그었다.

"이 사람은 오너러블(Honourable, 귀족 자녀에게 붙이는 경칭 - 옮긴이 주) 제임스 서트클리프입니다." 경위가 설명을 이어갔다. "브로턴 백작의 아들입니다. 아, 이젠 가고 없으니까 브로턴 백작의 아들이었다고 해야겠군요. 이 사진을 찍고 2년 뒤에 자살했습니다. 부모의 별장이 있는 이탈리아 아말피 해안에서 바다로 걸어 들어갔답니다."

우리는 말없이 경위의 이야기를 들었다.

"제임스는 그해 여름 겨우 열여덟 번째 생일을 넘겼습니다." 화이트스톤이 덧붙였다.

"그에게 딸이 하나 있지 않나?" 맬러리 경감이 말했다. "내 말은 소년의 아버지, 브로턴 백작에게 말이야."

화이트스톤이 고개를 끄덕였다. "오너러블 크레시다, 80년대까지만 해도 야생마처럼 굴던 아가씨죠. 반(反)자본주의 운동 도중 웰링턴 기념비에 오줌을 누기도 했어요."

"그래, 바로 그 여자." 경감이 말했다.

"자기보다 서른 살이나 많은 독일 예술가한테 꽂혀 집을 나갔죠. 지금은 부모에게 용서를 구하고 돌아왔답니다."

"소년이 자살했을 때 이탈리아 경찰이 유서를 찾아냈나?" 경감이 물었다.

"아닙니다." 화이트스톤 경위가 말했다. "그들은 시신도 찾지 못했습니다. 벗어서 개켜 놓은 옷과 반쯤 그린 스케치만 해변에 남아 있었답니다. 그는 화가였습니다. 듣자 하니, 무리 중에서 가장 뛰어난 학생이었답니다."

"유서도 나오지 않았는데 왜 자살이라고 추정했을까?"

"제임스 서트클리프는 병적으로 우울증에 시달려서 온갖 약을 달고 살았습니다." 경위가 메모를 읽어 내려갔다. "프로작, 루복스, 러스트럴, 시프랄렉스. 게다가 자해 전력도 있답니다."

"그렇게 부잣집 도련님이 뭔 이유로 우울증에 시달렸을까요?" 게인이 물었다.

"그건 그의 친구들한테 물어봐야겠지." 경감이 말했다.

살아남은 사람은 네 명이었다.

얼굴 한쪽에 생긴 흉터만 빼면 똑같이 생긴 쌍둥이 형제.

큰 키에 까무잡잡한 피부, 사냥개처럼 날렵한 체구에 이국적으로 생긴 청년.

혀를 내밀고 심술궂게 쳐다보는 뚱보 소년.

낡은 사진에 그어진 붉은색 엑스자가 왠지 섬뜩해 보였다. 화이트스톤 경위가 8×10 크기의 사진을 여러 장 집어 들었다. 살아남은 자들의 사진이었다. 경위는 먼저 제임스 서트클리프와 까무잡잡한 소년 사이에 서 있는, 흉터가 없는 쌍둥이의 사진을 손으로 톡톡 두드렸다.

"벤 킹. 유명인사죠."

경위가 벤 킹의 상반신 사진을 화이트보드에 붙였다. 그는 양복에 넥타이까지 맨 말쑥한 차림으로 살짝 웃고 있었다. 20년이라는 세월이 흘렀지만 사진에 나오는 소년임을 한눈에 알아볼 수 있었다. 야밤에 채널을 돌리다 뉴스쇼에서 얼핏 본 듯한 얼굴이었다.

"아는 얼굴이군." 맬러리 경감이 말했다. "벤 킹. 정치인 아닌가?"

"맞습니다." 화이트스톤이 말했다. "작고한 그의 부친은 명예훼손 분야에서 저명한 변호사로 활동한 쿠엔틴 킹입니다. 벤 킹은 힐링턴 노스 지역의 하원의원입니다. 포터스 필드 고등학교와 옥스퍼드의 밸리올 칼리지 대학Balliol College에서 수학했습니다. PPE(철학, 정치학, 경제학을 배우는 학과 - 옮긴이 주)를 최우등으로 졸업했습니다. 그가 속한 정당에서도 출세 가도를 달리고 있습니다."

"소속 정당이 어디죠?" 게인이 물었다.

"한번 맞춰 봐."

게인이 뭐라 얘기했지만 틀린 답을 제시했다. 나 역시 속으로 틀리게 생각했다.

"장차 수상 자리까지 오를 거라는 얘기도 있습니다." 화이트스톤이 말했다.

"누구한테 손 벌리지 않을 만큼 부자요, 최고 명문 학교 출신에 화면 빨도 좋고 말도 뻰지르르하게 잘하잖아." 경감이 말했다. "누굴 부려본 적도 없고, 사업체를 꾸려본 적도 없고, 험한 일을 해본 적도 없지." 경감이 시간을 두었다가 다시 말을 이었다. "수상감으로 완벽하군. 그나저나 그의 쌍둥이 형제는 어떤가? 흉터가 있는 쪽 말이야."

"네드 킹." 화이트스톤이 군인 사진을 화이트보드에 붙이며 대답했다. "현역 육군 대위입니다. 로열 구르카 라이플Royal Gurkha Rifles, RGR 연대 소속입니다. 아프가니스탄 남서부의 헬만드주에 두 번이나 출정했습니다. 무공 훈장도 여러 번 받았습니다. 하지만 폭력 전과가 있네요. 15년 전 일입니다."

네드 킹의 왼쪽 얼굴에 난 흉터는 군복에 부착된 훈장의 값진 대가처럼 보였다.

화이트스톤은 머리가 벗겨지기 시작한 남자의 사진을 네드 킹 옆에 붙였다. 비쩍 마른 남자는 턱시도 차림에 헐렁한 나비넥타이를 매고 있었다. 십 대 시절과 너무도 달라진 모습에 뚱보 소년과 같은 사람인 줄 모를 뻔했다.

"'뚱보' 가이 필립스." 화이트스톤이 말했다. "사립 초등학교 시절부터 킹 형제와 알고 지냈습니다. 그의 아버지는 부동산으로 벼락부자가 됐죠. 고등학교 시절엔 테니스 선수로 활약했습니다. 주니어 윔블던에서 준결승까지 올라갔답니다. 그런데 무릎을 다치는 바람에 선수 생활을 그만뒀습니다. 모교에서, 그러니까 포터스 필드에서 스포츠를 가르칩니다."

"무슨 스포츠요?" 게인이 물었다.

"테니스, 펜싱, 크리켓, 스키. 주로 상류층이 즐기는 스포츠지. 알았나, 게인? 아, 하나 더! 장거리 달리기도 한다더군."

"그래서 살이 빠진 거로군." 맬러리 경감이 말했다.

이제 한 명만 남았다. 화이트스톤 경위가 경직된 표정의 남자 사진을 화이트보드에 붙였다. 남자의 까만 눈동자가 카메라를 지긋이 노려봤다.

"살만 칸." 화이트스톤이 말했다. "인도에서 장기 거주했던 영국 가문 출신입니다. 건축업자인 아버지는 인종 편견을 없애는 데 앞장섰으며, 60년대와 70년대에 택지 개발로 어마어마한 돈을 벌었습니다. 칸 역시 사립 초등학교 시절부터 킹 형제와 필립스를 알고 지냈습니다. 버터필드, 헌트 엔 웨스트 법률사무소의 런던 지사에서 인권 변호사로 활동하고 있습니다. 법조계에선 스타 변호사로 떠오르고 있답니다. 장애를 안고 제대한 군인들을 대신해 국방부를 상대로 한 소송해서 이겼습니다."

"네드 킹이 폭력 전과가 있다고 했지?" 맬러리 경감이 말했다. "이들에게 다른 전력은 없나?"

"아담 존스는 마약 범죄와 주민등록법위반죄로 여러 번 입건되었습니다. 이 사진을 찍은 지 6개월 만에 학교에서 쫓겨났는데, 매점 뒤에서 아편과 마리화나 등 갖가지 규제 약물을 팔다 걸렸답니다."

"상류층이라고 다 잘사는 건 아니야." 맬러리 경감이 말했다. "마약을 팔아서 자기가 쓸 마약을 살 돈을 충당하기라도 했나?"

"그런 것 같습니다. 존스는 궤도에서 일찌감치 벗어났습니다. 친구들이 옥스퍼드나 육군사관학교, 골드만삭스에 들어가 승승장구하는 사이, 혼자 헤로인에 찌들어 살았습니다."

"울프 경장, 존스가 왕립 음악원에서도 마약 거래로 쫓겨난 건가?"

"아닙니다, 경감님." 내가 말했다. "듀크 홀에서 알비노니의 곡을 연주하다 맛이 갔답니다. 아다지오 부분에서 깜빡 졸았나 봅니다."

"헉! 어떻게 그럴 수 있죠?" 게인이 말했다.

"두 피해자는," 맬러리 경감이 말했다. "위험한 인생을 살았던 거야. 하나는 끔찍한 마약쟁이였고 다른 하나는 지독한 바람둥이였어. 둘 다 예상 수명을 단축시키는 라이프스타일이지."

경감이 더 이상 언급하지 않았지만 의문점은 고스란히 남았다. 그들의 라이프스타일은 목이 절개된 채 살해된 사실을 전혀 설명하지 못했다.

내 앞에는 붉은색 표지의 얇은 책자가 놓여 있었다. 〈싸워 이겨라! 백병전에서 이기는 법 - 영국 코만도와 미국 군인이 사용하는 교본〉(Get Tough! How to Win in Hand-to-hand Fighting - As Taught to the British Commandos and the U.S. Armed Forces, 국내 미출

간). 코만도 칼을 공동 제작한 W. E. 페어번 대위가 쓴 책이었다. 표지에는 두 군인이 격투를 벌이는 장면이 그려져 있었다. 남자 아이들이 좋아할 만한 만화책처럼 보였다. 책장을 넘기자 상대를 칼로 찔러 죽이는 방법이 상세히 그려져 있었다. 나는 '경동맥 찌르기'를 실행할 방법이 나온 페이지에 노란 포스트잇을 붙여 놨다.

동맥 #3. 오른손으로 칼날을 지면과 평행한 상태로 쥔다. 상대의 뒤에 서서 왼팔로 머리를 잡아 왼쪽으로 젖힌다. 칼끝을 목에 푹 찔러 넣고 앞쪽으로 밀면서 당긴다. 그림 C를 참고하라.

"뚱보 필립스는 80년대 말에 기물 파손 죄로 세 번이나 유죄 판결을 받았습니다." 화이트스톤 경위가 계속 설명했다. "듣자 하니, 그들은 레스토랑에서 자주 난동을 부렸다고 합니다. 그런데 돈으로 매번 무마하진 못했나 봅니다."

"사내 녀석들이 다 그렇죠. 든든한 아버지가 있으니, 겁날 게 있겠어요?" 게인이 코웃음 치면서 말했다. "내 강아지를 포터스필드에 보내도 저들보다는 우수한 성적을 거둘 겁니다."

"뚱보 필립스가 매번 죄를 뒤집어썼던 것 같습니다." 화이트스톤이 말했다. "지역 신문에 따르면, 그는 법정에서 난동을 부리고 치안 판사한테 무례한 언사를 내뱉는 바람에 법정 모독으로 크게 혼날 뻔한 적도 있답니다."

우리는 그들의 어렸을 적 모습과 성인으로 자란 뒤의 모습을 번갈아 쳐다봤다.

"한마디로 비행 소년 그룹이었네요?" 게인이 말했다.

"그렇게만 치부하긴 어렵지 않을까요?" 내가 말했다. "그들은 대부분 어린 시절부터 친한 사이였습니다. 한 명은 친구들을 위해서 기꺼이 죄를 뒤집어썼고요. 글쎄요, 제 생각으론 그들이 형제처럼 지냈던 것 같습니다."

"그 관계가 학교를 졸업하면서 끝났을까, 아니면 계속 이어졌을까?" 맬러리 경감이 말했다. "그게 다음 질문이야. 그 답은 장례식에 가보면 알 수 있겠지."

경감이 화이트보드 쪽으로 고개를 내밀었다.

"그들이 입은 재킷에 뭐라고 쓰여 있는 것 같은데, 학교 마크 위에 적힌 라틴어 말이야."

화이트스톤 경위가 메모를 접으며 말했다. "아우트 빈체레 아우트 모리Aut vincere aut mori. 포터스 필드의 교훈입니다."

"승리하느냐 죽느냐." 맬러리 경감이 말했다. "교훈은 좋군."

나는 정중앙에 서 있는 소년에게 자꾸 눈길이 갔다. 제임스 서트클리프. 눈빛을 감추고 심각하게 서 있는 소년. 팔에 자해 흔적이 있고, 아말피 해안에 옷을 곱게 개켜 놓고 바다로 걸어 들어간 소년. 그는 성인으로 자란 뒤의 모습이 없는 유일한 소년이었다. 열여덟 살에 스스로 목숨을 끊었기 때문이다. 잔인하게 살해당한 두 소년보다 서트클리프의 심각한 표정 때문에 낡은 사진이 더 섬뜩해 보였다.

이 소년들은 성장하는 게 아니라 무덤으로 우르르 몰려가는 것 같았다.

하이게이트 공동묘지에 오후 햇살이 쏟아졌다. 성당엔 빈자리가 없을 만큼 사람들로 가득했다. 로열 구르카 라이플 연대의 검정 유니폼을 입은 군인이 맨 앞줄에서 일어났다.

네드 킹 대위는 설교단으로 천천히 걸어가면서 관 뒤에 놓인 휴고 벅의 흑백 사진을 힐끔 쳐다봤다. 킹 대위가 설교단에 서자 높다란 스테인드글라스 창에서 한 줄기 조명이 설교단 쪽으로 이동했다. 그의 검정 재킷에 달린 메달이 조명을 받아 반짝거렸다. 얼굴 왼쪽에 있는 별 모양의 흉터 역시 도드라져 보였다.

신도석에 앉아 있는 사람들 중 몇 명이 헛기침을 하면서 설교단을 쳐다봤다. 킹 대위는 대중 앞에 서는 게 익숙한 듯 좌중을 둘러보며 연설을 시작했다.

"죽음은 아무것도 아닙니다." 군인답게 딱 부러지는 목소리였다. "그저 다음 방으로 이동했을 뿐입니다. 나는 여전히 나이고, 여러분은 여전히 여러분입니다."

내 시선은 그가 조금 전까지 앉아 있던 곳으로 이동했다. 나머지 세 사람이 그곳에 있었다.

벤 킹.

살만 칸.

가이 필립스.

죽은 남자의 죽마고우들이 맨 앞줄을 차지하고 있었다. 그들 옆으로 휴고 벅의 부모와 미망인이 앉아 있었다. 나타샤는 검정 베일로 얼굴을 가렸다. 벅의 부모는 육십 대 후반이지만 햇볕에 그을린 얼굴이 매력적으로 보였다. 지금까지 살면서 나쁜 일을 난생 처음 겪는 사람들 같았다.

나타샤가 고개를 돌리고 나를 쳐다봤다. 베일 너머에선 표정 변화가 전혀 없었다. 나를 알아봤는지도 알 수 없었다. 맬러리 경감과 함께 묘지에 도착했을 때 그녀의 운전기사가 먼저 보였다. 그는 도로 쪽으로 나가서 다른 기사들과 담배를 피우고 있었다. 아무리 봐도 그녀의 운전기사일 뿐, 데이트 상대로는 보이지 않았다. 그런 생각이 왜 들었는지는 나도 모르겠다.

"우리 관계는 예나 지금이나 변한 게 없습니다." 킹 대위의 목소리가 아치형 성당 내부에 쩌렁쩌렁 울렸다. "그러니 익숙한 내 이름으로 나를 불러주세요. 예전처럼 편하게 말을 걸어주세요. 침울한 목소리로 말하지 마세요. 침통한 표정도 짓지 마세요."

맬러리 경감이 내 쪽으로 고개를 기울이더니 작게 속삭였다.

"저기 좀 봐."

살만 칸이 울고 있었다. 얼굴은 보이지 않았지만 어깨가 들썩거렸다. 그는 비통함을 감추려는 듯 두 손으로 얼굴을 감쌌다. 벤 킹이 고개를 돌리고 칸의 귀에 뭐라고 소곤거렸다. 가이 필립스는 뚱한 표정으로 그 모습을 지켜봤다.

칸이 손바닥으로 얼굴을 쓱쓱 닦았다. 억지로 눈물을 삼키는 것 같았다.

"인생은 원래 그런 겁니다." 킹 대위가 말했다. 그 순간, 흉터만 아니라면 흠 없이 잘생긴 그의 얼굴에 희미한 미소가 떠올랐다. "변한 건 하나도 없습니다. 우리는 연속선상에 있습니다. 내가 눈에서 멀어졌다고 마음에서도 멀어져야 합니까?" 킹 대위가 잠시 호흡을 가다듬었다. "먼저 가서 여러분을 기다리고 있겠습니다. 아주 가까운 곳입니다. 모퉁이만 돌면 나옵니다." 킹 대위가 메모를 접었다. "다시 만날 때까지 모두 잘 지내시길!"

나는 문상객을 둘러봤다. 대부분 삼십 대로 보였다. 아기를 안은 사람도 있고 걸음마를 뗀 아이를 달래는 사람도 있었다. 고인이 젊은 나이에 잔인하게 살해됐다는 사실에 충격을 받았는지, 다들 겁먹은 표정이었다.

킹 대위가 자리로 돌아왔다. 그의 뒤를 이어 교구 목사가 설교단에 올라갔다.

"아버지의 복되신 자녀들이여, 이리로 오라. 태초에 여러분을 위해 예비해 두신 아버지의 나라로 함께 갑시다."

휴고 벅은 친구가 많았다. 하지만 장례 미사를 마친 뒤 그의 관을 짊어진 이들은 맨 앞줄에 앉은 네 친구들이었다. 킹 대위를 제외한 세 친구의 얼굴을 그제야 처음으로 확인했다.

살만 칸은 다부진 체구에 잘 나가는 사업가로 보였다. 울음은 그쳤지만 어깨에 짊어진 관처럼 마음이 착잡하고 무거워 보였다.

가이 필립스는 셔츠의 맨 위쪽 단추를 푼 채 졸린 눈을 간신히 뜨고 있었다. 얼른 끝났으면 싶은 표정이었다. 술을 즐겨 마시는지, 얼굴의 붉은 혈관이 겉으로 드러났다. 스포츠 지도자답게 체격이 건장했고, 사진에서 풍겼던 고약한 심보도 엿보였다.

벤 킹은 속내를 드러내지 않은 채 시종일관 차분하고 당당했다. 매끄럽게 잘생긴 얼굴은 네드 킹의 훼손된 얼굴과 거울 보듯 똑같았다.

벤 킹의 구호에 맞춰 네 사람이 천천히 걸음을 옮겼다. 킹 형제가 앞쪽에 서고 필립스와 칸이 뒤에 섰다. 그들이 통로를 따라 걸어가자 벅의 부모와 미망인이 뒤를 따랐다.

음악이 흘러 나왔다. 사람들이 울음을 터뜨렸다. 그중에는 살만 칸도 있었다. 어깨에 짊어진 죽은 친구의 무게와 더불어 슬픔이 그를 짓누르는 것 같았다. 이번엔 친구들도 그를 말리지 않았다. 성당 곳곳에서 흐느끼는 소리가 들렸다. 남자와 여자 가릴 것 없었다. 고인을 애도해서 우는 이도 있고 자기 안위가 걱정돼서 우는 이도 있었다. 하지만 휴고 벅의 미망인은 고개를 꼿꼿이 들고 앞만 보며 걸었다. 검정 베일 너머로 초록색 눈동자엔 물기 하나 없었다.

금발의 젊은 아가씨가 성당 입구에서 붉은 장미를 한 송이씩 나눠주었다. 맬러리 경감과 나는 사람들이 먼저 나가도록 뒤에서 천천히 따라갔다. 우리가 나갈 즈음엔 금발의 아가씨도, 장미꽃도 모두 사라지고 없었다. 다들 묘지 쪽으로 이동하고 있었다.

유족의 각별한 요청에 따라 휴고 벅은 하이게이트의 서쪽 묘지에 묻히게 되었다. 죽은 뒤에 누구나 묻히고 싶을 만큼 아름다운 묘지였다. 문상객을 따라 구불구불한 길을 걷다 보니, 양옆으로 커다란 화강암 십자가가 줄줄이 서 있었다. 돌을 깎아 만든 천사 조각상도 보였다. 조각상의 얼굴은 비바람에 마모되었다. 주인이 잠든 곳을 지키는지, 엄청나게 큰 개 조각상이 떡하니 서 있는 무덤도 있었다. 잠든 아기를 안고 천국으로 향하는 천사 조각상도 있었다. 하나같이 세월의 무게를 이기지 못한 듯 닳았다. 황폐한 듯하면서도 운치 있는 분위기가 마치 다른 세상으로 들어가는 길 같았다. 무덤들 사이로 빽빽이 들어선 고

목이 저물어 가는 해를 완전히 가렸다. 담쟁이덩굴이 묘비를 휘감으며 올라갔고 형형색색의 야생화가 죽은 이들의 땅에서 피어났다.

목사의 기도가 나무 사이로 울려 퍼졌다. 겨울이 성큼 다가왔는지 서늘한 기운에 몸이 떨렸다.

"보라, 내가 너희에게 하늘의 비밀을 보여주겠노라."

"고린도전서로군." 맬러리 경감이 고개를 끄덕이며 말했다. "육신의 부활에 관한 내용이지. 좀 더 가까이 가보세."

"우리가 다 잠 잘 것이 아니요, 마지막 나팔에 모두 홀연히 변화되리니."

우리는 문상객들 뒤쪽으로 빙 돌아서 목사가 있는 쪽으로 천천히 걸어갔다. 새로 파인 분묘를 둘러싸고 사람들의 흐느낌 소리가 점점 더 크게 들렸다. 어른들이 우는 모습을 처음 본 아이들까지 합세했다. 사람들 손에 들린 붉은 장미가 검정색 옷차림과 대비되어 더 붉게 보였다.

"나팔 소리가 나매 죽은 자들이 썩지 않고 다시 살아나고 우리도 변화되리라. 이 썩을 것이 반드시 썩지 아니할 것을 입겠고 이 죽을 것이 죽지 아니함을 입으리로다(고린도전서 15: 52~54 - 옮긴이 주).

우리는 목사 뒤쪽으로 가서 멈췄다. 문상객들의 어깨 너머로 흐느끼는 사람들의 얼굴이 정면으로 보였다. 휴고 벅의 부모는 자식이 차가운 땅에 묻히는 순간, 몸을 가누지 못할 정도로 울었다. 벤 킹이 그들을 부축하며 위로했다. 나타샤 벅만이 아무 감정도 없는 사람마냥 멍하니 서 있었다.

"사망을 삼키고 이기리로다. 오, 사망아, 너의 가시가 어디 있느냐? 오, 무덤아, 너의 승리가 어디 있느냐?"

기계 장치에 의해 관이 내려지는 소리가 들렸다.

기계음이 멈추자 네드 킹이 들고 있던 장미를 떨어뜨렸다. 그러자 다른 사람들도 하나둘 장미를 떨어뜨렸다. 고인의 부모도 손에 들린 장미를 놓았다. 부모와 자식으로 맺어졌던 연줄이 툭 끊어지는 것 같았다. 그들은 고개를 돌리고 차마 떨어지지 않는 걸음을 옮겼다. 다음으로 가이 필립스 차례였다. 이젠 평정심을 되찾은 살만 칸이 뒤를 이었다. 다음은 벤 킹의 차례였다. 그는 장미를 던지려다 말고 온화한 미소를 지으며 나타샤에게 먼저 하라고 손짓했다.

"그는 주님이 계신 곳에 있을 것입니다. 십자가에 못 박혀 죽어가는 자에게 '오늘 네가 나와 함께 낙원에 있으리라'고 말씀하신 그 주님과 함께 있을 것입니다."

나타샤가 벤 킹 앞으로 한 걸음 나섰다. 그녀는 베일을 들어 올리고 잠시 회상에 잠기는가 싶더니 남편의 무덤에 침을 탁 뱉었다.

그러다 문득 생각난 듯이 장미를 홱 던졌다.

무덤 옆에서 작은 소동이 일어났다. 나타샤의 얼굴이 가이 필립스의 불그레한 얼굴 쪽으로 홱 돌아가더니 분노와 고통으로 일그러졌다. 필립스는 그녀를 엄청 챙기는 듯한 몸짓을 취하면서 그녀의 팔을 교묘하게 비틀어 재빨리 끌고 갔다. 나타샤는 몸을 꼿꼿이 세우고 마지못해 그를 따라갔다.

"아얏! 아프단 말이에요, 뚱보 씨." 나타샤가 말했다.

내가 앞으로 나서려는데 맬러리 경감이 내 팔을 잡으며 고개를 저었다. 나타샤를 돕지 못해 마음이 아팠지만 도리가 없었다. 여기서 우리는 관찰자일 뿐이었다. 나는 알아들었다는 뜻으로 고개를 살짝 끄덕였다. 우리는 나타샤와 필립스를 따라 묘지 입구로 걸어갔다.

두 사람이 도로 쪽으로 나오자 운전기사들이 벌떡 일어나 차렷 자세를 취했다. 필립스가 나타샤의 차 뒷문을 벌컥 열었다. 그녀의 성격이 보통 이상이라 실랑이가 벌어질 것으로 예상했지만 필립스가 차 안으로 밀어 넣자 나타샤는 의외로 순순히 차에 올랐다.

필립스가 기사의 창문에 대고 뭐라고 지시했다. 기사는 얼굴이 붉으락푸르락했지만 아무 말도 못하고 차를 출발했다. 필립스는 그들이 떠나는 모습을 잠시 지켜봤다.

맬러리 경감과 나는 다시 묘지로 돌아왔다. 문상객은 대부분 무슨 일이 벌어진지 모르는 것 같았다. 슬픔을 이기지 못한 미망인이 남편 친구의 손에 이끌려 돌아가는 줄 알고 힐끔 돌아봤을 뿐, 그들의 시선은 이내 관에 떨어지는 장미로 향했다. 문상객 중 한 사람만 꼴사나운 광경을 유심히 지켜봤다. 육십 대로 보이는 남자는 유난히 큰 키에 매의 눈을 하고서 내내 지켜봤다. 눈 한번 깜빡이지 않고서 관을 내려다보는 남자의 손에도 붉은 장미가 들려 있었다.

맬러리 경감과 나는 가이 필립스가 무표정한 얼굴로 돌아오는 모습을 지켜봤다. 하마터면 소동이 일어날 뻔한 상황에서 필립스가 일사분란하게 처리하는 걸 보니 내심 감탄스러웠다.

사람들이 벅의 부모에게 조의를 표하려고 길게 늘어섰다. 벤 킹은 정치가답게 그들 옆에 서서 일일이 악수하며 인사했다.

"아닙니다. 나타샤는 괜찮습니다." 벤 킹이 말했다. "감정이 북받쳤나 봅니다. 네, 감사합니다."

벤 킹은 나와 눈이 마주치자 미소를 지었다.

어느덧 장례 절차가 모두 끝났다. 목사의 기도를 끝으로 장미가 수북하게 쌓인 관이 아래로 더 내려졌다. 산 사람들은 모두 눈물을 닦은 뒤 그들의 차로, 또 그들의 일상으로 돌아갔다. 아들을 묻은 어머니와 아버지도 예외가 아니었다.

맬러리 경감과 나도 자리를 뜨려는데, 나무 사이로 네 남자가 여전히 무덤가에 서 있는 모습이 보였다. 그들의 끈끈한 유대는 죽음마저도 건드리지 못하는 것 같았다.

오밤중에 스카우트가 비명을 질렀다.

깊게 잠든 적이 한번도 없다고 생각했지만 그 순간 잠에서 깬 듯한 기분에 화들짝 놀랐다. 기억도 나지 않는 꿈속에서 빠져나온 것 같았다.

시계를 힐끔 보니 새벽 3시 10분이었다. 얼른 스카우트의 침실로 뛰어갔다. 스카우트는 침대에 앉아서 잠옷 소매로 눈을 가린 채 엉엉 울고 있었다.

아이를 품에 안고 다독이다 이마에 손을 짚어 봤다. 미열이 있었다.

"괴물이 나왔어요." 스카우트가 흐느끼며 말했다.

"괴물은 없어. 천사일 거야."

스탠이 깼는지 어둠 속에서 낑낑거렸다. 우리에서 꺼내주자 녀석이 나를 따라 스카우트의 침실로 들어왔다. 녀석은 단숨에 침대로 뛰어올라 스카우트 옆으로 다가갔다. 스카우트가 반사적으로 팔을 뻗어 녀석의 귀 뒤를 긁어주었다. 스카우트의 흐느낌이 잦아들었다. 내가 못하는 걸 용케 녀석이 해냈다. 하지만 스카우트의 눈물이 완전히 멈춘 건 아니었다. 아이가 울 때마다 나는 공황 상태에 빠졌다. 한번 울기 시작하면 멈추지 않을까 봐 두려웠다.

"스카우트, 왜 우니?"

"몰라요. 나도 몰라요."

실은 우리 둘 다 그 이유를 알았다. 다만 어떻게 말해야 할지, 무슨 말로 시작해야 할지 몰랐을 뿐이다. 내 딸의 삶에는 커다란 구멍이 있었다. 내가 아무리 사랑한다 한들, 또 아무리 노력한다 한들 그 구멍은 메울 수 없었다. 그 생각이 내 심장을 후벼 팠다. 나 역시 울고 싶었다.

"가지 마세요." 스카우트가 말했다.

어둠 속에서 내가 미소를 지었다.

"아빤 아무 데도 가지 않아."

스탠도 가지 않았다. 온기를 찾아 스카우트 옆에 바싹 붙었다. 조금 지나자 둘 다 스르르 잠이 들었다. 스카우트가 꼭 끌어안아도 스탠은 가만히 있었다.

스카우트의 알람시계를 쳐다봤다. 일어나기엔 너무 이르고 다시 자기엔 너무 늦은 시간이었다.

결국 침대 옆에 그대로 앉아 딸과 강아지를 지켜보며 시간이 흐르길 기다렸다. 숱한 밤을 멍하니 지새웠지만 딸아이가 자는 모습을 지켜보는 오늘 밤은 왠지 다른 것 같았다. 그냥 허비한다는 느낌이 들지 않았다.

10

도살자 밥은 하룻밤 새 30년이나 늙어 버린 것 같다.

모자를 비스듬히 눌러쓴 시건방진 젊은이가 사라지고 훨씬 나이 든 남자가 나타났다. 로버트 오펜하이머는 담배 대신 파이프를 입에 물고 카메라를 지그시 노려봤다. 머리숱이 줄었고 퀭한 눈엔 두려움이 가득했다. '세상을 파괴한 자'라는 끔찍한 사실을 알아버린 얼굴이었다.

커다란 스크린에 도살자 밥의 타임라인(SNS에서 유저 자신과 팔로워들의 글을 모아서 보여주는 부분- 옮긴이 주)이 나타났지만 다들 노트북쪽으로 시선을 돌렸다. 게인이 새로운 메시지를 읽었다.

"부자는 죄가 무엇인지 안다. 그리고 그 사실은 부자들이 내려 놓을 수 없는 지식이다." 게인이 의자에 몸을 기댔다. "돼지를 모두 죽여라. #돼지를모두죽여라."

나는 이 인용문의 출처를 잽싸게 검색했다.

"오펜하이머가 실제로 한 말은 이렇습니다. '물리학자는 죄가 무엇인지 안다. 그리고 그 사실은 물리학자들이 내려 놓을 수 없는 지식이다.'" 내가 게인을 향해 덧붙였다. "부자가 아니라 물리학자입니다."

게인이 고개를 까딱하고는 상황을 설명했다.

"간단히 말씀드리겠습니다. 우린 소셜 네트워크 본사에 수색영장을 들고 가서, 지난 24시간 동안 타임라인에 글을 올린 IP

를 대상으로 추적 감사를 실시했습니다. 예상대로 밥은 익명 서비스를 이용했더군요. 사용자와 나머지 디지털 세상 간에 프라이버시 실드privacy shield, 그러니까 방패막이처럼 작용하는 프록시 서버 말입니다. 바보가 아닌 이상 당연한 조치겠죠. 게다가 그는 다중 익명 서비스를 이용한 것 같습니다. IP 추적을 하면 웬만하면 잡아낼 수 있습니다." 게인이 말하다 말고 고개를 저었다. "하지만 밥은 더 강화된 보안 구조를 이용하나 봅니다. 그걸 '어니언 라우팅The Onion Routing', 혹은 약자로 '토르Tor'라고 부릅니다. 토르든 뭐든 간에 제가 접하지 못한 한층 강화된 익명 네트워크입니다. 이 네트워크는 암호화를 반복하면서 다중 경로로 데이터를 전송합니다. 이건 기업이나 정부의 부정행위를 신고하는 내부 고발자, 또는 독재 국가에 사는 사람들이 웹을 안전하게 쓸 수 있도록 고안된 네트워크입니다. 연쇄 살인마가 쓰도록 고안된 게 아닙니다."

"그래서 자네가 하려는 말이 뭔가?" 맬러리 경감이 말했다.

"그가 더 은밀한 곳으로 잠적했다는 뜻입니다. 밥의 디지털 발자국은 그의 지문이나 장갑 지문과 똑같습니다." 게인이 다시 고개를 저었다. "그런데 도무지 흔적이 보이지 않습니다."

"그만해." 화이트스톤이 말했다. "안 그래도 그를 영웅처럼 대하는 멍청한 인간들한테 신물이 나니까."

스크린에 비친 도살자 밥의 타임라인에는 트래픽이 폭주했다. 소셜 네트워크에 그의 메시지가 올라오면서 방문자가 폭발적으로 늘어났다. 그의 팬들이 보내는 메일과 청혼 메시지, 찬사가 끝없이 이어졌다. 게인이 키를 하나 누르자 스크린이 확 바뀌면서 포터스 필드의 일곱 소년병 사진이 나타났다.

"그를 왜 영웅으로 떠받드는지 도통 모르겠네요." 화이트스톤이 말했다. "명문교에 다니던 절친들을 죽인 사람인데."

맬러리 경감이 빙그레 웃었다.

"사람들은 그가 학교 절친들을 죽였다고 생각하는 게 아니라 부자를 죽였다고 생각하지."

아침 브리핑이 끝난 후, 맬러리 경감과 나는 세빌 로에서 나와 하노버 광장 쪽으로 걸어갔다. 보그 하우스 앞에서 키가 크고 삐쩍 마른 여자들이 떼로 모여서 담배를 피우고 있었다.

드넓은 하노버 광장 북쪽에 버터필드 헌트 앤 웨스트 법률 사무소가 있었다. 살만 칸의 비서가 우리를 그의 사무실로 안내한 뒤 커피, 홍차, 생수, 탄산수 등을 제시하며 뭘 마시겠냐고 물었다. 선택의 폭이 너무 넓어서 결정하기가 쉽지 않았다. 미처 대답할 새도 없이 칸이 자리에서 벌떡 일어나더니 다짜고짜 소리쳤다.

"경찰이 수사를 제대로 해야죠!" 칸은 인도 억양이 살짝 가미된 상류층 영어를 구사했다. "두 명이나 살해됐는데 아직 아무도 체포하지 못했다는 게 말이 됩니까? 정말 한심하군요. 이 문제를 스와이어 총경한테 따져볼 생각입니다. 우리 아버님과 친한 사이니까 무슨 조치를 취하시겠죠. 내 말 확실히 알아들었습니까?"

맬러리 경감이 몸을 살짝 돌리더니 문 앞에서 기다리는 비서에게 상냥하게 말했다. "차로 부탁합니다. 우유 약간에 설탕 두

개."

경감이 나를 쳐다봤다.

"커피 주세요. 진한 블랙으로."

비서가 소리 없이 문을 닫고 나갔다. 우리는 몸을 돌리고 살만 칸을 쳐다봤다. 그는 이글거리는 눈으로 우리를 쏘아봤다. 사회성이 떨어지는 개한테서 흔히 나타나는 공격성 같았다. 개는 보통 화나서 짖는 게 아니라 두려워서 짖는다.

그는 1, 2분 정도 더 훈계를 늘어놨다. 우리는 그가 실컷 떠들면서 기분을 풀도록 놔두었다. 곤경에 빠질까 봐, 다칠까 봐, 이미 다친 것보다 더 다칠까 봐 벌벌 떠는 사람들의 이야기를 들어주는 것도 업무의 일환이었다. 그런데 지금까지 살만 칸보다 더 겁에 질린 사람을 한번도 보지 못했다. 그는 목이 절단될까 봐 겁내는 사람처럼 보였다.

칸이 잠시 숨을 고르는 사이, 맬러리 경감이 우리를 소개했다. 평소처럼 부드럽고 온화한 말투였다. 우리는 신분증도 꺼내 보여주었다. 칸이 가죽으로 된 커다란 회전의자에 털썩 주저앉았다. 우리도 맞은편 의자에 앉았다. 맬러리 경감이 그를 안심시키고자 다양한 단서를 통해 범인을 추적하고 있다고 말하는 사이, 칸은 불을 붙이지 않는 담배를 만지작거렸다. 버터필드 헌트 앤 웨스트 법률사무소는 금연 구역이었지만 칸의 책상엔 은으로 된 담배 케이스가 있었다. 그는 마음을 달래는 염주마냥 담배를 계속 만지작거렸다.

"정신적으로 충격이 크고 힘든 시기인 줄 압니다, 칸." 맬러리 경감이 말했다.

"그걸 알면 여기서 나랑 노닥거릴 게 아니라." 칸이 담배를 은제 케이스에 담으며 소리쳤다. "나가서 살인범을 잡아야죠!"

"살인범이 왜 휴고 벅과 아담 존스를 죽이고 싶어 했다고 생각하죠, 칸?"

"둘 다 중독자니까 그랬겠죠. 한 놈은 섹스 중독자고 다른 놈은 마약 중독자니까. 휴고는 친한 사이였지만 아담은 학교를 졸업한 뒤론 한번도 만나지 않았습니다. 하지만 두 놈 다 구제불능 중독자였어요. 그러니까 그렇게 개죽음을 당했죠."

얼핏 생각하면 그럴듯한 이론이었다. 한 사람은 아무 데서나 지퍼를 내렸고 다른 사람은 마약에 취해 길거리를 헤맸다. 살인자는 흔히 별 생각 없이 무작위로 사람을 죽인다. 두 사람도 그런 살인자의 피해자였다. 슬프고 안타깝지만 그들이 자초한 죽음이었다.

하지만 이 이론으로는 살만 칸의 극심한 공포를 설명하지 못했다.

"두 사람을 오래전부터 알고 지냈죠?" 맬러리 경감이 몰아붙였다. "학창 시절부터 줄곧."

"아담을 처음 봤던 때가 기억납니다." 칸이 고개를 저으며 말했다. "13살 때였죠. 시합을 마치고 돌아오는 길이었어요. 여섯 명 전부. 벤과 네드, 뚱보 필립스와 지미 서트클리프, 휴고와 나. 우린 럭비부 주전 선수였어요. 진흙과 피로 범벅인 상태였죠. 그런데 새 교복을 입은 아담이 빌어먹을 오보에를 들고 서 있었어요. 개인 지도를 받으러 가는 길이었나 봐요. 우리 중 누군가가, 아마 뚱보였던 것 같은데, 아무튼 누군가가 아담한테 '야, 연주

한번 해봐!'라고 청했어요. 물론 그를 놀려먹을 작정이었죠. 그런데 아담이 다정하게 웃으며 케이스에서 악기를 꺼냈어요. 그리고 바흐의 '양들은 한가로이 풀을 뜯고Sheep May Safely Graze'를 연주했어요. 그렇게 아름다운 연주는 난생 처음 들었을 정도로 좋았어요."

칸의 사무실 벽에 사진이 걸려 있었다. 사진을 살펴보면 그 사람이 어떻게 살아왔는지 대충 파악할 수 있다. 자세히 보려고 자리에서 일어났다.

턱시도 차림의 칸이 역시나 턱시도 차림의 다른 남자에게 상장을 받으며 활짝 웃는 사진이 먼저 눈에 띄었다.

포터스 필드의 교훈인 '아우트 빈체레 아우트 모리'라고 적힌 단상에서 칸이 연설하는 사진도 있었다.

크리켓 경기장에서 칸이 킹 형제 사이에 서 있고, 그들 뒤로 뚱보 필립스가 짓궂게 웃는 모습도 보였다. 다들 순백의 유니폼 차림이었다. 필립스는 몽둥이를 든 건달처럼 어깨에 배트를 걸치고 있었다.

하지만 연합 장교 양성대 유니폼을 입은 일곱 소년의 사진은 어디에도 없었다.

"학교엔 자주 방문합니까?" 내가 칸을 향해 웃으며 물었다.

칸이 내 매력에 동하지 않는지 무뚝뚝하게 대답했다. "친구들은 자주 만납니다. 행사가 많이 열리니까. 학교에 남아 있는 친구들도 있습니다. 내 말은 교사로 있다는 뜻입니다. 우리 로펌은 학교와 연계해 군인 관련 자선단체에 지원을 많이 합니다. 그런데 그런 건 왜 묻는 겁니까?"

"그때가 제일 좋은 시절이었죠, 그렇죠?"

"그야 물론이죠."

벽에는 그림도 하나 붙어 있었다. 연무에 휩싸인 도시 풍경이었다. 꿈속에서 본 도시 같기도 하고 아련한 기억 속의 도시 같기도 했다. 거리엔 사람 그림자 하나 없었다. 오른쪽 구석에 뭐라고 적혀 있을지는 안 봐도 훤했다.

j s

"제임스 서트클리프." 내가 말했다. "제임스 서트클리프가 그린 그림이군요."

"제임스는 천재였어요." 칸이 말했다. "살아 있었다면 우리 중에서 제일 출세했을 텐데."

"그런 사람이 왜 자살했죠?"

"제임스는 마음에 병이 있었어요. 그의 부모는 할리가(街)(개인 병원이 밀집된 거리로 런던 중심부에 있음 -옮긴이 주) 의사들이 처방해준 안정제를 먹이면 괜찮을 줄 알았나 봐요. 하지만 오히려 그게 녀석을 극한으로 몰고 갔죠."

"포터스 필드에서 친구를 많이 사귀었나 봅니다." 맬러리 경감이 말했다.

칸이 불을 붙이지 않은 담배를 집어 입에 물었다. 하지만 이내 담배를 빼내고는 경멸스러운 표정을 지으며 몸서리를 쳤다.

"학교는 원래 그러라고 있는 곳 아닙니까?" 칸이 말했다.

칸은 우리한테 그동안 어딜 심문하고 다녔냐고 물을 듯하더니 그냥 입을 다물었다. 우리가 아직 아무 데도 가지 않은 걸 알아차린 듯했다. 그러더니 돌연 흥분해서 소리쳤다.

"그들은 적개심 때문에 죽었습니다. 질투, 시기, 선망…. 이 나라엔 그런 감정이 팽배해 있어요." 칸은 담배를 다시 입에 물었다. "그렇지 않습니까?"

브라이즈 노턴 공군기지의 장교 식당에선 이착륙장이 훤히 내려다 보였다. 활주로에선 거대한 비행기가 터보 프로펠러 엔진 네 개를 공회전하며 대기 중이었다. 비행기 주변엔 소매 없는 노란색 타바드(중세 기사가 갑옷 위에 걸치던 옷. 천 중앙에 구멍을 내어 머리를 끼워 넣는 식으로 착용함 - 옮긴이 주)를 걸친 사내들이 출정에 앞서 최종 점검을 하고 있었다.

록히드 사(社)의 C-130 헤라클레스 비행기의 꼬리가 벌어지며 널찍한 경사로가 내려왔다. 하지만 기다림도 훈련의 일환인 듯, 위장복 차림의 군인들은 타맥으로 포장된 활주로에서 진득하게 대기했다. 로열 구르카 라이플 연대는 오늘 밤에 떠날 예정이었다.

나는 군인들의 얼굴을 한 사람씩 살펴봤다. 구릿빛 전사들의 작은 얼굴은 온순한 것 같기도 하고 험악한 것 같기도 했다. 옥스퍼드 시에서 비쳐 드는 희미한 불빛으론 정확히 감별하기 어려웠다. 오후 브리핑을 마치고 세빌 로에서 브라이즈 노턴까지 운전하고 오는 데 90분밖에 걸리지 않았다. 거리는 가까웠지만 여기서 런던은 상당히 멀게 느껴졌다.

남자의 거친 웃음소리에 나도 모르게 고개를 돌렸다.

네드 킹 대위와 맬러리 경감은 붉은 가죽 소파에 마주 앉아 있었다. 경감은 몸을 앞으로 내밀고 차분한 얼굴로 상대를 쳐다봤다. 킹 대위는 활주로에 서 있는 군인들처럼 위장복 차림이었다.

"용서하세요." 킹 대위가 껄껄 웃으며 말했다. "하지만 우리들 사이에 미스터리 따윈 없습니다. 아담은 오랫동안 만나지 못했지만 지독한 마약 중독자였습니다. 그리고 휴고는 섹스 중독자였고요. 상당히 위험한 취미죠. 그렇지 않나요, 형사님?"

"그렇다면 누가 그들을 죽이고 싶어 했을까요?" 맬러리 경감이 물었다.

"갑자기 그렇게 물으니까 뭐라고 대답해야 할지 모르겠군요. 그냥 아담의 동료 중독자들을 조사해 보세요. 휴고의 러시아계 아내, 그리고 그녀의 러시아계 친구들도요."

맬러리 경감이 고려해 보겠다는 듯 고개를 끄덕였다.

"휴고 벅의 아내가 정말로 누군가를 죽일 수 있다고 생각합니까?" 내가 물었다.

대위가 내 쪽으로 고개를 돌렸다. 웃음기가 싹 가신 얼굴에서 흉터가 또렷이 보였다.

"이 세상 누구라도 마음만 먹으면 아무나 죽일 수 있다고 생각합니다." 대위가 말했다.

"하지만 당신 친구들은 똑같은 방식으로 죽었습니다. 모든 증거가 동일범의 소행을 가리킵니다. 그게 단순히 우연의 일치였을까요?"

킹 대위가 어깨를 으쓱했다. "죽음에 무슨 규칙이 있을까요?

그냥 무작위로 이뤄지는 거 아닙니까? 내가 알기론 그렇습니다."

활주로에선 헤라클레스 비행기의 엔진 소리가 점점 더 크게 들려왔다. 킹 대위가 목소리를 높였다.

"난 저기 서 있는 부하들이 모두 멀쩡하게 살아 돌아오길 바랍니다. 어느 누구도 불구가 되거나 목숨을 잃는 일이 없기를 바랍니다. 본인 의사와 상관없이 송환되는 일이 없기를 간절히, 간절히 바랍니다."

그런 생각만으로도 끔찍하다는 듯 대위가 몸서리를 쳤다.

"저 용감한 군인들이 테스코 쇼핑몰 앞에서 사람들의 동정어린 시선을 받는 일이 없어야 합니다." 대위가 소리 없이 웃으며 잠시 뜸을 들였다. "나는 밖에 있는 저 군인들이 모두 멀쩡한 상태로 돌아오길 바랍니다. 하지만 그런 일은 일어날 수 없을 겁니다. 물론 가자마자 총알받이가 되지 않도록 우린 오밤중에 아프가니스탄에 도착할 겁니다. 하지만 결국엔 어떤 식으로든 공격받을 겁니다. 제일 재수 없는 게 뭔지 압니까? 부상당한 채로 살아남는 겁니다. 사지가 다 붙어서 돌아오는 건 그야말로 행운입니다. 팔다리 중 하나를 잃을 수도 있고 둘이나 셋, 심지어 넷 다 잃을 수도 있습니다. 고환을 잃거나 음경을 잃거나 얼굴을 잃는 경우도 있습니다. 요새 남근 복원 산업이 뜨고 있다더군요. 거기엔 저 젊은이들을 환영하는 군중 따윈 없습니다. 도로변에 폭탄이 매설되지나 않았으면 다행이죠. 우린 미군 동료와 아프간 동맹국 등 아군의 폭격을 받기도 합니다. 현지 경찰 중엔 내 부하들을 최대한 날려버리라는 신의 계시를 받았다고 믿는 놈도 있습니다. 사제 폭발물이 터지기도 하고 탈레반과 러시아가

두고 간 폭발물이 터지기도 합니다. 결국 부하들 중 일부는 휠체어에 타거나 관에 누워서 귀국할 겁니다. 죽음은 살면서 우리가 지불해야 할 대가입니다. 때로는 그 청구서가 너무 일찍 도착하기도 합니다. 물론 공정하지 않죠. 합리적이지도 않습니다. 두 분은 경찰이니까 그 점을 누구보다 잘 알 겁니다. 죽음은 정정당당하게 플레이하지 않습니다. 그렇지 않습니까?"

대위가 자리에서 일어났다. 바깥에선 그의 부하들이 탑승 준비를 하고 있었다.

"우린 토요일에 도착할 겁니다. 일요일이 제일 위험하거든요. 그들은 금요일에 기도하고 토요일에 계획하고 일요일에 공격합니다. 신성한 일요일이 아니라 엿 같은 일요일이죠. 흠, 이젠 그만 가봐야겠습니다. 실례합니다."

"시간 내줘서 고맙습니다, 킹 대위님." 맬러리 경감이 말했다.

우리는 장교식당 입구까지 그를 배웅했다.

문을 열자 10월의 쌀쌀한 밤공기가 얼굴을 때렸다. 부하들이 일제히 고개를 돌리고 존경스러운 눈으로 대위를 쳐다봤다. 수줍게 미소 짓는 부하도 있었다. 다들 현장 지휘관을 향한 애정을 대놓고 드러냈다. 그런데 가까이서 보니 온갖 장비를 짊어진 군인들이 너무나 어려서 나는 적잖이 놀랐다.

"제임스 서트클리프는 왜 자살했습니까?"

맬러리 경감의 질문에 킹 대위가 움찔했다.

"글쎄요. 너무 오래전 일이라…." 대위가 말끝을 흐렸다.

"그래도 무슨 생각이 있을 거 아닙니까?"

"자살하는 사람이야 뻔하죠. 나약하기 때문인 거죠."

"대위님과 친구 사이 아니었나요?"

"제임스 서트클리프는 내 친구였죠. 그것도 굉장히 친한 친구였습니다. 지금도 날마다 그 친구를 생각합니다. 하지만 제임스는 나약했어요."

맬러리 경감이 사려 깊게 고개를 끄덕였다. "이런, 우리 때문에 지체되는군요. 미안합니다, 킹 대위님."

킹 대위가 우리와 악수를 나누며 말했다. "도움이 못 돼서 내가 오히려 미안한데요."

"마지막으로 한 가지만 더 묻겠습니다."

경감의 말에 대위가 기다렸다.

"얼굴은 어쩌다 그렇게 됐습니까?"

킹 대위가 큰 소리로 웃었다.

"벤이 그랬어요. 어렸을 때 아침을 먹다가 벤이 나한테 유리잔을 던졌어요. 내가 뭐라고 자극하는 말을 했었나 봅니다. 이 흉터에 대해 물어본 사람은 경감님이 처음이네요." 대위는 부하들과 함께한다는 생각에 들떴는지 활기찬 목소리로 덧붙였다. "다들 내가 복무 중에 다쳤을 거라고 생각하던데."

맬러리 경감이 고개를 저었다. "그러기엔 너무 오래돼 보여서요. 흉터에 대해선 제가 빠삭합니다."

11

스카우트가 아침 내내 시무룩한 표정으로 앉아 있었다.

언젠가 제 감정을 숨길 날이 올 것이다. 그때가 그리 멀지 않았다는 걸 알고 있다. 하지만 다섯 살은 그러기에 너무 일렀다.

나는 스카우트 맞은편에 앉았다. 활짝 웃는 원숭이 그림이 그려진 시리얼 박스를 옆으로 치우고 스카우트의 눈을 바라봤다.

"우리 귀염둥이 아가씨가 왜 이렇게 뾰로통할까?" 내가 조심스럽게 입을 열었다. "스카우트, 무슨 문제라도 있니?"

그릇에 담긴 갈색의 걸쭉한 우유를 쳐다보던 스카우트가 고개를 들고 나를 쳐다봤다.

"아빠가 의상을 만들어야 해요." 스카우트가 말했다.

나는 의자에 기대며 이건 또 뭔 소린가 생각했다.

"내가 왜 의상을 만들어야 하는데?"

"연극할 때 필요하니까. 크리스마스 연극."

"성탄극?"

스카우트가 고개를 끄덕였다. "엄마들은 모두 의상을 만들어야 한대요." 녀석이 의심스러운 목소리로 덧붙였다. "아빠들도요. 데이비스 선생님이 그랬어요."

데이비스 선생이 그렇게 말했다면, 그건 모세의 돌판에 새겨진 십계명처럼 반드시 지켜야 할 사항이었다.

"무슨 연극인데?"

"'투덜이 양'이에요. 투덜이 양은 구유에서 태어난 아기 예수를 보러 가지 않겠다고 고집을 부려요. 동방박사들, 천사들, 그리고 다른 양들은 모두 아기 예수를 보러 가거든요. 그런데 투덜이 양은 가지 않겠다고 계속 투덜대요. 아빠도 그 이야기 알아요?"

"아빤 모르는데."

"투덜이 양은 맨날 투덜대요. 그러다 슬퍼해요. 나중엔 후회하고요. 결국엔 자기 잘못을 알고 몹시 부끄러워해요."

'의상이라…. 어떻게 만들지? 뭐가 필요하지?' 앞이 깜깜했다.

"연극에서 넌 뭘 맡았는데?"

"투덜이 양."

순간, 기분이 째졌다. "네가 주인공을 맡았구나!"

"데이비스 선생님이 나한테 투덜이 양을 맡으라고 하셨어요." 스카우트가 우쭐한 목소리로 말했다.

"제일 중요한 역할을 맡았구나, 스카우트. 주인공이잖아."

스카우트는 내 칭찬에 흔들리지 않았다.

"난 의상이 필요해요. 아빠가 그걸 만들어야 해요."

"그럼, 당연히 만들어야지." 어떻게 만드는지, 어디서부터 시작해야 하는지도 모르지만 일단 약속부터 했다.

아침 브리핑에 가지 않고 도시 외곽 쪽으로 향했다. 반대편 차로는 출근길에 나선 차량으로 붐볐지만, 북쪽으로 향하는 차로엔 쌩쌩 질주하는 내 BMW X5뿐이었다. 내가 가는 방향으로는 세상 누구도 가지 않는 것 같았다.

화장장 맨 뒷줄에 앉아 사람들이 도착하길 기다릴 때도 똑같은 심정이었다. 한참이 지나도록 아무도 오지 않았다.

마침내 길 잃은 영혼처럼 보이는 사람들이 하나둘 들어왔다. 얼굴에 문신을 한 사람, 치아가 다 빠진 사람, 마약 중독으로 핼쑥한 사람…. 참석한 사람이 너무 적어서 저마다 한 줄씩 차지하고 앉았다. 활활 타오를 순간을 기다리는 소박한 관에서 멀찌감치 떨어져 앉았다.

가이 필립스가 오더니 통로를 사이에 두고 나와 같은 줄에 앉았다. 밤새 뭘 했는지 얼굴이 벌겋게 달아올랐다. 나는 자리에서 일어나 그의 옆으로 건너갔다.

"안녕하세요, 뚱보 씨?"

필립스가 몸을 뒤로 젖히며 나를 쳐다봤다.

"저번에 봤던 얼굴이네. 휴고의 장례식에 왔죠? 순사 양반 둘이서. 아무튼 짭새는 어디서나 티가 난다니까. 발은 크고 거시긴 작고."

"밤새 진탕 마셨나 보군요."

"입술만 겨우 적셨습니다." 필립스가 말했다.

"나도 저번에 당신을 봤습니다. 여자한테 참 거칠게 굴더군요, 뚱보 씨. 일부러 아프게 하려는 것 같았어요."

필립스가 능글맞게 웃었다. "나타샤 말인가요? 그날따라 유난히 예민하게 굴더군요. 손만 잡고 차로 데려다 줬어요. 그것뿐입니다. 모두를 위해서 내가 조용히 처리했죠."

그는 입을 다물고 나를 유심히 쳐다봤다. 그러더니 물었다.

"경관 나리, 팩Pak의 사무실에도 갔었죠, 그렇죠?"

"팩?"

"파키 칸Paki Khan."(팩: 영국에 사는 파키스탄 사람을 경멸적으로 부르는 말. 인도와 방글라데시 출신을 가리키기도 함 - 옮긴이 주)

"칸은 인도에서 장기 거주한 영국 가문 출신이라고 들었는데요."

"뭐 시시콜콜 따지고 싶지 않지만 그런 사람도 팩이라고 부르잖아요. 그렇다고 날 인종 차별주의자로 오해하진 마쇼. 우리끼린 옛날부터 그렇게 불렀으니까. 귀여운 애칭이죠. 난 인도 사람들을 아주 좋아합니다."

필립스가 화장장에 앉아 있는 조문객을 둘러보더니 한숨을 내쉬었다.

"맙소사! 여긴 노숙자들의 집합소 같군."

그러더니 벌건 얼굴을 흔들며 혼잣말을 중얼거렸다.

"아담! 넌 그동안 도대체 어떻게 살았던 거냐?"

"다른 친구들은 왜 안 왔죠? 늘 떼로 몰려다니잖아요."

"네드는 지금쯤 헬만드주에 있을 테고. 벤은 공사가 다망한 사람인데, 마약쟁이들 집합소에 있는 모습이 신문에라도 나면 좋을 게 있겠습니까? 그리고 팩은 필시 하찮은 노동자의 인권을 변호한답시고 법원에 있겠죠."

"죄다 핑계 아닙니까?"

"그야 그렇죠. 하지만 그게 현실인 걸 어쩝니까? 아담의 새로운 패거리를 보세요. 내 친구들이 이런 데 오고 싶겠습니까? 하긴 아담은 옛날부터 우리와 달랐죠."

"아담이 헤로인 중독자라서요?"

필립스가 픽 웃었다. "우리가 그딴 데 신경이나 쓸 것 같아요? 잘나가는 집안 자식들도 마약 문제로 속 꽤나 썩입니다. 아담은 처음부터 겉돌았어요. 우리하고는 완전히 다른 부류였죠. 우리와 어울리기엔 파키 칸보다 훨씬 더 모자랐어요. 파키는 팩이라는 점 외엔 다 좋았어요. 게다가 뛰어난 크리켓 선수였거든요. 3년 연속 선발로 출전해서 점수를 뽑아낼 정도로 대단했어요. 하지만 아담은 달랐어요. 마약 때문이 아니에요. 장학금을 받고 다녔기 때문이에요. 나머진 다 빵빵한 부모가 내는 돈으로 다녔죠. 아담은 불쌍하게도 자신의 노력으로 거기 왔어요. 손에 피가 나도록 밴조를 뜯고 숨이 턱에 차도록 플룻을 분 덕분이죠. 아, 이런 얘기가 기분 나쁠지 모르겠네요. 돈 많다고 유세떠나 싶죠?"

"그를 마지막으로 본 게 언젭니까, 뚱보 씨?"

"날 언제 봤다고 자꾸 그렇게 부릅니까? 한두 번 들을 땐 괜찮지만, 친하지도 않은데 자꾸 그렇게 부르면 곤란합니다, 순경."

"형삽니다."

"아, 그렇군요. 순경."

"다들 옛날부터 뚱보라고 불렀잖습니까?" 내가 말했다. "그냥 귀여운 애칭이잖아요."

"당신이랑 학교를 같이 다닌 기억은 없는데. 거기서 화장실 청소라도 했수?"

"이러지 맙시다, 뚱보 씨. 아담을 마지막으로 본 게 언젭니까?"

"못 본 지 몇 년 됐습니다. 한번은 녀석이 돈을 구걸하러 찾아왔더군요. 한심한 녀석! 하긴 나도 별반 다를 게 없지. 술만 죽어라 마셨더니 혈관이 망가져 버렸어요. 어쩌다 이 지경이 됐는지 나도 모르겠수다. 아무튼 그날 수중에 있던 돈을 몽땅 털어줬어요. 그랬더니 냉큼 받아서 가더군요."

"그 돈으로 헤로인을 구입할 거라는 걱정은 안 했습니까?"

"내가 그런 것까지 걱정해야 합니까? 그 돈으로 저지방 요구르트를 살 거라고 기대하진 않았수다."

"그건 그렇고 누가 왜 그를 죽이고 싶어 했을까요? 휴고 벅이야 죽어도 싼 인간이죠. 여자나 패는 개자식이니까."

필립스가 나를 음흉한 눈으로 쳐다봤다. "우리 나타샤에게 벌써 넘어간 겁니까? 유지비가 많이 들어서 당신 같은 사람은 감당할 수 없을 텐데."

내가 그의 팔을 가만히 잡았다. "다시 한번 묻겠습니다. 아주 정중하게. 누가 왜 마약에 찌든 노숙자를 죽이고 싶어 했을까요, 뚱보 씨?"

필립스가 분노한 눈으로 나를 쏘아봤다. "당신은 날 그렇게 부를 권리가 없다니까. 그건 불알친구들이 친근하게 부르는 이름이란 말이야. 당신 이름이나 대보시지. 신분증도 까고. 대체 여기서 뭐 하는 거요?"

"난 뭐가 어떻게 된 건지 제대로 알고 싶을 뿐입니다. 당신도 나름대로 생각이 있을 것 아닙니까? 혹시라도 휴고 벅과 아담 존스가 일을 자초했다는 말을 하려거든 집어 치워요. 당신 친구인 킹 대위는 둘의 죽음이 무관하다고 말하더군요. 칸도 똑같이 말했고. 말은 그렇게 했지만 둘 다 그걸 믿진 않을 겁니다. 그건 당신도 마찬가지죠, 뚱보 씨."

하지만 필립스는 이미 내 얘길 듣지 않았다. 때마침 존스 부인이 로잘리타를 데리고 화장장으로 들어왔기 때문이다. 두 사람은 관이 정통으로 보이는 맨 앞줄에 앉았다. 나는 필립스가 아담의 어머니를 보고 놀랐다고 생각했다. 며칠 전에 본 나도 그녀의 모습을 보고 놀랐으니까. 방사선 치료 때문에 얼굴이 부은 데다 슬픔 때문에 잔뜩 일그러져 있었다. 그녀야말로 앞에 놓인 관에 누워야 할 사람처럼 보였다.

그런데 가이 필립스가 바라보는 사람은 존스 부인이 아니었다. 옆에 앉은 로잘리타였다.

"맙소사! 내가 어릴 적부터 아담 집에서 일하던 가정부잖아. 저 여자도 이젠 많이 늙었네."

목사가 장례미사 강론을 시작했다. "여인에게서 태어난 인간에게 생애는 덧없이 짧지만 근심은 한없이 깁니다."

관이 불꽃 안으로 미끄러지듯이 들어가자 커튼이 스르륵 드리우며 용광로 입구를 가렸다. 나는 자리에서 일어났다.

"가실라우?" 필립스가 말했다. "만나서 반가웠수다, 순경."

"아직 안 갑니다. 당신이랑 할 얘기가 남았으니까, 뚱보 씨." 내가 말했다.

내가 복도를 따라 앞쪽으로 가는 동안 몇 안 되는 문상객이 하나둘 자리에서 일어났다. 그들은 내 옆을 지나치면서 몸을 잔뜩 움츠렸다. 사람을 피하는 데 익숙한 몸짓이었다.

존스 부인은 상념에 잠긴 듯 정물처럼 앉아 있었다.

"좀 더 기다렸어야지. 사람들이 더 올지도 모르는데."

"사모님," 로잘리타가 말했다. "정해진 시간이 있잖아요. 45분

안에 마치려면 어쩔 수 없어요."

존스 부인이 나를 보고 희미하게 웃었다. "당신도 왔군요. 인정도 많지." 그녀가 내 손을 덥석 잡았다. "저번에 같이 얘기를 나눠서 참 좋았어요."

"부인과 다시 이야기를 나누고 싶습니다. 아담이 어렸을 적 얘기를 좀 들려주십시오."

그녀가 돌연 침통한 표정을 지었다. "너무 오래전 일이라서…." 그녀는 손을 빼고 옆에 있는 가정부에게 말했다. "로잘리타, 난 기억이 나지 않는구나. 네가 좀 얘기해주련?"

로잘리타가 존스 부인을 부축하며 나를 노려봤다.

"괜한 얘길 꺼내니까 사모님이 힘들어하시잖아요."

"아냐, 기억이 나지 않을 뿐이야." 존스 부인이 말했다.

"네, 기억나지 않으면 말씀하지 않으셔도 돼요." 로잘리타가 말했다. "신경 쓰지 마세요."

두 사람은 아담 존스의 유골함을 받으러 부속실로 향했다. 나는 몸을 돌려 가이 필립스를 찾았다. 하지만 그는 벌써 사라지고 없었다. 화장장엔 아무도 남아 있지 않았다. 결국 맨 앞줄에 홀로 앉아 용광로에서 나오는 열기를 온몸으로 느꼈다.

주차장에 갔을 땐 차가 거의 다 빠지고 없었다. 화장장 입구에 있는 버스 정류장에서 로잘리타가 버스를 기다리고 있었다.

차를 세우고 창문을 내렸다.

"난 다 기억해요." 로잘리타가 말했다.

골더즈 그린가에 있는 작은 카페로 로잘리타를 데려가 차와 커피를 주문했다. 로잘리타가 갑자기 문자메시지를 보내야 한다고 말했다.

"아들한테 데리러 오라고 해야겠어요."

그녀가 메시지를 작성하는 사이 나는 트리플샷 에스프레소를 마셨다. 그녀는 메시지를 보낸 뒤 앞에 놓인 차를 물끄러미 쳐다봤다. 나와 이야기하겠다고 말한 걸 벌써 후회하는 눈치였다.

"로잘리타, 뭘 기억하죠?"

그녀가 고개를 끄덕이더니 어렵사리 입을 열었다.

"아담의 친구들요. 쌍둥이 형제와 인도계 친구까지 전부 다 기억해요. 그리고 죽은 친구와 오늘 화장장에 온 친구도 기억해요. 아까 그를 봤어요. 당신과 함께 뒷줄에 앉아 있는 그를 봤어요. 이젠 어엿한 남자로 컸더군요."

"그러니까 구체적으로 뭘 기억한다는 거죠?"

로잘리타가 또다시 고개를 끄덕였다.

"여름만 되면 집으로 놀러왔어요. 소년들이 우르르 몰려왔어요. 주인 어르신 내외가 출타중일 때."

"아담의 부모가 휴가를 떠나면 친구들이 집으로 찾아왔다고요? 그 집에 며칠씩 머물렀단 말입니까?"

"네."

"그들이 거기서 뭘 했죠?"

잠시 침묵이 흘렀다. 로잘리타가 한참 만에 고개를 저으며 말했다.

"그들은 착한 애들이 아니었어요."

'흠, 로잘리타가 지금 40대 중반일 테니까 20년 전이라면 한창

때인 20대였겠군.' 나는 그녀의 이야기를 들으며 속으로 생각했다.

"아담은 참 착했어요. 어렸을 땐 정말 귀여웠어요. 하지만 그들과 어울린 뒤로 확 변했어요."

"왜 변했을까요? 무슨 일이 있었나요?"

로잘리타가 찻잔을 응시했다. 좀체 나와 눈을 마주치지 않았다.

"그들이…, 그들이 당신한테 무슨 짓을 저질렀나요?"

그녀가 고개를 들자 때마침 젊은 남자가 카페로 들어왔다. 이십 대 초반에 자동차 정비공이 입는 푸른색 작업복 차림이었다. 그는 타갈로그어로 로잘리타와 이야기했다.

"우린 말썽에 휘말리고 싶지 않습니다." 그가 어머니의 팔을 붙잡아 일으키며 말했다.

"잠깐만요." 내가 얼른 만류했다. "어머니를 어디로 모시고 가는 거죠? 얘기가 아직 안 끝났습니다."

"경찰하고는 얘기하고 싶지 않아요. 우린 말썽에 휘말리고 싶지 않습니다."

"뭘 걱정합니까?" 내가 남자에게 말했다. "걱정할 거 전혀 없습니다."

그들은 이제 내 말을 귓등으로도 듣지 않았다. 자기네 언어로 서로 언성을 높였다. 로잘리타의 아들은 어머니의 팔을 놓지 않았다.

"비자 때문에 걱정하는 겁니까?" 내가 넌지시 물었다. "그런 건 걱정할 필요 없습니다. 오히려 내가 도와줄 수도 있어요."

하지만 그들은 기어이 자리를 떴다.

“로잘리타,” 내가 큰소리로 물었다. “그 학교에서 무슨 일이 벌어졌던 겁니까?”

로잘리타가 카페 문을 나서려다 말고 몸을 돌렸다.

“모든 게 생지옥으로 변했어요.”

12

빌리 그린 순경이 12온스짜리 글러브로 얼굴을 가린 채 앞으로 곧장 나아갔다. 프레드가 로프에 기댄 채 그를 기다리고 있었다. 링 옆에서 그 모습을 지켜보는데 마음이 짠했다.

프레드가 잽을 날렸다. 그린이 글러브를 들어 방어했지만 한동안 내근만 하다 보니 살이 붙어 움직임이 둔했다. 펀치 강도가 그리 세지 않았는데도 그린의 글러브가 뒤로 밀리면서 그의 얼굴을 가격했다.

글러브 너머로 그린의 눈이 움찔 놀라는 게 보였다. 콧잔등이 빨개졌다. 프레드가 좌우로 몸을 움직였다. 발놀림이 댄서처럼 가볍고 경쾌했다. 몸통 옆으로 늘어뜨린 두 팔이 가볍게 흔들렸다. 그린이 느릿느릿 그를 쫓아갔다.

프레드가 잽을 연타로 날렸다. 그린이 글러브로 방어해서 충격이 크진 않았다. 자신감을 얻은 그린이 조심스럽게 잽을 넣었지만 프레드가 머리를 옆으로 휙 젖히자 어깨 위 허공만 갈랐다.

프레드가 코너로 들어가더니 그린에게 다가오라고 손짓하며 씩 웃었다. 파란 마우스가드가 드러났다. 그린이 초대에 응하며 또다시 잽을 날렸다. 프레드는 공격만 잘하는 게 아니라 방어에도 능했다. 두 손은 높이 치켜들고 팔꿈치는 흉곽에 딱 붙이며 턱은 아래로 숙였다. 로프에 대고 몸을 튕기면서 그린에게 계속 공격하라고 자극했다. 그린이 공격을 감행했다. 잽, 훅, 잽. 하지만 프레드를 털끝하나 건드리지 못했다.

그래도 공격하면서 자신감이 붙었는지 그린의 표정이 약간 밝아졌다.

그린이 라이트 훅을 날렸다. 뷔페식당을 나서는 뚱보처럼 느려터진 훅이었다. 프레드는 잽싸게 주먹을 피했다. 그와 동시에 그린의 갈비뼈에 짧은 레프트 훅을 날렸다. 악의에서라기보다는 본능에 의한 손놀림이었다. 풍선에서 쉭 하고 바람이 빠지듯 그린의 입에서 헉 하는 숨소리가 들렸다. 곧장 고꾸라지면서 한쪽 무릎을 꿇고 팔꿈치를 옆구리에 붙인 채 고개를 떨궜다. 갑작스런 통증이 어디서 오는 건지도 모르는 것 같았다.

프레드가 잽싸게 몸을 숙이고 건장한 그린의 어깨를 감쌌다.

"좀 더 세게 칠 수 있을 줄 알았습니다." 그린이 고통으로 일그러진 얼굴을 들면서 말했다. "죄송합니다."

"얼마나 세게 치느냐는 중요하지 않아." 프레드가 말했다. "얼마나 세게 맞을 수 있느냐, 세게 맞고서 얼마나 버틸 수 있느냐, 그게 중요한 거야."

이 시간엔 보통 체육관에 사람이 거의 없었다. 두 사람은 훈련을 계속했다. 프레드가 낡은 글러브를 들어 방어 자세를 취하며 그린에게 치라고 말했다. 그리고 공격 방법을 일일이 알려주었다.

"잽을 더 빨리 뻗어야지. 그렇게 느려터지면 상대가 피하잖아. 더 세게, 더 빨리, 더 날카롭게. 공격하더라도 방어는 해야지. 나랑 단련할 수 있으니 운 좋은 줄 알아!"

복싱엔 장점이 많지만 한 가지만 꼽으라면 자기 안에 잠재된 능력을 깨닫게 해준다는 점이다.

네 안에는 좋은 자질이 있다. 너는 네가 아는 것보다 더 나은 사람이다.

프레드의 체육관을 나오자 차가운 밤공기가 엄습했다. 몸이 부르르 떨렸다. 가죽 재킷 안으로 목을 잔뜩 움츠렸다.

차터하우스 스트리트 맞은편에 자리 잡은 스미스필드 육류시장에선 벌써 야간작업이 시작됐다. 사람들 입에서 하얀 김이 담배 연기처럼 피어났다. 겨울이 멀지 않았다고 생각했는데 실제론 이미 와 있었다. 10월의 꽉 찬 보름달이 세인트 폴 성당의 돔 지붕 위로 낮게 걸려 있었다. 1년 중 이맘때만 볼 수 있는 달인데, 사람들은 이 달을 '사냥꾼의 달Hunter's Moon'이라고 불렀다.

다음 날 존경하는 의원 나리를 만나러 일찌감치 세빌 로를 나섰다. 벤 킹 의원과 2시에 만나기로 했다.

약속 장소는 세인트 제임스 스트리트에 있는 피커딜리 극장 맞은편이었다. 걸어서 몇 분 걸리지 않는 곳이었다. 그런데 창문과 출입문을 뚫어져라 보면서 이리저리 헤맸지만 손에 쥔 주소지는 보이지 않았다. 갑자기 바보가 된 기분이었다.

세인트 제임스 스트리트에는 아무 표시가 없는 건물이 많았다. 벤 킹 의원과 만나기로 한 클럽도 그중 하나였다. 거기 있다는 사실을 모르면 결코 찾을 수 없을 터였다.

창문을 기웃거리며 걷는데 한 건물 안에서 신문을 들여다보는 백발 남자들이 보였다. 혹시나 싶어 문을 열고 들어갔더니 내가 찾던 곳이었다. 제복 차림의 수위가 카운터 뒤에서 내 코트를 받아 벽에 걸었다. 내가 머뭇거리자 수위가 물었다.

"뭘 더 도와드릴까요?"

"번호표는요?" 나는 말을 끝내기도 전에 멍청한 질문을 했다는 걸 알아차렸다.

"네?"

"코트 찾을 때 번호표 같은 걸 보여줘야 하지 않습니까?"

카운터 뒤에 있던 다른 수위가 슬며시 웃는 모습이 보였다. 내 코트를 걸어준 수위가 기분 나쁠 정도로 쾌활하게 말했다.

"아, 여기선 그런 게 필요 없습니다. 손님 코트는 우리가 안전하게 지켜드리겠습니다."

식당 구역으로 안내받아 가는 내내 얼굴이 화끈거렸다. 안내받은 곳은 레스토랑이 아니라 가정집 응접실처럼 아늑했다. 혼자 식사하는 사람이 여럿 있었다. 그들은 혼잣말을 중얼거리며 신문을 읽었다. 선정적 기사를 주로 싣는 타블로이드판이 아니라 진지한 기사를 싣는 보통 사이즈 신문이었다. 한 노신사는 가는 세로줄 무늬의 쓰리피스 양복 차림으로 레드와인을 홀짝였다. 루바브 커스터드 파이를 앞에 두고 조는 사람도 보였다.

힐링턴 노스 지역의 국회의원이자 이곳에서 제일 젊은 벤 킹이 나를 알아보고는 웃으며 일어났다.

테이블엔 현재 킹 의원만 있는데도, 어찌된 일인지 웨이터는 킹 의원 앞에 있는 접시와 그 맞은편 자리에 있는 접시까지 치우고 있었다.

약속 시간이 점심 무렵이라 식사를 제공받지 않을까 내심 기대했는데, 아무래도 점심은 건너뛰어야 할 것 같았다. 한 접시에는 살을 싹 발라먹은 생선 뼈다귀가, 다른 접시에는 피가 뚝뚝 묻어나는 스테이크 조각이 놓여 있었다.

"울프 경장님." 그가 말했다. "미안합니다. 시간을 내기가 워낙 어려워서요."

우리는 커피를 주문했다. 둘 다 블랙이었다. 평소대로 트리플 샷 에스프레소를 주문하고 싶었지만 주변의 비웃음을 살까 조심스러웠다. 킹이 몸을 살짝 내밀고 친근한 눈길로 나를 쳐다봤다.

"경찰의 조사를 돕기 위해 나는 물론이요, 내 직책도 십분 활용하겠습니다."

흉터만 없다뿐이지 쌍둥이 형제의 말쑥한 용모와 사근사근한 태도까지 똑같았다. 왠지 든든하고 믿음직스러웠다. 사람들이 그에게 표를 주는 이유를 알 것 같았다.

"짧은 기간에 친한 친구를 둘이나 잃었으니, 의원님께 아주 힘든 시기일 줄로 압니다."

그가 서글픈 표정으로 웃었다. "아담은 이미 몇 년 전에 잃었다고 봐야죠."

커피가 나오는 바람에 이야기가 잠시 중단되었다.

"아담한테 뭔 일이 생겼다는 끔찍한 전화가 걸려올까 봐 몇 년 전부터 걱정하던 참이었습니다. 하지만 휴고는…, 휴고의 소식은 그야말로 충격이었습니다."

"그렇다면 아담 존스하고는 전혀 연락하지 않았던 거군요?"

"몇 년 전에 아담이 돈을 얻으려고 사무실에 찾아왔더군요.

하지만 만나주지 않았습니다."

"그럼 돈도 주지 않았겠네요?"

"재활을 위한 돈이나 치료를 위한 돈이라면 얼마든지 줬을 겁니다. 하지만 헤로인을 구입할 걸 뻔히 아는데 어찌 줄 수 있었겠습니까? 아담이 필시 다른 친구들한테도 접근했을 겁니다. 가이는 그를 만났다더군요."

"그에게 벌써 들었습니다." 내가 말했다. 내가 가이 필립스를 만났다는 사실을 킹이 이미 알 거라는 생각이 스쳤다. "아담이 아무런 도움도 받지 못하다니, 참으로 안타깝습니다. 재능이 뛰어난 사람이라고 들었는데."

벤 킹이 나를 쳐다봤다. 지금까지 미주 보고 있었는데도 이제야 처음으로 나를 보는 것 같았다. 그는 응시 각도를 다시 조정하듯이 고개를 한쪽으로 젖히고 나를 지긋이 쳐다봤다. 조금 전과는 전혀 다른 눈길이었다. 내가 의미심장한 말을 불쑥 내뱉어서 그의 눈에 갑자기 중요한 사람으로 비친 듯했다. 사지에서 혼자 살아남은 사람을 보는 듯한 눈길 같았다. 왠지 그렇게 느껴졌다. 정치인은 원래 사람을 이런 식으로 쳐다보는지도 모르겠다.

"천수를 누리지 못하고 간 친구가 셋이나 되는군요." 나는 일부러 그 사실을 지적했다.

킹이 잠시 생각에 잠기더니 입을 열었다.

"제임스 말입니까? 젊은 나이에 그렇게 갔으니, 참으로 비극이죠. 나이를 먹을수록 그 친구 생각이 자꾸 납니다." 처음으로 그의 목소리에 진심이 담겨 있었다. 열여덟 살에 자살한 친구가 최근에 살해당한 두 친구보다 더 마음이 아픈가 보았다.

"휴고와 아담의 죽음은 서로 관련된 건가요?" 킹이 물었다.

"그렇게 추측하고 있습니다." 나는 맬러리 경감의 말을 그대로 인용했다. "조만간 포터스 필드 고등학교를 방문할 계획입니다."

그가 커피를 한 모금 마신 뒤에 입을 열었다. "우리가 나온 학교를 뭣 때문에 가려는 겁니까?" 그의 목소리는 차분하고 조용했다.

"우리가 쫓는 여러 단서 중 하나입니다. 지금으로선 벅과 존스를 연결하는 고리가 그것뿐입니다. 같은 학교 출신이라는 점. 학교 다닐 때 혹시 특별한 일이-"

"그들을 죽이고 싶게 할 만한 일 말입니까?" 킹이 물었다. 노련한 미소 뒤에 왠지 가시가 숨겨진 것 같았다. 나를 비웃고 싶은 걸 참는 눈치였다. "그들을 살해한 사람한테 그럴 만한 특별한 이유가 있다는 뜻으로 들립니다, 형사님."

"그런 뜻으로 한 말은 아닙니다."

"물론 그렇겠죠." 그가 내 죄를 사하겠다는 투로 말했다. 옛일을 회상하듯 그의 눈이 살짝 움직였다. "우린 그냥 평범한 소년들이었어요." 그러더니 말하다 말고 다시 나를 쳐다봤다. "하지만 무슨 일이 생기면 즉시 연락하겠습니다. 당신이 원하는 걸 나도 원하니까. 명함 있으면 하나 주시죠?"

나는 명함을 건넨 후에야 얼른 일어나라는 뜻임을 알아차렸다. 그를 만나러 온 다른 사람이 우리 쪽으로 안내 받아 왔다. 그는 지저분한 안경 너머로 놀란 눈을 껌벅거렸다. 인터뷰하러 온 기자 같았는데, 여행자처럼 헝클어진 옷차림에 벌게진 얼굴로 허둥거렸다. 세인트 제임스 스트리트에 있는 신사 클럽을 찾느라 혼이 빠진 듯했다. 나는 하는 수 없이 자리에서 일어나 벤 킹과 악수를 나누며, 시간을 내줘서 고맙고 커피도 맛있었다고 말했다.

기분 나쁘게 실실 쪼개는 수위에게 코트를 받아 들고 다시 세인트 제임스 스트리트로 나왔다. 힐링턴 노스의 국회의원이 점심 코스 요리별로 약속을 잡았다는 생각에 쓴웃음이 나왔다.

나는 디저트용이었다.

"저 패거리는," 나는 수사본부로 돌아왔다. "킹 형제를 주축으로 뭉쳤습니다. 벤 킹과 네드 킹. 그중에서도 벤이 우두머리였습니다."

"왜 그렇게 생각하지?" 맬러리 경감이 물었다.

"벤이 네드의 얼굴에 만들어 놓은 흉터만 봐도 누가 위인지 알 수 있습니다. 가이 필립스는 그들의 투견으로 성가신 일을 도맡았습니다. 살만 칸은 그들의 아첨꾼이자 앞잡이였습니다. 휴고 벅은 여자를 밝히는 만능 스포츠맨이었습니다. 아담 존스는…, 흠, 그는 아마 곁다리로 낀 것 같습니다. 부모가 집을 비우면 친구들을 불러서 실컷 놀도록 장소를 제공했습니다. 아담은 결국 그들의 마스코트였던 셈이죠. 애완견처럼 시키는 대로 다 했으니까."

"그럼 자살한 친구는 뭐였나? 제임스 서트클리프 말이야."

"다들 그 친구를 좋아했나 봅니다. 요절한 멋진 친구로 기억했습니다. 살았더라도 그들의 평가가 달라졌을 것 같진 않습니다. 저 패거리 중에선 유일하게 진짜 귀족입니다. 오너러블 제임스 서트클리프는 브로턴 백작의 자제입니다. 다른 소년들은 그냥 돈 많은 집안 출신입니다. 음악 장학금으로 입학한 아담도 꽤 유복하게 자랐습니다. 하지만 진정한 상류층은 제임스뿐입니다. 조상 대대로 권세를 누려온 집안의 자제였어요. 그들의 영웅이었죠."

우리는 일곱 소년병의 사진을 다시 쳐다봤다. 그중에서도 어두운 안경을 쓰고 넓은 이마를 훤히 드러낸 채 진지한 얼굴로 한가운데 우뚝 서 있는 소년에게 시선이 집중됐다. 나는 그가 아말피 해변에 옷을 곱게 개켜놓고 바다로 걸어 들어가는 모습을 떠올렸다.

"자기들끼리 서로 미워하는 게 아니라면," 내가 물었다. "누가 그들을 미워할까요?"

맬러리 경감이 말했다. "아, 모두 다 그들을 미워하지."

"네?"

"영국 사람들의 속내엔 계층 반감이라는 게 있어. 기숙학교로 보내진 어린 소년들이 침대에 오줌을 싸면서 엄마 생각에 눈물 흘린다고 안쓰러워하면서도 속으론 다들 그들을 부러워하지. 우리가 못 가진 걸 그들이 가졌기 때문이야."

맬러리 경감은 커다란 스크린에서 환하게 웃는 일곱 소년을 쳐다봤다.

"단순히 자신감이나 특권의식을 얘기하는 게 아니야." 맬러리 경감이 잠시 뜸을 들였다가 말을 이었다. "미래가 자기들 거라는 절대적 확신!" 경감이 나를 보고 웃었다. "누군들 그들 입장이라면 그렇게 생각하고 싶지 않겠나?"

다음 날 우린 포터스 필드 고등학교로 향했다.

13

"자, 다들 바닥에 엎드린다!" 가이 필립스가 소리쳤다.

50명의 소년들이 짧은 반바지와 민소매 차림으로 덜덜 떨면서 체육 선생님을 바라봤다. 농담으로 하는 말이길 기대하며 자기들끼리 헤헤 웃었다. 널찍한 운동장엔 찬바람이 쌩쌩 불었다. 오후 3시밖에 안 됐는데 날은 벌써 어두워지려고 했다.

"당장!" 필립스가 빽 소리쳤다.

아이들은 그제야 농담이 아닌 걸 알아차렸다.

마지못해 하나둘 바닥에 엎드렸다. 럭비 경기장 바닥은 이미 진창으로 변해 있었다. 손과 무릎을 대자 쩍쩍 소리가 났다. 새하얀 추리닝 차림의 필립스는 벌건 얼굴로 아이들 사이를 돌아다녔다.

"누가 멍멍이처럼 엎드리래? 두꺼비처럼 배를 깔고 엎드려야지. 자, 이번엔 등을 대고 눕는다. 다시 배! 한 바퀴 구른다. 좋아, 다시 등! 놀스, 꾸물거리지 말고 빨리해. 이번엔 팔다리를 멋지게 휘저어봐. 젠킨스, 어서! 파텔, 계집애처럼 꼼지락거리지 말고 크게 휘저어."

포터스 필드의 상징색인 보라색과 초록색 테두리가 덧대진 흰색 유니폼에 진흙이 잔뜩 묻었다. 필립스가 아이들을 그대로 둔 채 운동장을 가로질러 우리 쪽으로 걸어왔다.

"숲까지 왕복 8킬로미터를 달린 후 샤워까지 하려면 1시간은 족히 걸릴 겁니다. 게다가 뒤처지는 녀석들까지 챙기려면 30분 정도 더 걸릴 겁니다. 그때까지 기다리셔도 괜찮겠습니까?"

맬러리 경감이 고개를 끄덕였다. 필립스가 소년들 쪽으로 돌아갔다. 왠지 기분이 좋아 보였다.

"일어나! 얼른 일어나!" 그는 아이들이 자발적으로 진흙 바닥을 뒹군 것처럼 버럭 소리쳤다. "이젠 무릎에 흙이 묻을까 봐 걱정할 필요 없지, 그렇지?"

"예, 없습니다!" 아이들이 한목소리로 외쳤다.

"지금부터 숲을 지나 풍차 방앗간까지 뛰어갔다 온다. 저녁 예배 시간 전까지 돌아와야 한다. 실시!"

그들은 일제히 운동장을 가로질러 뛰어갔다. 새하얀 추리닝 차림의 필립스가 진흙투성이 아이들 틈에서 함께 달렸다. 숲에 도달할 즈음엔 필립스와 날쌘 아이들 몇 명이 선두로 달렸다. 안경을 쓰거나 뚱뚱한 아이들이 뒤를 이었다. 얼굴에 불만이 가득한 아이들은 뒤로 처졌다.

우리는 학교 건물로 걸음을 옮겼다.

포터스 필드 교정에는 빅토리아 시대풍의 붉은 벽돌 건물이 주를 이뤘지만 현대식 건물도 더러 보였다. 필시 기숙사로 쓰는 건물일 것이다. 그밖에 중세 시대에 지어진 듯 금방이라도 무너질 것 같은 건물도 있었다. 눈 한번 깜빡하면 100년 전 과거로 돌아간 듯했다.

우리 옆으로 한 무리의 소년들이 지나갔다. 다들 밀짚모자를 쓰고 보라색 테두리가 덧대진 초록색 블레이저와 회색 바지 차림이었다. 나이 든 아이들의 밀짚모자는 너무 낡아서 올이 풀려 있었다.

"휴고 벅과 아담 존스가 다니던 80년대 이후로 바뀐 게 없군." 맬러리 경감이 말했다. "1,000명에 이르는 남학생이 죄다 기숙사에서 생활해. 기숙사 동마다 사감과 지도교사, 보건교사 등 상근 직원 3명이 근무하지."

우리는 본관 앞에 세워진 이 학교 설립자 헨리 8세의 동상 앞에서 걸음을 멈췄다. 헨리 8세는 턱수염을 기른 뚱뚱한 왕이 아니라 마른 체구에 책을 옆에 낀 학자 같았다. 파리 한 마리 죽이지 못할 것 같은 젊고 여린 모습이었다. 돌로 된 스패니얼 두 마리가 왕의 옆을 지키고 있었다.

"헨리 8세가 학교를 설립했던 시절과 비교해도 별로 바뀌지 않았을 거야." 맬러리 경감이 잠시 뜸을 들였다가 덧붙였다. "헨리 8세가 가장 아끼던 대상을 교정에 묻었다는데, 그게 뭔지 아나?"

"아내들 중 한 명 아닙니까?"

"아내가 아니라 개야, 개." 맬러리 경감이 스패니얼 두 마리를 가리키며 말했다. "헨리 8세는 가장 아끼던 개들을 포터스 필드에 묻었어. 가는 길에 그 무덤을 둘러보도록 하지. 꼭 한번 보고 싶었거든."

헨리 8세가 학교를 세운 지 500년이 흘렀다. 500년 세월을 견딘 무덤이라니, 어떻게 생겼을지 새삼 궁금했다.

학교에 부속된 성당 뒤에 아담한 묘지가 있었다. 늘어선 묘비는 금방이라도 바스라질 것처럼 쇠락했다. 묘비에 새겨진 비문도 기나긴 세월과 비바람에 흐릿했다. 개들의 무덤을 찾는 건 어렵지 않았다. 묘지 한가운데 자리 잡은 정방형 무덤이었다. 묘비에 짤막한 비문이 새겨져 있었다.

형제, 자매들이여,
제발 조심하게
너희 마음을 개에게 주어 찢기지 않도록. (루디야드 키플링의 시 개의 힘The Power of the Dog에서 인용한 구절임 - 옮긴이 주)

본관으로 돌아올 때 보니 인근 공립학교의 코치가 럭비부원들을 차에서 내려주고 있었다. 공립학교 아이들은 포터스 필드 소년들의 옷차림을 보고 킥킥거렸다. 하지만 포터스 필드 소년들은 그들을 본체만체 지나갔다. 그러자 공립학교 학생들이 상처라도 받은 듯 금세 웃음을 거뒀다.

거구의 남자가 뒷짐을 지고서 방문한 학생들 사이를 왔다 갔다 했다. 그는 딱히 누굴 특정하지 않은 채 고개를 끄덕이기도 하고 미소를 지어 보이기도 했다. 제3세계 아동들을 방문한 왕족 같았다. 전에 얼핏 봤던 남자였다. 휴고 벅의 장례식에서 본, 키가 유난히 큰 남자였다.

"여기 교장이야." 맬러리 경감이 말했다. "우릴 기다리고 있어."

★

포터스 필드 고등학교의 페레그린 와프 교장은 창가에 서서 운동장을 내다봤다.

"수상 3명, 빅토리아 십자 훈장 수상자 12명, 노벨상 수상자 4

명," 와프 교장이 자랑을 늘어놨다. "생리학 분야에서 2명, 물리학 분야에서 2명. 올림픽 메달리스트 15명, 국회의원 44명, 바프타상(BAFTA: 영국 영화 및 텔레비전 예술상 - 옮긴이 주) 수상자 6명. 우리 연극부는 예전부터 활약이 대단했지. 이튼 출신이 왕립 연극 학교에 입학하기 전부터 무대에 섰으니까."

"피살자도 2명 있죠." 내가 말했다.

와프 교장이 무테 안경 너머로 나를 노려봤다.

"그게 무슨 말인가?" 그가 버럭 소리쳤다.

"휴고 벅과 아담 존스." 맬러리 경감이 말했다. "이 둘도 포터스 필드 출신이잖습니까?"

"그렇지, 그렇지. 참, 끔찍한 비극이지. 둘 다. 그나저나 범인은 잡았나?"

"아직 못 잡았습니다." 경감이 말했다.

와프 교장이 한숨을 푹 내쉬며 책상으로 돌아왔다.

"존스는 좋지 않은 일로 학교를 마치지 못했어. 어찌 됐든 그 둘이 피살된 최초의 졸업생은 아니야. 70년대에 페르시아에서 온 녀석도 제 명에 못 죽었어. 오일 머니로 어마어마한 부자였는데…. 숨겨둔 애인이 비숍스 에비뉴에서 볼랑저 와인 병으로 그를 마구 찔렀어." 와프 교장이 우리를 향해 희미한 미소를 지어 보였다. "특권층이라고 다 행복하게 사는 건 아니야. 천수를 누리는 것도 아니고. 물론 포터스 필드가 특혜를 받는 건 알고 있어. 하지만 우린 받기만 하는 게 아니라 베풀기도 해. 그게 포터스 필드의 전통이자 기본 정신이니까. 몇 가지만 말하자면, 현충일 기념식을 거행하고 지역민을 위한 캐럴 콘서트도 개최하지.

길거리 청소부의 월급도 우리가 지불하고. 포터스 필드 테니스 클럽은 우리 코트를 맘껏 이용해. 인근의 여러 학교와 단체도 운동장과 수영장 등 학교 시설을 두루 이용하고."

와프 교장이 의자에서 일어나 다시 창가로 갔다.

"내 생각엔, 아! 그래." 교장이 활짝 웃으며 우리를 돌아봤다. "저길 좀 봐."

경감과 내가 창가로 가서 넓게 펼쳐진 포터스 필드의 초록색 운동장을 바라봤다. 럭비 경기장의 터치라인 근처에서 서성이는 세 사람 외엔 텅 비어 있었다. 휠체어에 탄 남자와 지팡이를 짚은 남자가 물리 치료사로 보이는 남자의 지시에 따라 몸을 풀고 있었다. 셋 다 티셔츠 차림이었다. 물리 치료사의 얼굴은 가면을 쓴 것처럼 왠지 부자연스러웠다.

휠체어에 탄 남자는 다리가 없었다. 다리가 있어야 할 자리에 아무것도 없었다. 허리 바로 아래에 하얀 사발 같은 게 붙어 있었다. 팔 하나는 거무스름한 피부색보다 눈에 띄게 밝았다. 흐릿한 햇살에 반사된 팔을 자세히 보니 가짜 팔이었다.

지팡이를 짚은 남자도 두 다리가 없었다. 정확히 말하면 다리의 상당 부분이 없었다. 헐렁하고 긴 반바지 밑으로 가느다란 검정색 막대가 툭 튀어나왔다. 오른쪽 다리에는 무릎이 있어야 할 자리에 하얀 붕대가 칭칭 감겨 있었다. 똑바로 서려면 지팡이가 필요했지만 상체는 근육이 굉장히 발달했다.

세 남자가 껄껄 웃었다.

"포터스 필드 졸업생이 가장 많이 진출하는 곳은 여전히 영국 육군이야." 와프 교장이 말했다. "사람들은 우리 학생들이 죄다 런던 시티에서 투자 은행가가 되거나 스트래트퍼드에 있는 로열 셰익스피어 극단에 들어간다고 생각하지만 그건 오산이야. 우린 국가에 진 빚을 절대로 잊지 않아."

우리는 세 사람이 가볍게 운동하는 모습을 지켜봤다. 휠체어에 탄 남자와 지팡이를 짚은 남자는 가면 같은 걸 쓴 치료사가 하는 동작을 열심히 따라했다.

"훌륭해, 훌륭해." 우리가 충분히 지켜봤다고 생각했는지 와프 교장이 몸을 돌리며 말했다.

"그들을 알고 계시죠?" 맬러리 경감이 단정적으로 말했다. "휴고 벅과 아담 존스 말입니다. 20년 전, 그들이 포터스 필드에 있을 때 교장 선생님도 여기 계셨습니다. 그렇죠? 정확히 말하면, 그들이 거처한 기숙사의 사감이었죠."

"그래, 그래." 와프 교장이 말했다. "내가 그렇다고 말하지 않았나?"

맬러리 경감은 교장이 계속 말하도록 입을 꾹 다물었다.

"벅과 존스는 에비Abbey 동에서 지냈어. 포터스 필드에서 가장 오래되고 가장 작은 기숙사지. 둘이 썩 친하진 않았어. 운동과 음악은 공통점이 별로 없으니까. 하지만 같은 기숙사에서 지내면 어울릴 기회가 많지."

"포터스 필드에서 사감은 어떤 역할을 합니까?"

와프 교장이 코를 한번 훌쩍이더니 설명을 계속했다.

"기숙학교는 호텔이 딸린 통학 학교라고 보면 돼. 사감은 아이들이 거주하는 호텔을 책임지는 사람이야. 부모 역할을 대신하는 거지. 아이들이 학교생활을 원활히 하도록 격려하고 지원하고 도와주지. 필요할 땐 훈육도 하고." 교장의 얼굴에 희미한 미소가 번졌다. "요즘엔 그런 게 별로 없어. 매를 들지 않으니까 애들이 배우는 게 별로 없어. 애들은 맞으면서 커야 하는데."

그때 운동장 끝에서 웅성거리는 소리가 들려왔다.

"흠, 필립스와 소년들이 돌아오나 보군."

군인들이 그 모습을 먼저 봤다.

맬러리 경감과 나는 교장실을 나와 럭비 경기장의 터치라인 근처에서 기다렸다. 포터스 필드 소년들이 숲에서 우르르 몰려나와 공립학교 학생들을 밀치며 내달렸다. 온몸에 진흙을 묻힌 채 날듯이 달렸다.

군인들이 운동을 멈추고 그 모습을 지켜봤다. 곧이어 우리도 그들을 쳐다봤다.

소년들의 얼굴에서 눈물이 흘러내렸다.

그들은 우리를 스치듯 지나쳤다. 입을 꼭 다문 채 눈물만 흘리는 아이도 있고 충격과 슬픔으로 신음 소리를 내뱉는 아이도 있었다.

달려가는 아이들 중 한 명의 팔을 붙잡고 물었다.

"무슨 일이니?"

아이가 흐느끼며 말했다. "필립스 선생님이…, 필립스 선생님이 칼에 찔렸어요."

바로 그때 가이 필립스가 손으로 목을 잡고 숲에서 나왔다. 하얀 추리닝이 피로 범벅되었다. 그는 비틀거리는 걸음으로 운동장을 가로질렀다. 다리엔 힘이 다 빠졌고 혼란스러운 눈빛엔 두려움이 가득했다.

경감과 내가 황급히 달려갔다. 필립스가 맬러리 경감의 품에 쓰러지자 목의 상처에서 피가 줄줄 흘렀다.

경감이 재빨리 넥타이를 풀어 상처에 대고 눌렀다. 잠시 드러난 상처는 흐르는 피보다 더 붉어 보였다. 경감은 필립스를 바닥에 내리고 그 옆에 웅크려 앉았다. 어떻게든 출혈을 멎게 하려고 절개된 부분을 누르면서 넥타이를 둘둘 감았다. 남은 손으로 휴대폰을 꺼냈지만 피 때문에 미끄러워 놓치고 말았다.

나는 경감이 부르는 소리를 뒤로하고 숲으로 뛰어갔다.

숲에는 아무도 없었다. 한참 달리자 달 표면처럼 황량한 들판이 펼쳐졌다. 잠시 멈추고 숨을 골랐다. 숲으로 되돌아갈지, 아니면 들판을 가로질러 갈지 고민했다. 멀리 농가가 한 채 보였다.

고개를 돌리자, 옆에 있는 나무에 피 묻은 손자국이 선명하게 찍혀 있었다.

들판 너머 농가를 바라봤다. 인기척이 없었다. 고개를 돌리려는데 안에서 뭔가가 움직이는지 그림자 같은 게 어른거렸다. 내 상상의 소산인지, 사람 그림자인지, 아니면 꺼져가는 불빛인지 종잡을 수 없었다. 결국 농가를 향해 걸음을 옮겼다.

벽돌로 된 축사가 있었다. 세월의 무게 탓에 붕괴될 조짐이 보였다. 옆으로 지나가면서 보니 창문은 모두 깨졌고 수년째 방치된 듯했다.

벽돌 벽에 기대려다 화들짝 놀랐다. 안에서 아기 울음소리 같은 게 들렸기 때문이다. 축사 안을 들여다보니 돼지가 한 마리 보였다. 뒷다리가 노끈 같은 것으로 묶여 있었다. 도축하려고 잠시 묶어둔 것 같았다. 돼지는 옆구리를 바닥에 대고 허우적거렸다. 반쯤 허물어진 벽 쪽으로 훌쩍 넘어가 돼지 옆에 쪼그려 앉았다. 노끈을 풀어주려고 애쓰는 사이, 돼지가 발을 버둥거리며 비명을 질렀다. 녀석은 뒷다리를 묶었던 노끈이 사라지자 꽥꽥거리며 냅다 도망갔다.

자리에서 일어서려는데 갑자기 뒤통수에 극심한 통증이 느껴졌다.

다음 순간 누군가의 팔뚝이 내 목을 조르고 주먹이 내 등허리를 가격했다.

상대는 내 뒤에 딱 붙어서 억센 두 팔로 목과 몸통을 조였다. 고개가 뒤로 꺾였다. 상대의 정강이를 발로 찰 만큼 가까웠지만 다리에 힘을 줄 수 없었다. 상대의 고환을 거칠게 잡아 뜯을 만큼 가까웠지만 급습에 따른 충격과 통증 때문에 시도조차 할 수 없었다.

나는 상대의 완력에 꼼짝할 수 없었다.

남자의 왼손이 내 오른 뺨을 찰싹 때리며 고개를 왼쪽으로 눕혔다. 그의 손가락 끝이 살을 파고들며 치아를 눌렀다. 눈을 내리깔자 어렴풋이 칼이 보였다.

페어번-사익스 코만도 단검. 인간의 경동맥을 절단할 목적으로 고안된 칼.

길고 날카로운 날이 살짝 움직였다. 칼끝이 목 옆쪽을 파고들 듯 눌렀다. 칼날이 잘 들어가지 않는 근육에 닿자, 칼을 앞쪽으로 더 이동시켰다. 목젖 부위에 칼날이 닿자 뒤로 살짝 물러났다. 비교적 물렁한 살에 칼날이 도달하자 상대는 동작을 멈추더니 더 세게 눌렀다.

칼끝이 살을 파고들면서 날카로운 통증이 밀려왔다.

통증으로 쿡쿡 쑤시는 머리 뒤에서 그의 고른 숨결이 느껴졌다.

뜨끈한 핏줄기가 목을 타고 흘러내렸다.

나는 무게 중심을 낮추려고 애썼다. 두려움에 휩싸인 채 뒤꿈치로 남자를 가격하려고 애썼다. 이대로 꼼짝없이 당할 순 없었다. 어떻게든 저항하려고 버둥거렸다.

하지만 남자의 압박은 더 단단해졌다. 칼끝이 더 깊숙이 들어와 칼날이 살에 박혔다. 통증이 심해지면서 힘이 더 빠졌다.

몸이 축 처지는 게 느껴졌다.

"사, 살려주세요." 내가 말했다. "딸이 있어요."

남자가 멈췄다.

다음 순간, 칼의 금속 손잡이 부분이 내 오른쪽 관자놀이를 가격했다. 곧이어 왼쪽 관자놀이도 강타했다. 몇 초 동안 의식을 잃었는지, 눈을 떴을 땐 바닥에 엎어져 있었다.

"제발." 고개를 들자 가방이 보였다.

낡은 글래드스톤 백이었다.

머더 백Murder Bag.

돼지 축사에 납작 엎드린 채 남자의 처분을 기다렸다.

남자가 쇠로 된 부츠 앞굽으로 내 허리를 사정없이 가격했다. 극심한 통증이 온몸으로 퍼져 나갔다. 등뼈가 두 동강 난 것 같았다. 하늘이 노래지고 눈앞에 별이 어른거렸다.

비명이 절로 터져 나왔다.

머리가 빙빙 돌면서 시끄러운 소리가 들리고 불빛이 어른거리는 것 같았다. 하지만 주변엔 아무도 없었다. 팔다리에 힘을 주고 앞으로 기기 시작했다. 일어나고 싶었지만 몸이 말을 듣지 않았다. 통증으로 몸이 마비될 것 같았다. 이대로 있으면 죽을지도 모른다는 두려움에 계속 앞으로 나아갔다.

시간이 얼마나 흘렀는지 알 수 없었다. 몸에 닿는 감촉이 바뀌었다. 쟁기로 갈아 놓은 축축한 흙바닥을 다 기어가자 숲 바닥을 뒤덮은 낙엽이 바스락거렸다. 한참을 더 기어가자 마침내 잔디가 나왔다. 그제야 내 머릿속에서 나는 소리가 아닌, 진짜 소리가 들렸다.

문득 얼굴 한 쪽에서 뜨거운 입김이 느껴졌다. 이젠 꼼짝없이 죽는구나 싶었다. 뒷걸음질 치면서 사정했다.

"사, 살려주세요."

그러다 겁에 질린 돼지와 눈이 마주쳤다.

11월 죽은 자들의 꿈

14

어두운 침실에 누워 있는데 거실에서 딸아이가 강아지랑 노는 소리가 들렸다. 스카우트의 웃음은 스치는 바람 소리처럼 청아했다. 스카우트가 끌고 다니는 장난감이 뭔지는 모르지만 스탠이 그걸 쫓는다고 온 거실을 타닥타닥 뛰어 다녔다. 그 소리에 마음이 차분해지면서 잠이 왔다. 하지만 갑자기 등에서 극심한 통증이 느껴져 정신이 번쩍 들었다.

사람들은 운동장 끄트머리에서 나를 발견하고 포터스 필드 고교에서 제일 가까운 응급실로 바로 데려갔다. 의사가 하룻밤 정도는 안정을 취해야 한다고 했지만 난 그럴 수 없었다. 스카우트가 있는 집으로 와야 했다. 의사는 하는 수 없이 상처를 치료하고 기본 검사만 실시했다. 내 눈에 불빛을 비춰보고 어디가 아픈지 물어보고 뼈가 부러진 데는 없는지 확인했다. 그런 다음에야 제복 경찰을 불러 집까지 태워다 주도록 조치했다. 머피 부인이 나를 보더니 기겁하면서 얼른 들어가 쉬라고 했다. 그녀는 가족에게 연락해서 오늘 밤엔 가지 않고 스카우트를 돌봐주겠다고 했다. 그 덕에 나는 다음 날 오후까지 침대에 꼼짝 않고 누워 있었다. 하지만 수시로 통증이 밀려와서 편히 쉬진 못했다.

찌릿한 통증은 척추 아래쪽에서 시작돼 두개골 근처까지 올라왔다. 등과 어깨와 목에 있는 모든 근육이 한꺼번에 뒤틀리는 것 같았다. 통증은 매번 특정 지점에서 시작돼 사방으로 퍼져 나갔다. 처음엔 남자가 나를 발로 찼던 등허리에서 시작되었다.

하지만 잠이 들었다 깼다 반복하면서 통증의 시작점이 바뀌었다. 어깨에서 시작되기도 하고 갈비뼈나 목에서 시작되기도 했다. 그러다 또다시 등허리에서 시작되었다. 다음번 통증이 언제 어디서 시작될지 미리 알 순 없었다.

제일 괴로운 건 근육 경련이었다. 극심한 통증이 밀려올 때마다 주먹을 불끈 쥐고 등을 활처럼 굽히며 비명을 참아야 했다. 조금 전에도 경련이 일어서 이를 악물고 끙끙거렸다.

"아빠?"

스카우트가 방문을 열고 나를 불렀다. 신음소리에 놀라 문을 열어본 게 아닐까 걱정됐다. 하지만 딸애의 손에 전화기가 들려 있었다.

"어떤 여자한테서 전화가 왔어요."

나는 스카우트가 방을 나갈 때까지 기다렸다. 머피 부인이 스카우트에게 머리를 다시 빗어야겠다며 데리고 나갔다.

"울프입니다." 내가 말했다.

"스칼렛 부시예요." 기자의 목소리가 살짝 들떠 있었다. "그자를 만났죠? 도살자 밥 말이에요."

"누굴 만났는지 모릅니다."

"당연히 밥이겠죠."

"이 번호는 어떻게 알았습니까?"

"울프 형사님이 그를 찾도록 돕고 싶어요. 우리 편집장이 경영진과 만나 담판을 지었는데, 도살자 밥을 정의의 심판대에 세우도록 전폭적으로 지원해 주겠대요."

"저번에 당신 기사 때문에 곤욕을 치렀습니다. 내가 하지도 않은 말을 했다고 꾸며댔잖습니까?"

그녀는 내 말에 아랑곳하지 않고 계속 지껄였다. "E. L. 닥터로 Doctorow가 그랬죠. '우리가 실체를 이해하면 픽션이냐 논픽션이냐는 중요하지 않다. 그냥 서술만 존재할 뿐이다.'"

"그래서 당신 멋대로 꾸며 쓴다는 겁니까?"

"꼭 그런 건 아니죠. 내 말은 여러 가지 팩트가 있고 그 팩트 안에서 진실을 찾아내야 한다는 뜻입니다." 그녀가 잠시 뜸을 들이다 말을 이었다. "전화 받은 아이가 딸인가요? 스카우트, 맞죠?"

나는 치미는 화를 억누르며 말했다. "다시는 우리 집에 전화하지 마세요."

"그자의 얼굴을 봤나요?"

"내 딸애랑 한마디도 하지 말란 말입니다."

"그에게 뭐라고 했어요?"

때마침 등에서 발작적 경련이 일었다. 이를 악물고 거친 숨을 몰아쉬었다. 그러자 기자는 뭔가 있다고 짐작하고 득달같이 달려들었다.

"무슨 말을 했군요. 그게 뭐죠?"

'사, 살려주세요. 딸이 있어요.'

나는 그에게 구걸했다.

살인자에게 목숨을 구걸했다.

겁에 질려 무기력하게 애원했다.

'제발.'

"그에게 뭐라고 했습니까, 형사님? 그를 설득했나요? 그를 위협했나요? 그때 기분이 어땠습니까? 살인 무기에 대한 제보가 들어왔는데, 특수 부대에서 사용하는 구식 칼이라더군요."

수화기 너머에서 키보드 두드리는 소리가 들렸다.

"페어번-사익스 코만도 단검. 형사님이 본 칼이 이건가요?"

순간 욕설이 튀어나올 뻔했다. 기자들은 이런 정보를 도대체 어디에서 얻는단 말인가?

"한 가지만 더 물을게요." 스칼렛 부시가 말했다. "기술적인 문젠데요. 세 번째 살인은 전환점이라고 할 수 있죠, 그렇죠?" 기분이 좋은지 그녀의 목소리가 한결 가벼워졌다. "피살자가 세 명이면 명확한 연쇄 살인으로 규정하잖아요. 우린 지금 연쇄 살인범을 앞에 두고 있는 거죠, 그렇죠?"

결국 전화를 끊어버렸다.

옷을 입고 있는데 스탠이 들어왔다. 녀석은 고개를 한쪽으로 젖히더니, 내가 낑낑대며 양말을 신는 모습을 흥미롭게 지켜봤다. 나는 등을 굽힐 수 없어서 양말 신는 걸 결국 포기했다.

"넌 이 방에 들어올 수 없어, 스탠." 내가 말했다. "어서 나가."

하지만 녀석은 가만히 앉아 나를 계속 지켜봤다. 나는 침대에 앉아 셔츠를 입었다. 단추를 모두 채운 뒤에 다시 양말을 신으려고 시도했다. 하지만 어림도 없었다. 등 근육이 땅겨서 몸을 앞으로 숙일 수가 없었다.

양말 하나 제대로 신지 못하는 내 꼴이 한심했는지 스탠이 하품을 하면서 일어났다. 그런데 녀석이 돌연 꼬리뼈를 뒤로 높이 들어올리고 가슴을 바닥에 거의 닿을 정도로 낮췄다. 곧이어 몸의 중심을 앞다리로 옮겨 뒷다리와 등을 거의 일직선으로 쭉 폈다.

그런 다음 나를 쳐다봤다.

이렇게 해보세요, 라고 말하는 것 같았다.

바닥에 엎드렸다가 일어나려면 등에서 불이 나는 것 같아서 소방대를 출동시켜야 할 터였다. 그래서 두 팔을 침대에 걸치고 꼬리뼈를 뒤로 길게 뻗었다. 이어서 무게 중심을 앞으로 옮겼다. 다리 힘줄이 기분 좋게 땅기면서 잠자던 근육이 깨어났다.

뒤로 길게 뻗었다가 앞으로 당기는 동작을 반복했다. 땀이 나고 숨이 찼지만 계속하다 보니 굳었던 근육이 조금씩 풀렸다. 마침내 침대에 앉아서 양말을 신을 수 있게 되었다.

스탠이 나를 쳐다봤다. 녀석이 이렇게 말하는 것 같았다.

'거봐요, 내가 뭐랬어요!'

스칼렛 부시의 말이 옳았다. 피살자가 셋이면 우리는 살인범이 아니라 연쇄 살인범을 잡아야 한다.

하지만 우린 아직 거기까지 가지 않았다.

뚱보 필립스가 아직 병원에 누워 있었다. 기도가 파열돼 산소호흡기로 숨을 쉬었다. 그가 질긴 목숨을 이어가는 동안 제복 경찰이 24시간 그의 병실을 지켰다.

15

세빌 로 27번지에도 구내식당이 있지만 리젠트 스트리트 맞은편인 소호 식당가에 나가면 세계 각지에서 온 음식이 널려 있다.(Soho; 소호가(街)는 런던 옥스퍼드에 있는 곳으로 외국인이 운영하는 식당이 많다. - 역자 주) 그래서 우리는 웨스트엔드 센트럴에서 나와 소호 식당가의 뒷골목을 구내식당마냥 이용했다.

글라스하우스 스트리트에 자리 잡은 한국 식당에서 엘사 올센을 만났다. 법의학자인 엘사는 불고기와 밥을 주문해 먹고 있었다.

"죽다 살아난 사람처럼 보이네요, 맥스."

나는 엘사의 맞은편 의자에 조심스럽게 앉았다.

"법의학자 입에서 나온 말이니 칭찬으로 듣겠습니다, 엘사."

엘사가 젓가락을 흔들며 말했다. "뭐 좀 먹을래요?"

내가 고개를 저었다.

"점심 먹으러 온 게 아니라면, 기도에 구멍 난 남자에 대해 물어볼 게 있다는 뜻인데."

"이런, 내 속을 훤히 들여다보는군요." 내가 웃으며 말했다.

"그가 살아날지 여부를 알고 싶은 거죠?"

"뭐, 그것도 궁금하긴 합니다."

"그건 전적으로 관통상(貫通傷)의 심각성에 달렸어요."

"기도에 구멍이 생긴 거죠. 가이 필립스는 목에 칼이 꽂혔지만 목구멍이 완전히 절개되진 않았어요. 요점만 말하면 그런 상황이에요. 무슨 말인지 알죠?"

"그거야 알죠. 하지만 당신도 그의 기도에 펑크가 났다는 사실을 알아야 해요, 맥스. 기도 천공은 작은 상처에서 완전한 파열까지 다양해요. 그가 얼마 동안 살아남았죠? 48시간?"

"그 정도 됐죠."

"그렇다면 살아날 가망이 충분히 있겠네요. 하지만 그건 그를 치료하는 의사도 장담할 순 없어요. 그나저나 여기 불고기 괜찮아요. 한번 먹어봐요."

"엘사, 사실 내가 궁금한 건 따로 있습니다."

그녀는 젓가락을 공기밥에 걸쳐 놓고 기다렸다.

나는 몸을 앞으로 수그렸다. 그 즉시 등이 욱신거렸다.

"그가 당시에 의식을 잃었을까요? 어찌됐든 목구멍에 칼이 박혔던 거잖아요. 공격자가 순간적으로 방해를 받았는지 여부는 알 수 없지만 어쨌든 필립스는 한동안 출혈을 지연시키면서 살아남았어요. 공격자에게서 빠져 나와 한참을 달렸단 말이죠. 그 사이 내내 의식이 있었던 걸까요? 난 머리를 두 번 가격당하고도 수초 동안 정신을 잃었거든요. 그런데 필립스는 목에 구멍이 생겼잖아요. 그렇다면 잠시라도 의식을 잃지 않았을까요?"

엘사가 잠시 생각에 잠겼다.

"그건 나도 몰라요."

"엘사, 잘 생각해 봐요."

"흠, 그랬을 것 같진 않아요. 만약 의식을 완전히 잃었다면 과다 출혈로 죽었을 거예요. 하지만 순간적으로는 의식이 온전하지 않았을 수도 있어요. 당신처럼."

“얼마 동안 의식이 나갔을까요?”

“내가 그걸 어떻게 알아요? 어차피 다 추측일 뿐인데.”

“하지만 휴고 벅과 아담 존스는 거의 즉사했잖아요.”

“그랬죠. 경동맥이 잘리면 5초 이내에 의식을 잃어요. 하지만 그것도 어디까지나 추측일 뿐이에요. 이번엔 킬러가 경동맥을 자르지 못했잖아요, 그렇죠?”

“중간에 방해를 받았나 봐요. 아니면 뭔가에 놀랐거나. 숲에 50명이나 되는 아이들이 있었거든요. 새 때문에 겁을 먹었는지도 모르고. 뭣 때문인지는 몰라도 일을 제대로 마치지 못했어요. 아무튼 당신 말은 가이 필립스가 의식을 잃었다는 거죠?”

“내 말은, 어느 동맥이 잘리든 결국엔 의식을 잃게 된다는 뜻이에요. 결국엔. 가령 요골 동맥을 자르면, 쉽게 말해서 손목을 그으면, 완전히 의식을 잃기까지 대략 30초 정도 후회할 시간이 생겨요. 완전히 죽기까진 2분 정도 더 기다려야 하고요. 그건 전적으로 상처의 심각성에 달렸어요. 더 구체적으로 말하면, 혈장의 상실 정도에 달렸다고 할 수 있어요.”

“그렇다면 파열된 기도의 경우는 어떻습니까? 내 짐작으론, 피해자가 내내 의식이 있었을 것 같은데. 기도에 구멍이 생겼더라도 말이죠. 의식은 말짱하지 않았을까요? 내 생각은 그래요. 당신 생각은 어때요, 엘사?”

“당신이 뭘 묻고 싶은 건지 알겠어요, 맥스. 하지만 난 그 질문에 대답하지 않을 거예요. 왜냐고요? 나도 모르기 때문이에요. 알아낼 방법도 없고요.”

웨이터가 김치를 한 접시 가져와 엘사 앞에 내려놨다. 그녀는 웨이터를 쳐다보지 않았다. 그렇다고 김치나 나를 쳐다보지도 않았다. 고개를 돌리고 글라스하우스 스트리트를 한동안 쳐다봤다. 그러더니 한숨을 푹 내쉬면서 고개를 저었다.

나는 맬러리 경감이 하는 식으로 가만히 기다렸다. 어색한 침묵 속에서 상대가 결국 입을 열 때까지 진중하게 기다렸다. 그 방법이 먹혔다.

"사람은 정상 혈액량의 5분의 1 정도만 상실해도 저혈량성 쇼크에 빠져요. 혈액을 그만큼 잃으면 심장이 펌프질을 멈춰요. 혈관이 팽창하고 혈압이 떨어져서 결국-"

"결국 나가떨어진다는 거죠."

"그래요. 나가떨어져요."

"하지만 필립스는 혈액을 그만큼 상실하지 않아서 나가떨어지지 않았던 거군요. 출혈이 심하긴 했지만 의식을 잃을 정도로 심하진 않았던 거예요."

"합리적으로 추정하자면 그렇죠."

"그러니까 공격자는 그의 목에 칼을 꽂아 기도(氣道)을 관통하긴 했지만 무슨 이유에선지 일을 제대로 끝마치지 못했어요. 필립스는 공격자의 손아귀에서 빠져나올 수 있었고, 그 과정에서 의식을 잃지도 않았어요. 결국 그가 의식을 잃지 않았다고 확실히 말할 수 있는 거죠, 그렇죠?"

엘사가 마지못해 고개를 끄덕였다. 그리고 내가 소호 식당가에 와서 듣고 싶었던 대답을 기어이 들려줬다.

"당신이 뭘 묻고 싶은지 알아요. 그에 대해 굳이 답을 하자면 '예스'예요."

엘사가 이야기를 하다 말고 젓가락으로 김치를 한 조각 집었다. 배추에 묻은 고춧가루가 선혈처럼 붉었다.

"가이 필립스는 공격자의 얼굴을 봤을 가능성이 커요."

제복 차림의 경사가 병원의 주 출입문 밖에 서 있었다. 그는 벌게진 얼굴로 발을 동동거렸다.

"아직 살아 있죠?" 내가 단정적으로 말했다.

경사가 씩 웃으며 병원 앞의 한적한 거리를 가리켰다. "그가 죽었으면 여기가 이렇게 한산하지 않겠죠. 기자들이 우르르 몰려왔을 테니까."

내가 고개를 끄덕였다. 가이 필립스가 죽었다면 연쇄 살인범의 등장을 알리려고 카메라맨과 기자들이 벌떼같이 몰려들었을 것이다.

엘리베이터 앞에도 제복 경찰이 서 있었다. 모르는 얼굴이라 신분증을 꺼내 보여 주었다.

"아무 일 없나?" 내가 물었다.

"간호사들이 자꾸 집적대서 성가셔 죽겠습니다." 순경이 말했다. "여자들은 제복 입은 남자만 보면 사족을 못 쓴다니까요."

내가 엘리베이터에 오르면서 말했다. "꿋꿋하게 버티도록 하게." 런던 경찰청의 신참 훈련소에서 여성의 남성에 대한 성희롱에 대처하는 법을 가르치면 좋겠다는 생각이 얼핏 스쳤다.

우람한 덩치의 빌리 그린 순경이 집중 치료실 앞에 서 있었다. 그는 반쯤 졸고 있다가 내가 다가가자 잽싸게 차려 자세를 취했다.

"내근직에서 벗어났군." 내가 말했다.

"예, 울프 경장." 그린 순경이 씩 웃으며 말했다.

"방문자는 없었나?"

"그의 친구만 한 분 방문했습니다. 정치인 친구요. 미스터 킹. 여전히 면회 금지 상태지만 미스터 킹은 허가를 받았나 봅니다."

집중 치료실 문이 열리고 의사가 나왔다.

"선생님, 울프 경장입니다. 환자와 언제쯤 얘기할 수 있습니까?"

"형사님, 환자는 심각한 기도 파열로 누워 있습니다. 알다시피, 누군가가 칼로 그의 기도를 찔렀습니다. 기도 파열 환자 중 30%는 흔히 1시간 이내에 사망합니다."

"예, 그의 부상 정도는 익히 알고 있습니다."

"흠, 제대로 아는 것 같진 않군요. 환자는 현재 진정제를 맞으면서 산소 호흡기로 연명하고 있습니다. 살아난다면 손상된 기도를 보수하기 위해 장시간 수술을 받아야 합니다. 수술이 성공하더라도 기도가 좁아져서 평생 호흡곤란에 시달릴 겁니다." 의사가 차트에서 고개를 들면서 말을 이었다. "이런 상황에서 환자와 언제쯤 얘기할 수 있냐고 묻는 겁니까?"

"그가 공격자의 얼굴을 봤을 거라고 확신하기 때문입니다." 내가 반박했다. "굳이 말로 할 필요는 없습니다. 손으로 써도 무방합니다."

의사는 적개심을 노골적으로 드러내며 나를 쳐다봤다.

"환자는 지금 방문자를 맞을 정도로 안정적이지 않습니다. 상태가 호전되면 알려드리겠습니다."

의사가 자리를 뜨자 나는 그린 순경에게 내 명함을 건넸다.

"그가 의식을 회복하면 바로 연락하게. 그의 상태가 바뀌어도 바로 연락하고. 혹시라도 그에게 무슨 문제가 생기면 어떻게 해야 하지?"

"바로 연락드려야죠."

"좋았어."

내가 집중 치료실로 들어가자 그린 순경이 걱정스러운 표정으로 뒤를 따랐다. 나는 집중 치료실에 갖춰진 오목한 싱크대에서 손을 빡빡 문질러 씻었다.

"걱정 말게. 수술을 집도할 생각은 없으니까. 잠깐 보기만 할 거야."

나는 필립스가 누워 있는 병실로 들어갔다. 실내가 어둑했다. 침대에 사람 형상이 어렴풋이 보였다. 두 손으로 목을 감싼 채 포터스 필드 숲에서 비틀거리며 나오던 남자는 온데간데없었다. 가이 필립스는 참혹한 재난에서 유일하게 살아남은 사람처럼 보였다. 너무나 변한 모습에 난생 처음 보는 사람 같았다.

침대 옆에는 주름지고 두꺼운 튜브 두 개와 매끄럽고 가는 튜브 한 개가 촉수처럼 뻗어 나와 다른 튜브에 연결되어 있었다. 이 튜브는 다시 그의 코와 목구멍에 하나씩 연결되어 있었다. 기도가 파열되어 환자가 산소 호흡기로 연명한다던 의사 말을 그제야 실감했다. 필립스를 직접 보고 그의 숨소리를 직접 듣기 전까진 그 말을 제대로 이해하지 못했다. 필립스가 산소 호흡기를 통해 한번씩 숨을 쉴 때마다 전쟁이라도 벌어지는 것처럼 요란한 소리가 났다.

그의 목에는 붕대가 칭칭 감겨 있었다. 얼핏 보면 이집트의 무덤에서 파낸 미라 같기도 하고, 누군가가 그를 참수하려다 실패한 것 같기도 했다. 그래도 핏자국은 전혀 보이지 않았다.
"울프 형사."
소리 난 곳을 보니 벤 킹이 구석에 놓인 의자에 앉아 있었다.
"가이의 목숨을 구해줘서 고맙다는 말을 전하고 싶었습니다."
그의 목소리는 낮고 부드러웠다. 크게 얘기한대도 침대에 누워 있는 환자를 깨울 가능성은 없었지만 나 역시 작은 소리로 대답했다.
"저는 그런 인사를 받을 자격이 없으니, 맬러리 경감님한테나 하시죠. 경감님이 그의 출혈을 멈추게 했으니까."
"물론 그럴 생각입니다. 그나저나 무슨 단서라도 찾았습니까?"
"아뇨." 나는 잠시 머뭇거리다 말을 이었다. "하지만 우린 필립스가 범인 얼굴을 봤을 거라고 봅니다. 범인을 알아볼 수 있을 겁니다. 그럴 거라고 믿습니다. 깨어나면 말이죠."
"깨어나면…." 벤 킹이 말했다. "그럼 얼른 깨어나길 기도합시다."
벤 킹이 어둠 속에서 일어났다. 그만 가려는 줄 알았는데, 내 쪽으로 오더니 악수를 청했다. 가까이서 보니 눈에 눈물이 글썽했다.
"이런 무의미한 살인은, 이런 형언하기도 어려운 폭력은…, 그만 끝나야 합니다."
"제가 그걸 끝내고 싶습니다." 내가 말했다.
어둑한 병실에서도 이글거리는 그의 두 눈이 유난히 빛났다. 범접하기 힘든 위용이 느껴졌다. 그제야 그가 왜 젊은 나이에 승승장구할 수 있었는지 확실히 알게 됐다.
"당신이 원하는 걸 나도 원합니다." 그가 말했다.

16

다음 날 아침, MIR-1에 올라갔더니 뜻밖의 인물이 앉아 있었다.

그녀는 맬러리 경감도 아직 나오지 않은 이른 시간에 혼자서 수사본부를 지키고 있었다. 노트북 화면엔 살인 사건 매뉴얼이 떠 있었다.

그녀가 고개를 들고 나를 빤히 쳐다봤다. 강력팀에서 첫날을 맞이하던 순간이 뇌리를 스쳤다. 휴고 벅이 절개된 목을 내놓고 누워 있던 현장에서 강렬한 붉은 머리칼을 한 그녀를 처음 만났다. 지금은 사복 차림이라 붉은 머리칼을 빼면 싹 바뀐 것 같았다.

"울프 경장님? 절 기억하실지 모르겠습니다. 차이나코스 사무실에서 만났었죠. 형사 연수생 에디 렌입니다."

"물론 기억하지. 그런데 형사 연수생이라고? 어떻게 된 거지?"

"통상 절차죠. 필기시험을 통과했고 지금은 실전 훈련을 받는 중입니다. 업무 적합성을 높이고자 실제 사건 수사에 참여하고 있습니다."

"어떤 식으로?"

"연쇄살인 사건의 따까리 역할을 맡았습니다."

"따까리? 그건 대체로 경장이나 경사가 수행하는 역할인데."

"제가 워낙 출중해서요." 그녀가 웃으며 말했다.

따까리는 책임 수사관인 맬러리 경감에게 직접 보고하고 온갖 궂은일을 처리하는 말단 수사 요원이다. 휴고 벅의 시신을 발견한 날, 렌 순경이 침착하게 대응하는 모습을 봤기에 그 역할을 잘 해낼 것 같았다.

"그러니까 여기에서 모든 업무가 이뤄지는 거군요."

"여기에서 일부 업무가 이뤄지는 거지. 발품을 팔아야 하는 일이 굉장히 많거든. 살인 사건 수사는 노동집약적인 일이야. 요크셔 살인마(Yorkshire Ripper: '살인마 잭Jack the Ripper'에서 따온 별명으로, 매춘부 13명을 살해함 - 옮긴이 주)를 수사할 땐 차량 등록번호를 5백만 개나 확인했어."

"그렇게 주먹구구식으로 수사하니까 범인 검거가 지연되죠. 그나저나 도살자 밥이 새로 올린 영상은 보셨어요?"

그녀가 노트북의 키보드를 몇 번 두드리자 SNS 사이트가 나왔다. 전에 봤던 내용과 크게 달라지지 않았다. 로버트 오펜하이머의 늙었을 때 사진과 종말론적 주장이 적혀 있었다. "나는 세상을 파괴한 자, 죽음의 신이 되었다. 부자를 보호하는 자를 죽여라. 돼지를 모두 죽여라."

"그런 건 다 봤는데."

"그렇다면 여기에 링크된 영상도 보셨어요?" 렌 순경이 물었다. "새로 올라온 영상이 있는데, 경장님이 등장해요."

렌 순경이 링크를 클릭하자 엎드려 있는 내가 나타났다. 관자놀이와 오른쪽 목에서 가는 핏줄기가 흘렀다. 입은 쩍 벌리고 눈은 초점 없이 흐릿했다.

게다가 엉금엉금 기고 있었다.

몇 초짜리 영상이 앞뒤로 반복해서 재생되다 보니, 내가 앞으로 기어가다 뒤로 물러나는 것처럼 보였다. 얼핏 보면 코믹 댄스를 추는 것 같았다. 화면 구석에 있는 돼지가 공포에 질린 표정으로 나를 향해 다가오다 얼굴이 부딪치기 직전에 뒤로 물러났다. 이 우스꽝스러운 동작이 끊임없이 재생되었다.

영상과 함께 무슨 소리도 들렸다. 음악 소린 줄 알았는데 잘 들어보니 터질 듯한 웃음소리였다. 돼지와 내가 앞으로 기어갔다 뒤로 물러나는 동작에 맞춰 깔깔거리는 웃음소리가 끊임없이 흘러나왔다. 무덤에서 나는 웃음소리가 저렇지 않을까 싶었다.

"누가 촬영했을까요?" 렌 순경이 물었다.

"내가 어찌 알겠나?"

"범인이 촬영했을까요? 밥이 이 영상을 만들었을까요?"

"글쎄, 그럴 것 같진 않군. 그의 스타일이 아니야."

"제가 보기엔 딱 그의 스타일인데요." 렌이 말했다. "음악 검색 어플인 샤잠Shazam에서 저 노래를 검색해 봤어요. 예전에 싸구려 쇼에서 공연할 때 틀어주던 사운드였어요. 찰스 졸리의 '웃는 경관The Laughing Policeman'이라는 공연이었습니다."

때맞춰 찰스 졸리가 웃음을 멈추고 노래를 부르기 시작했다.

그가 "널 체포해야 한다"고 말했어.

그 이유는 그도 몰랐지.

그런데 그가 웃기 시작했어.

웃다가 턱이 빠져 버렸지!

아하하하하하하하하하하하하하하!

"이 영상이 널리 퍼지고 있습니다. 클릭수가 얼마나 되는지 아세요?"

때마침 휴대폰이 울렸다.

총경이었다.

뉴스코틀랜드 야드의 꼭대기 층 어딘가에 있을 총경을 떠올렸다. 강변이나 공원이 내려다보이는 멋진 사무실이겠지만 총경의 차가운 목소리로 봐선 어느 곳도 바라보지 않을 듯했다. 스와이어 총경은 지금 내가 나오는 영상을 보고 있을 것이다. 나는 이제 이달의 영웅이 아니라 이달의 치욕으로 등극했다.

"자네 경험과 능력으론 감당하기 힘든 자리에 오른 것 같군." 총경이 말했다. "그날 지하철역에선 자네가 옳고 내가 틀렸어. 그 덕에 자넨 훈장도 받고 월급도 오르고 맬러리 경감의 팀으로 전격 발탁됐지. 그런데 말이야, 그때 그 무엇도 자네의 돌출행동을 막지 못했을 것 같아. 자넨 원래 그렇게 막무가내로 행동하는 사람이니까. 그자의 가방에 양파 튀김이 가득 들었더라도 자넨 그자를 넘어뜨렸을 거야. 자네 이력을 보니 그렇게 하고도 남을 사람이야. 놀라지 마, 자네 파일에 다 나와 있으니까. 자넨 완전히 통제 불능이야. 우리가 왜 총을 소지할 수 없는지 아나, 울프 형사?"

그 이유는 익히 들어서 알고 있었다.

"우리에게 총이 필요하지 않기 때문입니다, 총경님. 총기를 전문으로 다루는 요원이 따로 있으니까요. 게다가 대중은 경찰이 무장하길 바라지 않습니다. 그리고 모든 요원이 총기를 소지하면 현재의 높은 총기소지 기준이 낮춰지기 때문입니다."

"아니," 총경이 말했다. "우리가 총을 소지하지 않는 진짜 이유는 자네처럼 무모하게 날뛰는 놈들 때문이야. 레이저 유도 폭탄을 사용하는 전쟁에서 자네는 불발탄과 같아. 어디로 튈지 모르는 골칫거리라고!"

총경이 일방적으로 전화를 끊었다. 맬러리 경감이 MIR-1 출입구에서 테이크아웃 차를 들고서 나를 노려보고 있었다.

나는 경감을 마주볼 수 없었다.

온 세상이 나를 비웃기 때문이 아니었다.

'사, 살려주세요. 딸이 있어요.'

내가 기어가는 걸 온 세상이 봤기 때문이었다.

체육관에 가고 싶은 마음은 없었지만 가야 한다는 걸 알았다. 몸뚱이를 혹사해서 기진맥진해져야 집에 가서 단 몇 시간이라도 눈을 붙일 수 있을 터였다. 게다가 인터넷을 뜨겁게 달군 형사라는 오욕을 잠시라도 머리에서 지워내야 했다.

문 닫을 시간이 가까워선지 체육관은 텅 비어 있었다. 벽에 걸린 문구가 눈에 들어왔다. 소니 리스튼의 흑백 사진과 쿠바 아이들이 링에서 스파링 하는 사진 사이에 걸린 문구였다.

통증이란 나약함이 몸에서 빠져나가며 지르는 비명일 뿐이다!

이 문구가 맞다고 믿던 시절이 있었다. 그런 믿음 덕분에 실제로 통증을 이겨내기도 했다. 하지만 오늘은 아니다. 욱신거리는 허리 통증은 나약함이 몸에서 빠져나가며 지르는 비명이 아니었다.

오늘 내가 느끼는 통증은 그저 통증일 뿐이었다.

프레드가 스테레오 쪽으로 걸어가더니 클래시(The Clash, 영국의 펑크 록 그룹 - 옮긴이 주)의 초기 음악을 틀었다. 믹 존스의 요란한 기타 선율과 조 스트러머의 터질 듯한 함성이 체육관을 가득 메웠다. 프레드가 체육관 바닥에 떨어져 있는 타월을 집어 들고 세탁실 쪽으로 걸어갔다. 그가 돌아왔을 때 나는 로프에 기대어 사각 링을 멍하니 바라보고 있었다. 등이 뻐근하게 아팠다. 하지만 나를 가장 아프게 하는 것은 세상 사람들의 놀림감이 됐다는 사실이었다.

프레드가 링에 올라오더니 나처럼 로프에 기댔다. 복싱 체육관에서 풍기는 시큼한 땀 냄새. 귀청이 떠나갈 듯 울려대는 클래시의 노래. 프레드와 나 사이의 침묵. 어느 것 하나 낯설지 않았다.

한참 만에 프레드가 입을 열었다.

"얼마나 세게 치느냐는 중요하지 않아. 얼마나 세게 맞을 수 있느냐, 세게 맞고서 얼마나 버틸 수 있느냐, 그게 중요한 거야. 그래야 상대에게 반격할 기회가 생기잖아."

17

"자, 이제 놔줘!"

아침 이슬에 반짝이는 풀밭에서 스카우트가 스탠을 내려놓자, 녀석이 나를 향해 신나게 뛰기 시작했다.

햄스테드 히스. 런던 북서부의 고지대에 자리 잡은 공원이다. 일요일 이른 아침, 우리는 공원의 높다란 풀밭에서 부드러운 햇살과 신선한 공기와 자유를 만끽하며 뛰놀았다. 풀밭을 에워싼 나무에는 울긋불긋한 나뭇잎이 달려 있었다. 아름답게 물든 나무들 너머로 카나리아 부두와 브리티시 텔레콤의 높다란 타워가 보였다. 온 세상이 우리 차지인 것 같았다.

앞으론 좀 더 자주 와야겠다고 생각했다. 아니, 날마다 오겠다고 다짐했다.

처음엔 풀밭이 완전히 평평해 보였다. 하지만 스탠이 전속력으로 뛰어오는 걸 보고서야 움푹 팬 곳과 불룩 솟은 곳, 토끼굴 따위가 산재해 있다는 걸 깨달았다. 스탠이 갑자기 바닥으로 뚝 떨어지는 듯하더니 앞발을 쭉 뻗었다. 그리고 뒷발을 몸에 바싹 붙이며 극적으로 구덩이를 뛰어넘었다. 뛰는 게 아니라 나는 것 같았다.

스카우트가 놀라 소리쳤다.

"슈퍼독!"

스탠이 나를 향해 질주했다. 커다란 귀는 바람을 가르며 펄럭거렸고 반짝이는 눈은 햇살을 받아 이글거렸다. 입을 벌리고 헉헉거리며 전력을 다해 달렸다. 처음으로 목줄을 풀고 신나게 달렸다. 녀석은 세상을 다 얻은 것처럼 좋아했다. 우리도 그랬다.

나는 녀석을 환영하려고 무릎을 꿇고 두 팔을 활짝 벌렸다. 등에서 통증이 밀려와 비명이 터져 나왔다.

곧이어 녀석이 내 품에 안겼다. 숨을 헐떡이며 내 손에 들린 닭고기 간식에 코를 킁킁거렸다. 녀석에게 간식을 내밀자 젖은 단추 같은 녀석의 코가 내 손바닥을 간질였다. 잠시 후, 스카우트의 신호가 떨어졌을 때 녀석의 목을 감고 있는 가죽 끈을 놓아주었다.

그러자 스탠이 다시 스카우트를 향해 내달리기 시작했다.

햄스테드 히스는 개들의 천국이었다. 크고 작은 개들이 풀밭에서 신나게 뛰놀았다. 일부는 스탠에게 다가와 코를 벌름거리며 냄새를 맡았다. 하지만 대부분 처음으로 목줄을 풀었다고 좋아 날뛰는 갈색 강아지에게 무관심했다.

다른 개들은 주로 나무가 자라는 풀밭 주변에서 뛰놀았다. 오래전에 사라진 토끼나 여우의 흔적을 쫓아 코를 바닥에 대고 킁킁거렸다. 하지만 스카우트와 나는 풀밭 한가운데 머물렀고 스탠은 지쳐 쓰러질 때까지 우리 사이를 왔다 갔다 했다. 그 사이 닭고기 간식도 거의 다 떨어졌다.

스카우트와 나는 씩 웃으며 안도했다. 스탠이 목줄을 풀고 있어도 함부로 우리 시야에서 벗어나지 않았기 때문이다. 나는 녀석의 목줄을 꺼냈다. 이제 집으로 돌아갈 시간이었다.

바로 그때 까마귀 두 마리가 푸드덕 날아와 풀밭 가장자리에 내려앉았다. 스탠의 눈이 새들에게 꽂히더니 갑자기 그쪽으로 뛰어갔다. 새들이 다시 푸드덕 날아올랐다. 스카우트와 내가 스탠을 부르며 쫓아갔다. 하지만 새들이 녀석의 잠자던 신경을 건드렸는지, 스탠은 닭고기 간식이나 우리에게 더 이상 관심이 없었다.

새들은 날개를 퍼덕이며 날아올랐지만 느릅나무 가지가 워낙 무성해서 하늘 높이 날아오르지 못했다. 결국 낮게 날면서 나무들 사이로 이리저리 움직였다.

스탠도 새들을 쫓아 이리저리 뛰었다.

순식간에 스탠이 우리 시야에서 사라졌다. 우리는 녀석의 이름을 부르며 나무들 사이로 뛰어다녔다. 얼마 안 가 햄스테드 히스의 무성한 잡초와 우거진 나무들 속에서 우리도 길을 잃고 말았다. 햄스테드 대로를 오가는 자동차 소리가 어렴풋이 들렸다. 스탠이 자동차 바퀴에 깔리는 모습이 눈앞에 어른거렸다. 스카우트가 울기 시작했다. 갑작스러운 상황에 놀라 닭똥 같은 눈물을 뚝뚝 떨어뜨렸다. 나는 스카우트를 꼭 안아주면서 스탠의 이름을 다시 불렀다. 이젠 자동차 소리가 더 가깝게 들렸다. 불안하고 걱정돼서 목구멍에 주먹만 한 덩어리가 걸린 것 같았다.

그런데 다음 순간 그들이 보였다.

나무들 사이로 걸어오는 그녀의 품에 갈색 강아지가 안겨 있었다. 그녀 옆으로 목줄이 연결된 다른 개가 깡충거리며 걸었다. 페키니즈와 치와와를 교배한 종이었다. 개를 먼저 알아보고 고개를 들었더니 나타샤 벅이 보였다. 베레모에 초록색 헌터부츠, 검정색 방수 코트 차림이었다.

스카우트와 나는 스탠이 무사한 걸 보고 목이 메어 고맙다는 인사도 겨우 했다.

“나한테 고마워할 필요 없어요.” 나타샤가 말하며 옆에서 토끼굴을 파헤치는 개를 가리켰다. “수잔이 찾았거든요.”

우리는 수잔에게도 고맙다고 인사했다.

나는 스탠의 목에 목줄을 걸었다. 다 같이 풀밭으로 돌아오는 사이에 나타샤가 스탠을 만난 경위를 설명했다. 햄스테드 히스 북쪽에 있는 캔우드 하우스 미술관에서 돌아오는 길에 어린 스패니얼 한 마리가 느릅나무 아래에서 혼자 벌벌 떨고 있는 걸 수잔이 발견했다는 것이다. 나타샤는 핫 초콜릿을 마시지 않겠냐고 우리에게 물었다.

나는 스카우트를 쳐다보고 스카우트는 나를 쳐다봤다.

“그럼 좋죠.” 둘이 한목소리로 말했다.

우리는 개 두 마리를 앞세워 차를 세워둔 곳까지 걸었다. 주말에 햄스테드 히스로 산책 나온 가족처럼 보이겠다는 생각이 문득 들었다. 그런 행운을 누릴 수 있으면 좋으련만. 온전한 가정을 유지하는 것이 어디 쉬운 일인가!

처음엔 그녀가 이사하려는 줄 알았다. 나타샤의 아파트 현관에 상자가 가득했다. 일부는 꼭꼭 봉해져 있고 일부는 옷가지와 스포츠 용품이 가득 담긴 채 열려 있었다. 구두 상자에는 낡은 사진이 빼곡했다. 보아하니 죽은 남편의 물건을 처분하는 듯했다.

나타샤가 핫 초콜릿을 내왔다.

"목줄을 처음 풀어준 거니?" 나타샤가 물었다.

"네." 스카우트가 대답했다. "이젠 풀어주기 싫어요. 목줄을 풀어주면 겁나요. 멋대로 사라질 수 있잖아요."

나타샤가 웃었다. 이렇게 마음 편히 웃는 모습은 처음 봤다.

"하지만 가끔은 자유롭게 풀어줘야 해. 강아지도 때론 맘껏 뛰놀 수 있어야 하잖아."

"그건 나도 알아요." 스카우트가 말했다. "하지만 얘가 멀리 사라질까 봐 겁나요."

스탠이 코를 벌름거리며 널찍한 아파트를 이리저리 돌아다녔다. 수잔이 스탠의 뒤꽁무니를 쫓으며 코를 킁킁거렸다. 나타샤와 스카우트가 그 모습을 보면서 깔깔거렸다.

자식이 없는 사람은 간혹 아이한테 너무 잘해주려고 한다. 하지만 나타샤는 그렇지 않았다. 스카우트를 편하고 친근하게 대해주었다. 그녀의 본모습을 이제야 제대로 본 것 같았다. 그녀는 좋은 남자를 만나 정착하려다 운 나쁘게 나쁜 남자를 만났던 것이다. 그녀가 나를 돌아보며 살짝 웃었다. 나타샤와 스카우트는 창가에 서서 리젠트 파크를 내려다봤다. 나타샤가 스카우트의 어깨에 팔을 둘렀다. 내 딸이 고개를 들고 뭐라고 소곤거렸다.

나는 핫 초콜릿을 마시며 현관에 쌓인 상자를 쳐다봤다. 휴고벅이 분에 넘치게 많은 걸 가졌었다는 생각이 들었다. 벽에 걸려 있던 공허한 도시 그림 두 점이 낡은 샴페인 상자 위에 삐딱하게 놓여 있었다.

그림들 쪽으로 다가가 하나를 집어 들었다. 이젠 그림 스타일이 눈에 익었다. 사람이 없는 텅 빈 도시. 어스름한 빛에 휩싸인 적막한 도시. 여기서도 봤고 아담 존스의 집에서도 봤다. 살만칸의 사무실에서도 봤다. 안개가 낀 쓸쓸한 도시는 필시 런던일 터였다. 외로움과 슬픔이 가득한 곳, 그늘이 드리운 곳, 일요일 아침처럼 정지된 곳. 제임스 서트클리프가 세상을 바라보던 모습이었다.

내가 집어든 액자는 버려진 철길 그림이었다. 그의 이니셜을 찾아 구석으로 눈길을 돌렸다.

그런데 보이지 않았다.

익숙한 이니셜 대신 전혀 다른 이름이 적혀 있었다.

에드워드 던컨

낯선 서명을 뚫어져라 쳐다보다가 다른 그림을 집어 들었다. 새벽인지 황혼인지 모를 어슴푸레한 햇살에 잠긴 터널이 보였다.

j s

제임스 서트클리프.

그렇다면 에드워드 던컨은 누구일까?

나는 두 그림을 나란히 내려놓았다. 그리고 전에는 보지 못했던 것을 봤다. 스타일은 비슷했다. 너무 비슷해서 얼핏 보면 같은 화가가 그렸다고 추정하기 십상이었다. 하지만 에드워드 던컨의 그림은 뭔가 달랐다. 구석에 'j s'라는 이니셜이 적힌 그림과도 달랐고, 아담 존스의 집에서 봤던 그림과도 달랐다. 그리고 살만 칸의 사무실 벽에 걸린 그림과도 달랐다. 빛을 사용하는 방식에서 차이가 났다.

나타샤가 내게 뭐라고 말했다. 개들이 내 발치에서 얼쩡거렸고 스카우트가 내 소맷자락을 끌어당겼다. 하지만 나는 그림에서 눈을 뗄 수 없었다.

에드워드 던컨의 세상은 제임스 서트클리프가 알던 세상보다 더 어두웠다. 제임스의 적막한 도시 그림에서는 빛이 어슴푸레하게 빛났다.

이 그림에선 빛이 꺼지고 있었다.

18

아침 일찍 MIR-1에 갔더니 형사 연수생 에디 렌이 노트북 화면을 들여다보고 있었다. 도살자 밥이 뭘 또 새로 올린 모양이었다.

"'수천 개의 태양이 하늘에서 동시에 폭발한다면, 그 빛은 전능한 자의 광채와 같으리라. #돼지를모두죽여라.' 함부로 나대는 놈은 아니네요, 그렇죠? 그에게 팔로워가 얼마나 많은지 아세요?"

렌이 노트북을 사무실 단말기에 연결했기 때문에 데스크톱 화면에서 그녀가 홈즈²에 연결됐다는 걸 알 수 있었다. 수사 중에 수집된 증거는 모두 홈즈²에 입력되었다. '뚱보 소년 작전'이라는 파일에는 증인 진술서, 법의학 보고서, 범죄 현장 사진, 부검 보고서 등 온갖 증거 자료가 들어 있었다. 이러한 자료는 보안 등급과 우선순위에 따라 세분화되었다. 렌은 홈즈²에서 우리 팀의 업무 일지에 해당하는 업무 관리 페이지를 열어두고 있었다. 그렇지만 그녀가 정작 관심을 기울인 건 노트북 화면에 떠 있는 소셜 네트워크 사이트였다.

"방금 밥에게 열렬히 사랑한다는 메시지를 보냈어요." 렌이 말했다. "반응이 올 가능성은 낮지만, 혹시라도 그가 무슨 반응을 보이면 60초 안에 그의 IP 주소를 찾을 수 있어요."

나는 렌이 도살자 밥에게 팬 메일을 보내는 모습을 지켜봤다.

"이런 일을 능숙하게 처리하는 걸 보면 디지털 세상을 잘 아나 봐." 내가 말했다.

렌이 별거 아니라는 듯 어깨를 으쓱했다. "뭐, 뒤처지지 않는 정도죠."

"당신은 우리가 그를 찾는 데 필요한 조치를 다 취했다고 생각하나?"

"밥요, 아니면 범인요?"

"밥 말이야."

"여기 사람들은 죄다 그 둘이 동일인이라고 생각하는데, 경장님만 다르게 생각하시네요."

내가 어깨를 으쓱했다.

"그 이유를 간단히 설명해주지. 살인마 잭Jack the Ripper이 요즘 사람이라면, 트위터를 사용했을까? 보스턴 교살자Boston Strangler가 페이스북에 자신의 상황을 업데이트했을까? 천만에."

렌이 깔깔 웃었다. "아뇨, 그들은 딱 그렇게 했을 거예요. 경장님 생각이 완전히 틀렸어요. 살인마 잭은 소셜 미디어를 무지하게 좋아했을 거예요. 보스턴 교살자와 요크셔 살인마도 디지털 세상에서 일어나는 폭발적 반응에 푹 빠졌을 거라고요. 그들은 법을 조롱하면서 우쭐거리고 공포감을 조성해서 사회를 혼란에 빠뜨리는 게 낙이니까요. 디지털 세상은 반사회적 인격 장애자들에게 천국이에요. 잡히지만 않는다면."

"그렇다면 자네는 우리가 그를 찾는 데 필요한 조치를 다 취했다고 생각하지 않는 거군."

렌은 흘러내린 붉은 머리카락을 뒤로 넘기며 말했다.

"물론이죠. 아직 그를 찾지 못했잖아요. 그렇다고 게인 경위님을 탓하는 건 아니에요. 외교적 발언이 아니라 진심이에요. 밥은 겹겹의 방화벽과 침입탐지시스템IDS, intrusion detection systems 뒤에 숨어 있어요. IDS는 컴퓨터 도난 경보기 같은 거예요. 거기에 익명성을 한층 높여주는 토르Tor까지 사용하죠. 모든 메시지가 수많은 서버를 거치며 거듭해서 암호화되는 거예요. 그러니 그를 밖으로 나오게 하려면 연애편지 정도론 어림도 없을 거예요."

렌이 의자를 뒤로 빼더니 큼직하고 두꺼운 수첩을 꺼냈다. 수사 진행 상황을 손으로 직접 기록하는 업무 일지였다. 일지에는 이미 수행한 업무와 앞으로 수행할 업무, 담당자 이름 등이 빼곡하게 적혀 있었다. 홈즈[2] 시스템의 업무 관리 페이지를 현실 공간에 옮겨 놓은 것이다. 맬러리 경감은 수사 진행 과정을 종이에 기록하는 걸 좋아했다.

렌이 업무 일지를 보며 말했다. "경장님은 오후에 특별 수색대와 함께 포터스 필드에 다시 가서 가이 필립스와 같이 달렸던 소년들의 진술을 더 받아오실 예정이군요."

내가 고개를 끄덕였다.

렌은 업무 일지를 모니터링 하는 일 외에도 온갖 진술을 홈즈[2]에 입력하고 범죄 현장에서 수집된 증거를 온전한 상태로 보존하며 MIR-1에 들어오는 일련의 문서를 법정까지 순조롭게 전달하는 역할을 수행했다. 굉장히 중요한 업무였지만 렌은 이런 일이 지루한지 몸을 비틀었다.

"다들 디지털 발자국을 남긴다고 하던데," 내가 노트북을 가리키며 물었다. "사실인가?"

"저는 좀 달리 표현해서, 다들 디지털 그림자를 남긴다고 해요. 우리는 누구나 두 가지 삶을 살아요. 육체적 삶과 디지털 삶. 누구나 다 그래요. 우리 세대의 똑똑한 친구들은 사람들이 한번 페이지에 방문해서 관심을 보인 물건이나 이미 구입한 물건을 계속 팔아먹을 방법을 궁리해요. 픽셀 트래킹, 페이지 태깅, 트래킹 코드 같은 걸 자꾸 개발하죠. 그래서 한 번이라도 구입하거나 클릭한 물건의 광고가 화면에 자꾸 뜨는 거예요." 렌이 깔깔 웃었다. "그래서 인터넷은 사람들이 익명으로 존재하는 걸 원치 않아요. 누군지 알아야 물건을 팔아먹을 수 있잖아요."

"그러니까 다들 그림자를 남긴다 이거지?"

"그렇죠."

"좋았어. 실은 당신이 찾아줬으면 싶은 사람이 하나 있거든."

"도살자 밥을 찾고 싶으신 거죠? 그자가 경장님의 등을 아작내고 수많은 사람들의 조롱거리가 되게 했으니까. 또한 마음만 먹었다면 경장님을 죽일 수도 있었으니까."

"밥은 아니야. 내 생각에 밥은 이번 살인 사건과 하등 상관이 없어. 오히려 내가 찾으려는 사람이 더 상관이 있을 것 같아. 삼십 대 중반쯤 됐고 이름은 에드워드 던컨이야."

렌이 펜을 찾아서 종이에 그 이름을 적었다.

"에드워드 던컨. 생년월일도 아세요?"

"알아볼 수는 있지만 정확한지는 몰라."

"오케이. 그나저나 뭐 하는 사람인데요?"

"칠하는 사람이야."

"뭘 칠하는데요? 집?"

"아니, 도화지를 칠해."

"업무 일지에 적을까요?"

렌의 얼굴에 호기심이 가득했다. 이젠 지겨워서 몸을 비틀지 않을 것 같았다.

"아니, 정식 수사가 아니니까 머릿속에만 저장해."

날이 더 추워지고 어두워질 무렵, 나는 들판 끝에 서서 특별 수색대의 활동을 지켜봤다. 그들은 증거를 찾으려고 쟁기로 갈아 놓은 들판을 이 잡듯 샅샅이 수색했다. 농사짓는 것 이상으로 고된 노동이었다.

감식반 사진사가 들판 한가운데 서서 땅바닥을 유심히 쳐다보는 모습이 눈에 들어왔다. 나는 그쪽으로 걸어가 사진사의 시선이 향하는 곳을 쳐다봤다. 온전한 형태의 발자국 하나가 또렷하게 찍혀 있었다. 발자국 양옆으로 숫자 1이 쓰인 노란 표식과 플라스틱 자가 놓여 있었다. 사진사는 결혼식 사진이라도 찍는 듯 콧노래를 흥얼거리며 삼각대와 조명과 사다리를 설치했다.

"경장님 건 아니죠?" 사진사가 고갯짓으로 발자국을 가리키며 웃었다.

"그런 것 같군요." 내가 말했다.

"흠," 사진사가 삼각대를 조정하며 말했다. "농부의 아내 건지도 모르죠. 어쩌면 우리 대원 건지도. 하지만 운이 좋으면 또 모르죠, 그렇죠?"

사진사의 말대로 운이 좋기를 바라며 숲 쪽으로 걸음을 옮겼다. 아픈 기억이 되살아나는지 등이 쿡쿡 쑤셨다.

특별 수색대가 타고 온 밴이 숲 가장자리에 세워져 있었다. 십여 명의 대원들이 밴 주변에 앉아 차와 초콜릿으로 요기하고 있었다. 바닥에 엎드렸던 탓에 옷에는 흙먼지가 잔뜩 묻었고, 피곤한 얼굴은 탄가루를 뒤집어쓴 광부처럼 시커멨다.

나는 숲을 지나 포터스 필드 고교의 운동장 쪽으로 걸어갔다. 멀리 본관 건물에 걸린 세인트 조지 깃발이 바람에 나부꼈다. 곧장 본관으로 걸어가려는데 어디선가 낙엽 태우는 냄새가 났다. 럭비 경기장 가장자리에 있는 아담한 돌집 뒤에서 연기가 피어올랐다. 주택 뒤로 돌아갔더니 웬 노인이 외바퀴 손수레에 담긴 낙엽을 모닥불에 쏟고 있었다.

"실례합니다, 어르신."

신분증을 보여주자 노인은 힐끔 보더니 고개를 끄덕인 뒤 하던 일을 계속했다. '어떤 상황에서든 상대의 이름과 주소를 꼭 받아 놔라.' 핸든 경찰학교에서 제일 먼저 가르치는 사항이었다.

"성함을 여쭤 봐도 되겠습니까?"

"보잘 것 없는 노인네 이름은 알아서 뭐하려고. 난 그냥 여기 관리인이오."

동유럽 출신인지 잉글랜드 남서부의 웨스트 컨트리 출신인지 종잡을 수 없는 말투였다. 나는 노인이 손수레의 낙엽을 쏟는 모습을 가만히 지켜봤다. 그런데 행동이 왠지 부자연스러웠다. 노인의 손에 무슨 문제가 있었다.

노인은 내가 끈질기게 대답을 기다리는 걸 알고 결국 입을 열었다.

"렌 주코프라고 하오."

"어디 출신이시죠, 주코프 씨?"

노인이 나를 매섭게 노려봤다. "난 여기 출신이오. 당신은? 당신은 어디 출신이오?"

말투가 러시아 출신 같기도 했다.

"저도 여기 출신입니다."

"그럼 우리 둘 다 여기 출신이로군."

"여기서 오래 근무하셨습니까, 주코프 씨?"

그는 시간을 따져보는 듯 한참이나 대답하지 않았다.

"한 30년 됐군."

"그럼 이 소년들을 기억하십니까?"

연합 장교 양성대 유니폼을 입은 일곱 소년의 사진을 노인에게 내밀었다.

노인이 고개를 저었다. 이번엔 너무 빨랐다.

"워낙 많은 소년들이 왔다 갔다 하잖소."

"이 사진은 1988년에 찍은 것입니다. 어르신이 근무하던 시기죠. 그런데 그들을 기억하지 못하신다고요? 다시 한번 봐 주세요. 킹 형제는요? 일란성 쌍둥이라 웬만하면 기억하실 텐데."

"난 모르오."

경찰 생활에서 가장 힘든 시기는 바로 사람들이 거짓말할 때다. 사람들은 거짓말을 일삼는다. 말썽에 휘말릴까 봐 거짓말을 하고, 같은 말썽에 더 깊이 휘말리거나 또 다른 말썽에 휘말릴까 봐 거짓말을 한다. 무엇보다도 경찰이 얼쩡거리는 게 싫어서 거짓말을 한다.

하지만 이 노인은 진실을 말하는 건지도 몰랐다. 세월이 많이 흐른 데다 여길 거쳐간 소년들이 워낙 많으니까.

"하지만 필립스 씨는 아시잖아요." 내가 반박했다. "여기 체육 교사로 재직 중이니까. 게다가 누군가가 그를 죽이려고 했잖아요."

노인은 무슨 바보 같은 소리를 하느냐는 표정으로 나를 쳐다봤다.

"그걸 모르는 사람이 어디 있소?"

나는 노인이 모닥불에 낙엽 쏟는 모습을 더 지켜봤다. 그러다 그의 손에 무슨 문제가 있는지 알아차렸다. 그는 손가락이 펴지지 않았다. 류머티스 관절염이 심해 주먹을 쥔 채로 모닥불을 피웠던 것이다.

"숲에서 벌어진 일이잖소." 노인이 말했다. "여기서 멀리 떨어진 곳이오."

낙엽을 다 태우고 나서 노인은 주먹으로 바지를 탈탈 털고 오두막으로 향했다. 노인을 따라 오두막으로 갔더니 문 앞에 누가 서 있었다. 저번에 여기 왔을 때 맬러리 경감과 함께 멀리서 지켜봤던 물리 치료사였다. 가까이서 보니 그는 가면을 쓰지 않았다. 온 얼굴에 화상을 입었을 뿐이었다.

내가 손을 내밀자 그가 활짝 웃으며 자신을 소개했다.

"톰 몽크 병장입니다. 로열 그린 재킷Royal Green Jackets 연대 소속이죠."

화상 흉터로 일그러진 얼굴에서 희고 가지런한 이가 잠시 드러났다. 외계 종족 같은 그의 얼굴은 아무리 자주 보더라도 익숙해질 것 같지 않았다. 그가 아식스 운동화의 뒤축을 딱딱 부딪쳤다. 그제야 렌 주코프가 처음으로 미소를 지었다. 몽크가 같이 있어서 마음이 놓이는 눈치였다.

"이곳에서 재활 프로그램을 운영하시죠?" 내가 몽크에게 물었다.

"일주일에 한번씩 합니다." 그가 말했다. "다른 때는 주로 바링턴코트에서 수석 물리 치료사로 근무합니다. 아니, 엄격히 말하면 수석 물리 치료사의 조수라고 해야겠네요."

바링턴코트에 대해서는 들어봤다. 장애가 있는 재향 군인들이 재활치료를 받는 곳이었다. 대부분 아프가니스탄에서 사제 폭탄이 터져 부상당한 사람들이었다.

"와프 교장 덕분에 목요일 오후마다 러닝 트랙을 사용할 수 있게 됐죠. 그런데 다리도 없는 사람들한테 러닝 트랙을 사용하라니, 참 웃기죠!"

나도 모르게 눈길이 그의 다리 쪽으로 향했다. 낡은 바지 차림의 몽크가 껄껄 웃었다.

"아, 난 아닙니다. 있어야 할 건 다 있어요. 그냥 불에 좀 탔다 뿐이지."

내가 희미하게 웃어 보였다.

"그나저나 필립스 선생님은 어떻습니까?" 몽크가 갑자기 진지한 표정으로 물었다.

나는 고개를 저었다. "글쎄요, 나도 딱히 어떤 상황인지 모릅니다."

때마침 운동장 너머에서 세인트 조지 깃발이 절반쯤 내려오다 멈췄다. 그리고 내 재킷 주머니에 넣어둔 휴대폰이 진동하기 시작했다.

휴대폰을 꺼내보니 그린 순경이었다. 그에게서 온 부재중 전화가 다섯 번이나 찍혀 있었다.

페레그린 와프 교장이 운동장을 가로질러 오고 있었다. 그의 가운 자락이 뒤로 펄럭거렸다.

전화를 받지 않아도, 와프 교장을 만나지 않아도 무슨 일이 벌어졌는지 감지했다.

뚱보 필립스가 죽었다.

19

국회의사당으로 쓰이는 웨스트민스터 궁의 중앙 로비에서 벤 킹을 기다렸다. 8각형의 높다란 아치 천장엔 거대한 샹들리에가 걸렸고 바닥엔 정교한 타일이 깔렸다. 줄지어 늘어선 창문으로 자연광이 환하게 비쳐들었다.

중앙 로비는 활기가 넘쳤다. 하원 의원과 이야기를 나누려고 기다리는 유권자들, 가십을 늘어놓으며 낄낄거리거나 무슨 정보라도 얻으려고 달라붙는 정치부 기자들, 회랑을 분주히 오가는 하원 의원과 상원 의원들. 남쪽 회랑으로는 상원 의사당이, 북쪽 회랑으로는 하원 의사당이 이어졌다.

여긴 영국의 권력을 총체적으로 상징하는 곳이었다.

하원 의사당 쪽으로 이어지는 회랑에서 사람들이 나왔다. 수상을 에워싼 사람들 중에는 벤 킹도 있었다. 킹이 나를 알아보고 무리에서 벗어나 내 쪽으로 걸어왔다.

우리는 악수를 나눈 후 중앙 로비 옆에 있는 널찍한 테라스로 나왔다. 사람들이 테이블에 앉아 차를 마시고 있었다. 우리는 그들에게 등을 보이고 서서 템스 강을 내려다보았다.

"삼가 조의를 표합니다." 내가 말했다.

"고맙습니다."

"가이 필립스가 사망할 때 병실에 같이 계셨죠?"

"네, 그랬죠. 간밤에 그의 병실에 있었습니다."

"그때 그가 의원님께 무슨 말 안 했습니까? 죄송하지만 이 질문을 드리지 않을 수 없습니다."

벤 킹은 무심히 흐르는 강물을 멍하니 쳐다봤다.

"새벽 4시경이었습니다. 가이도 자고 있었고 나도 자고 있었죠. 그러다 갑자기 그의 심장박동을 모니터하는 기계음이 달라졌어요. 즉시 간호사를 호출했죠. 간호사도 자고 있더군요. 서둘러 달려온 간호사가 의사를 호출했지만 너무 늦었어요." 킹이 말하다 말고 나를 쳐다봤다. "가이는 자다가 사망했어요. 당신이 뭘 묻는지 압니다. 하지만 그는 깨어나지 못했습니다. 누가 자기를 공격했는지 말은 못했지만 아주 평온하게 세상을 떠났습니다. 그나마 불행 중 다행이라 생각합니다."

"그가 병원에 있는 동안 밤마다 곁을 지키셨죠?"

"그랬죠. 가이는 결혼하지 않았습니다. 부모님도 진작 돌아가셨고. 가이에겐 나와 내 쌍둥이 형제를 비롯한 친구들이 전부였어요."

"그는 자기를 찌른 사람을 봤을 겁니다. 그렇다고 확신합니다."

"하지만 가이는 떠나기 전까지 아무 말도 못했습니다."

금발의 젊은 여자가 테라스 입구에서 킹의 주의를 끌려고 애썼다. 킹이 알았다는 표시로 손을 들어 보였다. 하지만 매너가 좋은 사람이라 나를 급히 내쫓진 않았다.

"말씀드릴 게 한 가지 더 있습니다. 의원님 형제와 살만 칸 씨에게 '오스만 경고장Osman Warning'이 발부될 것입니다."

"오스만 경고장?"

"어떤 사람이 살해당하거나 심각하게 부상당할 위험이 있다고 믿을 만한 근거가 있을 때 경찰은 오스만 경고장을 발부합니다. 공식 경고인 동시에 신변을 보호해주겠다는 제안입니다."

킹이 웃을 듯 말 듯한 표정으로 말했다. "흠, 경찰이 태만과 무능력에 대한 질타를 피하려고 미리 수를 쓰려는 것처럼 들립니다."

"그런 점도 있긴 합니다." 내가 수긍했다. "제 상관들이 의원님의 안전을 위해 취할 단계별 조치와 조언을 담은 경고장을 조만간 작성할 겁니다."

"그게 꼭 필요합니까? 하긴 살만에게는 필요할지 모르겠군요. 겁나서 집 밖에 나다니지도 못한다니까. 하지만 난 의회에서 엄중한 보호를 받고 있어요. 그리고 네드는 여기 있지도 않잖아요. 영국 육군이 합심해서 그를 지키고 있죠. 살인자보다는 탈레반의 위협에 더 노출돼 있겠네요."

"경찰은 대단히 심각한 위험에 처한 사람에게 경고할 주의 의무(注意 義務)가 있습니다. 휴고 벅의 책상에는 포터스 필드를 졸업한 일곱 명의 사진이 있었습니다. 의원님도 그 사진을 아실 겁니다."

"물론 알고 있습니다."

"이젠 네 명밖에 남지 않았습니다."

킹이 다시 강 쪽으로 시선을 돌렸다.

"세 명이죠. 제임스 서트클리프가 이탈리아에서 자살했으니까."

"아, 그렇죠. 죄송합니다. 세 명밖에 남지 않았군요."

그러자 킹이 다시 나를 쳐다봤다. 그러더니 내 손을 꽉 잡고서 말했다. "이런 일은 이제 그만 끝나야 합니다. 나도 어떻게든 경찰을 돕겠습니다. 살인자를 체포할 수 있도록 뭐든 돕겠습니다.”

“알겠습니다. 의원님의 협조를 기대하겠습니다.”

우리는 다시 중앙 로비로 돌아와 작별을 고했다.

킹이 로비를 가로질러 가자 사람들이 그에게 다가갔다. 로비에서 죽치고 있던 기자들과 그의 동료 의원들은 남녀를 불문하고 그에게 홀딱 반한 듯한 미소를 보냈다. 킹은 걸음을 멈추지 않으면서도 그들과 일일이 인사를 나눴다. 특유의 당차면서도 여유로운 걸음으로 하원 의사당과 연결된 북쪽 회랑을 걸어갔다. 그가 얼마나 막강한 힘을 지녔는지, 또한 잃을 게 얼마나 많은지 이제야 제대로 실감했다.

웨스트민스터 궁에서 뉴스코틀랜드 야드까지 걸어서 5분 거리였다. 101호실 담당자와 약속을 잡지는 않았지만 일단 가보기로 했다. 블랙 뮤지엄엔 방문자가 많지 않을 테니 웬만하면 만날 수 있을 거라 기대했다.

“영상 잘 봤네.” 존 케인 경사가 말했다. 그는 매서운 눈초리로 나를 쳐다봤지만 조롱하는 기색은 없었다. “자네 영상을 보지 않은 사람은 없을걸?”

“저랑 한번 더 보시겠습니까?”

경사가 놀란 표정으로 물었다. “아니, 왜?”

“1분도 걸리지 않습니다. 뭐 좀 물어볼 게 있어서요. 이미 봤더라도 한번 더 보시죠.”

경사의 책상에 낡은 컴퓨터가 있었다. 경사가 키를 몇 개 누르자 윙 하는 소리가 나기 시작했다. 하지만 한참이 지나도록 화면이 돌아가지 않았다.

"제 것이 더 빠르겠네요." 내가 말했다.

"웨스트엔드 센트럴엔 최신 설비만 있다지?" 경사가 못마땅한 목소리로 말했다.

나는 맥 노트북을 꺼내 전원을 켰다. 소셜 네트워크 사이트에 들어가 도살자 밥의 프로필 페이지를 찾는 동안 우리는 아무 말도 하지 않았다. 돼지를 죽이라거나 세상을 파괴하라는 등의 게시물을 보면서 아래로 쭉 스크롤했다.

"이거네요." 내가 말했다.

링크를 클릭하자 영상이 나왔다. 찰스 졸리의 '웃는 경관'이 무자비한 웃음소리를 방출하는 사이 카메라는 내가 네 발로 기는 모습을 비췄다. 돼지가 나타난 즉시 화면을 정지시켰다.

"이거 보이세요?" 내가 케인 경사에게 물었다. "오른손 옆에요."

경사가 몸을 기울였다. "흰색 라인?"

"잔디에 흰색 라인이 똑바로 그어져 있죠. 럭비 경기장의 터치라인이에요. 포터스 필드 고교의 운동장 잔디입니다."

정지된 영상을 뚫어져라 보던 케인 경사가 어깨를 으쓱했다.

"이게 어쨌다는 건가?"

"이 영상은 도살자 밥이 살인자가 아님을 입증하는 자료입니다."

"어째서 이게 그걸 입증한다는 건가?"

"이 영상은 내가 호되게 당할 때 찍은 게 아닙니다. 밥이 자신의 팔로워들한테 어떤 메시지를 주려고 의도한 것인지 모르겠는데, 이 일과는 하등 상관이 없습니다."

케인이 잠시 생각에 잠겼다가 말했다. "누군지는 모르겠지만 자네 목에 칼을 들이댄 자와 자네 얼굴에 카메라를 들이댄 사람은 서로 동일인이 아니라는 말인가?"

"같을 수가 없지 않습니까? 나를 쓰러뜨린 자가 누군지는 모르지만, 널찍한 들판과 숲을 기어가는 나를 뒤쫓아 와서 이 우스꽝스러운 영상을 찍었을 것 같진 않습니다. 안 그렇습니까?"

"기어간 거리가 얼마나 되나?"

"숲을 뛰어서 통과하는 데 5분은 족히 걸렸을 겁니다. 기어서 돌아갔으니 훨씬 더 오래 걸렸겠죠. 하지만 이 영상은 내가 공격당한 곳에서 멀리 떨어진 곳입니다. 돼지 축사도 아니고 쟁기로 갈아 놓은 들판도 아닙니다. 내가 포터스 필드에 돌아왔을 때 찍은 겁니다. 럭비를 할 수 있는 운동장 가장자리에서 찍혔으니까요."

"그렇다면 누가 이걸 인터넷에 올렸을까? 밥은 이걸 어디서 구했을까?"

"그건 모르죠. 중요하지도 않고요. 학교엔 1,000명이나 되는 소년들이 있었고, 교직원도 다수 있었습니다. 다들 카메라가 장착된 휴대폰을 들고 다닙니다. 마음만 먹으면 누구나 카메라맨이 될 수 있어요. 이 영상은 도살자 밥의 얘기가 죄다 헛소리라는 걸 입증합니다. 적어도 나는 그렇게 생각합니다. 이 영상을 찍은 사람이 누구든, 그는 살인을 저지르지 않았습니다. 도살자 밥도 마찬가지고요."

나는 노트북을 닫고 케인 경사를 쳐다봤다. 경사는 우람한 팔로 팔짱을 끼더니 고개를 한번 끄덕였다.

"그래, 자네 말이 맞는 것 같네."

"고맙습니다."

"고맙긴…. 그건 그렇고 문제가 뭔가?"

"문제는 다들 밥을 잡는 데만 혈안이 됐다는 겁니다. 올해의 연쇄 살인마를 자처하는 도살자 밥한테 온갖 자원을 쏟아 붓고 있어요. '뚱보 소년 작전'은 결국 막다른 길에 봉착할 겁니다."

등에서 갑자기 발작적 통증이 일어났다. 등을 동그랗게 말고서 통증이 지나갈 때까지 이를 악물고 참았다.

"자네 등을 결딴낸 인간을 찾고 싶은가 보군." 케인 경사가 말했다.

"전 살인범을 찾고 싶습니다." 숨을 깊이 들이쉰 후에 말을 이었다. "경사님이 도와주실 수 있습니다."

"내가 어떻게 도울 수 있지?"

"'지옥에서 보낸 편지From Hell Letter'를 보고 싶습니다."

케인이 고개를 돌렸다. 잠시 후 성난 표정으로 나를 다시 쳐다봤다.

"'지옥에서 보낸 편지'? 자네가 지금 뭘 요구하는지 알고나 하는 말인가? 그 편지는 없어. 잃어버렸으니까."

"그럴 리가요. 여기 있잖습니까? 101호실 어딘가에 고이 모셔져 있을 겁니다. 경사님이 잘 보관해 뒀을 거라 믿습니다."

"울프 경장, '지옥에서 보낸 편지'에 대해 뭘 알고 있지?"

"1988년 당시 화이트채플 특별수사단을 이끌던 조지 러스크에게 배달된 편지라서 '러스크 편지Lusk Letter'라고도 하죠. '살인마 잭'을 자칭하는 사람이 보낸 편지인데, 그렇게 주장하는 편지가 1,000통도 넘었지만 경찰은 러스크 편지야말로 진짜 살인마 잭이 보낸 편지라고 추정했습니다. 인간의 장기 일부와 함께 배달됐기 때문입니다."

"자네가 지금 어디에 있다고 생각하나?" 케인 경사가 답답하다는 듯 고개를 절레절레 저었다. "여기가 마담 투소의 밀랍 인형 박물관인줄 아나? 여긴 목숨을 내놓고 수사하는 경찰을 위한 훈련 시설이야. 별난 물건을 보여주는 곳이 아니라고!"

"그 편지를 보고 싶습니다."

"어째서 그게 여기 있다고 생각하지?"

"그걸 잃어버렸다는 게 믿기지 않습니다. 도저히. 살인마 잭이 보낸 유일한 편지를 잃어버려요? 말도 안 됩니다. 여기 어딘가에 고이 보관돼 있을 거라고 봅니다."

"그럼 왜 없다고 거짓말을 하겠나?"

"그런 불경한 유품으로 사람들을 흥분시키고 싶지 않아서겠죠, 그렇지 않습니까? 안 그래도 연쇄 살인범을 사이비 집단의 교주처럼 떠받드는 상황에서 더 대단한 영웅으로 만들어줄 필요는 없잖아요. 아무튼 전 그걸 우리가 잘 보관해 뒀을 거라고 봅니다."

"우리?"

"사법 당국, 런던 경찰청, 선한 사람들 등등. 그게 런던 어딘가에 있다면, 필히 블랙 뮤지엄의 은밀한 장소겠죠."

케인이 껄껄 웃었다. "자넨 나중에 아주 훌륭한 형사가 되겠군. 그런데 왜 굳이 그걸 보고 싶다는 건가? 내가 그걸 보여줄 권한이 있다고 가정한다면 말일세."

"진짜는 어떻게 생겼을지 보고 싶습니다."

케인 경사가 문으로 걸어갔다. 사람을 불러서 나를 내보내려는 건가 싶었지만, 사실 나를 쫓아내려면 굳이 사람을 부르지 않고도 가능했다.

나는 그가 101호실 문을 잠그는 모습을 지켜봤다.

"살인마 잭이라고 주장하는 편지가 수백 통이나 왔었지." 경사가 말했다. "'두목님께 보내는 편지Dear Boss Letter', '화끈한 잭Saucy Jacky 엽서', '오펜쇼 편지Openshaw Letter'…. 그런데 '지옥에서 온 편지'가 특별한 이유는 자네 말처럼 인간의 신장 절반이 담긴 상자와 함께 배달됐기 때문이야."

케인 경사는 런던 경찰청에서 발간한 '즐거운 성탄절, 행복한 새해'라고 적힌 달력을 벽에서 떼어냈다.

달력이 가린 자리에 금고가 있었다.

"돌아서게, 울프 경장."

내가 고개를 돌리자 경사가 금고 번호를 눌렀다.

"그래, 자네 말이 맞아. 이 편지는 화이트채플 특별수사단을 이끌던 조지 러스크에게 배달됐어. 이제 다시 돌아서게."

경사가 금고를 열고 얇은 폴더를 꺼냈다. 폴더 안에는 비닐 파일이 있었다. 비닐 파일 안에는 빛바랜 종이가 한 장 들어 있었다. 불에 탈 뻔한 걸 간신히 빼냈는지 그슬린 자국도 있고 탄내도 풍겼다.

편지는 십여 줄에 이르렀고 붉은색 글자는 큼직큼직했다. 홍분한 상태에서 빠르게 써내려간 것 같았다.

"유감스럽게도 신장은 누가 치워버렸나 보네." 케인 경사가 말했다.

From Hell	지옥에서
Mr. Lusk!	러스크 씨!
I send you half the	어떤 여자에게서 꺼낸
Kidne I took from one women	신장의 절반을 당신에게 보냅니다
Prasarved it for you tother piece	당신을 위해 아껴둔 겁니다
I fried and ate it was very nice,	절반은 내가 튀겨 먹었는데,
	아주 맛있더군요
I may send you the bloody knif that	조금만 더 기다려주면
took it out if you only wate a whil	신장을 꺼내는 데 쓴 피 묻은 칼을
longer.	보내 주겠소.
Signed	서명
Catch me when	날 잡을 수 있으면
You Can	잡아 보슈
Mishter Lusk	미스터 러스크

"진짜 맞죠?" 내가 물었다. "경사님은 아시잖아요. 살인마 잭이 보낸 게 맞죠, 그렇죠?"

케인이 고개를 끄덕였다. "경찰이 받았던 다른 편지들보다 수

준이 훨씬 떨어져. 당시엔 문법과 철자를 일부러 틀렸을 거라고 생각했지. 왜 그렇게 생각했냐면, 여기를 한번 보게. 군데군데 철자가 틀렸지만 칼knif의 묵음인 'k'와 잠깐 동안a whil의 묵음인 'h'는 도리어 정확히 썼어. 그리고 다른 편지와 달리 '살인마 잭'이라는 서명을 하지 않았어. 아울러 내가 이게 진짜라고 보는 이유는 인간의 신장과 함께 배달됐기 때문이야."

"자기를 사칭하는 온갖 편지에 질렸던가 보죠. 살인을 감행할 기술도, 광기도 없으면서 범행을 저질렀다고 주장하는 온갖 미치광이들한테 물렸던 거죠. 이번에도 똑같을 겁니다. 조만간 진짜 살인범이 모습을 드러낼 겁니다."

케인 경사는 편지를 들여다보는 나를 유심히 지켜봤다.

"도살자 밥은 진짜가 아닙니다." 내가 말했다. "하지만 이건 진짜입니다. 만져 봐도 될까요?"

블랙 뮤지엄의 책임자가 나를 빤히 쳐다보더니 한참 만에 입을 열었다.

"살살 다루게."

20

"첫 번째 살인은 비극이다." 엘리자베스 스와이어 총경이 목청을 높였다. "두 번째 살인은 비극적 우연이고. 하지만 세 번째 살인은 언론의 기름진 먹잇감이다."

맬러리 경감이 웨스트엔드 센트럴에서 아침 브리핑을 막 시작하려는 참에 총경이 우리를 호출했다. 15분 뒤, 우리는 뉴스코틀랜드 야드의 꼭대기 층 회의실에 모였다. 경찰 고위 간부는 세인트 제임스 파크나 템스 강변이 내려다보이는 전망 좋은 사무실을 썼다. 총경의 회의실에선 공원이 보였다. 하지만 전망을 감상하는 사람은 아무도 없었다.

가이 필립스의 사망으로 '뚱보 소년 작전'이 신문의 헤드라인을 장식했다. 도살자 밥은 연쇄 살인범으로 불리며 순식간에 전국적으로 유명인사가 되었다. 대중지는 밥에게 열광하면서 그의 잘못된 사회적 양심을 은근히 좋게 평가했다. 〈더 선The Sun〉은 "도살자 밥 - 부자에겐 공포의 대상이지만 빈자에겐 애정의 대상?"이라는 제목의 기사를 작성했다. 종합일간지는 불공정한 사회의 썩은 심장부에서 끓어오르는 분노의 화신으로 도살자 밥을 묘사했다. "도살자 밥 - 홀로 폭동을 일으켰나?"라는 〈가디언The Guardian〉의 제목만 보면, 밥이 그저 상점 창문을 깨고 대형 TV를 훔치는 정도의 비행을 저지른 듯했다.

스와이어 총경은 기분이 썩 좋지 않았다. 게다가 그런 불편한

심기를 드러내는 데 탁월한 재주가 있었다. 나이는 50살이었고, 짧은 금발은 헤어스프레이를 워낙 많이 뿌려서 헬멧처럼 단단했다. 마가렛 대처 여사의 얼굴에서 자애로운 모습을 거둬내면 딱 스와이어 총경이었다.

총경이 눈을 가늘게 뜨고 맬러리 경감을 노려봤다.

"경감은 처음에 도살자 밥이 범인이라는 점을 의심했소."

"그렇습니다, 총경님."

"그렇다면 이젠 그를 수사선상에서 배제했나?"

"아직은 아닙니다, 총경님." 맬러리 경감이 말했다.

"아직은 아닙니다, 총경님." 스와이어 총경이 경감의 말을 따라했다. 말투가 너무 신랄해서 경감의 가슴에 비수를 내리꽂는 것 같았다.

게인 경위가 입을 열었다. 익명 네트워크, 어니언 라우터, 다층 암호화 등에 대해 설명하는 그의 목소리가 살짝 떨렸다.

스와이어 총경이 머리를 홱 움직이자 게인이 더 얘기하지 못하고 입을 다물었다.

"기술적인 문제는 건너뛰지." 총경이 말했다. "하지만 이건 말해보게. 소셜 네트워크를 사용하는 사이코들이 그런 식의 정교한 보안 구조를 사용할 가능성은 얼마나 되지?"

"그게 그러니까…, 흔치는 않을 겁니다." 게인이 대답했다.

총경이 믿지 못하겠다는 뜻으로 눈썹을 치켜떴는지는 모르겠지만 아무튼 그런 인상을 주었다.

"흔치는 않을 거라고?" 총경이 반문했다. "정말인가? 얼마 되지 않을 거라고?"

"그게 실은…, 전례가 없을 겁니다, 총경님."

총경이 고개를 끄덕였다. 이제야 말이 좀 통한다고 생각하는 눈치였다.

"지문과 족적에 대한 수사는 어떻게 됐나? 진전이 있나?"

맬러리 경감이 자신의 책임 수사관 지침서를 손가락으로 쓸더니 헛기침을 했다.

"달라진 게 없습니다, 총경님. 범죄 현장에서 아무런 흔적도 나오지 않았습니다."

스와이어 총경이 경감을 빤히 노려봤다.

"장갑 지문도 없단 말인가?"

"지문도, 족적도, 장갑 지문도 전혀 나오지 않았습니다. 아무런 흔적도 없습니다. 이 정도로 없다는 게 참으로 의아합니다."

총경이 도저히 이해할 수 없다는 표정으로 물었다.

"그럼 우리가 유령을 쫓고 있다는 말인가?"

갑자기 척추 맨 아래 부분에서 날카로운 통증이 느껴졌다.

"그는 유령이 아닙니다, 총경님." 내가 말했다.

총경이 막 뭔가를 결심한 듯 고개를 끄덕였다.

"우린 '뚱보 소년 작전'을 다시 가동할 거다. 그래서 세 사람이 수사에 추가로 합류하기로 했다."

총경의 양옆에는 아까부터 두 남자가 조용히 앉아 있었다. 그들은 웨스트엔드 센트럴의 강력팀 대원들과 가급적 눈을 마주치지 않으려고 했다. 동아시아계로 보이는 젊은 남자는 디지털 괴짜 같은 인상을 풍겼다. 그리고 늙은 남자는 백발이 성성해서 예순은 족히 먹었을 것 같았다. 양복에 넥타이를 매지 않은 옷

차림에다 나이까지 고려한다면 경찰청 소속 같지는 않았다. 총경의 말에 그들이 몸을 살짝 뒤척였다.

총경이 맬러리 경감을 향해 퉁명스럽게 고개를 끄덕인 후 말했다.

"경감은 당분간 그대로 책임 수사관을 맡도록! 하지만 앞으론 나도 오전 브리핑에 참석할 생각이다. 모든 보고는 나한테 바로 올리도록 한다."

게인과 화이트스톤이 시선을 교환했다. 맬러리 경감의 시대가 저물고 있었다. 책임 수사관이라는 직책은 계속 맡더라도 사건 수사의 책임자 지위는 사실상 물 건너갔다. 뚱보 소년 작전은 이제 세빌 로 27번지가 아니라 브로드웨이 SW 1번지, 즉 뉴스코틀랜드 야드에서 주도한다는 느낌이 들었다.

맬러리 경감은 꽤 괜찮은 사람이지만 세상이 그를 깎아내렸다. 견고하게 느껴졌던 그의 권위가 회의실 상석에 앉은 여자의 말 한마디에 와르르 무너졌다. 게인과 화이트스톤은 경감을 제대로 쳐다보지도 못했다.

스와이어 총경이 왼쪽에 앉은 디지털 괴짜를 가리키며 말했다. "이쪽은 사이버 범죄 중앙수사대Police Central E-crime Unit, PCeU 소속의 콜린 조라고 한다. 알다시피, PCeU는 대단히 심각한 사이버 범죄에 대응하고자 내무성과 경찰청이 공동으로 설립한 조직이다. 도살자 밥은 이제 그들 소관이 되었다."

"우리가 여러분에게 새로운 묘책을 몇 가지 제공할 수 있기를 바랍니다." 조가 게인을 향해 말했다. 홍콩과 런던이 묘하게 섞인 말투였다.

게인은 아무 말도 하지 않았다.

"나는 밥을 방화벽 뒤에서 끌어내고 싶다." 스와이어 총경이 또다시 목청을 높였다. "끌어내서 뻥 차버리고 싶다. 나는 그를 아주 진지하게 다루고 싶다. 우린 언론의 웃음거리가 되었다." 총경이 나를 향해 고개를 세차게 끄덕였다. 하지만 머리카락은 한 올도 흐트러지지 않았다. "최근에 울프 경장이 시골길을 어슬렁거린 뒤로는 그 정도가 훨씬 심해졌다."

"우린 예전부터 그를 진지하게 다뤄왔습니다, 총경님." 맬러리 경감이 반박했다.

총경은 책상을 내리치지 않았다. 굳이 그럴 필요도 없었다. 맬러리 경감을 쏘아보는 눈빛은 눈사람마저 저체온증에 걸리게 할 만큼 차가워 보였다.

"하지만 힐링턴 노스의 하원의원을 비롯해 의회와 정부는 전혀 그렇게 생각하지 않는다." 총경이 숨을 깊이 들이마셨다가 천천히 내뱉었다. "그러니까 내 전화기에 불이 났지."

결국 그게 문제였구나, 싶었다. 살인자들이 벤 킹에게 바싹 접근했고, 그 때문에 스와이어 총경은 의회와 국회의 압력에 시달렸던 것이다.

총경이 오른쪽에 앉은 노인 쪽으로 몸을 돌렸다. "그리고 이 분은 킹스칼리지 런던에서 온 조 스티븐 박사님이다. 스티븐 박사님, 직접 소개하시겠어요?"

"난 범죄심리학자로서 어떤 식으로든 여러분을 돕기 위해 이 자리에 왔습니다." 스티븐 박사가 말했다. 20년 넘게 런던에 거주했지만 캘리포니아 스타일의 부드럽고 매끈한 말투가 남아 있었다.

"스티븐 박사님, 우리에게 어떤 조언을 해줄 수 있습니까?" 총경이 물었다.

"흠, 범죄심리학은 과학보단 기술에 가깝습니다. 나는 증거를 살펴보고 어떤 부류의 인간이 이런 범죄를 저지를지 추정합니다." 박사는 앞에 놓인 파일을 힐끔 내려다보더니 말을 이었다. "미확인범, 그러니까 미지의 수사 대상자를 체포하려면, 그가 세상의 질서를 다시 세우려 한다는 점을 이해해야 합니다. 여자가 살인을 저지를 땐 대체로 자신이 아는 사람을 죽입니다. 남자가 살인을 저지를 땐, 그것도 여러 명을 살해할 땐 대체로 낯선 사람을 상대로 합니다. 연쇄 살인범은 예외 없이 남자입니다."

"그러니까 우리가 지금 남자를 찾고 있는 거군요?" 게인이 팔짱을 끼면서 말한 후 화이트스톤을 향해 히죽 웃었다. 하지만 화이트스톤은 그의 시선이나 미소에 반응하지 않았다. 게인이 기분 나쁘게 중얼거렸다. "흠, 범위가 상당히 좁혀졌네요."

스티븐 박사가 게인을 노려보며 덧붙여 말했다. "그리고 백인입니다."

"그건 왜죠?" 흑인인 게인이 물었다.

"사망한 남자들이 모두 백인이기 때문입니다. 연쇄 살인범은 대체로 자신과 같은 인종을 살해합니다. 다 그런 건 아니지만 거의 그렇다고 알려졌습니다."

박사는 약간 당황한 듯 보였다. 도와주러 왔는데, 환영을 받기는커녕 자신을 변호하는 처지로 내몰렸다고 느끼는 것 같았다.

"스티븐 박사님, 어떤 종류의 백인을 말씀하시는 건가요?" 화이트스톤이 게인과 달리 상냥한 목소리로 물었다. "나이나 동기, 사회적 그룹을 좀 더 구체적으로 알려주시겠습니까?"

"자신이 인지한 잘못을 바로잡으려 애쓰는 백인 남자입니다. 그는 피해자들, 그러니까 과거에 잘못을 저지른 사람들을 벌하는 겁니다. 이런 사건은 모두 계획된 공격입니다. 그것도 굉장히 신중하게 계획된 공격입니다. 우발적 살인이 아니라 복수 살인입니다. 미확인범은 자신이 구사할 수 있는 유일한 수단, 즉 극단적 폭력으로 잘못을 바로잡고자 합니다. 폭력이 목적을 달성하는 수단인 상황으로 내몰렸기 때문이죠."

게인은 분노로 이글거렸지만, 나는 스티븐 박사의 말에 일리가 있다고 생각했다. 경동맥 찌르기의 숙련도가 워낙 출중해서 이미 벌어진 경동맥을 봉합할 수도 없을 정도였다. 세상을 바로잡으려면 그만한 솜씨는 지녀야 했다.

"어쩌면 그냥 미치광이인지도 모르죠." 게인이 말했다.

스티븐 박사가 게인을 안쓰럽게 쳐다보면서 웃었다. "그럼 당신 표현대로 미치광이라고 합시다. 그는 미쳐 돌아가는 세상에 대한 통제력을 회복하려고 애씁니다. 명예, 권한, 통제력. 그에게 중요한 건 바로 이런 겁니다. 여러분이 찾아야 할 미치광이는 바로 다른 남자들을 통제하려는 자입니다. 여러분이 그를 반드시 찾아낼 거라 의심치 않습니다."

"그자에 대해 안다는 게 고작 그뿐입니까?" 게인이 빈정거렸다.

"내가 여기 온 이유는 이번 사건이 낯선 사람에 의한 살인이기 때문입니다." 스티븐 박사가 말했다. "지금까지 여러분이 수사한 살인 사건은 대부분 살인범과 피해자가 서로 아는 사이였습니다. 바람피운 아내를 살해한 남편, 자식을 살해한 엄마, 동업자를 살해한 마약상." 박사가 잠시 시간을 두었다가 말을 이었다. "연쇄 살인범에겐 그런 연결 고리가 없습니다. 그는 피해자와 아는 사이가 아닙니다. 남편도 아니고 동업자도 아니고 친구도 아닙니다. 하지만 미확인범은 흔적을 남깁니다. 정신병적 흔적, 행동상의 흔적, 의식 절차상의 흔적. 그런 흔적은 모두 공상과 광기의 산물입니다."

때마침 유리벽 밖에서 스칼렛 부시가 회의실로 안내받아 오는 모습이 보였다.

"아, 마침 부시 기자가 들어오는군." 스와이어 총경이 부시를 보면서 말했다. "이미 아는 사람도 있겠지만 그녀는 〈데일리 포스트〉의 범죄 전문 기자이다."

부시 기자가 테이블을 돌면서 일일이 악수를 청했다. 나한테도 초면인양 활짝 웃으며 인사했다. 그런 다음 스티븐 박사 옆으로 가서 앉았다.

"계획은 이렇다." 스와이어 총경이 말했다.

그 말에 맬러리 경감이 깜짝 놀라며 몸을 똑바로 세웠다. 나는 허리 통증이 도졌고 화이트스톤과 게인은 의아한 표정을 주고받았다.

'계획? 무슨 계획?'

"스티븐 박사가 도살자 밥의 프로필을 상세하게 알려줄 거다." 총경은 우리의 반응에 아랑곳하지 않고 이야기를 계속했다. "이 프로필을 바탕으로 부시 기자가 기사를 작성해 〈데일리 포스트

〉에 실을 거다. 밥이 온라인 인터뷰 초청에 응해 자기 입장을 표명하도록 밑밥을 까는 거지. 그리고 콜린 조는 틈을 엿보다가 그의 방화벽에 커다란 구멍을 뚫을 거다."

스칼렛 부시가 말했다. "로버트 오펜하이머의 연설문 뒤에 꼭꼭 숨은 밥을 어떻게든 앞으로 나오도록 자극하는 거죠."

맬러리 경감이 불편한 듯 자세를 바로잡으며 말했다. "당신이 자극하는, 아니 모욕하는 기사를 쓰면 그가 발끈해서 대뜸 반응할 거라고 정말로 생각하나?"

"제가 제대로만 한다면 충분히 그럴 거라고 생각합니다." 부시가 말했다. "밥이 소셜 네트워크 사이트에서 괜히 허세를 부리는 줄 아세요? 허영심이 강하고 관심에 목말랐기 때문이에요. 자기도취에 빠져서 세상 사람들에게 자신이 옳다고 떠벌리고 싶어 안달 났기 때문이에요. 그리고 기사 내용이 꼭 모욕적일 필요는 없습니다. 스티븐 박사님께 기사를 먼저 보여드리고 승인을 받기로 했습니다. 관찰에 따른 논평 기사 정도로 보시면 됩니다. 밥이 자기 입장을 표명하고픈 충동을 느낄 정도, 딱 그 정도로 작성할 것입니다."

내 얼굴에서 믿지 못하겠다는 표정을 읽었는지, 부시가 나를 쳐다봤다. 이번엔 전혀 웃지 않았다.

"다른 사람들이 나랑 얘기하는 것과 똑같은 이유로 그도 결국엔 나랑 얘기할 겁니다." 부시가 계속했다. "딱히 자기 이야기를 떠벌리고 싶어서가 아닙니다. 내가 어차피 그의 이야기를 떠들어 댈 것이기 때문입니다. 자신이 하고픈 얘기를 하든가, 아니면 그냥 입 다물고 세상 사람들이 멋대로 떠들게 놔두든가 둘

중 하나죠."

"아, 일이 그렇게 돌아가는 거로군." 내가 말했다.

"네, 일은 늘 이렇게 돌아가는 겁니다."

나는 스와이어 총경에게 몸을 돌렸다.

"총경님, 우린 지금 도살자 밥에게 모든 걸 걸고-"

"물론이다. 그를 붙잡을 때까지 계속해서 모든 걸 걸 것이다." 총경이 내 말을 싹둑 자르더니 조를 향해 돌아섰다. "콜린 조?"

"그가 어떤 암호 체계와 익명 서비스와 어니언 라우터를 쓰든 간에 PCeU는 허점을 찾아낼 방법이 있다고 확신합니다."

풀 죽은 채 앉아 있는 강력팀 대원들을 스와이어 총경이 휘둘러봤다.

"그러면 자네들은 그의 머리를 꼬챙이에 꿰서 가져오면 된다."

맬러리 경감이 심란한 눈으로 책임 수사관 지침서를 쳐다봤다. 그의 위세가 눈에 띄게 꺾인 것 같았다. 총경의 말이 워낙 그럴듯하게 들려서 '안 될 것도 없을 것 같은데?'라는 생각이 들었다. 추적하고 인터뷰해서 검거하는 방식은 강력범죄 수사에서 지극히 기본적인 절차였다. 어쩌면 총경의 계획이 최선일지도 몰랐다. 관심에 목마른 자기 도취자를 디지털 보호막 밖으로 빼내는 게 급선무였다. 세인트 제임스 파크를 내려다보면서 이런 생각을 하는데 왠지 맬러리 경감의 눈치가 보였다.

스칼렛 부시가 상체를 뒤로 젖히며 물었다. "스티븐 박사님, 도살자 밥은 어떤 부류의 인간인가요?"

"난 미확인 상태인 살인범에 대해서 말할 수 있습니다." 스티븐 박사가 말했다. "아울러 도살자 밥에 대해서도 말할 수 있습니다. 하지만 그 둘이 동일인이라고는 단정할 수 없습니다."

총경과 부시가 눈길을 주고받았다. 그들은 밥이 바로 그 남자이길, 우리가 찾는 연쇄 살인범이길 고대하는 눈치였다.

"도대체 어떤 인간이 중범죄를 상습적으로 저지를까요? 사회는 연쇄 강간범과 연쇄 살인범을 제대로 파악하려고 고심합니다. 그들은 흔히 같은 부류지만 광기의 정도가 다릅니다."

"하지만 밥의 범죄 행각에서 성적인 요소는 없잖아요." 총경이 말했다.

"내 말은, 연쇄 강간범과 연쇄 살인범이 기본적으로 같은 특징을 지녔다는 뜻입니다. 일탈이 삶의 방식이기 때문에 그들은 흔히 조작에 능하고 무자비합니다. 매력적인 반면 허영심이 강하고 도덕적으로 둔감합니다. 공감 능력이 전혀 없어요. 공상에 빠져 살 겁니다. 공상 속에서 너무나 많은 걸 즐기고 누리다 보니 실제 세계를 멀리합니다. 천재에 가까운 거짓말쟁이일 가능성이 큽니다. 알다시피, 연쇄 살인범은 흔히 거짓말 탐지기를 무사히 통과합니다. 배경을 조사하면 보나마나 트라우마가 있을 겁니다. 다 그런 건 아니지만 정신적 학대와 성적 학대를 받았을 가능성도 큽니다."

스칼렛 부시가 호기심을 드러냈다. "그럼 도살자 밥이 아동 학대의 희생자라는 건가요?"

"그럴 가능성이 있습니다. 정상적인 사람들은 불합리한 사람들의 정신 병리를 이해하려고 고심하죠. 이런 살인은 킬러의 남성성을 표출하는 수단입니다. 아까도 말했듯이 명예, 권한, 통제력을 과시하는 수단입니다. 그들의 유일한 목적은 킬러 자신이

나 제삼자에게 행해진 잘못을 처벌하는 것입니다. 킬러는 대체로 피해자를 알지 못합니다. 단지 자신이 인지한 잘못을, 혹은 일련의 잘못을 바로잡으려는 것일 뿐입니다."

스칼렛 부시는 박사의 말을 열심히 메모했다.

"그러니까 도살자 밥이 연약한 남성성을 가졌다는 말씀이죠?"

"꼭 그런 건 아닙니다. 하지만 자신의 남성성을 표출한 수단이 제한되어 있습니다. 가령 비즈니스 세계에서는 두각을 드러낼 수 없습니다. 그래서 폭력을 동원하고 살인을 저지르는 겁니다."

"만약 제가, 아니 우리가 그의 범죄에 오락적 요소가 있다고 내비치면 어떨까요?"

스티븐 박사가 그녀를 차분히 응시했다. "그러면 그의 환심을 사긴 어려울 겁니다. 그는 자신의 통제력을 완전히 벗어난 상황에서 통제권을 쥐려고 합니다. 절대 다수의 살인자들과 달리 그는 피해자를 반드시 죽이려고 합니다. 하지만 일반적으로 살인은 극단적 폭력의 부산물이며, 피해자가 운이 없다고 할 수 있죠. 그 점은 물론 여러분이 훨씬 더 잘 알겠죠."

"그 점은 내가 말할게요." 게인이 나섰다.

스티븐 박사는 이제 게인을 대놓고 무시했다. "의료진의 처치가 늦어질 수도 있고, 생명 유지에 극히 중요한 장기가 손상될 수도 있습니다. 넘어질 때 하필이면 머리에 치명상을 입을 수도 있고요."

갑자기 목에 날카로운 통증이 느껴졌다. '사, 살려주세요.' 그의 칼끝이 파고든 곳 바로 아래가 욱신거렸다. 숨을 크게 들이

쉰 뒤 천천히 내쉬면서 마음을 가라앉혔다.

'사, 살려주세요. 딸이 있어요.'

"우리가 쫓는 범인은 죽이겠다고 작심하고 덤볐습니다." 스티브 박사가 말했다. "명예, 권한, 통제력. 바로 이겁니다. 살인 동기는 '명예, 권한, 통제력'으로 요약할 수 있으며, 일련의 살인은 상처받은 남성성의 표출이라고 할 수 있습니다."

밥과 킬러는 단순히 다른 사람이 아니라 극과 극으로 상반된 사람처럼 들렸다.

스티븐 박사가 씩 웃으며 말했다. "말이 나온 김에 한 가지만 더 알려드리죠."

우리의 시선이 일제히 그에게로 향했다.

"그는 멈추지 않을 겁니다."

21

여우 한 마리가 운동장 주변을 어슬렁거렸다.

가이 필립스의 장례식에 참석하려고 포터스 필드 고교로 갔는데, 시간이 한 시간가량 남아서 운동장 주변을 어슬렁거렸다. 필립스가 소년들과 뛰어갔다가 피를 흘리며 돌아오던 모습이 눈에 선하게 떠올랐다.

럭비 경기장과 축구 경기장은 텅 비어 있었다. 여우가 럭비 경기장 끝에서 배회하더니 이내 작은 돌집으로 향했다.

관리인 렌 주코프의 모습은 어디에도 보이지 않았지만 여우는 오두막이 가까워오자 경계 태세를 갖췄다. 걸음을 늦추더니 고개를 들고 코를 킁킁거렸다. 녀석이 갑자기 방향을 바꿔 다시 운동장 쪽으로 걸음을 옮기는 찰나에 내 휴대폰이 진동했다.

형사 연수생 에디 렌이었다. 길거리 소음이 들리는 것으로 봐서 MIR-1에 있지 않은가 보았다.

"에드워드 던컨 말인데요." 렌이 말했다.

"응?"

"그는 전과 기록이 없어요. 운전 면허증도 없고 의료보험에도 가입하지 않았어요. 여권도 없고 신용카드나 은행 계좌도 없어요. 아, 마누라도 없어요."

렌의 목소리는 상당히 들떠 있었다. 그녀가 붉은 머리카락을 쓸어 넘기며 흐뭇하게 웃는 모습이 눈에 보이는 듯했다.

"그럼 도대체 있는 게 뭐야?" 내가 물었다.

"에드워드 던컨에겐 거래하는 미술상이 있어요."

나는 그녀의 말을 새겨들었다. "수고했어, 렌."

"네레우스 미술관. 런던 북쪽의 히스 스트리트에 있어요. 햄스테드 히스 공원 근처예요. 지나가면서 슬쩍 봤어요."

"그렇게까지 하라고는 말하지 않았는데."

"걱정하지 마세요, 경장님. 들어가 보지는 않았으니까. 어차피 닫혀 있었어요. 규모가 아주 작던데요."

"네레우스 미술관이라…."

"그리스 신화에 나오는 네레우스는 바다의 신이에요." 렌이 설명했다. "성품이 온화하고 현명하며 특별한 능력이 있어요."

"그게 뭐지?"

"변신에 능하대요."

여우가 총총걸음으로 나를 향해 걸어오다 시선이 마주치자 속도를 늦췄다.

"고마워." 내가 말했다.

"거봐요, 다들 그림자를 남긴다고 했잖아요."

나는 네레우스 미술관의 정보를 메모했다.

"언제 확인하러 가실 건가요?" 렌이 물었다.

"오늘 밤 시내로 들어가면 바로 가봐야지."

"웨스트엔드 센트럴에 들러서 저 좀 태워주세요."

"내가 왜 그래야 하지?"

"저도 같이 갈 거니까요."

하마터면 웃음이 터질 뻔했다. "나 혼자 갈 거야. 정식 수사가 아니라고 말했잖아."

"그러니까 저도 같이 가야죠." 렌이 반박했다. "정식 수사가 아니니까 제가 그 남자를 찾아냈죠."

이 문제는 나중에 얘기해도 될 것 같아 더 반박하지 않았다.

"그나저나 에드워드 던컨이 누구예요?" 렌이 물었다.

여우가 축구장 한가운데 서서 코를 킁킁거렸다. 그러더니 갑자기 얼굴을 땅에 묻고 맹렬히 파기 시작했다.

"에드워드 던컨은 죽은 사람이야." 내가 말했다.

나는 이곳에서 킹 대위의 모습을 다시 보고 깜짝 놀랐다.

로열 구르카 라이플 연대의 검정 유니폼을 깔끔하게 차려 입었지만 눈은 벌겋게 충혈되고 수염도 덥수룩했다. 헤라클레스 수송기로 밤새 날아와 브라이즈 노턴 공군기지에서 포터스 필드로 곧장 달려온 듯했다.

하지만 내가 놀란 진짜 이유는 네드 킹이 쌍둥이 형제인 벤 킹과 너무나 흡사하면서도 또 너무나 달랐기 때문이다. 그들은 오래된 성당에 나란히 앉아 있었다. 벤 킹은 정치인답게 유연하고 매끈한 얼굴이었다. 킹 대위는 군인답게 위엄이 서린 얼굴이었다. 얼굴 흉터가 군인이 되기 전에 생겼다고 들었지만 왠지 훈장처럼 보였다.

페레그린 와프 교장이 설교단에서 눈을 부릅뜨고 좌중을 노려봤다. 살만 칸은 벤 킹 옆에 앉아 교장에게서 시선을 떼지 않았다. 딴짓하다 걸리면 혼날까 봐 걱정하는 학생 같았다.

"우린 오늘 필립스 군을 기억하기 위해 이 자리에 모였습니다." 와프 교장이 입을 열었다. "그는 포터스 필드의 졸업생이자 교사이며 우리의 둘도 없는 친구입니다."

대중 앞에서 연설하는 사람이 흔히 그렇듯 와프 교장도 허풍이 심했다. 그는 우리에게 장례식 안내문을 펼치라고 말했다. 그리고 가이 필립스가 태어난 해와 죽은 해를 살펴보라고 하더니, 대뜸 그런 건 중요하지 않다고 했다. 중요한 건 그 사이에 있는 대시 기호('-'), 즉 그의 삶이라고 했다.

교장은 테레사 수녀와 예수 그리스도를 합쳐 놓은 사람처럼 필립스를 묘사했다.

나는 허망하게 죽은 뚱보 필립스를 떠올렸다. 그가 휴고 벅의 장례식에서 나타샤를 함부로 대하던 모습, 학생들을 진흙탕에 뒹굴게 했던 모습이 눈앞에 아른거렸다. 아무리 생각해도 그는 대시 기호에 해당하는 기간 동안 약자를 괴롭히며 보낸 사람으로밖에 안 보였다.

하지만 와프 교장의 연설은 위엄이 서려 있었다. 여기저기서 눈물을 흘리며 코를 훌쩍이는 소리가 들렸다. 하지만 돌처럼 딱딱한 표정으로 봐선 교장 자신이 필립스를 그만큼 중요하게 생각했는지는 알 수 없었다.

포터스 필드에 부속된 성당엔 전교생이 다 모였는지 발 디딜 틈이 없었다. 앞의 몇 줄은 검정 가운을 걸친 교사들이 차지했고, 그 뒤로는 초록색과 보라색이 섞인 교복 차림의 소년들이 빼곡하게 앉았다. 설교단 양쪽의 스테인드글라스 창문 아래로는 성가대가 여섯 줄씩 마주 보고 앉았다. 자리에 앉지 못한 교사들과 소년들이 양쪽 가장자리에 잔뜩 서 있는데도 열린 출입구 쪽에선 사람들이 계속 들어왔다.

성당은 내가 예상했던 것보다 훨씬 작았다. 온라인에서 읽어 본 바로는, 장미 전쟁 중에 성당 건축 공사가 중단되었다가 현재까지 재개되지 않았다고 한다. 포터스 필드에 올 때마다 느끼는데, 눈만 한번 깜빡하면 100년 전으로 훌쩍 돌아간 것 같았다.

킹 대위가 설교단 쪽으로 걸어갔다.

"이제 우리의 잔치는 다 끝났습니다." 킹 대위가 셰익스피어의 〈템페스트〉에 나오는 구절을 읽었다. "내가 일찍이 말했듯이 우리네 배우들은 모두 허깨비여서 아지랑이처럼 허공 속으로 흩어집니다. 아무 뿌리도 없는 환영처럼 하늘을 찌르는 탑도, 호화로운 궁전도, 장중한 사원도, 이 거대한 지구 자체도, 또 거기에 딸린 모든 것들도 다 사라지고 말 것입니다. 이 실속 없는 가장 행렬처럼 흔적도 없이 사라질 겁니다."

킹 대위의 추도사가 낡은 성당에 울려 퍼지는 동안 살만 칸은 고개를 숙이고 눈물을 훔쳤다. 벤 킹은 쌍둥이 형제의 풀 죽은 얼굴을 뚫어져라 쳐다봤다.

킹 대위는 감정을 크게 드러내지 않았지만 추도사에 속내가 담겨 있었다. 이런 일을 너무나 능숙하게 수행했다. 하긴 그동안 이런 자리가 많았을 테니 그럴 만도 했다.

킹 대위는 자리로 돌아오면서 살만 칸의 어깨를 한번 다독인 뒤 벤 킹 옆에 앉았다. 바로 뒷줄에는 상복 차림에도 예쁘고 매력적인 그들의 아내들이 있었다. 그들이 착용한 보석이 검은 의상과 대비되며 화려하게 빛났다. 엄마들 옆에는 치아 교정기를 한 아이들이 얌전하게 앉아 있었다. 그들에게 있는 건 돈과 시간뿐인지라 자식의 몸과 마음과 치과 교정에 아낌없이 투자할 터였다.

킹 형제와 칸은 모두 가정을 이뤘다. 짐작컨대 그들은 가족을 끔찍이 아낄 것이다.

하지만 친구들 사이에 형성된 끈끈한 유대는 가족 구성원 간의 유대와 또 달랐다. 친구들끼리도 죽을 때까지 끊으려야 끊을 수 없는 관계로 맺어져 있었다.

장례미사가 끝나고 나는 운동장으로 다시 나왔다. 럭비 경기장에선 훈련이 한창이라 경기장 바깥쪽으로 둘러 걸었다. 소년들은 세상을 떠난 체육 교사의 명복을 빌고자 검정색 완장을 차고 있었다.

몸뚱이가 부딪히는 소리, 징 박힌 럭비화가 질척한 바닥을 찍는 소리, 소년들의 왁자한 웃음소리를 뒤로하고 렌 주코프가 사는 돌집으로 걸음을 옮겼다. 문을 두드려도 대답이 없었다. 찬바람에 옷깃을 여미며 오두막 뒤로 돌아갔다. 여우가 보였다.

불에 태워지길 기다리며 퇴비 더미 위에 축 늘어져 있었다.

여우 목이 솜씨 좋게 부러져 있었다.

오후 5시 경에 시내로 돌아왔다. 11월의 오후는 한밤중처럼 깜깜했고 도로는 이미 런던의 혼잡한 퇴근 행렬로 막히기 시작했다. 피커딜리에 도착했을 때 렌에게 문자메시지를 보냈다. 세빌 로 27번지에 도착하니 렌이 길가에 나와 있었다. 렌은 의기양양한 미소를 지으며 BMW X5에 올랐다.

"제가 없었다면 경장님은 아직도 구글을 뒤지고 있을걸요."

렌이 신나게 떠들었다. "리젠트 파크 쪽으로 가는 게 좋지 않을까요? 그쪽 도로가 의외로 한산하더라고요."

렌의 말대로 공원 방향으로 갔더니 15분도 안 돼서 핀칠리 로드가 나왔다. 한산하진 않았지만 크게 막히지도 않았다. 그러다 이내 정체가 풀리며 히스 스트리트 끝까지 빠르게 달렸다. 도시의 가장 높은 지대까지 금세 올라갈 수 있었다.

전에 스카우트와 함께 스탠의 목줄을 풀어줬다가 잃어 버렸던 풀밭 근처였다. 모양과 크기가 다양한 미술관이 몰려 있다는데, 관심이 없어서 있는 줄도 몰랐다.

차가 고지대로 더 올라가자 미술관이 보였다. 화려한 진열창에 비싸 보이는 캔버스가 걸린 곳도 있고 지역 화가들의 수수한 그림이 걸린 곳도 있었다. 우리가 찾는 미술관은 건물들 사이에 난 좁은 틈처럼 규모가 아주 작았다.

"여기예요." 렌이 말했다.

네레우스
미술관

미술관을 지나면서 속도를 늦추고 찬찬히 살폈다. 가로등 아래 연철로 된 난간이 보였고 난간 뒤로 좁은 공간이 있었다. 재활용 쓰레기통이 뒤집어져 내용물이 바닥에 쏟아져 있었다. 언덕 꼭대기에 이르기도 전에 렌이 좌석벨트를 풀었다. 잭 스트로즈 캐슬 뒤에 있는 주차장에 차를 세웠다.

미술관까지 걸어서 돌아왔는데 문이 닫혀 있었다. 진열창에는 작은 풍경화가 두 개 걸려 있었다. 각종 광고물과 우편물이 한쪽에 쌓여 있었다. '휴가 중'이라는 팻말도 보였다.

나는 몇 걸음 뒤로 물러났다. 미술관은 3층짜리 건물로 1층에 작은 전시실이 있고 지하층과 위층은 거주 공간으로 활용하는 듯 보였다. 연철 난간에 몸을 기대고 지하층과 위층을 번갈아 쳐다봤다. 두 곳 다 불이 꺼져 있었다. 발치에서 깨진 유리가 밟혔다. 뒤집힌 쓰레기통은 햄스테드 히스에서 내려온 여우가 뒤졌는지 잔뜩 헤집어져 있었다. 여우에겐 안됐지만 맥주병과 빈 피자 박스뿐이었다.

거리 양쪽을 살폈다. 우리는 부유층이 거주하는 햄스테드 끝자락에 있었다. 미술관 외에도 레스토랑과 옷가게가 많이 보였지만 절반 이상이 닫혀 있었다. 장사가 잘 되는 곳과 안 되는 곳이 극명하게 구분됐다. 건물마다 연철로 된 난간이 세워져 있고, 하나같이 파란색과 붉은색으로 된 도난 경보기가 달려 있었다.

"자넨 그만 돌아가지. 난 더 들를 데가 있거든. 어디서 내려주면 되겠나?"

"저도 같이 갈게요."

나는 렌을 쳐다봤다. 나이가 스물다섯이나 먹었을까?

"달리 할 일이 그렇게 없나?"

"오늘 밤엔 남자 친구를 만날 수 없거든요." 렌이 잠시 뜸을 들였다. "자기 와이프랑 저녁 약속이 있대요." 렌이 또 머뭇거리다 덧붙였다. "와이프 생일이라네요."

렌은 깨진 맥주병을 밟고 서더니 딱딱하게 굳은 치즈가 들러붙은 피자 박스를 발로 툭툭 찼다.

"남자가 살고 있나 봐요."
"남자가 사는지 어떻게 알지?"
"이렇게 사는 건 남자랑 돼지뿐이거든요."

홀로웨이는 햄스테드에서 몇 킬로 떨어지지 않았지만 분위기는 몇 광년 떨어진 곳 같았다.

렌과 나는 먼지가 잔뜩 낀 커다란 유리 진열창 앞에 멈춰 섰다. 2차 대전 당시 독일군 차림의 마네킹이 눈에 가장 잘 띄는 자리에 서 있었다.

"이런 데를 어떻게 아셨어요?" 렌이 물었다.

"구글을 뒤져봤지." 내가 말했다. 마네킹은 시커먼 헬멧 밑으로 입을 섹시하게 비튼 젊은 남자 모델의 얼굴을 하고 있었다. 하지만 묵직한 의상은 낡고 거칠었다. 러시아를 침공할 때 독일군인들이 입었던 것이다. 거친 튜닉 위에 걸친 두툼한 울 외투는 호리호리한 마네킹에게 너무 컸다. 배기 바지의 밑단은 가죽 부츠 안에 밀어 넣었다. 툭 건드리기만 해도 와르르 무너질 것처럼 낡고 허술해 보였다.

"이중에 진짜가 있을까?" 내가 혼잣말처럼 중얼거렸다.

"저 부츠는 가짜예요." 렌이 말했다. "하지만 나머지는 다 진짜일 거예요. 독일 놈들은 부츠가 다 떨어졌대요. 동부 전선에서 독일군은 죽은 러시아 군인들의 발을 절단했어요. 그리고 부츠를 벗기려고 소작농의 집에 들어가 난로에 해동했대요."

나는 렌을 빤히 쳐다봤다.

"아버지가 2차 대전을 좋아하셨어요. 좋아했다는 말이 맞는지 모르겠네요. 아무튼 관심이 많으셨어요. 2차 대전을 자세히 기록한 〈전쟁 중인 세계〉(원제: The World at War, 국내 미출간)를 비롯해 다양한 자료가 집에 가득해요."

진열대의 나머지 공간에는 온갖 폐물이 깔끔하게 전시돼 있었다. 단추, 포스터, 빛바랜 금속과 천과 가죽 조각들이 성스러운 유물마냥 한 자리씩 차지했다. 상점 위에 "제2전선(독일군 점령하의 유럽 상륙 작전명 - 옮긴이 주), 군수품 컬렉션"이라는 간판이 붙어 있었다.

상점 내부의 전등이 막 꺼졌다.

얼른 문을 쾅쾅 두드렸다. 머리를 길게 늘어뜨린 남자가 문 밖으로 고개를 빼꼼 내밀었다. 나이가 젊지는 않았다.

"막 닫으려던 참인데요." 남자가 말했다.

"잠깐이면 됩니다."

그는 신분증을 보더니 옆으로 물러나며 우리를 안으로 들였다.

"나는 울프 경장이고 이쪽은 렌 형사 연수생입니다."

"닉 케이지입니다." 남자가 못마땅한 얼굴로 말했다.

유리 케이스에는 헝겊 조각이, 선물용 케이스에는 녹슨 메달이 보였다. 사진 액자에는 오래전에 비명횡사했을 남자들이 활짝 웃고 있었다.

"멋진 곳이네요." 렌이 말했다. "우리 아버지가 무척 좋아할 것 같아요. 저건 진짜 루거 P08인가요?"

렌이 짙은 스테인드글라스 박스에 담긴 권총을 가리켰다.

"복제품입니다." 남자가 대답하면서 나를 쳐다봤다. "발사되지는 않습니다."

나는 가방을 열고 파일을 꺼냈다. 파일 안에는 8×10 크기의 사진이 몇 장 들어 있었다. 유리 캐비닛 상단에 인간의 목을 절단하도록 설계된 칼 사진을 죽 펼치는데, 갑자기 등허리에서 날카로운 통증이 느껴졌다. 손바닥을 유리 케이스에 대고 등을 쭉 펴면서 꼬리뼈를 이완하고 숨을 길게 내뱉었다. 제대로 된 스트레칭은 아니었지만 통증이 한결 가셨다.

"당신을 압니다." 케이지가 말했다. "그게 뭐였더라?" 그는 손가락을 톡톡 두드리며 덧붙였다. "아, 유튜브의 웃는 경관 동영상에 나왔지!"

"완전 유명 인사죠." 렌이 미스 셀프리지(Miss Selfridge, 중저가 의류 브랜드명 - 옮긴이 주) 매장에서 옷을 고르는 사람처럼 낡은 군복 재킷을 만지며 말했다. "안 본 사람이 없을걸요."

내가 케이지를 쳐다보며 정색을 하고 말했다. "당신은 나를 모릅니다. 그렇죠?"

"아, 동영상에서 봐서 알았다고요."

"그럼 이것들이 뭔지는 압니까?" 내가 물었다.

케이지가 사진을 하나씩 찬찬히 살폈다.

"페어번-사익스 코만도 단검이네요. 같은 칼이지만 스타일이 조금씩 다릅니다. 물건을 직접 보면 좀 더 구체적으로 설명할 수 있을 텐데. 초록색 손잡이가 달린 이건 PPCLI라고 찍혀 있네요. 캐나다의 경보병 여단에서 사용했던 겁니다. 그리고 이건 불어로 르 코만도 이녹스LE COMMANDO INOX라고 적혀 있네요. 여기 보이시죠? 프랑스의 특수 부대가 1954년에서 1962년에 알

제리에서 사용했던 겁니다. 모르는 사람들은 페어번-사익스를 2차 대전 동안에만 사용했다고 생각하죠. 하지만 제조사인 윌킨슨스Wilkinson's에서 지금도 꾸준히 생산해 전 세계 특수 부대에 공급하고 있습니다. 그나저나 이게 다 그 도살자 밥 때문이죠, 그렇죠?"

"이런 종류의 칼을 판매한 적이 있습니까?"

케이지가 고개를 저었다. "박물관에서 딱 한번 봤을 뿐입니다."

"임페리얼 전쟁 박물관?"

"네."

"여긴 주로 어떤 손님이 오죠?"

케이지는 렌이 가게 안을 둘러보는 모습을 주시하며 말했다. "수집가들이죠."

갑자기 킬킬거리는 웃음소리가 작게 들렸다. 렌이 그곳에 있던 방독면을 쓰고 있었다.

"우리 아버지가 엄청 좋아하겠어요. 크리스마스도 얼마 안 남았는데…."

"그건 600파운드입니다." 케이지가 말했다. "망가뜨리면 사셔야 합니다."

렌이 방독면을 잽싸게 벗었다. "그냥 양말과 애프터셰이브 로션으로 때워야겠네요."

"저런 게 뭐가 좋다고?" 내가 말했다.

케이지가 방금 들은 말을 믿지 못하겠다는 듯이 나를 쳐다봤다.

"2차 대전은 인류 역사에서 가장 큰 참사였습니다. 수백만 명이 죽었죠. 유럽사는 물론이요 세계사까지 바꿔놨죠. 우리 세대는 2차 대전의 유산으로 살고 있습니다. 우리 이후 세대도 그 유산으로 살아갈 겁니다. 우리 가게를 찾는 남자들은, 네, 전부 남자들입니다. 그들은 전쟁을 겪었더라면 더 좋았을 거라고 생각해요. 너무 늦게 태어나는 바람에 좋은 기회를 놓쳤다고 아쉬워하죠. 어쨌든 그건 사실이죠. 많은 걸 놓쳤으니까. 20세기가 제공한 엄청난 테스트를 거치지 못했잖아요. 역사를 통틀어 가장 위대한 시험대에 올라보지 못했잖아요."

"하지만 이거 하나만 물을게요." 렌이 말했다. "나치와 관련된 물품이 왜 이렇게 많죠? 그들은 결국 전쟁에서 졌잖아요. 그런데도 전쟁 수집품 업계는 그들의 물건을 제일 많이 취급하죠. 결승전에서 패한 팀의 티셔츠를 더 탐내는 것 같잖아요."

"전반적으로 그들 제품이 미적 가치가 제일 높다고 여기는 것 같습니다."

"그들이 제일 좋은 장비를 갖췄다고요?" 렌이 웃으며 물었다.

"네."

"그게 그렇게 단순한 이유라면," 렌이 이번엔 미소를 거두고 말했다. "그렇게 순수한 이유라면 좋을 텐데…."

나는 유리 캐비닛 상단에 펼쳐진 사진을 가지런히 정리했다.

"이런 칼을 구입하고 싶어 하는 사람이 있었습니까?"

"물론 있죠. 2차 대전과 관련해서 제일 인기 있는 수집품 중 하난데." 케이지의 눈빛이 순간적으로 반짝거렸다. "요즘 들어서 찾는 사람이 부쩍 늘었어요. 언론에서 하도 떠들어서 그런가?"

"구입하고 싶어 한 사람들 명단을 줄 수 있습니까?"

"그건 안 됩니다."

"왜 안 되죠?"

"고객 비밀유지를 위반하는 거잖아요."

렌과 내가 마주보며 웃었다.

"그까짓 나치 수집품을 팔면서 히포크라테스 선서를 들먹이는 겁니까?" 내가 말했다.

케이지는 혀로 입술을 핥기만 할 뿐 아무 말도 못 했다.

"이봐요, 난 당신을 체포할 마음이 조금도 없습니다."

케이지가 고개를 쳐들며 따졌다. "무슨 죄목으로 날 체포한단 말입니까?"

어디서부터 시작할까 고민하다 입을 열었다. "공격용 무기와 칼, 총검, 각종 총기류를 소지하고, 인종 간의 증오를 조장하는 등 열거하자면 끝이 없죠."

"내 고객이 죄다 나치 숭배자라는 생각은 말도 안 됩니다."

"다 그렇지는 않겠죠. 하지만 일부는 분명히 그럴 겁니다. 그리고 밀실이나 카운터 밑에는 진열장에 내놓지 못하는 물건이 분명히 있을 겁니다. 내 말이 맞죠? 이봐요, 난 당신이 뭘 하든 방해하고 싶지는 않습-"

"고맙군요."

"당신이 내 일을 방해하지만 않는다면!"

나는 명함을 건네주고 지시사항을 몇 가지 전달했다. 렌과 내가 길 건너편 차로 돌아왔을 땐 상점 불이 꺼졌다. 독일군 마네킹이 미동도 않고서 홀로웨이의 밤거리를 내다봤다.

“설마 진짜로 밥이 여기서 칼을 구입했을 거라고 생각하는 건 아니죠?” 렌이 물었다.

“그건 아냐. 하지만 앞으로 구입할지도 모르잖아.”

렌의 차가 있는 세빌 로에 렌을 내려주고 템스 강 남쪽으로 차를 몰았다. 200톤이나 되는 대포 두 문이 우뚝 서 있는 전쟁 박물관으로 향했다. 박물관 뒤쪽 주차장에 차를 세우고 관계자만 드나드는 출입구의 버저를 눌렀다. 나이 든 보안 요원이 졸린 눈을 비비며 나왔다. 그 뒤로 캐럴이 좁은 복도에서 휠체어와 씨름하는 모습이 보였다.

“열어주세요. 제 손님이에요.” 캐럴이 말했다.

그녀는 내가 올 걸 미리 예상한 듯 보였다.

22

다음 날 저녁 때 우리는 네레우스 미술관에 다시 갔다. 이번엔 문이 열려 있었지만 분위기는 닫혔을 때와 별반 다르지 않았다. 미술관 안에 짧은 금발 여성이 꼼짝도 하지 않고서 텅 빈 햄스테드 거리를 내다보고 있었다. 진열창엔 작은 풍경화 두 점이 그대로 걸려 있었다.

"같이 들어간대도 말리진 않을게." 내가 잭 스트로즈 캐슬 뒤에 차를 세우며 렌에게 말했다.

"마음이 참 넓으시네요." 렌이 말했다.

"하지만 질문은 내가 할 거야."

"그럼 난 뭘 하죠?"

"내가 놓치는 게 있으면 알려줘."

"던컨 씨는 작품 활동을 많이 하지 않습니다." 여자가 말했다. 검정 뿔테 안경을 쓴 금발 여자는 매력적이긴 하지만 인상이 차가워 보였다. 고객을 환대하기보단 얼른 내보내고 싶어 하는 사람 같았다. "은둔자라고나 할까요. 전시회도 열지 않고 언론과 접촉하지도 않습니다. 그럴 필요가 없거든요. 작품은 모두 개인 수집가들에게 팔리기 때문에 시장에 나오는 건 거의 없습니다. 하지만 명함을 주고 가시면 파일에 보관해 두겠습니다."

"던컨 씨 작품이 무척 마음에 들어서요." 내가 말했다.

그 말은 사실이었다. 이런 식으로 그리는 화가를 한번도 보지 못했다. 꿈에서 본 듯한 도시 풍경이 진짜로 마음에 들었다.

하지만 여자는 고객의 취향에 전혀 관심이 없었다.

"연락처를 두고 가세요." 목소리가 조금 전보다 더 쌀쌀맞았다.

그 사이 렌은 사방 벽에 걸린 유화를 살폈다. 주로 초목이 무성한 시골 풍경을 그린 그림이었다. 저런 작품은 시장에서 활발하게 거래될 듯 보였다.

"그렇다면 그분은 어떻게 생활하세요?" 렌이 물었다.

"네?"

"먹고 사는 걸 어떻게 해결하나 궁금해서요. 작품 활동도 많이 안 하고 홍보도 전혀 안 한다면서요. 거래되는 작품도 많지 않고 딱히 노력도 하지 않는다면 임대료는 어떻게 감당하죠?"

"임대료?"

미술관 여자가 렌을 쏘아봤다. 렌도 여자를 마주 쳐다봤다.

"물려받은 돈이 좀 있다고 들었어요." 여자가 말했다.

"아."

"다른 작가들의 흥미로운 작품이 있습니다." 여자가 내게 명함을 건네며 말했다.

"당신이 미술관 소유자인가요?" 렌이 물었다.

"네레우스의 소유자는 우리 어머니예요."

렌이 잠시 생각에 잠겼다.

"당신 아버지가 백작이니까…, 그럼 어머니는 뭐죠? 귀부인? 영부인?"

여자의 얼굴에서 웃음기가 싹 가셨다. "당신들은 수집가가 아니라 우라질 기자들이로군. 나가요. 당장 여기서 나가요. 안 그러면 경찰을 부를 테니까."

나는 그녀가 건네준 명함을 살폈다.

오너러블 크리스 휴틀린(HON. KRIS HUETLIN)
네레우스 미술관

그제야 나도 렌이 감지한 걸 알아차렸다. 크리스는 크레시다의 줄임말이고 휴틀린은 그녀가 19살 때 결혼했다가 5년 뒤에 이혼한 독일 화가의 성씨였다. 오너러블을 붙인 것은 귀족 자제라는 사실을 드러내고 싶은 유혹을 떨치지 못했기 때문이다.

오너러블 크레시다 서트클리프, 브로턴 백작의 외동딸이자 사망한 제임스 서트클리프의 누나.

다음 순간 나는 거리로 나와 연철 난간을 붙잡고 위층을 올려다봤다. 렌이 따라 나왔다. 나는 재활용 쓰레기통 옆에 웅크리고서 깨진 유리를 살폈다. 죄다 맥주병이 깨진 것이었다.

이탈리아산 페로니Peroni 맥주.

"우리가 놓친 게 있어." 내가 깨진 맥주병을 밟고 일어서며 말했다. "위층에 죽은 남자가 살고 있어."

★

좁은 계단을 타고 위층으로 올라갔다.

문이 잠겨 있지 않았다.

아래층에서 오너러블 크리스 휴틀린이 렌에게 뭐라고 소리치는가 싶더니 렌이 경찰 신분증을 내밀자 금세 조용해졌다. 하지만 다시 다투는 소리가 들렸다.

문을 열자 벽을 향해 세워진 캔버스들이 눈에 먼저 들어왔다. 유화 물감 냄새가 코끝을 찔렀다. 작은 방 한가운데 남자가 서 있었다. 남자 앞에는 캔버스와 이젤이 세워져 있었다.

캔버스는 텅 비어 있었다.

"안녕하세요, 제임스?" 내가 말했다.

제임스 서트클리프는 살집이 붙고 수염이 텁수룩했다. 오랫동안 술에 절어 산 듯 보였다. 포터스 필드 고교에서 연합 장교 양성대 유니폼을 입고 카메라를 진지하게 바라보던 소년은 온데간데 없었다. 이마를 시원하게 까고 뒤로 넘겼던 숱 많던 검은 머리카락은 이제 듬성하고 희끗한 장발로 바뀌었다.

"안녕하세요?" 그가 말했다.

"울프 경장입니다." 때마침 계단을 올라오는 발소리가 들리다 내 등 뒤에서 멈췄다. "그리고 이쪽은 에디 렌 형사 연수생입니다. 잠깐 얘기 좀 할 수 있을까요?"

"그러죠."

그의 누나가 렌 바로 뒤에 따라 올라왔다.

"생각보다 더 형편없는 인간들이네." 제임스의 누나가 말했다. "기레기도 아니고 짭새라니!"

나는 그녀가 과거에 반정부적인 급진 활동에 참여했다는 사실을 떠올리며 돌아봤다. 하지만 곧 제임스에게 몸을 돌렸다.

"당신 그림을 무척 좋아합니다. 초기 작품도 마음에 들고, 도시 분위기가 더 어두워진 나중 작품도 무척 좋습니다."

"고맙습니다."

"그런데 내가 여기 왜 왔는지 압니까?"

그는 내 어깨 너머로 자기 누나를 쳐다봤다.

"누군가가 당신 친구들을 살해했습니다." 내가 말했다. "휴고 벅, 아담 존스, 가이 필립스. 다들 죽었습니다. 알고 있었나요?"

고개가 잠시 흔들렸다. 안다는 건지 모른다는 건지 알 수 없었다.

"살인범을 잡을 겁니다. 당신 친구들을 죽인 개자식을 잡도록 도와주지 않겠어요?"

제임스가 나를 다시 쳐다봤다.

"그들은 내 친구가 아닙니다."

"당신은 거짓으로 죽은 척했죠, 그렇죠? 이탈리아에서 그해 여름 해변에 옷을 곱게 접어놓고 사라졌어요. 아주 그럴듯했어요. 도대체 왜, 왜 그랬죠, 제임스?"

그가 눈을 감고 숨을 길게 내뱉었다. 오랫동안 참았던 숨 같았다. 다시 눈을 떴을 땐 내면 깊숙이 억눌려 있던 고통이 엿보였다.

"과거를 잊으려고?" 내가 말했다. "흠 없는 사람으로 새 출발하려고? 그런 겁니까? 그 사실을 누가 알죠? 여기 있는 당신 누나. 당신 친구들 중엔 몇이나 알죠? 전부 다?"

"그들은 아무도 모릅니다."

"휴고 벅은 알았습니까?"

"아뇨."

"그의 집엔 당신 그림이 두 점 있었어요. 하나는 제임스 서트클리프의 작품이고, 다른 하나는 에드워드 던컨의 작품이죠."

그는 충격을 받은 듯 보였다.

"난 당신 정체를 까발릴 생각이 없습니다." 내가 말했다. "당신이 크나큰 잘못을 저지르지 않았다면. 당신이 법을 어기지 않았다면. 당신이 누군가를 해치지 않았다면. 제임스, 그런 짓을 저질렀습니까?"

이젠 그의 눈에 극심한 공포가 서렸다.

"당신이 어떻게 교묘히 빠져나갔는지 다 압니다. 우울증을 앓았기 때문에 사람들은 곧이곧대로 믿었죠. 당신은 온갖 약을 달고 살았죠. 프로작, 루복스, 러스트럴, 시프랄렉스. 신경 안정제를 죄다 복용했네요. 그런데 도대체 뭣 때문에 그렇게 우울했죠? 그 학교에서 무슨 일이 벌어졌던 겁니까?"

그가 숨을 깊이 들이마셨다가 후우 하고 길게 내뱉었다.

"어렸을 때는 다들 이것저것 시도하죠." 제임스가 말했다. "호기심에 뭐든 다 해봐야 직성이 풀리죠. 스펀지나 다름없어요. 다 빨아들이니까. 와프 선생님은 평범한 사감이 아니었어요. 친구이자 우상이었어요. 우리에게 너무나 많은 것을 가르쳐 줬어요. 놀랍고 멋진 것들. 예술가. 작가." 그가 잠시 뜸을 들였다. "자신을 뛰어넘는 법. '인식의 문(門)들이 정화되면, 보이는 건 오직 있는 그대로의 모습, 바로 무한일 뿐!' 열여섯 나이에 보잘것없는 자아를 뛰어넘고 싶지 않은 사람이 어디 있겠어요? '평범한 인식의 틀을 떨쳐내는 것.' 성스러운 환상. 실험." (올더스 헉슬리는 〈인식의 문The Doors of Perception〉에서 환각 작용을 일으키는 약물이 인간의 의식 세계를 확장시켜 충만한 정신에 이르도록 도와준다고 주장

함. 약물의 도움으로 보통 사람도 그런 정신의 경지에 이를 수 있다고 주장함 - 옮긴이 주)

"마약."

제임스가 픽 웃었다.

"마약? 흠, 마약은 그저 시작 단계에 불과했죠."

"계속해요, 제임스."

이제 그는 옛날 일을 죄다 기억하는 듯했다. 그걸 털어놓게 돼서 속이 후련한 눈치였다.

"한 소녀가 있었습니다." 그가 말했다.

잠시 침묵이 흘렀다.

"한 소녀가 있었다고요?" 내가 말했다.

"제임스?" 그의 누나가 말했다. "내가 얼른 어머니한테 전화할게. 그럼 어머니가 버크 씨한테 연락하실 거야. 피터 버크, 누군지 알지? 변호사야. 이 사람들한테 더 이상 아무 말도 하지 마."

"그건 그냥 재미삼아 한 일이 아니었어요." 제임스가 다시 입을 열었다. "실험이었어요. 경험의 한계를 확장시키는 실험."

그는 방금 전보다 자신감이 떨어진 듯했다.

양쪽 팔목엔 자해 흔적이 팔찌마냥 희미하게 남아 있었다.

내가 보는 걸 의식했는지 제임스가 셔츠 소매를 끝까지 내렸다.

"그 소녀가 누구죠?" 내가 물었다. "이름이 뭐예요? 어디서 만났어요?"

"몇 명이서 만났나요?" 렌이 물었다.

"여섯 명이서." 제임스가 말했다. "아니, 일곱 명. 참, 괜찮은 소녀였는데."

"괜찮은 소녀였다고요?" 렌이 물었다.

"그래요. 다시 태어난다면 그녀를 사랑하고 싶을 정도로. 그날 밤의 기억이 희미해요." 제임스가 바닥을 내려다보다 고개를 들고 나를 쳐다봤다. "아편을 피워본 적 있나요? 아, 미안해요. 이름이 뭐랬죠?"

그의 누나가 방을 가로질러 가더니 동생의 얼굴을 찰싹 때렸다.

"입 닥쳐! 입 닥치라고! 네 뒤치다꺼리하는 게 이젠 지긋지긋해. 내가 언제까지 이렇게 살아야 하니? 내가 입 닥치라고 하면 그냥 입 닥치란 말이야!" 그러더니 또다시 동생의 얼굴을 때렸다.

제임스가 몸을 휙 수그리고 뒤로 물러났다. 렌이 둘 사이에 끼어들어 누나의 행동을 제지했다.

"그 방에 누가 있었죠?" 내가 물었다. "방금 일곱 명이 같이 있었다고 했죠, 맞아요?"

"여섯 명," 제임스가 말했다. "일곱 명…."

"일곱 명? 잘 생각해 봐요. 제임스 당신이랑 휴고 벅, 아담 존스, 살만 칸, 가이 필립스, 벤 킹, 네드 킹. 다 같이 있었나요? 다른 사람은요? 그 소녀에게 무슨 일이 벌어졌죠?"

"우린 그녀를 보내주려고 했어요. 처음 계획은 그랬어요."

"개자식들!" 렌이 혼잣말을 했다.

"그녀를 보내주려고 했는데 그녀가 누군가를 아프게 했어요. 아주 심하게. 다들 이성을 잃었어요."

“그녀가 누군가를 아프게 했다고요?” 문득 이안 웨스트 법의학 사무실에서 있었던 일이 떠올랐다. 엘사 올센이 내 손바닥에 들려준 물건을 기억해 냈다.

“그녀가 누군가의 눈을 아프게 했죠, 그렇죠?”

제임스가 놀란 표정으로 나를 쳐다봤다. “네, 그 애가 누군가의 눈을 아프게 했어요. 몹시 심하게. 그러니까….”

“그녀가 다치게 한 사람이 휴고 벅이었죠, 그렇죠?”

제임스가 혼란스러운 표정을 지었다. “휴고? 그게 휴고였나요? 내 생각엔-”

“네, 휴고 벅이었어요. 그는 한쪽 눈이 의안이었어요.”

제임스 서트클리프가 두 손으로 얼굴을 가렸다. “너무 오래전 일이라 기억나지 않아요. 그건 전생의 일이에요.”

“내가 그걸 어떻게 알았을 것 같아요, 제임스?” 내가 말했다. “난 그걸 내 손으로 만졌습니다. 검시관이 휴고의 몸을 부검하면서 내 손에 그의 의안을 쥐어줬습니다.”

“지원을 요청할까요?” 렌이 물었다. “아무래도 지원을 요청하는 게 좋을 것 같아요. 경장님?”

“우리가 처리할 수 있어.” 내가 말했다. “그 소녀에게 무슨 일이 벌어졌죠, 제임스? 소녀의 이름이 뭐죠?”

제임스가 고개를 숙이더니 좌우로 흔들었다. 그는 아무런 대답도 하지 못했다.

“아무래도 당신을 데려가야만 하겠어요, 제임스.” 내가 말했다. “당신도 살인 사건에 연루됐으니까.”

그의 누나가 소리쳤다. “그럼 내 동생은 죽어요!”

하지만 제임스는 고개를 들고 나를 쳐다봤다. 눈빛이 또렷하고 묘하게 침착했다. 이제 곧 모든 게 끝나리라는 걸 확신하는 듯했다.

"괜찮아." 제임스가 착 가라앉은 목소리로 말했다. "이젠 갈 준비가 된 것 같아."

제임스가 창 쪽을 힐끔 쳐다봤다. 안개가 끼었는지 가로등 불빛에 비친 거리가 으스스하고 음산해 보였다. 제임스가 그려 놓은 도시 풍경 같았다.

"오늘은 날씨가 좋군요." 제임스가 창 쪽으로 걸어가며 말했다.

그러더니 돌연 육중한 몸으로 뒤뚝거리며 뛰기 시작했다.

나는 렌을 소리쳐 불렀다.

하지만 너무 늦었다.

제임스는 닫힌 창문으로 돌진해 유리를 뚫고 연기처럼 사라졌다. 누나의 비명 소리와 렌의 고함 소리가 들리는가 싶더니, 다음 순간 쿵 하고 떨어지는 소리가 들렸다.

나는 계단으로 돌진했다.

연철 난간이 육중한 그의 몸을 간신히 떠받쳤다. 뾰족한 창끝이 사타구니와 뺨을 관통했다. 복부에 꽂힌 창끝은 미처 뚫지 못하고 안에 깊숙이 박혔다.

렌이 경찰에 연락하는 소리가 들렸다.

인간의 갈라진 창자에서 풍기는 역겨운 냄새에 숨이 막혀 나도 모르게 뒤로 움찔 물러났다.

23

생각보다 일찍 프린스 앨버트 로드에 도착했다. 주택가 쪽엔 불빛이 환했지만 반대편의 광활한 리젠트 파크 쪽엔 어둠이 깔렸다. 나타샤 벅의 아파트 건물에서 벤 킹이 나오는 모습을 보는 순간 구역질이 올라왔다. 수위가 허리를 굽실거리며 문을 열자 벤 킹은 거수경례라도 하듯이 손을 머리에 살짝 댔다가 떼면서 거만하게 웃었다.

해가 떨어진 뒤에 친구의 미망인을 몰래 만나고 가면서도 어느 모로 보나 시찰 나온 고위 관리처럼 보였다.

나타샤는 킹이 떠나고 한참 뒤에야 내가 도착할 거라고 생각했나 보다. 하지만 오늘따라 도로가 한산해서 약속 시간보다 일찍 도착했다.

나타샤는 데이트를 위해 만반의 준비를 해놓았다. 테이블에는 양초가 켜져 있고, 배경음악이 감미롭게 흘렀다. 주방에선 고기 굽는 냄새도 살짝 풍겼다. 그녀가 다가와 내 뺨과 입술에 키스할 때 은은한 향수 냄새가 났다. 한번 맡으면 그 향에 취하고 싶을 만큼 매혹적인 향이었다.

그녀는 내가 들고 간 와인을 우아하게 받아들었다. 어쩌면 이렇게 천연덕스럽고 뻔뻔할 수 있을까? 내심 놀라움을 금치 못했다.

'그래, 데이트. 우린 데이트를 하기로 했지.'

속에서 부글부글 끓어올랐다. 분노의 화살은 그녀에게뿐만 아니라 나 자신에게도 향했다.

소파에서 강아지가 게슴츠레한 눈으로 나를 쳐다보다 관심 없다는 듯 금세 눈을 감아버렸다. 나타샤가 냉장고에 넣어 두었던 아사이 슈퍼 드라이와 차가운 유리잔을 내왔다.

"스카우트는요?" 나타샤가 물었다. "친구 집에 가서 놀고 온대요?"

"자고 온답니다. 친구 엄마가 방과 후에 바로 자기 집으로 데려갔습니다."

나타샤가 아랫입술을 깨물었다. 슬며시 웃더니 고개를 저었다.

"그럼 우리도 밤새 같이 놀 수 있겠네요." 나타샤가 내 팔을 잡으며 지긋이 쳐다봤다. "날 나쁜 여자라고 생각하죠?"

내가 피식 웃었다. 그러자 나타샤가 미소를 거뒀다.

"뭐 잘못됐어요?"

나는 소파 쪽으로 걸어갔지만 자리에 앉지는 않았다. 오래 머물 생각은 없었다.

일본산 맥주를 한 모금 꿀꺽 마신 뒤에 말했다. "살인 사건의 담당 수사관이 주요 증인과 놀아나면 수사에 어떤 영향을 미치는지 압니까?"

나타샤가 한 걸음 물러났다. "네?"

"그야 당연히 알고 있겠죠." 내가 말했다. "당연히."

그녀가 손을 내밀어 나를 잡았다. 내가 아무런 반응도 보이지 않자 그녀는 다시 뒤로 물러났다.

"맥스, 제발."

그녀의 눈에 이슬이 맺혔다.

“내 앞에서 울지 말아요.”

나타샤가 몸을 떨면서 손등으로 눈물을 닦았다. “알았어요. 도대체 뭐가 잘못됐는지 말해주면 당신 앞에서 울지 않을게요. 난 오늘 밤 둘이 즐거운 시간을 보낼-”

“햄스테드 히스에서 우리를 만난 건, 그건 우연이 아니었죠, 그렇죠?”

나타샤가 얼굴을 돌렸다.

“아뇨, 그건 순전히 우연이었어요.”

“당신은 햄스테드 히스에서 개를 산책시키던 중이 아니었죠, 그렇죠?”

“아뇨, 난 진짜로 개를 산책시키던 중이었어요.”

“당신은 개를 산책시키지도 않죠, 그렇죠?”

“그래요. 난 있는 건 돈밖에 없는 여자라서 동유럽 출신의 멍청한 계집한테 개를 산책시키라고 맡겨요.”

“그리고 당신 남편은 럭비 경기를 하다가 눈을 잃은 게 아니죠, 그렇죠?”

“뭐라고요?”

“당신 남편. 죽은 휴고 벅. 그가 어떻게 눈을 잃게 됐는지에 대한 이야기. 그건 전부 헛소리였죠, 그렇죠?”

나타샤는 진짜로 놀란 듯 보였다. “ 아뇨. 다 사실이에요.”

“당신이 거기 같이 있었어요? 직접 봤냐고요?”

“아뇨, 직접 보진 않았어요.”

“그렇다면 당신은 모르는 거네요.”

"아뇨, 알아요. 안다고요."

어쩌면 나타샤는 그걸 진짜로 믿었나 보다. 휴고 벅이 운동하다 다쳤다는 거짓말을 진짜로 믿었나 보다.

"벤 킹이 좀 전에 여기서 뭘 했습니까?"

나타샤는 순간 어이가 없다는 표정을 지었다. "그것 때문이에요? 벤이 나가는 걸 봤어요? 날 당신 거라고 생각하기엔 너무 이르다고 생각지 않나요?"

"그 사람하고도 뒹굴었습니까?"

나타샤의 뜨거운 손바닥이 내 뺨과 세차게 부딪혔다.

그 소리에 놀라 개가 몸을 일으키더니 이제야 나한테 관심을 보였다.

"난 아무하고나 뒹굴지 않아요. 특히 당신하고는 절대로. 벤은 휴고의 물건을 가지러 왔을 뿐이에요."

"그럼 두 점?"

"여기서 당장 나가요."

"그 학교에서 무슨 일이 있었죠?"

"얼른 나가요."

"당신 남편이 어떻게 눈을 잃게 됐는지 알고 싶어요? 진실을 알고 싶어요?"

나타샤는 갑자기 기운이 쭉 빠진 듯 보였다.

"관심 없어요. 어차피 죽은 사람인데, 아무렴 어때요."

그녀는 힘겹게 침을 삼키더니 집 안을 휘 둘러봤다. 타오르는 촛불, 최상급 소고기에서 나는 구수한 냄새, 알 그린의 감미로운 노래를 하나하나 마음에 담았다. 이젠 다 소용없게 됐다는 듯 체념하며 손으로 머리를 쓸어 넘겼다.

"당신은 날 이용했어요, 나타샤." 내가 말했다. "날 함정에 몰아넣고 거짓말을 했어요."

"거짓말은 당신이 했죠." 나타샤가 화를 터뜨렸다. "아내도 없으면서 결혼반지를 끼고 있잖아요."

"그 학교에서 무슨 일이 있었습니까? 그들이 무슨 짓을 저질렀습니까? 그 소녀는 누굽니까?"

"도대체 무슨 말을 하는 거예요? 당신 아내는 어디 있죠? 그녀에게 무슨 일이 있었냐고요? 반지는 있지만 아내는 없다? 그게 다 무슨 꿍꿍이죠, 형사님? 당신이야말로 거짓말쟁이야. 빌어먹을 거짓말쟁이."

그녀는 나를 집 밖으로 밀어냈다. 나는 순순히 밀려났다. 그리고 그녀가 나만큼이나 바보라는 걸 알아차렸다.

"당신은 전부 다 틀렸어." 나타샤가 문을 쾅 닫으며 말했다.

아침 산책을 나갔다 오는데, 건물의 공동 현관문 바로 안쪽에 피자 전단지들로 반쯤 덮인 상자가 놓여 있었다. 상자 위쪽에 내 이름이 보였다.

스탠이 전단지에 코를 대고 킁킁거리는 사이, 나는 상자를 열었다. VHS 비디오테이프가 들어 있었다. 싸구려 플라스틱 테이프가 너무 낡아서 잘못 만지면 부서질 것 같았다. 라벨에 뭐라고 적혀 있었다. 영리한 아이가 사인펜으로 한 자 한 자 정성껏 써내려간 듯 보였다.

포터스 필드 15인제 1팀 vs 해로우 15인제 1팀. 1988. 10. 10.

쪽지라도 있나 싶어 상자 안쪽을 살폈지만 없었다. VHS 테이프를 만지작거리다 스탠을 쳐다봤다.

"이걸 어떻게 틀어보지?"

★

"3층 음란물 감시실에 가면 오래된 비디오 플레이어가 있어요."

렌이 VHS 테이프를 보더니 말했다. 여느 때처럼 일찍 나와서 썰렁한 MIR-1을 지키고 있었다.

"홈즈[2]에서 실종자 명단을 살펴보고 있었어요. 1988년 당시 포터스 필드에서 반경 10마일 이내에 15세부터 30세 사이의 실종 여성들로 한정했어요."

"계속 찾아봐."

"그럴게요. 참, 경장님을 보자는 사람이 많던데요. 제임스 서트클리프가 죽기 전에 뭐라고 했는지 다들 궁금한가 봐요." 렌이 잠시 뜸을 들이다 덧붙였다. "그 학교에 대해서도."

"총경님이 강력팀을 예의주시하고 있으니 다들 신경이 예민하잖아. 벤 킹이 어떻게 될까 봐 총경님도 우리를 쪼는 거고."

"아무튼 맬러리 경감님은 만나보셔야 할 거예요."

나는 손에 들고 있던 VHS 테이프를 쳐다봤다.

"나도 알아. 하지만 제임스 서트클리프가 정확히 뭐라고 말했지? 누구라고 꼬집어 말하지도 않았잖아. 안 그래? 그 자리에 누구누구 있었을까?"

"우리한테 필요한 말은 다 해줬죠." 렌이 말했다. "그들이 부자라서 죽은 게 아니다. 특권층의 자식이라서 죽은 것도 아니다. 그들은 사회의 부당함을 상징하는 존재도 아니고 도살자 밥과 관련되지도 않았다. 그렇죠?"

"그건 그래. 순전히 자신들의 과거 때문에 죽은 거지."

우리는 음란물 감시실 구석에서 먼지가 잔뜩 쌓인 비디오 플레이어를 두어 개 찾아냈다. 테이프를 돌려보려고 플레이어를 연결했다.

우리 주변에선 젊은 남녀 대원들이 컴퓨터 화면을 주시하면서 음란물로 접수된 영상물이 통상적인 성행위인지 범죄에 준하는 외설적 성행위인지 구별하느라 애쓰고 있었다.

"음문이 열렸어?" 한 남자 대원이 물었다.

"살짝 열린 것 같은데." 여자 대원이 말했다.

"아, 너무 애매하네." 젊은 남자 대원이 메모를 끼적이며 말했다.

음란물 감시실의 20대 대원들은 친절하긴 했지만 렌이나 내가 개인적으로 아는 사람은 없었다.

"여기 근무하는 대원들은 6개월마다 바뀐대요." 렌이 귓속말로 속삭였다. "그들의 성적 충동에 영향을 미칠까 봐 그런 거죠. 좋은 쪽으로든 나쁜 쪽으로든."

렌이 VHS 테이프를 비디오 플레이어 안으로 밀어 넣고 재생 버튼을 눌렀다. 리모컨은 어디로 사라졌는지 보이지 않았다.

“빨리 감기를 할까요?” 렌이 물었다.

“아냐, 그냥 봐.”

나는 포터스 필드의 운동장을 알아봤다. 숲이 시작되는 지점, 돌집, 끝없이 펼쳐진 잔디 운동장, 경기장 가운데로 갈수록 진창으로 변한 모습이 지금과 똑같았다. 소년들의 머리 스타일만 달랐다.

휴고 벅을 찾기는 어렵지 않았다. 자부심과 자신감이 넘치는 우람한 소년. 잘생긴 얼굴. 거친 플레이. 연신 뛰어다니며 자기에게 패스하라고 소리치고 빨리 뛰라고 친구들을 격려했다. 때로는 심판에게 따지기도 했다. 그러다 20분쯤 지나서 트라이를 성공하고 카메라를 향해 의기양양하게 웃었다. 카메라맨이 웃으며 “잘했다, 자식!”이라고 말하는 소리가 들렸다. 말투를 보니 벤 킹의 목소리 같았다.

그러다 5분쯤 지난 뒤에 사고가 발생했다.

공이 해로우 팀의 코트로 멀리 날아갔다. 포터스 필드의 1팀 선수들이 공을 쫓아 뛰어갔다. 벅이 선봉에 섰다. 해로우 팀의 수비수가 공을 잡았다. 하지만 비틀거리는 바람에 공을 놓쳤다가 다시 잡았다. 흥분에 들뜬 목소리가 사방에서 들렸다. 수비수가 공을 차려는데 때마침 벅이 당도했다.

벅이 수비수에게 몸을 날렸다.

해로우 팀의 수비수가 공을 단단히 잡고서 몸을 사납게 흔들었다.

하지만 벅의 완력에 못 이겨 공을 놓치고 말았다.

바로 그 순간, 상대의 오른발이 벅의 왼쪽 눈을 가격했다.

벅이 비명을 질렀다.

경기가 중단됐다. 선수들과 구경하던 학생들, 교사들이 우르르 몰려가 벅을 에워쌌다.

벅은 조용해졌지만 이젠 교사들이 앰뷸런스를 부르라고 소리쳤다. 카메라맨은 촬영을 계속했다. 테이프가 멈추기 직전, 카메라맨이 경기장 안쪽으로 들어가 소년들과 교사들의 어깨 너머로 벅의 얼굴을 담았다.

벅의 왼쪽 눈이 피로 범벅돼 있었다.

그 이미지를 끝으로 화면이 정지됐다.

"흠," 렌이 입을 열었다. "휴고 벅은 럭비 경기를 하다가 눈을 잃었네요."

"그렇군." 내가 말했다.

"제임스 서트클리프는 그가 어떤 소녀 때문에 눈을 다쳤다고 말하지 않았어요?"

나는 바로 대답하지 않고 잠시 생각했다.

"그가 우리에게 그렇게 말했었나? 서트클리프는 약물에 취해서 제정신이 아니었어. 학교에 다닐 때도 그랬고 창밖으로 뛰어내린 날도 그랬어. 제임스 서트클리프는 평생 약물에 의존해 살았던 가련한 부잣집 도령이었어."

"흠, 휴고 벅의 아내가 거짓말한다고 한 사람은 선배님이에요. 벅의 의안을 손바닥에 쥐고 있던 사람도 선배님이고요. 하지만 이제 보니 그녀가 거짓말한 게 아니네요, 그렇죠?"

나는 정지된 화면을 말없이 쳐다봤다.

우리는 MIR-1으로 다시 올라갔다. 아까까지 텅 비어 있던 수사본부가 사람들로 바글거렸다. 스와이어 총경과 맬러리 경감, 조와 스티븐 박사, 게인과 화이트스톤까지 상기된 얼굴로 앉아 있었다.

"무슨 일입니까?" 내가 물었다.

"밥에게서 연락이 왔어."

24

존 레논 스타일의 안경 너머에서 맬러리 경감의 눈이 분노로 이글거렸다.

"인간 미끼를 이용해 덫을 놓는 건 원래 말씀하신 계획에 없었습니다." 경감의 목소리는 낮았지만 한 단어 한 단어가 애버딘에서 출토된 화강암 조각처럼 날카로웠다. MIR-1의 전등 불빛을 받아 경감의 벗겨진 머리가 희미하게 빛났다.

"계획이 바뀌었어." 스와이어 총경이 말했다.

"방탄조끼는 안 입을 거예요." 스칼렛 부시가 화이트스톤 경위에게 말했다. "밥이 아주 구체적으로 요구했어요. '혼자 올 것. 내가 볼 수 없는 테이프는 사용하지 말 것.' 그는 방탄조끼에 추적 장치가 달렸을 거라고 생각할 거예요. 그러니까 방탄조끼는 절대로 안 입을 겁니다."

"방탄조끼가 아니에요." 화이트스톤이 참을성 있게 설명했다. "이건 케블라 스텔스라는 거예요. 가벼운 데다 엄청 얇아서 겉옷 안에 착용하면 보이지도 않아요. 내가 당신이라면 반드시 입겠어요."

게인의 노트북에는 도살자 밥의 타임라인이 켜져 있었다. 그런데 로버트 오펜하이머의 파이프를 문 사려 깊은 얼굴 대신에 핵폭발 후의 버섯구름으로 사진이 바뀌었다.

잠자는 중에, 혼란한 와중에, 치욕스러운 순간에, 자기가 과거에 베푼 선행이 자길 지켜준다. #돼지를모두죽여라

"그의 회신은 어디 있죠?" 내가 물었다.

"그는 온라인으로 회신하지 않았어." 게인이 말했다. "부시 기자에게 전화했어." 게인이 웃으며 덧붙였다. "전화를 했다니까, 그것도 일반 전화로."

게인이 씩 웃자 조를 비롯한 PCeU의 컴퓨터 전문가들이 떨떠름한 표정을 지었다.

"다들 가지 말고 있어요." 게인이 큰 소리로 말했다. "우리가 여러분에게 몇 가지 새로운 묘책을 제공할 수 있을지도 모르니까!"

"당신 전화기를 게인 경위에게 주세요. 그럼 그가 GPS 추적 장치를 설치할 거예요." 화이트스톤이 부시 기자에게 말했다.

"난 부피가 크면 절대로 들지 않을 거예요." 부시 기자가 말했다.

"SIM 카드거나 소프트웨어 장치일 겁니다." 게인이 단호한 목소리로 말했다. "눈에 띄지 않아요. 그런 게 있다는 걸 아는 사람은 우리뿐입니다. 이 말인즉슨 당신이 어디 있는지 우리가 알아차리고, 또 10미터 이내에서 당신의 움직임을 정확히 포착할 수 있다는 뜻입니다. 당신이 규정 범위를 벗어나면 경보가 울릴 겁니다. 알았습니까?"

부시가 게인에게 휴대폰을 건네주었다.

"케블라 스텔스와 추적 장치. 다른 건 더 없죠?"

화이트스톤이 고개를 끄덕였다. "그것뿐이에요. 이중 안전책으로 만전을 기할 거예요."

"밥이 당신에게 뭐라고 했습니까?" 내가 물었다.

기자의 눈에서 자부심이 뚝뚝 묻어났다.

"그는 내 기사가 마음에 든다고 했어요. 그리고 나한테 연락하겠다고 했어요."

"그자가 밥인지 어떻게 알죠?"

"그는 도살자 밥의 타임라인에 오펜하이머의 인용문을 올리겠다고 했어요. '잠자는 중에, 혼란한 와중에, 치욕스러운 순간에, 자기가 과거에 베푼 선행이 자길 지켜준다. #돼지를모두죽여라.' 그런 다음 실제로 그렇게 했잖아요."

MIR-1의 테이블 곳곳에 부시 기자의 기사가 실린 신문이 놓여 있었다. 그녀는 기사에서 도살자 밥을 자극하지 않았다. 성적 취향이나 아동기 트라우마에 대해선 언급하지도 않았다. 단지 복합적인 이유로 살인을 저지르는 미치광이 정도로 묘사했다. 신문 기사라기보다는 어느 기관에서 발표한 보도자료 같았다. 내가 도살자 밥이라면 기사를 오려서 스크랩북에 붙여 두고 싶을 것 같았다. 부시의 기사는 그를 끔찍한 살인마가 아니라 사이코 로빈 후드로 둔갑시켰다.

"그가 24시간 이내에 우리 신문사의 교환대로 연락할 거예요." 부시가 말했다.

"우린 이미 당신네 교환대에 전화 분석기를 설치해 뒀습니다." 게인이 말했다. "통화를 길게 끌수록 좋습니다. 하지만 일단 전화가 오면 우린 그가 선불 폰을 사용하든 공중전화를 사용하든 번호를 알아낼 겁니다. 일반 전화나 휴대폰을 사용하길 바라지만 가능성은 극히 낮습니다. 뭐가 됐든 지금보다는 정보를 끌어낼 수 있겠죠. 그가 만날 장소를 알려주면 당신이 우리를 그에게 인도하면 됩니다."

맬러리 경감은 여전히 못마땅한 표정이었다.

"지금부터 당신은 경찰의 보호를 받아야 한다." 경감이 스칼렛 부시에게 말했다. "사무실에 돌아갈 때 경관 두 명이 당신을 호위할 거야. 그리고 접선 장소로 갈 때도 따라갈 거야. 물론 우리가 먼저 가서 대기하고 있을 거다."

"말도 안 돼요!" 부시가 반박했다. "내 기자 경력에서 가장 중요한 순간인데 당신들이 망치도록 두진 않을 겁니다."

맬러리 경감이 난감한 얼굴로 스와이어 총경을 바라봤다. 총경은 어깨를 으쓱하더니 부시 기자를 두둔했다.

"접선 장소는 경찰 특수부대가 에워쌀 거다. 부시 기자가 다치지 않도록 인원을 충분히 배치할 예정이야. 하지만 밥이 놀라 도망가지 않도록 해야 한다는 데는 전적으로 동감해."

"그렇다면 당신이 접선 장소에 도착하기 1시간 전에 우리 대원들을 배치하겠다." 맬러리 경감이 부시에게 말했다. "그리고 50미터, 500미터, 1.5킬로미터 밖 도로에 바리케이드를 설치할 거다. 당신은 케블라를 반드시 착용하도록 한다!"

"밥은 목을 절개하잖아요." 부시 기자가 웃으며 말했다. 나는 그녀가 너무 겁 없이 덤빈다는 생각이 들었다. "몸을 감싸는 방검 조끼가 무슨 소용이죠?"

스와이어 총경이 동의한다는 듯 픽 웃었다.

"이번엔 제가 원하는 걸 말씀드릴게요." 부시가 단호하게 덧붙였다. "접선 장소에 가면 당신들이 나서서 그를 체포하기 전에 1시간 동안 단독 인터뷰를 할 겁니다."

"5분 줄게." 맬러리 경감이 말했다.

"개소리!"

난데없는 욕설에 경감이 움찔 놀랐다.

"밥과 적어도 1시간 동안은 얘기할 거예요."

"우린 5분밖에 줄 수 없어." 스와이어 총경이 나섰다. "그리고 그가 공격할 낌새가 보이면 바로 조치를 취할 거야."

마침 게인이 부시의 휴대폰에 추적 장치를 달아서 돌아왔다.

"어떻게 됐나?" 맬러리 경감이 물었다.

"결국 휴대폰에 소프트웨어를 깔았습니다." 게인이 말했다. "아이폰에는 SIM 카드보다 그게 더 정확하거든요."

맬러리 경감은 여전히 마뜩잖은 표정이었다.

"그가 접촉을 시도하자마자 당신은 바로 우리한테 연락하도록 해. 우리가 당신네 교환대로 연락할 때까지 기다리지 말고."

"알았어요." 부시 기자가 말하며 휴대폰을 가방에 던져 넣었다. "어디서 만날지 알려줄게요. 나중에 거기서 만나도록 해요."

스칼렛 부시가 총경의 호위를 받으며 나갔다. 다음 순간 나는 경감이 시원하게 욕설을 내뱉지 않을까 예상했다. 하지만 그는 반짝이는 머리를 쓸어 넘기며 대뜸 소리쳤다. "그리고 다른 사람들도 다 케블라 스텔스를 착용하도록! 알았나?"

MIR-1의 한쪽 구석에선 스티븐 박사가 말없이 노트북 화면을 응시하고 있었다. 가까이 가서 보니, 그는 도살자 밥의 타임라인을 쳐다보고 있었다. 버섯구름을 쳐다보는 범죄심리학자의 표정이 심각해 보였다.

"히로시마에 살던 사람들은," 스티븐 박사가 입을 열었다. "수개월 동안 엄청난 폭격을 받을 거라고 예상했었죠. 하지만 그들이 맞이한 건 사태의 종말이었습니다. 그에 따른 완전히 새로운 세상이었습니다."

"그렇다면 저건 무슨 뜻입니까?" 내가 물었다. "저 구름 말입니다. 그가 우리에게 무슨 말을 하려는 겁니까?"

박사가 고개를 저었다.

"그저 추측일 뿐입니다." 박사는 속 시원히 말하지 않았다.

"말씀해 보세요."

"목표물이 선정된 듯합니다."

인터넷 카페는 홀로웨이 로드에 있었다. 외국에서 온 듯한 학생들 대여섯 명이 지친 표정으로 이메일을 확인하거나 스카이프로 화상 통화를 나누고 있었다. 렌과 나는 학생들 반대편에 자리를 잡았다. 스칼렛 부시가 도살자 밥을 이런 데서 만나기로 했다니, 왠지 이상했다.

이어폰으로 게인의 욕설을 듣는 순간, 내 직감이 맞았다는 걸 알았다.

렌도 그 소리를 들었는지 나를 쳐다봤다. 나는 아무 말도 못하고 고개만 저었다.

카페 안쪽 사무실에는 무장 대원들이 다음 세기의 군인처럼 차려 입고 대기 중이었다. 그들은 검정색 고글과 방탄 헬멧, 반짝이는 부츠를 착용했고, 헤클러 앤 코흐 자동 소총과 테이저 X26, 최루 가스 분사기를 들었다. 다들 분출되다 만 아드레날린 때문에 입꼬리가 밑으로 처졌다.

맬러리 경감과 화이트스톤이 등을 구부리고 게인의 노트북을 쳐다봤다.

"무슨 일입니까?" 내가 물었다.

"부시 기자가 우리를 따돌렸어." 맬러리 경감이 말했다. "휴대폰 신호는 잡혀. 하지만 그녀는 놓쳤어."

"그녀는 신문사에서 우리 대원들에게 쪽지를 건넨 뒤," 게인이 화면에서 눈을 떼지 않은 채 말했다. "비상구로 빠져나갔나 봐. 이렇게 함부로 행동하다니!"

"밥과 단둘이 오붓한 시간을 보내고 싶었겠지." 화이트스톤이 말했다.

"휴대폰 신호에 따라 그녀가 여기로 오는 줄 알았는데 지금은 그렇지 않아. 신호가 10분이나 움직이질 않아. 여길 봐."

거미줄 같은 지도의 한 지점에서 빨간 점이 계속 깜빡거렸다.

"저기가 어디지?" 맬러리 경감이 물었다. "세인트 폴 성당 근처 같은데."

"EC1 이스트 포울트리 에비뉴." 게인이 말했다. "바비칸 지역이에요."

"저긴 바비칸 지역이 아닙니다." 내가 말했다. "육류 시장이 있는 곳입니다."

맬러리 경관이 고개를 절레절레 저었다.

"멍청한! 이런 멍청한 계집 같으니!"

육류 저장실에는 갈고리가 스테인리스로 된 깃발처럼 줄줄이 걸려 있었다. 낮은 온도 탓에 숨을 내쉴 때마다 하얀 입김이 안개처럼 퍼져나갔다. 엄청나게 큰 고깃덩어리가 사방에 매달려 있었다. 렌과 화이트스톤이 기자의 이름을 큰 소리로 불렀다.

"스칼렛! 스칼렛! 스칼렛!"

맬러리 경감이 도축된 소를 옆으로 밀어내면서 말했다.

"그녀는 여기 없지, 그렇지?"

게인이 노트북의 뿌연 화면을 손으로 문질렀다.

"하지만 휴대폰은 여기 어디 있습니다."

나는 고개를 돌리다 대리석판 위에 놓인 돼지 머리를 포착했다. 거대한 귀가 금방이라도 펄럭일 것 같았다. 익살맞아 보이면서도 어딘지 모르게 애처로웠다. 흰색에 가까운 분홍빛의 알비노 껍질에는 핏자국이 얼룩져 있었다. 피곤에 전 듯한 두 눈은 꼭 감겼고, 툭 불거진 주둥이와 납작하게 눌린 코에는 핏자국이 더 또렷이 남아 있었다.

연무가 낀 듯 시야가 흐릿한 저장실에서 사람들이 이리저리 움직이다 서로 부딪혔다. 그들은 찾고자 하는 걸 찾을 수 없었다. 목이 터져라 이름만 계속 불렀다.

돼지 주둥아리에 손을 넣으려는데 갑자기 허리가 끊어질 듯 욱신거렸다. 통증을 참으며 손을 넣었더니 손끝에 휴대폰이 잡혔다. 꺼내보니 휴대폰 액정에 핏물이 스며들어 검붉게 보였다.

"경감님?" 내가 불렀다.

맬러리 경감이 내 손에서 휴대폰을 가져가 게인에게 보여주었다. 게인이 고개를 끄덕이더니 노트북을 닫았다.

"밥이 그녀를 데려갔다." 맬러리 경감이 말했다.

때마침 내 휴대폰이 진동했다. 발신자 란에 "제2전선"이 찍혀 있었다. 전화를 받으려다 보니 돼지 머리에서 묻은 피가 내 손과 휴대폰은 물론이요 옷에까지 튀었다.

"군수품 판매점의 닉 케이지인데요." 수화기를 멀찌감치 떼고 들었더니 소리가 희미하게 들렸다.

"무슨 일이죠?"

"칼을 팔았습니다."

25

"큰 남자가 내 가게에 들어왔습니다." 닉 케이지가 말했다. "아니, 키가 큰 건 아니고 덩치가 컸어요. 역기 운동을 많이 했는지, 스테로이드를 복용했는지…. 키는 작아도 몸은 아주 좋았어요. 무슨 말인지 알죠?"

우리는 웨스트엔드 센트럴의 취조실에서 그를 조사했다. 맬러리 경감은 마뜩잖은 듯이 그를 노려봤다.

"이봐요, 난 당신들을 도우러 왔다고요." 케이지가 나를 쳐다보며 말했다.

"압니다." 내가 말했다.

"당신은 칼을 팔지. 장도와 단도까지 모두." 경감이 말했다.

"그래서요?"

"칼이 사람을 얼마나 해칠 수 있는지 아나?"

"난 수집가들한테 팝니다."

"공격용 무기 관련법에 대해 들어봤나?"

케이지의 입이 씰룩거렸다. "시시콜콜 다 들어봤습니다. 우리나라는 칼에 관한 한 세계에서 가장 엄격한 법을 적용하죠. 물론 칼에 찔려 응급실에 실려 온 사람들의 상처에 대해선 당신들만큼 모릅니다. 이봐요, 난 잭나이프, 칼이 장착된 지팡이, 버터플라이 나이프, 표창, 중력칼 따위를 팔지 않습니다. 알겠어요? 난 수집가들한테 판다고요. 면허증도 있습니다. 그걸 잃고 싶지 않습니다. 그래서 남자의 신분증을 복사해 뒀습니다. 됐어요?

자, 그 남자에 대해서 얘기할까요, 아니면 나에 대해서 얘기할까요?"

우리는 케이지가 가져온 신분증을 경찰의 컴퓨터 시스템인 PNC에 올렸다. PNC 데이터베이스는 남자의 운전 면허증을 IC1, 즉 북유럽 백인 남자로 분석했다. 운전 면허증에는 얼굴과 이름과 생년월일이 적혀 있었다. 서른 살 즈음의 남자는 머리숱이 빠지기 시작했고, 억지로 지은 듯한 미소는 비웃음에 가까웠다. 주소도 있었는데 시 변두리 지역이었다.

"이 신분증을 믿으세요?" 게인이 맬러리 경감에게 물었다. "온라인상의 보안 구조에 그렇게 신경 쓴 놈이 가짜 신분증 하나 준비하지 않았을까요? 위조 신분증을 만들어주는 사이트가 널렸잖아요."

"괜찮은 건 별로 없어요." 케이지가 말했다. "엉성한 신분증은 구하기 쉽지만 괜찮은 건 어렵습니다. 저건 진짭니다. 아니면 내가 본 가짜 중에서 최고든가."

"그자가 물건에 대해서 알던가요?" 내가 물었다.

"무슨 말입니까?" 케이지가 물었다.

"자기가 뭘 사는지 알고 있더냐 그 말입니다."

"아주 구체적으로 말하던데요. 제2전선에 오는 남자들은 수집가들입니다. 다들 자기들이 구입할 물건에 대해 잘 압니다. 그는 페어번-사익스 코만도 단검을 원했습니다. 돈은 달라는 대로 낼 태세였고요. 난 그를 위해서 물건을 구해줬죠. 윌킨슨에서 제조한 2세대 페어번-사익스를 찾았어요."

"그걸 어디서 구했지?" 맬러리 경감이 물었다.

"말할 수 없습니다." 케이지가 팔짱을 끼면서 말했다.

게인이 다그치려는데 때마침 화이트스톤이 들어왔다.

"그자를 찾았습니다."

총경이 MIR-1으로 들어왔다. 헬멧 같은 금발 머리카락 아래로 얼굴이 딱딱하게 굳어 있었다. 대처 수상이 남대서양에 기동부대를 파견할지 고민할 때처럼 사뭇 비장해 보였다.

사람들이 길을 내주자 총경은 우리를 쳐다보지도 않고 지나쳐 에디 렌에게 성큼성큼 다가갔다. 렌은 단말기가 놓인 책상에 걸터앉아 있었다. 화면엔 남자의 얼굴이 올라와 있었다.

"뭘 찾았지?" 스와이어 총경이 물었다.

화면에 떠 있는 얼굴은 운전 면허증에 나온 사진과 같았지만 실물 크기로 확대되었다. 경계하는 눈빛과 오래된 여드름 자국, 뒤로 점점 밀려나는 머리 선과 머리카락의 방향까지 선명하게 보였다.

"이안 팩." 렌이 말했다. "유죄 판결을 여러 번 받았습니다. C급 마약인 아나볼릭 스테로이드와 B급 마약인 마리화나를 소지한 혐의로 10년 전에 처음 기소됐습니다. 암스테르담에서 구입해 자기 집으로 배송하면서 포장지에 이전 세입자의 이름을 적었답니다."

"뻔한 수법이군." 누군가가 말했다.

렌이 의자에 내려앉았다.

"그 일로 12개월 동안 정직 처분을 받았네요." 렌이 아래로 스크롤하더니 고개를 흔들었다. "여자 친구를 폭행해서 네 번,

아니 다섯 번 유죄 판결을 받았습니다. 여자 친구가 접근 금지 명령을 신청했네요. 팩은 프리랜서 소프트웨어 컨설턴트입니다. 여자 친구와 헤어진 뒤 부모 집으로 들어갔습니다."

렌이 몸을 돌려 총경을 쳐다봤다.

"이 사람이 바로 도살자 밥입니다."

총경이 득의만면한 웃음을 띠었다. "다들 수고했다. 만반의 준비를 갖춘 후 새벽에 쳐들어갈 거다."

"여자를 패는 남자라고요?" 내가 말했다. "우리가 찾는 범인이 고작 여자나 패는 놈이라고 생각하는 겁니까?"

나는 스티븐 박사를 쳐다봤다. 그는 주머니에 손을 깊숙이 찔러 넣고 있었다. 그도 나와 같은 생각일 거라고 믿었다.

"범인은 여자를 공격하지 않습니다." 내가 말했다.

스티븐 박사는 여전히 나를 쳐다보지 않았다.

"어떻게 생각하세요, 스티븐 박사님? 명예. 권한. 통제력." 화면에서 우리를 노려보는 얼굴을 가리키며 내가 말했다.

하지만 사람들은 모두 내 얼굴을 쳐다봤다.

스와이어 총경이 착 가라앉은 목소리로 말했다. "조지 올드필드라는 이름을 들어봤나?"

나는 고개를 끄덕였다. 조지 올드필드 부서장을 모르는 경관은 없을 터였다. 요크셔 살인마 수사를 책임졌던 사람이었다. "내가 잭이다"라고 주장하는 편지와 테이프를 바탕으로 당시 경찰과 올드필드가 북동부 지역을 수색하는 사이, 범인인 피터 서트클리프는 엉뚱한 곳에서 여자들을 마구 살해했다.

"나는 조지 올드필드처럼 엉뚱한 데서 헤매지 않을 거다." 스와이어 총경이 말했다. "살인범이 내 손아귀에서 빠져나가도록 놔두지 않을 거다."

총경이 나를 스치듯 지나가자 다들 부산스럽게 움직였다.

하지만 나는 꼼짝하지 않고서 화면에 떠 있는 얼굴을 노려봤다.

'명예. 권한. 통제력.'

여자를 패는 남자라니, 명예는 개나 줘버렸나?

다음 날 새벽이 밝아오기 전 우리는 교외에 자리 잡은 아담한 테라스 하우스 앞에 모였다. 쥐 죽은 듯이 고요해서 혈관을 흐르는 혈액이 동맥벽에 닿아 파닥파닥 뛰는 소리가 들리는 것 같았다. 우리는 조그마한 정원 울타리 밑에 웅크리고 장비를 만졌다. 케블라에 달린 끈을 조절하고 총기의 안전장치를 확인하거나 무선 통신 장치에서 들리는 작은 속삭임에 귀를 기울였다.

젊은 여자의 목숨이 위태로운 상황이었다. 우리 임무는 그녀를 무사히 빼내오는 것이었다. 문 저편에 뭐가 있는지, 어떤 상황에 맞닥뜨릴지 모르기 때문에 다들 바싹 긴장했다.

성문 공격용 대형 망치를 어깨에 걸친 대원이 잽싸게 정원을 지나갔다.

그는 두세 걸음 만에 문 앞에 당도해서 대형 망치를 휘둘러 자물쇠를 단번에 부쉈다. 싸구려 목재가 와지끈 부서지며 문이 활짝 열렸다. 대원이 옆으로 한 걸음 비켜서자 우리는 함성을 내지르며 집 안으로 뛰어 들어갔다. 마음속에 자리 잡은 두려움을 숨기려고 목청껏 외쳤다. 안에 누가 있든 우리의 함성에 놀라

항복하길 간절히 바랐다.

앞서 뛰어든 두 대원이 우뚝 멈췄다. 그들은 헤클러 앤 코흐 자동 소총을 들고서 여전히 고함을 질렀다.

그들의 어깨 너머로 현관 복도에 병색이 완연한 고양이가 보였다. 녀석은 등을 동그랗게 말고서 쇳소리를 냈다.

복도 한쪽에서 문이 벌컥 열렸다.

우리는 다시 고함을 질렀다.

한 노파가 슬리퍼를 질질 끌면서 천천히 지나갔다. 노파는 멈춰서라는 명령을 들은 척도 안 했다. 우리 쪽을 아예 쳐다보지도 않았다.

그녀의 귀 밖으로 삐져나온 보청기가 보였다. 분홍색의 구형 보청기는 씹다 둔 풍선껌마냥 큼지막했다. 노파는 반대쪽 문으로 사라졌다. 늙은 고양이가 그녀의 다리를 스치며 따라 들어갔다.

우리도 복도를 지나서 노파를 따라 들어갔다.

거실에선 노파가 남편으로 보이는 노인과 함께 소파에 앉아 있었다. 노인은 비스킷을 입으로 반쯤 가져가려던 참이었다. 그가 팔꿈치로 노파를 치자 그제야 그녀도 우리의 존재를 알아차렸다. 노부부는 입을 딱 벌린 채 자신들을 향해 겨눠진 자동 소총을 쳐다봤다. 고양이가 눈을 부라리며 으르렁거렸다.

"이안 팩의 부모죠?" 내가 말했다. "아들은 어디 있습니까?"

그들은 아무 말도 하지 않았다.

복도의 다른 쪽 끝에 부엌이 있었다.

"여긴 없습니다." 무장 대원이 부엌에서 나오며 말했다.

계단을 우르르 올라가는 발소리가 들렸다. 함성과 함께 문을 여는 소리와 돌아다니는 발소리가 들리더니 이내 조용해졌다. 실망과 안도의 침묵이 흘렀다.

나는 부엌으로 걸음을 옮겼다. 부엌 뒤쪽으로 작은 정원이 있고, 정원의 높다란 울타리 너머로 검은 케블라 헬멧과 고글이 여럿 보였다. 꾹 다문 입술로 봐선 다들 긴장한 기색이 역력했다. 그들의 손에 들린 헤클러 앤 코흐 자동소총이 어슴푸레 빛났다.

맬러리 경감이 정원을 지나 부엌으로 들어왔다. 화이트스톤과 제복 경관이 그 뒤를 따랐다. 제복 경관이 헬멧을 벗었다. 빌리 그린 순경이었다. 얼굴이 땀과 두려움으로 번들거렸지만 그런 대로 잘 견디고 있었다. 복싱 훈련이 꽤 도움이 됐나보다.

함성이 멈췄다.

"아무것도 없습니다." 내가 말했다.

"지하실은 확인해 봤나?" 맬러리 경감이 말했다.

부엌 바로 뒤에 나무로 된 문이 있었다. 자물쇠도 없고 페인트도 다 벗겨졌다. 문을 열고 안쪽에서 전등 스위치를 더듬어 찾았다.

스위치를 누르자 밑에서 알전구의 불이 들어왔다.

몇 개 안 되는 계단을 조심스럽게 내려갔다. 퀴퀴한 냄새와 먼지가 올라왔다. 지하실 천장이 너무 낮아서 구부정하게 서야 했다.

내 바로 뒤에서 경감의 목소리가 들렸다. "뭐가 있나?"

지하실에는 온갖 잡동사니가 가득했다. 콘크리트 덩어리와 깨진 벽돌이 나뒹굴었고, 자갈이 천장 높이만치 쌓여 있었다.

"이게 다 뭐죠?" 내가 물었다.

"누가 여길 다세대 주택으로 개조할 꿈을 꿨었나 보군." 경감이 말했다. "그러려면 소방규제법에 따라 지하실을 메워야 하지. 그런데 부동산 거품이 꺼지면서 결국 꿈을 접었나 봐."

경감이 어두운 벽 쪽을 가만히 응시하더니 내 옆을 스쳐 지나갔다. "잠깐! 뒤쪽에 뭐가 있어!"

"여기는 아무것도 없습니다!" 제일 꼭대기 층에서 누군가가 외치는 소리가 희미하게 들렸다. 다들 마음이 놓였는지 왁자한 웃음소리가 잠시 이어졌다. 아주 먼 데서 벌어지는 상황 같았다.

맬러리 경감이 지하실 뒷벽을 향해 계속 나아갔다. 그 순간 돌무더기 위로 조그마한 물체가 휙 지나는 것 같아 가슴이 철렁했다. 곧이어 뒤룩뒤룩 살찐 쥐 한 마리가 아동용 자전거의 녹슨 프레임 위로 스르르 지나갔다.

"문이 있군." 경감이 말하더니 갑자기 손전등을 켰다. 침침한 전구 불빛 아래 한 줄기 백광이 길게 뻗어나갔다.

그린 순경이 계단을 반쯤 내려오더니 경감의 등을 쳐다봤다. 우리도 곧 경감을 뒤따랐다.

경감이 문고리를 돌렸다.

단단히 잠겨 있었다.

그 순간 전구가 팍 나갔다. 집 안 전체가 어둠에 휩싸였다. 본선이 나갔는지, 스위치를 올려도 소용이 없었다. 위층에서 뭐라고 항의하는 소리가 들렸다.

경감이 칼날처럼 보이는 물건을 문설주 사이에 넣고 까딱까딱 움직였다. 내가 경감의 손전등을 받아 문에 비추자 경감은 날을 좌우로 움직이며 자물쇠 고리를 문틀 구멍에서 빼내려고 애썼다.

나무가 갈라지면서 문이 열렸다. 문 안쪽에 철창이 보였다. 그리고 그 너머 어딘가에서 여자의 비명 소리가 들렸다.

살려주세요 살려주세요 살려주세요 살려주세요 살려주세요.

어둠 속에서 창살이 달그락거렸다.

"저 소리 들리나?" 경감이 말했다.

"네."

우리는 이제 목소리를 낮췄다. 맬러리 경감이 창살을 살짝 흔들었다. 안으로 잠겨 있었다. 하지만 열쇠 꾸러미가 못에 걸려 있었다. 경감이 손을 뻗어 열쇠를 빼냈다. 자물쇠에 꽂고 창살을 드르륵 열었다.

"무슨 냄새 안나 나?" 맬러리 경감이 말했다.

"네, 나는데요."

배설물과 휘발유가 뒤섞인 냄새였다.

"안에 들어가면 조심하게." 경감이 걸음을 떼면서 말했다.

경감을 따라 들어가는데 발밑이 거칠고 울퉁불퉁했다. 비명 소리가 더 크게 들렸다. 아무래도 스칼렛 부시의 목소리 같았다. 앞이 툭 터져서 서둘러 들어갔다. 경감이 앞장서고 내가 뒤를 이었다. 그린 순경이 내 뒤에 바싹 붙었다. 그런데 몇 발짝 떼지도 못했는데 경감의 몸이 갑자기 앞으로 휘청했다. 내가 잽싸게 경감의 재킷을 붙잡아 뒤로 당겼다.

발 바로 앞에 휑한 구덩이가 파여 있었다. 깊이가 족히 2미터는 돼 보였다. 구덩이 바닥에서 스칼렛 부시가 눈이 부신지 손전등의 백광을 손으로 가렸다. 벌거벗은 채 휘발유에 젖은 상태였다.

인간을 굽기 위한 바비큐 화덕이었다.

갑자기 횃불이 켜지더니 한 남자가 구덩이를 돌아오는 모습이 보였다. 다음 순간 횃불이 구덩이 속으로 휘이익, 떨어졌다. 그린 순경이 구덩이 속으로 뛰어드는 순간 펑 소리와 함께 불길이 치솟았다. 그린 순경은 이제 스칼렛 부시와 함께 구덩이에서 맨손으로 불길과 싸웠다.

남자는 작지만 단단해 보였다. 긴 머리에 원숭이처럼 생긴 얼굴이었다. 그가 내 심장을 강타한 순간, 나는 숨을 턱 뱉으며 허리가 뒤로 꺾였다. 나자빠지면서 나무 탁자에 부딪혔는데, 내 체중을 못 이겨 탁자가 와지끈 부서졌다.

허리가 끊어질 듯 아프더니 다음 순간 뒤통수를 벽에 찧으면서 두개골이 깨지는 줄 알았다.

가슴을 부여잡았는데 셔츠 앞이 찢어져 있었다. 그는 주먹을 날린 게 아니었다.

칼로 찔렀다.

내 목숨을 구해준 케블라 스텔스의 움푹 팬 곳을 손으로 더듬었다. 안쪽에 멍이 들었는지 가슴이 얼얼했다.

눈을 감았다. 머리가 띵하고 뒤통수가 화끈거렸다. 주변에서 벌어지는 일들이 간헐적으로 들렸다.

구덩이 밑에서 비명이 들렸다. 이번엔 남자의 비명이었다. 손에 재킷을 든 그린이 불길과 사투를 벌였다. 스칼렛 부시는 화염에서 가까스로 기어 나왔다. 공포에 질린 눈은 평소보다 두 배는 커 보였다. 구덩이에서 치솟는 불길 때문에 내부가 환해졌다. 춤

추듯 흔들리는 불빛에 다들 유령처럼 보였다.

남자가, 아니 도살자 밥이 이번엔 맬러리 경감의 가슴을 가격했다. 팔과 머리 옆쪽을 연달아 가격했다. 결국 경감이 쓰러졌다. 존 레논 안경이 떨어졌다. 안경이 벗겨진 얼굴은 더 이상 바이킹처럼 다부져 보이지 않았다. 경감은 이제 상대의 공격에 무방비로 노출된 상태였다.

다음 순간 도살자 밥이 사라졌다. 우리를 팽개쳐 두고 비밀 공간을 빠져나갔다.

그런데 화이트스톤이 바깥쪽에서 그를 기다리고 있었다.

밥이 바깥쪽으로 나간 순간 화이트스톤이 팔꿈치로 그의 안면을 가격했다. 어찌나 세게 가격했던지 그의 얼굴이 180도 가까이 돌아갔다. 화이트스톤은 왜소한 체구로 밥의 등에 올라타서 팔을 뒤로 꺾어 수갑을 채웠다. 그의 얼굴을 바닥에 짓찧으며 그의 권리를 읊었다.

문득 훈련받을 때 들었던 지침이 떠올랐다. '정식으로 체포할 때는 반드시 신체를 제압해야 한다.' 화이트스톤은 지침을 그대로 지켰다.

"신문에 응하지 않으면 나중에 법정에서 당신에게 불리하게 작용할 수 있다." 퍽! "당신이 진술한 내용은 뭐든 증거로 제시될 수 있다."

퍽! 퍽! 퍽!

도살자 밥이 결국 애원하기 시작했다.

지하실 불이 들어오더니 누군가가 맬러리 경감의 이름을 외쳤다. 다음 순간 나는 그대로 정신을 잃었다.

26

등의 통증 때문에 눈이 팍 떠졌다.

늑골 아래쪽에서 시작된 통증이 척추 쪽으로 뻗어나갔다. 새로운 통증이 원래 있던 통증과 접선하는 것 같았다. 커튼 틈새로 밝은 겨울 햇살이 한줄기 비쳐 들었다. 여기 누운 지 몇 시간 지나지 않았나 보다.

끙 하는 소리를 내면서 침대에서 천천히 일어났다.

나는 등이 훤히 터진 환자복 차림이었다. 환자복을 잡아 뜯고 작은 옷장에서 내 옷을 꺼냈다. 침대에 앉아서 양말을 신으려고 끙끙대는데 흑인 간호사가 들어왔다. 말을 듣지 않으면 풍만한 젖가슴으로 밀어붙일 듯 기세가 등등했다.

"그 녀석은 어떻습니까?" 구덩이에서 재킷 하나로 불과 사투를 벌였던 그린 순경을 생각하니 마음이 아팠다. 말을 내뱉자 뒷골이 욱신욱신했다. 붕대나 핏자국 같은 게 만져질 걸 예상하며 손으로 더듬었다. 아무것도 없었다. 쿡쿡 쑤시는 통증만 느껴졌다.

"침대에 도로 누우세요. 당장!" 간호사가 말했다.

양말을 신을 수가 없었다. 등이 앞으로 굽혀지지 않았다. 하는 수 없이 양말을 던져 버렸다. 신발을 신고 일어섰다.

"그 녀석 상태가 어떠냐고요?" 내가 물었다.

내가 결국 간호사의 심기를 건드렸나 보다.

"내가 이런 일로 실랑이할 만큼 한가한 사람으로 보입니까?

당신은 뇌진탕을 일으킬 가능성이 있습니다. 한동안 관찰해야 하니까 가만히 누워있으라고요. 의사를 불러오길 바라세요? 굳이 그렇게 해야겠어요?"

간호사가 의사와 함께 돌아왔을 때 난 이미 옷을 다 입었다. 양말만 빼고. 인도 출신의 젊은 의사는 너무 바쁘고 피곤해서 나랑 언쟁할 기운도, 짬도 없어 보였다. 아니면 나 같은 환자를 너무 많이 다뤄봤거나. 뭐가 됐든 나를 멍청한 놈으로 생각하는 눈치였다.

"퇴원을 허락하지 않겠습니다." 의사가 말했다. "알아들었습니까? 지금 나가면 어떤 상황이 초래되든 전적으로 당신 책임입니다."

"알았습니다. 그린 순경은 어디 있습니까?"

"중환자실에 있습니다. 꼭대기 층인데 제가 안내하죠."

그린 순경은 약에 취한 채 잠들어 있었다. 두 손은 붕대로 둘둘 감겨 있고 정맥 주사액이 똑똑똑 떨어졌다.

그게 전부였다. 손 외에는 다친 곳이 없었다. 하지만 그것만으로도 경찰관 경력을 끝내기에 충분할 터였다.

"양손에 2도 화상을 입었습니다." 의사가 설명했다. "그 말은 화상이 진피 층까지 침투했다는 뜻입니다. 그래도 근육과 뼈에는 이상이 없어 보입니다. 기력을 찾으면 웨스트서식스에 있는 퀸 빅토리아 병원으로 이송될 겁니다. 영국 동남부 지역에서 최고의 화상 병원입니다." 의사가 돌아서서 떠나려다 얼핏 생각난 듯이 덧붙였다. "아주 용감한 젊은이네요."

빌리 그린 순경을 처음 만난 날을 떠올렸다. 그는 살해된 시신을 처음 보고서 몸을 가누기도 힘들어 했었다. 지하실에서 물건 정리나 하며 보낼 때는 치욕스러워 했었다. 그는 자신이 얼마나 좋은 자질을 갖췄는지 알았을까? 이제 남은 평생 뭘 하며 살아야 할까?

불편한 마음을 안고서 자리를 떴다.

그들은 도살자 밥을 취조실에 가두고 신문을 시작했다.

관찰실에선 반투명 거울이나 CCTV 화면으로 그 모습을 지켜볼 수 있었다. 거울 앞에는 모르는 사람들이 잔뜩 붙어 있었다. 나는 화면을 올려다봤다.

화이트스톤과 게인이 밥과 그의 변호사를 마주 보고 앉았다. 검정색 정장 차림의 변호사는 단아하고 예뻤다.

변호사들이 갈수록 젊어진다는 생각이 들었다.

밥은 코가 부러지고 양쪽 눈자위가 시퍼랬다. 하지만 어떤 것도 그의 얼굴에 떠오른 능글맞은 미소를 상쇄하진 못했다.

그는 시건방진 유인원처럼 보였다.

"이안 팩," 화이트스톤이 입을 열었다. 스피커에서 나오는 것처럼 목소리가 울렸다. "당신을 살인범으로 기소한다."

나는 방금 들은 말을 믿을 수가 없었다.

"아냐, 저자가 아니야." 내가 말했다.

거울 앞에 서 있는 사람들 중 몇이 나를 돌아봤다. 하지만 이내 고개를 돌렸다.

"말도 안 돼!" 내가 말했다.

취조실 앞에는 덩치 좋은 선임 경사가 떡 버티고 서 있었다.

"안으로 들어갈 수 없습니다." 내가 다가가자 선임 경사가 말했다.

옆으로 밀치자 그는 억지로 버티지는 않았다.

취조실 안으로 들어가자 다들 나를 올려다봤다. 화이트스톤과 게인, 밥과 그의 어여쁜 변호사까지. 누군가가 내 이름을 불렀다.

나는 주머니에서 페어번-사익스 코만도 단검을 꺼내 책상에 내려놨다. 임페리얼 전쟁 기념관에서 캐럴에게 빌려온 단검이었다.

"자, 어떻게 했는지 보여줘." 내가 말했다.

선임 경사가 취조실로 들어왔다. 화이트스톤이 고개를 끄덕이자 선임 경사가 내 몸에 손을 댔다. 나는 그를 거칠게 밀쳐냈다. 그는 나보다 더 긴장했지만 순순히 물러났다.

변호사가 벌떡 일어나더니 알아듣지도 못할 법조문을 늘어놨다. 갑자기 통증이 밀려왔다. 척추와 두개골을 지나 눈 바로 뒤까지 이르렀다.

단검은 밥의 바로 앞에 있었다.

"자, 얼른 보여줘. 목을 어떻게 땄는지 얼른 보여주라니까. 다 뺑이지? 개자식! 망상에 사로잡힌 가련한 자식!"

게인이 나를 향해 소리쳤다. 덩달아 다른 사람들도 소리쳤다. 하지만 밥만 입을 꾹 다물고 나를 쳐다봤다. 그의 시선은 나와 칼을 오갔다. 어떻게 할지 재는 것 같았다.

그가 입술을 한번 핥더니 자리에서 일어났다.

취조실이 갑자기 조용해졌다.

"어서." 내가 이번엔 나직한 목소리로 말했다. 부추기듯이 미소까지 지어 보였다. "어떻게 했는지 보여줘."

밥이, 아니 팩이 칼을 집어 들었다.

사람들이 다시 소리를 지르기 시작했다.

나를 제지하려는 손이 있었지만 뿌리쳤다. 밥은 손에 칼을 들고서 나를 쳐다봤다. 그리고 느린 동작으로 칼을 휘둘러 보였다.

"칼로 이렇게 그었습니다."

내가 앞으로 나아갔다.

"거짓말!"

나는 한 손으로 그의 팔목을 잡고 다른 손으로 그의 팔뚝을 세게 쳤다. 칼이 바닥으로 떨어졌다.

"울프," 화이트스톤이 말했다. "제발 내 말 좀 들어."

"이 자식은 그들을 죽이지 않았습니다." 내가 말했다. "휴고벅. 아담 존스. 가이 필립스. 정말이에요. 이 자식은 칼을 쓸 줄도 모릅니다. 이 자식이 아니라고요."

그때 화이트스톤의 눈에 눈물이 고였다.

"우린 맬러리 경감님의 살해범으로 그를 체포한 거야. 경감님은 병원으로 호송되는 중에 출혈 과다로 돌아가셨어."

선임 경사가 이번엔 나를 확실히 제지했다.

"정말 유감이야, 울프." 화이트스톤이 말했다. "대장님은 결국 이겨내지 못하셨어."

MIR-1을 지키는 사람은 이번에도 렌뿐이었다.

내가 들어가자 렌이 고개를 들고 쳐다봤다.

"울프 경장님, 마침 잘 오셨어요. 이것 좀 보세요."

나는 창가로 걸어가 세빌 로를 내려다봤다.

문득 마가렛 맬러리 부인이 떠올랐다. 스카우트와 내가 가족이라고 말하던 모습이 눈에 선했다. 세상 사람들은 죄다 그렇지 않다고, 우리가 진정한 가족이 아니라고 쑤군대는 것 같던 시절이었다. 그녀의 말이 얼마나 힘이 됐던가. 눈물이 핑 돌았다. 도로를 지나는 차들이 흐릿하게 보였다. 하나밖에 없는 가족을 잃은 슬픔이 어떠할지 알기에 가슴이 미어졌다.

지금쯤은 그녀에게도 소식이 갔을 것이다. 남편이 다시는 돌아오지 못할 거라는 걸 그녀도 알았을 것이다. 이젠 펌리코의 작은 집에서 애완견 한 마리와 쓸쓸하게 지낼 것이다. 남은 평생 사진만 들여다보면서 추억을 곱씹으며 살아야 할 것이다. 그런 생각을 하니 목이 메었다. 아무 소용도 없는 눈물이 하염없이 흘러내렸다.

"경장님?" 렌이 나를 불렀다.

나는 세빌 로에 늘어선 건물의 옥상을 내려다봤다. 손바닥으로 눈물을 닦았다. 하지만 몸을 돌리진 않았다.

"맬러리 경감님이 돌아가셨어." 내가 말했다. 다른 사람의 말소리처럼 낯설게 들렸다. "칼로 목을 찔리셨어. 병원에 도착하기도 전에 돌아가셨어."

"저도 알아요. 경감님만큼 선량하신 분이 없었는데. 경찰로서도 최고였고요. 그나저나 이걸 좀 보라니까요. 우리가 가서 붙잡기 전에 밥이 마지막으로 포스팅한 거예요. 내 말 듣고 있어요?"

나는 고개를 저었다. “아니, 난 지금 아무 말도 안 들려. 아무 것도 보고 싶지 않아. 아무렴 어때? 그가 뭐라고 했든 상관 안 해.”

“그래도 꼭 봐야 한다니까요. 살인범이 아직 잡히지 않았잖아요. 포악한 미치광이들이 여전히 활개치고 다니잖아요. 제발 여기 좀 보세요, 네?”

잠시 침묵이 흘렀다.

그러자 렌이 내 옆으로 달려와 나를 자신의 컴퓨터 앞으로 끌고 갔다.

결국 도살자 밥의 타임라인에 올라온 마지막 메시지를 봤다.

로버트 오펜하이머의 사진은 없었다.

버섯구름도 없었다.

그 자리에 조그마한 흑백 사진이 하나 있었다. 처음엔 평면을 작게 조각낸 추상화 정도로 보였다. 고개를 들이밀고 자세히 보니 도시였다. 순식간에 파괴된 거대한 도시였다. 해시태그 옆에 쓰인 글귀에 눈이 갔다. 그것은 백만 명에 이르는 팔로워들에게 내리는 명령 같았다.

#돼지를모두죽여라

그제야 메시지가 눈에 들어왔다. 처음엔 읽어도 무슨 뜻인지 감이 안 왔다. 다시 읽었다. 읽은 숫자와 단어가 너무나 익숙해서 처음엔 화면에 쓰인 글자가 아니라 내 머릿속에 저장된 글자 같았다.

"저건 경장님네 집 주소 아니에요?" 렌이 물었다.

나는 이미 그 자리에 없었다.

그들은 학교에서 돌아오는 길이었다. 스카우트와 머피 부인, 스탠. 내 딸과 머피 부인이 강아지를 보면서 깔깔 웃었다. 스탠은 그들 옆에서 신나게 종종거렸다. 입에는 뭔가가 물려 있었다. 베이글 조각이었다. 그들은 나를 보자 놀라서 웃음기를 싹 거뒀다.

"무슨 일 있어요?" 머피 부인이 말했다.

"우린 당장 가야 합니다. 죄송합니다."

나는 스카우트와 스탠을 BMW X5의 뒷좌석에 태운 뒤 스카우트에게 안전벨트를 매라고 했다. 그런 다음 운전석에 앉아 가속 페달을 힘껏 밟았다. 저녁 퇴근 시간이 시작되기 직전이었다. 백미러를 보니, 머피 부인이 길가에 서서 우리를 멍하니 쳐다보고 있었다.

"어디 가는 거예요?" 워털루 브리지를 지날 때 스카우트가 물었다.

"엄마한테 가는 거야." 내가 말했다.

그녀는 정원 잔디밭에 나와 있었다. 나쁜 일이라곤 생전 일어날 것 같지 않은 동네였다.

걸음마를 배우는 사내아이가 그녀의 발치에서 기어 다녔다. 불룩한 배에는 또 다른 생명체가 자라고 있었다.

그녀가 새로 만난 남자의 자식들이었다.

그녀의 이름은 앤.

평범하고 흔해 빠진 이름이다. 하지만 저 이름을 들을 때마다 가슴 한 켠이 아렸다. 저 이름을 듣고 감정이 흔들리지 않을 때가 올까 싶었다.

앤, 앤, 앤.

아무도 믿지 않겠지만, 나 자신도 믿기지 않지만 불과 얼마 전까지 우린 죽고 못 사는 사이였었다. 함께 있으면 웃음이 끊이지 않았고, 우리 앞에 창창한 미래가 펼쳐져 있다고 생각했었다. 밤마다 침실 구석에 촛불을 켜 놨었다. 잠을 잘 수 없었기 때문에, 단 몇 시간이라도 얼굴을 못 보는 게 싫었기 때문에. 하지만 이젠 그런 시절이 있었나 싶다. 앤이 어느 날 다 끝났다고 말했다. 다른 남자의 아이가 들어선 불룩한 배를 손으로 쓸면서.

잔디밭에 서 있는 앤을 바라봤다. 나 없이도 새로운 집에서 행복하게 지내고 있었다. 속이 쓰렸다. 인정하고 싶진 않지만 그녀에 대한 사랑이, 아니 사랑의 찌꺼기가 아직도 남아 있었다.

이별할 때의 고통과 분노와 슬픔이 고스란히 떠올랐다. 쪼들리는 살림에 대한 그녀의 불만과 걱정과 눈물이 떠올랐다. 기대했던 삶과 동떨어졌다는 그녀의 하소연이 떠올랐다. 전부 다 기억났다. 그녀는 머리를 식히기 위해 부모 집에서 지내겠다고 말한 뒤 이틀 만에 편지를 써놓고 떠났다.

맥스, 미안하지만 떠나야겠어. 이렇게 될 줄은 꿈에도 몰랐어. 바라지도 않았고. 하지만 난 그를 사랑해. 그의 아이를 가졌어. 그는 다른 곳으로 옮겼으니까 괜히 찾으려 하지 마.

그 모든 걸 기억하지만 사랑은 다 잊었다. 아니, 잊었다고 생각했다. 그런데 그 사랑을 기억하다니, 그 사랑이 존재했다는 걸, 어쩌면 지금도 존재한다는 걸 인정하다니, 참으로 충격이었다.

앤의 집 건너편 도로에 차를 세웠다. 녹지가 아름답게 조성된 런던 교외였다. 스카우트와 스탠은 뒷자리에서 잠이 들었다.

난 그들을 깨우지 않았다.

때마침 다른 차가 진입로에 들어왔다. 차에서 앤의 다른 남자가 내렸다. 앤이 남자를 향해 환하게 웃더니 입을 맞추었다. 여긴 내가 올 곳이 아니었다.

그들이 집 안으로 들어가는 모습을 지켜봤다. 남자가 앤의 불룩한 허리에 팔을 둘렀다. 앤이 문을 닫다가 나와 눈이 마주쳤다. 하지만 이젠 너무 늦었다.

"스카우트는 어떡하고?"

사람들은 가끔 엄마가 어떻게 어린 자식을 두고 떠날 수 있냐고 묻는다. 그럼 나는 이렇게 대답한다. 어떤 사람은 새 집을 얻는다. 어떤 사람은 새 가정을 꾸린다. 그리고 어떤 사람은(늘 그런 건 아니지만 그런 사람은 주로 남자다) 자기 자신을 위해 평생 변명을 늘어놓는다. 그리고 내 아내가 했던 걸 한다.

그게 뭐냐고?

바로 새 삶을 얻는 것이다.

공포심 때문에 그곳으로 달려갔다. 하지만 현실감 때문에 그곳에서 빠져 나왔다. 밤이 깊어지고 날이 추워져도 내가 원하는 건 똑같았다.

나는 내 딸이 안전하길 원했다.

스미스필드로 돌아오는 차 안에서 깨달았다. 스카우트에게 가장 안전한 장소는 나와 함께 있는 곳임을. 스카우트를 위해 물불 가리지 않을 사람은 나밖에 없으니까. 스카우트를 위해 목숨까지 내놓을 사람은 나밖에 없으니까.

우리 집 건물이 들어선 블록엔 사람들이 몰려 있었다. 금요일 밤, 남자 여자 할 것 없이 다들 손에 병이나 잔을 들고서 벌게진 얼굴로 시끄럽게 웃고 떠들었다. 잠든 아기를 안은 채 강아지를 줄에 묶어 끌고 가는 남자를 위해 길을 터주는 사람은 아무도 없었다.

나는 사람들을 거칠게 밀치고 나아갔다. 팔꿈치로 밀치고 어깨를 부딪치며 내 갈 길을 재촉했다. 뭐라고 하거나 신경질적으로 쳐다보면 더 험한 말을 내뱉고 더 날카롭게 쏘아봤다. 여기서 뭐 하냐고 따져 물었다. 내 눈에는 살기가 어렸고 얼굴엔 독기가 서렸다. 그들은 아무 말도 못하고 길을 터주었다.

스카우트가 깰까 봐 조심스럽게 침대에 눕혔다. 스탠이 훌쩍 뛰어올라 스카우트의 품에 파고들었다. 녀석들이 편히 쉬도록 방을 나왔다. 건물 맞은편 육류 시장은 불을 환하게 켜고 업무를 막 시작했다.

사악한 인간이 쳐들어올까 봐 창가에 서서 망을 봤다. 저 밖에는 진짜로 사악한 존재가 있음을 이제야 알았다. 우리가 조만간 만날 거라는 것도 알았다. 육류 시장의 불빛이 밤새 세상을 환히 비췄다. 그 빛에 가려 밤하늘의 별빛마저 흐릿했다.

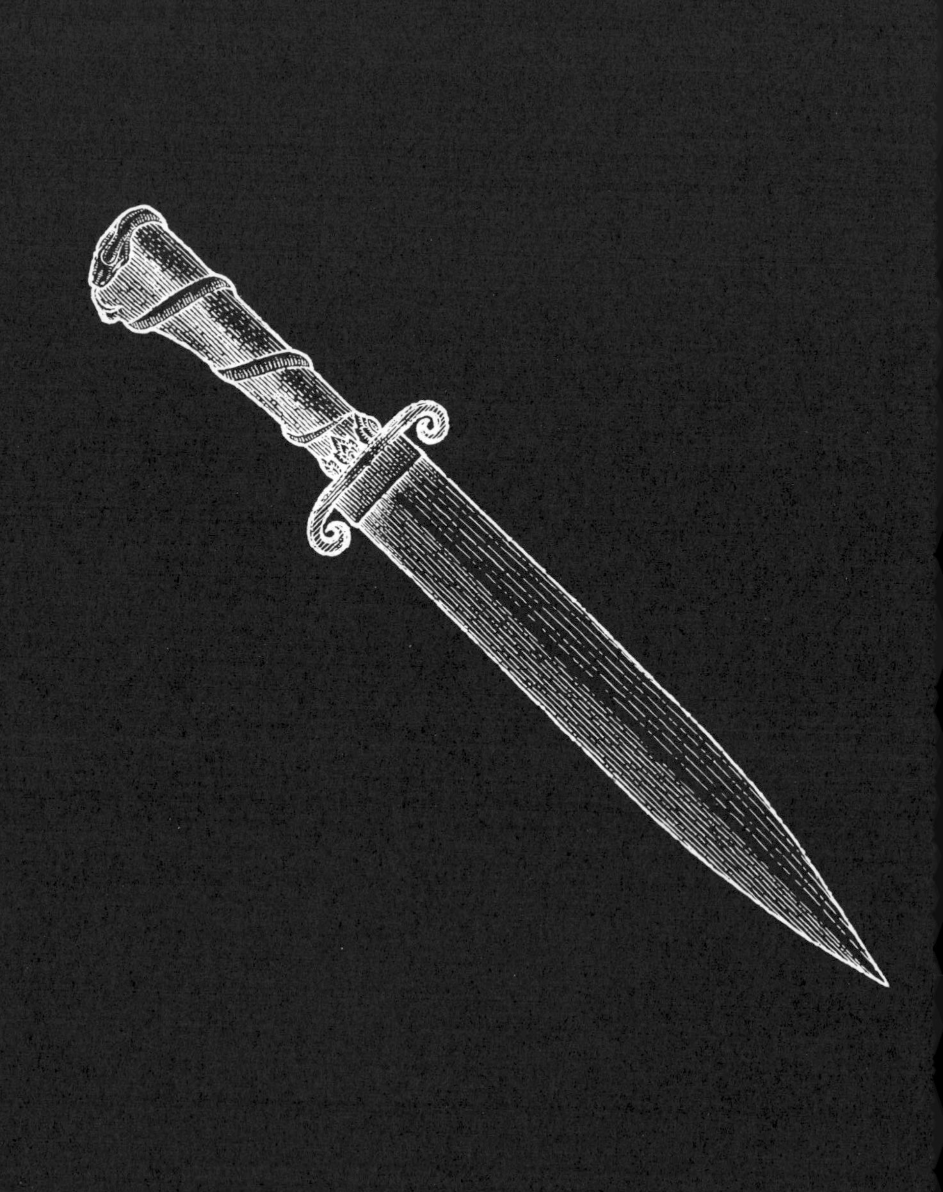

12월 연락 두절

27

2주 뒤, 그녀가 날 보러 왔다.

내 전처 앤이….

온다는 연락도 없이….

옛날 열쇠를 이용해 1층의 공동 출입문은 열었지만 우리 집 현관문은 열지 못했다. 그녀가 떠났을 때 잠금장치를 바꿔버렸다. 자물쇠에 끼운 열쇠가 딸깍거리는 소리가 들렸다. 문에 난 작은 구멍으로 그녀를 확인했다. 잠시 뜸을 들이다 문의 빗장을 벗겼다. 그녀가 문 앞에 서 있었다. 대단히 매력적인 모습으로. 예전에 나와 살을 맞대던 바로 그 여자였지만 떨어져 지낸 시간만큼 변한 모습으로.

"안녕, 맥스."

"앤."

화장은 하지 않았지만 입술은 엷게 바른 듯했다. 어깨까지 내려온 머리카락이 현관 불빛에 반짝거렸다. 짙은 갈색 사이에 흰 머리가 한 가닥 보였다. 창백한 피부에 검은 눈동자가 무척 대비되었다. 앤을 보면 스카우트의 어여쁜 얼굴형이 어디서 왔는지 단번에 알 수 있다. 사랑하는 아이를 볼 때마다 겹쳐지는 얼굴을 싹 지우기란 참으로 어렵다.

앤은 새 삶의 증표인 새아들을 데리고 오지 않았다. 배 속에 든 아이뿐이었다. 내 앞에서 굳이 배를 어루만지며 꿈틀거리는 생명체를 달랬다. 잠깐이나마 우리 사이의 침묵이 숨통을 조여

왔다.

“꼬마는 어쩌고?” 내가 물었다.

“보모한테 맡겼어.” 앤이 말했다. 그게 너무나 당연하다는 말투였다.

앤을 따라 집 안으로 들어왔다. 흰머리 한 가닥이 눈에 영 거슬렸다. 그녀도 이젠 나이를 먹어간다는 사실 때문이 아니었다. 한번도 생각한 적은 없지만 그녀도 언젠가는 늙을 테니까. 그녀에게선 늘 특별한 광채가 빛났다. 그 광채에 이끌려 어렸을 때부터 그녀에게 빠져들었다. 하지만 그녀도 언젠가는 그 광채를 잃을 것이다. 그렇다고 달라지는 건 없을 것이다. 젊음의 광채를 잃더라도 나는 그녀를 계속 사랑할 것이다. 어쩌면 이제야 그녀를 진정으로 사랑하는 건지도 모르겠다. 물론 그 사랑을 전할 기회는 결코 오지 않을 것이다.

“그런 식으로 쳐다보지 마, 맥스. 소름끼친단 말이야.”

“아, 미안.”

스카우트와 스탠이 방에서 나왔다. 우리는 느닷없는 방문자를 저 아래 부자 동네에서 온 사람이 아니라 다른 별에서 온 사람마냥 쳐다봤다. 앤이 무릎을 꿇고서 스카우트를 격하게 끌어안았다. 자식을 자주 만나지 못하면 자연스럽게 행동하기가 불가능하다. 울컥 분노가 치밀었다.

‘스카우트를 생각했어야지. 다른 무엇보다도 스카우트를 생각했어야지.’

스탠이 치켜든 꼬리를 살랑거리며 앤 옆에서 어슬렁거렸다. 기대에 찬 표정으로 앤의 다리에 얼굴을 대고 코를 킁킁거렸다. 앤이 자리에서 일어났다. 한 손으론 허리를 받치고 다른 손으론 허공을 저었다. 세월이 흘러 어여쁜 얼굴에 불쾌한 주름이 잔뜩 잡혔다.

"개는 질색이야. 주둥이를 어디에 갖다 댔는지 모르잖아."

나는 스탠을 집어서 스카우트의 방에 넣었다. 문을 닫으려는데 녀석이 애절한 눈빛으로 쳐다봤다.

거실로 나와 보니 스카우트가 앤에게 복싱 글러브를 보여주고 있었다. 전에 내가 스카우트에게 사줬지만 눈곱만치도 관심을 보이지 않던 물건이었다. 스카우트는 그림을 그리거나 스탠과 놀거나 인형이랑 말하는 걸 더 좋아했다. 인형과 노는 게 아니라 '말하는' 거라고 극구 우겼다. 하지만 지금은 엄마에게 뭔가 새로운 걸 보여주고픈 충동을 느끼는 것 같았다.

그래야 엄마가 가지 않을 거라고 생각했나 보다.

엄마와 딸은 이야기꽃을 피웠다. 나는 주방으로 들어갔다. 커피를 내리는데 슬픔이 파도처럼 밀려왔다. 그 파도에 휩쓸려 허우적거렸다. 숨이 막히고 눈앞이 캄캄해졌다. 수면 위로 다시는 올라가지 못할 것 같았다.

커피 끓는 소리에 가까스로 정신을 차렸다.

커피 두 잔과 오렌지 주스 한 잔을 쟁반에 담아 거실로 돌아갔다.

"카페인이 든 건 이제 안 마셔." 앤이 말했다.

커피를 달고 살던 사람이 웬일인가 싶었다.

"그럼 물 갖다 줄게." 내가 말했다.

"손님 대하듯 애쓰지 않아도 돼." 앤이 말했다. 그 말에 헛웃음이 나왔다. 앤은 언제나 날 웃게 할 수 있었다.

“내가 그린 그림 보여줄까요?” 스카우트가 말했다.

“그래!” 앤이 배를 어루만지며 말했다. “그래, 스카우트. 얼른 보여줘.”

스카우트가 그림을 가지러 제 방으로 갔다. 앤과 나는 서로 쳐다봤다. 오히려 그녀가 애쓰고 있는 것 같았다. 스카우트의 목소리를 듣고 둘 다 고개를 돌렸다. 스탠이 방을 빠져나오려고 낑낑거렸다.

“안 돼, 스탠.” 스카우트가 방에 들어가면서 문을 꼭 닫았다.

“개?” 앤이 눈썹을 치켜세우며 물었다. “복싱?”

앤은 내가 마치 마약 소굴이라도 운영하는 것처럼 들리게 말했다. 그러더니 자리에서 일어나 중요한 물건이라도 두고 갔는지 확인하는 양 집 안을 찬찬히 둘러봤다. 그러다 바닥에 떨어진 당나귀 인형을 밟았다. 그 바람에 꽥 하는 소리가 요란하게 울렸다.

“바닥에 쓰레기 천지네. 게다가 이건 스카우트의 물건도 아니야.”

맞는 말이었다. 바닥엔 스탠의 물건이 널려 있었다. 스탠의 월령은 사람으로 치면 걸음마를 뗀 아기와 같았다. 스탠도 그 또래 아기처럼 장난감이 필요했던 것이다. 꽥꽥 소리가 나는 오리, 뾰족한 돌기가 솟은 고무 공, 유니언잭 턱받이를 찬 곰, 갖가지 맛의 뼈다귀, 물어뜯은 로프….

“그나저나 진짜 당신이 키우는 개 맞아?” 앤이 예전의 그 멸시하는 듯한 말투로 물었다. “잠깐 맡아주는 거 아니야?”

"개는 아주 좋은 반려 동물이야."

때마침 스탠이 나왔다. 스카우트가 그림을 가지고 나올 때 몰래 따라 나왔나 보다. 녀석이 나를 슬쩍 쳐다봤다.

"개는 당신이 부자인지 가난뱅인지 따지지 않아." 내가 말했다. "당신이 예쁜지 못 생겼는지, 영리한지 바보인지 따지지 않아. 어떤 차를 모는지도 따지지 않아."

"그래, 맞아." 앤이 받아쳤다. "너무 멍청해서 그런 걸 따지지 못하는 거야. 그나저나 이게 무슨 냄새야?"

"스크램블드 오믈렛이에요." 스카우트가 엄마 앞에 그림들을 내려놓으며 말했다. "아빠가 조금 태웠어요."

"스크램블드 오믈렛? 그런 게 어디 있니?"

"진짜 있어요. 스크램블드 오믈렛은 아주 맛있어요." 스카우트가 말했다. 별 볼 일 없는 음식에 보낸 딸의 충성심에 눈물이 날 지경이었다. "안에 뭐든 넣을 수 있거든요. 햄도 넣고 치즈도 넣고. 그리고 폴뉴먼 바비큐 소스에 찍어먹으면 정말 맛있어요."

앤이 머리카락을 쓸어 넘기며 웃었다. "스카우트, 오믈렛이면 오믈렛이고 스크램블드 에그면 스크램블드 에그지, 스크램블드 오믈렛 같은 건 없어."

스카우트가 눈을 동그랗게 떴다.

"훌륭한 셰프 중에는 남자가 많아요."

앤이 웃으며 고개를 절레절레 젓더니 맨 위에 놓인 도화지를 가리켰다.

"이건 뭐니?"

"이건 학교에서 그린 거예요." 스카우트가 말하며 제목을 찬찬히 읽었다. "우리 가족."

앤이 숨을 길게 들이마셨다. "하지만 너랑 아빠랑 강아지뿐이잖아. 엄마는 어디 있어? 남동생은? 올리버 아저씨는?"

앤의 새로운 남자. 올리버 삼촌이라고 부르지 않은 게 다행이다 싶었다. 그런 말도 안 되는 촌수로 얽히고 싶진 않았다.

"다른 그림도 많아요." 스카우트는 엄마가 더 불평하기 전에 얼른 제 방으로 뛰어갔다.

"저기 말이야," 앤이 내게 말했다. "적응하는 게 어려우면…."

나는 뭐라고 말해야 할지 몰라 그냥 빤히 쳐다봤다. 적응? 아빠가 딸과 단둘이 지내는 걸 적응하는 거라고 할 수 있나?

갑자기 허리가 욱신거렸다.

"왜 그래?" 앤이 물었다.

"아빠는 오늘 출근하지 않았어요." 스카우트가 그림을 한아름 안고 돌아와서 말했다. "등을 다쳤어요."

"등을 다쳤어? 언제? 얼마나 다쳤는데, 맥스?"

"괜찮아."

"잠은 좀 자?"

"세상 모르고 잘 자."

"그래? 전엔 오밤중에 비명을 지르고 땀범벅이 돼서 깼잖아?"

우린 마주 보고 웃었다.

"난 투덜이 양을 맡았어요." 스카우트가 그림을 바닥에 던지며 큰 소리로 말했다.

"투덜이 양? 그게 뭐니?"

"아기 예수를 보려고 하지 않는 양이에요. 제목이 '투덜이 양'

이에요. 내가 투덜이 양을 맡았어요. 성경에 나오는 내용이에요."

"스카우트의 성탄극 제목이야." 내가 말했다. "크리스마스에 공연할 거야. 투덜이 양이 성경에 나오는지는 모르겠다, 스카우트."

"아빠가 내 의상을 만들어 준댔어요."

앤이 눈썹을 치켜뜨더니 나한테 한마디 던졌다. "흠, 행운을 빌게."

이젠 떠날 시간이었다. 스카우트에게는 조만간 다시 오겠다는 약속이 이어졌다. 가끔 데리러 오겠다는 약속, 재미있게 놀아주겠다는 약속, 걸음마를 뗀 남동생과 곧 태어날 여동생에 대한 이야기 등 스카우트에겐 아무 상관도 없는 이야기와 약속이 술술 이어졌다. 저런 약속이 모두 지켜진다면 좋을 텐데. 완벽하진 않겠지만, 다시 합쳐지진 않겠지만, 지금보단 좋을 텐데.

이런 모든 사태에도 불구하고 앤이 스카우트를 사랑한다는 사실은 알고 있다. 하지만 새 집에서 새 남자와 새 살림을 차렸을 때 스카우트를 위한 자리는 없었다. 그런 자리는 애초에 마련하지 않았다. 가엾은 내 딸은 평생 그 상처를 안고 살아야 할 것이다.

"아 참," 앤이 말했다. "아래층에서 어떤 여자가 당신을 기다리고 있던데."

"그런 여자들 많아."

"어련하시겠어." 앤이 우리를 떠나 새 가정과 새 삶으로 돌아가면서 말했다. "그런 여자들은 필시 당신 개도 좋아하겠지."

★

“안녕하세요, 꾀병쟁이 아저씨?” 렌이 말했다. “영원히 안 들여보내줄 줄 알았어요. 이번엔 또 뭐가 문젠가요?”

“늑간 근육 파열이야.” 내가 말했다.

렌이 머리를 흔들었다. “그건 또 뭔데요?”

“늑간 근육은 숨을 들이쉬고 내쉴 때 흉곽을 들어 올리는 역할을 해.”

“아픈가요?”

“숨을 쉴 때만.”

“맬러리 경감님의 장례식을 치렀어요. 경장님도 참석했으면 좋았을 텐데. 맬러리 부인이 경장님 안부를 묻더라고요.”

나는 부끄러워서 고개를 들 수 없었다. “부인 얼굴을 마주할 수가 없어. 뭐라고 말해야 할지도 모르겠고.”

“바보같이 뭐 그런 걸로 고민해요?”

스카우트와 스탠이 렌을 맞으러 나왔다.

“어머, 얘 털이 내 머리칼과 똑같네!” 렌이 스카우트를 보며 감탄했다.

셋은 만나서 무척 기뻐했다. 스탠은 좋아서 팔짝팔짝 뛰었다. 렌은 스탠이 냄새를 맡도록 손등을 내밀었다가 녀석의 등을 쓰다듬기 시작했다. 개를 한두 번 다뤄본 솜씨가 아니었다.

“그런데 누구세요?” 스카우트가 물었다.

“아빠랑 같이 근무하는 동료란다.” 렌이 대답했다.

“이것 좀 보세요.” 스카우트가 렌에게 말하더니 스탠에게 돌아서서 명령했다. "스탠! 죽은 척해."

스탠이 옆으로 쓰러졌다. 하지만 고개를 빳빳이 들고서 스카우트의 작은 손에 들린 닭고기 간식을 뚫어져라 쳐다봤다. 기대에 들떠서 고개가 흔들렸다. 죽기는커녕 졸려 보이지도 않았다.

"어머나! 정말… 대단하구나!" 렌이 말했다. "이런 묘기는 난생 처음 봐. 너희 둘은 텔레비전 쇼에 나가도 되겠다. 정말 대단해."

스카우트와 스탠은 의기양양하게 방으로 들어갔다.

"언제부터 나올 건데요?" 렌이 물었다.

"내일. 어쩌면 모레."

"상관없어요. 어차피 이건 비공식 수사니까."

렌의 손에는 A4 사이즈의 얇은 초록색 파일이 들려 있었다. 렌이 툭 내밀었지만 나는 받지 않았다.

"명단이에요." 렌이 말했다.

"명단?"

"실종자를 찾으라면서요. 20년 전에 사라진 소녀 말이에요." 렌의 눈이 반짝거렸다. "경장님이 부탁했잖아요. 고새 잊었어요?"

웃음이 터질 뻔했다. 갑자기 허리가 욱신거리는 바람에 간신히 참았다.

"다 끝났어. 사건이 종결됐잖아. 살인범도 잡혀서 유죄 판결을 받았고. 그럼 다 끝난 거 아냐?"

도살자 밥으로 알려진 이안 팩이 모든 살인 사건에 관련됐다고 결론 났다. 그가 맬러리 경감뿐만 아니라 휴고 벅과 아담 존스, 뚱보 가이 필립스의 살인도 저질렀다는 것이다. 팩은 이제 공식적으로 연쇄 살인범이 되었다. 가상 세계가 아니라 현실 세계의 슈퍼스타로 등극한 것이다. 도살자 밥의 팔로워들이 소셜 네트워크 사이트를 환히 밝혔다.

갑자기 기운이 쑥 빠졌다.

"화이트스톤이 경감으로 승진됐다고 들었어."

"네." 렌이 말했다. "그럴 자격이 충분이 있죠."

"맬러리 경감님에겐 사후에 하사하는 여왕 훈장을 주기로 했다지?"

"네. 그리고 스칼렛 부시는 〈돼지 살해범〉이라는 책을 냈어요."

"책? 벌써?"

"〈돼지 살해범〉은 전자책이에요, 노땅 아저씨." 렌이 손가락을 튕기며 말했다. "전자책은 빨리 출간할 수 있어요. 나도 아직 읽어보진 않았어요. 총경님은 요새 희희낙락이에요. 우리 팀은 모두 적어도 한 등급씩 봉급이 오를 건가 봐요. 경장님이 근육 파열로 끙끙 대는 동안 밖에선 많은 일이 벌어졌어요."

나는 고개를 저었다. "다 끝났어."

"아뇨. 이제 겨우 시작했을 뿐이에요. 실종자는 여전히 실종된 상태로 남아 있잖아요."

"이 나라에서 얼마나 많은 사람들이 실종되는지 알고 있나? 해마다, 아니 날마다?"

"네. 3분에 한 명씩 실종되죠. 대부분 어린 나이고, 그중 대다수는 여자죠. 엄마의 새 남자 친구한테 학대받은 소녀들. 마약과 알코올에 중독된 소녀들. 몸매에 집착하는 소녀들. 자해를 저지르거나 온갖 종류의 허상에 집착하는 소녀들. 먹을 것도, 거처할 곳도 없는 소녀들. 거기에 사회 안전망에서 누락된 운 나쁜 소녀들도 있죠. 임신한 소녀들. 사랑에 빠졌다고 생각하는 소녀들. 이상한 종교에 빠지는 통에 팝송은 매춘부나 듣는 거라고 생각하는 부모를 둔 소녀들."

"흠, 그 정도면 거의 다 망라하겠군."

"그럼 1988년에 실종된 소녀가 몇 명이나 되는지 알아요?"

나는 잠시 생각하다 말했다.

"굉장히 많겠지."

"말해줘도 못 믿을 걸요?"

"그 많은 애들을 다 찾을 셈이야? 응? 죄다 찾아서 복수라도 해주려고?"

"다 찾지는 않을 거예요. 범위를 줄이고 줄여서 단 한 명만 찾으면 되거든요. 경장님이 알려준 건 너무 광범위하더군요. 실종된 소녀가 너무 많았어요. 그래서 포터스 필드 인근 지역에서 1988년 봄과 여름 학기에 실종된 소녀들로 범위를 확 줄였어요."

"하지만 실종자라고 다 살인 피해자는 아니잖아, 렌. 그중 일부, 아니 대부분은 그냥 연락이 두절됐을 뿐이야. 연락 두절이라는 말 들어봤지? 경찰학교에서 요즘도 연락 두절자에 대해 가르치나?"

"좋아요." 렌이 파일 내용물을 정리하기 시작했다. "정 그러면 나 혼자 알아서 할게요."

"실종자들 중엔 그냥 연락을 끊고 다른 데 가서 이름을 바꾸고 사는 사람도 많아. 그들은 과거의 악몽을 떨쳐버리고 새로운 환경에서 행복하게 잘 살아."

"맞아요." 렌이 인정했다. "하지만 개중에는 지하실에서 쓸쓸히 죽어간 사람도 있어요. 더 끔찍한 부류는 지하실에 갇혀 계속 산 사람이죠. 어떤 미친놈의 지하실에 갇혀 10년 넘게 산 사람도 있잖아요. 벌거벗은 채 벽장에 갇히기도 하고요. 그런 사례를 들어봤죠, 그렇죠?"

나는 잠시 뜸을 들이다 대답했다.

"그래, 들어봤어."

"게다가 저번에 제임스 서트클리프한테 가서 그런 얘길 직접 들었잖아요. 한 소녀가 있었다고! 모든 게 그 소녀에서 시작됐다고! 그 소녀를 찾고 살인범을 찾으면, 사건의 동기를 찾을 수 있을 거예요. 하지만 먼저 그 소녀를 찾아야 해요. 우리가 찾아야 한다고요. 그냥 이렇게…, 손 놓고 있으면 안 된다고요." 렌이 나를 노려봤다. "정말 나 혼자 알아서 하길 바라는 거예요? 네? 믿을 수가 없네요. 경장님이 그런 분인 줄 미처 몰랐어요."

"자넨 나를 몰라."

"그러게요."

나는 렌을 문까지 배웅했다.

"어린 자식을 홀로 키우는 게 어떤 건지 자네가 알아?" 내가 말했다. "세상이 어떻게 돌아가든 신경을 덜 쓰게 돼. 얼마나 덜 쓰게 되는지 자넨 모를 거야. 오로지 자식과 관련된 문제밖에 눈에 안 들어와. 그나저나 이 일을 계속 비공식적으로라도 수사할 거야?"

렌이 고개를 끄덕였다.

"하지만 왜? 실종자는 여전히 실종자일 뿐이야. 맬러리 경감님이 살아 돌아오는 것도 아니잖아. 도살자 밥은 감방에서 청혼 편지를 수두룩하게 받을 테고."

"우리가 하지 않으면 그들이 계속해서 그런 짓을 저지를 테니까. 우리마저 손 놓고 있으면 두려워서 자기 일을 제대로 못하는 겁쟁이들과 다를 게 없으니까. 누군가는 해야 할 일이에요. 바로 우리가 해야 할 일이라고요. 그게 옳은 일이니까."

렌이 파일로 내 가슴을 쳤다.

이번엔 파일을 받았다.

"경장님도 딸이 있잖아요. 그 아이를 위해서 하세요."

머피 부인이 도착한 뒤, 나는 파일을 살펴보려고 스미스 오브 스미스필드 레스토랑에 갔다.

세 페이지 분량으로 내용이 많지 않았다.

첫 장에는 여권 사이즈용 사진이 있었다. 십 대 중반쯤 되는 금발 소녀가 카메라를 향해 어색하게 웃고 있었다. 이름은 아냐 바우어, 1973년 7월 4일생이었다. 이름만 보면 독일 출신 같았다.

사진 속에서 아냐 바우어는 누군가의 헤어스타일을 따라한 듯한 인상을 풍겼다. 당시 잘 나가던 팝스타거나 공주일 듯싶었다. 마돈나 아니면 다이애나 왕세자비. 아무래도 마돈나에 가까웠다. 마돈나가 짧은 헤어스타일을 고수하던 초기 시절과 흡사했다. 아냐 바우어는 제 나이보다 더 성숙하게 보이려고 애쓴 듯했다. 그 나이 또래 십 대라면 누구나 그렇듯이 더 예쁘게 보이려고 애쓴 듯했다. 지금쯤 중년기의 정점에 이르렀을 것이다.

아직 살아 있다면.

두 번째 장에는 앞장의 사진과 함께 실종자 웹사이트에 올라온 공지 사항이 보였다.

주의: 이 아이는 나이와 스타일 변화에 따라 사진 이미지와 상당히 다르게 보일 것이다.

마지막 장에선 똑같이 웃고 있는 소녀의 사진과 함께 '포터스필드 포스트'지에 실린 1988년 8월 21일자 기사가 보였다. 짤막한 기사였다. "아냐 바우어(15세)는 두 달째 실종된 상태이며 경찰은 그녀를 찾고자 애쓰고 있다." 전화번호가 있었지만 20년이나 흘렀으니 지금은 사용하지 않을 게 뻔했다.

나는 아냐 바우어의 사진을 한참 쳐다보다 집으로 돌아왔다. 현관문을 열려고 하는데 스탠의 짖는 소리와 스카우트의 천진난만한 웃음소리가 흘러나왔다.

28

황실 개들의 쉼터, 포터스 필드에 오신 걸 환영합니다.

화려하게 장식된 목재 표지판에 쓰인 글귀였다.

렌이 표지판을 보더니 코웃음을 쳤다. “저게 뭐라고…. 타지마할이나 빅토리아 폭포라도 되는 것처럼 들리네요. 황실 개가 여기에 다 묻힌 것도 아니잖아요, 그렇죠? 그냥 헨리 8세의 개들뿐, 여왕님의 코기 견은 한 마리도 없잖아요. 더구나 헨리 8세의 개들이 죄다 여기 묻힌 것도 아닐걸요.”

표지판에는 헨리 8세의 유명한 초상화 이미지도 찍혀 있었다. 헨리 8세의 모습은 건장한 청년의 모습이 아니라 마누라를 여럿 갈아치운 배불뚝이 중년의 모습이었다. 왕방울 눈을 한 스패니얼 몇 마리가 헨리 8세의 실크 실내화 옆에서 뛰놀고 있었다. 스패니얼은 모두 스탠의 친척처럼 보였다.

공립학교 주변에는 어김없이 영국의 평범한 마을이 펼쳐져 있다. 포터스 필드 주변에도 고풍스럽긴 하지만 가난의 굴레를 벗어나지 못한 마을이 있었다. 암행 순찰차인 현대 자동차를 렌이 운전하고서 마을 공터를 지나갔다. 동네 청년들이 공터에 앉아 술과 담배를 즐기고 있었다. 그들 옆에는 산악자전거가 세워져 있었다.

“맬러리 경감님의 부인이 훈장 수여식을 마치고 사무실에 들르셨어요.” 렌이 말했다. “참 괜찮으신 분이더라고요. 모두에게 일일이 고맙다고 인사하셨어요. 경장님 안부도 물으시던데요."
렌이 잠시 뜸을 들이다 덧붙였다. "한번 찾아봬야지 않겠어요?"

"경찰서와 형편없는 지방 신문사 중 자넨 둘 중 어디를 가고 싶나?" 내가 물었다.

렌이 나를 물끄러미 쳐다봤다.

"내 말 듣고 있어요?"

"그래, 듣고 있어. 경찰서야, 아니면 형편없는 지방 신문사야?"

렌은 나를 한참이나 쳐다보다 고개를 돌렸다.

우리는 이제 시내 중심가에 이르렀다. 프랜차이즈 커피숍과 휴대폰 가게, 슈퍼마켓들 사이에 예스러운 작은 찻집도 보였다. 우리는 한 찻집 앞에 차를 세웠다. 거기에도 헨리 8세와 애완견들의 석상이 세워져 있었다. 홍차와 함께 가벼운 간식을 즐길만한 곳이었다.

"난 지방 신문사를 가볼게요." 렌이 말했다.

그들은 내 방문을 전혀 예상하지 못했다. 하지만 내가 신분증을 내밀자 선임 경사의 방으로 안내해 주었다. 레인 경사는 얼굴이 크고 붉었으며 말투가 약간 거칠었다. 내 신분증을 힐끔 보더니 능글맞게 웃으며 돌려주었다. 부러워하는 것 같기도 하고 조롱하는 것 같기도 했다. 나와 악수를 한 뒤, 혀를 델 정도로 뜨거운 블랙커피를 종이컵에 따라주었다.

"경찰청 범죄 수사과에서 또 무슨 일이죠?" 레인 경사가 물었다. "저번에 체육 교사의 안타까운 죽음 이후로 통 보이지 않더니만. 그나저나 그 사건은 범인이 잡히지 않았나요?"

“이번엔 다른 일로 찾아왔습니다.” 내가 말했다. “어떤 실종자에 대해서 알아보려고요.” 내가 얇은 파일을 내밀었다. “포터스 필드에서 오래 근무했습니까?”

“여기서 나고 자랐죠. 도회지는 영 체질에 안 맞아요. 여긴 얼마나 아름답습니까? 자연 경관이 끝내주죠. 들판으로 나가면 몇 세기 전으로 돌아간 것 같아요.”

“실종자 중에 아냐 바우어라는 이름을 기억합니까?”

그는 파일을 건성으로 넘겨봤다.

“내가 왜 그래야 하죠?” 그는 파일을 닫고 눈썹을 치켜세웠다. 그러다 파일을 내 쪽으로 밀면서 덧붙였다. “실종자라기보다는 연락 두절자에 가깝지 않습니까?”

“그러니까 실종 신고는 들어왔는데 딱히 추적하진 않았다, 이겁니까?”

그가 천천히 웃으며 말했다. “우리가 촌동네 경찰관이라 할 일 없이 노닥거린다고 생각하는 겁니까?”

나 역시 웃으며 대답했다. “천만에요. 얼마나 바쁠지 짐작이 갑니다. 포터스 필드의 버릇없는 부잣집 자제들 때문에 한가할 짬이 없겠죠.”

“아, 개들은 전혀 문제없습니다.” 그가 기분 나쁜 듯 고개를 치켜들며 말했다. “우린 학교와 원만한 관계를 유지하고 있습니다. 예전부터 줄곧 그랬습니다. 그들은 사고를 치더라도 첼시나 나이츠브리지 쪽에 가서 치지 이쪽에선 아주 점잖게 행동합니다.” 레인 경사가 파일을 가리키며 덧붙여 물었다. “외국에서 온 아인가 보죠?”

"독일 출신이에요. 뮌헨. 이 동네 아이였다면 좀 더 열심히 찾아봤겠죠?"

경사가 껄껄 웃었다. "우리한테 달리 선택권이 있습니까?" 그러더니 표정을 싹 바꾸고 진지하게 물었다. "시신을 찾았습니까? 그래서 찾아온 겁니까?"

"그런 건 아닙니다. 그냥 육감이 발동해서."

나는 자리에서 일어났다. 한 손으론 파일을 잡고 다른 손으론 악수를 청했다. 경사가 내 손을 꽉 잡더니 한동안 놓지 않았다. 내 나이와 신분과 경찰청 근무자라는 사실에도 불구하고 자신이 단연코 더 강한 남자임을 입증하려는 듯 보였다.

"실례되는 질문인지 모르지만, 당신이 여기 왜 왔는지 도통 모르겠군요." 경사가 말했다. "정식으로 수사하는 거 맞습니까?"

"그냥 좀 꺼림칙한 게 있어서요. 시간 내줘서 고맙습니다."

"천만에요."

내가 문을 나서기도 전에 그는 전화기를 집어 들었다.

'포터스 필드 포스트' 신문사 사무실은 시내 중심가의 골동품 가게 위층에 있었다. 그런데 렌이 만날 장소를 문자로 다시 보내왔다. 마을 가장자리에 있는 작은 집 앞에 이르자 팔십 대 초반으로 보이는 정정한 노부인이 안 그래도 깔끔한 정원을 손보고 있었다.

"어서 와요." 노부인이 말했다. "그 아가씨는 내 남편이랑 안에 있어요. 현관문은 열려 있어요!"

짚으로 지붕을 이은 작은 집으로 들어가자 노쇠한 골든 레트리버가 느릿느릿 다가왔다. 녀석은 내 손을 킁킁거리더니 졸졸 따라왔다. 나는 렌의 흥분된 목소리를 들으며 홀을 지났다.

렌은 거실 바닥에 앉아 돋보기로 밀착 인화지를 살피고 있었다. 바닥에 밀착 인화지가 잔뜩 널려 있었다. 안락의자에는 백발이 성성한 노인이 커다란 스카치위스키 잔을 들고 앉아 있었다.

"우리 판타, 착하지." 노인이 개한테 말하고 나서 내게 인사했다. "안녕하신가, 젊은이? 위스키 한 모금 들겠소?"

"싱글 몰트예요." 렌이 나섰다. "20년산인데 맛이 기가 막히네요."

탁자에 잔이 있었지만 렌이 입을 댄 것 같지는 않았다.

노인이 몸을 일으키려고 했다. 나는 얼른 손을 흔들며 사양했다. 렌이 한쪽 눈에 돋보기를 갖다 대더니 다른 손으로 밀착 인화지를 집어 들었다.

"신문사엔 아무것도 없어요. 문 닫기 직전이던데요. 제대로 된 파일도 없고 파일링시스템을 디지털로 전환하지도 않았어요. 마이크로피시(마이크로필름의 한 종류로 낱장 필름에 사진 300매 정도를 수록할 수 있음. - 옮긴이 주)엔 좀이 슬었더라고요. 그게 말이 돼요?"

"포터스 필드 포스트?" 노인이 끼어들었다. "요즘엔 그냥 나눠주잖아! 공짜로 마구 뿌린다니까! 그런 걸 무가지(無價紙)라고 부르던데!"

"신문사에서 여기 계시는 쿠퍼 씨에게 가보라고 했어요." 렌이 말했다.

"쿠퍼 몬티!" 노인이 불쑥 소리쳤다.

"몬티!" 렌이 알았다는 듯이 노인의 이름을 불렀다. "몬티 할아버지는 거기서 40년 동안 사진 기자로 근무하셨대요."

"암, 내 평생을 바친 곳이지." 노인이 의기양양한 목소리로 말했다.

몬티는 렌과 함께 있는 게 무척 신나는 것 같았다. 그래서 고이 간직했던 밀착 인화지를 선뜻 내주었고, 렌이 사인펜으로 표시해도 뭐라 하지 않았다.

나는 렌 옆에 가서 앉았다.

"왜 '형편없는' 지방 신문사라고 부르는지 알겠더라고요. 아냐 바우어가 실종됐을 때 작성한 한 줄짜리 기사 말고는 아무것도 없어요. 후속 취재를 전혀 안 했더라고요."

"그건 경찰도 마찬가지야." 내가 말했다.

"하지만 이걸 좀 봐요." 렌이 돋보기를 내밀며 말했다.

"나는 평생 이 마을을 사진에 담았어." 몬티가 말했다. 그의 말투엔 레인 경사한테서 느꼈던 것보다 훨씬 더 강한 자부심이 묻어났다. "그리고 1년에 한번씩 포터스 필드를 찍었어. 포터스 피프스Potter's Fifth 데이에."

나는 군복 차림의 소년들 이미지를 유심히 살폈다. 포터스 필드 연합 장교 양성대 유니폼을 입은 일곱 소년들과 같은 차림이었다. 이번엔 전교생이 똑같은 유니폼을 입고 행군했다.

"포터스 피프스는 학교의 기념일이에요." 렌이 설명했다. 몬티가 갑자기 껄껄 웃자 골든 레트리버가 벌떡 일어났다. 그러더니 다시 어기적거리며 쓰러져 잠에 빠져들었다.

"해마다 3월 5일이 되면 학교는 일반 사람들에게 문을 활짝 열어.” 몬티가 설명했다. “그리고 마을도 학교에 모든 걸 개방하고. 아무튼 겉보기엔 그렇게 해. 이튼 스쿨이 6월 4일을 기념하는 것과 같아. 이튼엔 강이 있지만 우리에겐 없다는 게 다를 뿐이지.”

“그들이 보이나요?” 렌이 물었다.

“아니.”

렌이 내 팔을 툭 쳤다. “제발, 좀 더 꼼꼼히 좀 봐요!”

유니폼을 입은 소년들 수백 명을 더 자세히 들여다봤다. 그들은 헨리 8세 동상을 지나면서 펄럭이는 깃발을 향해 거수경례를 했다. 카메라 옆을 지나칠 때 두 눈을 꼭 감은 소년들도 보였다. 그러다 밀착 인화지 가운데에 붉은 동그라미가 쳐진 부분이 눈에 들어왔다.

그들은 내가 기억하는 모습과 달랐다. 자만심에 차서 삐딱한 자세로 활짝 웃는 모습이 아니라 사뭇 진지하고 꼿꼿했다. 지금보다 스무 살 젊은 엘리자베스 여왕의 사열을 받는 근엄한 소년병의 모습이었다.

일곱 소년이 카메라의 한 프레임에 나란히 잡혔다. 가이 필립스, 살만 칸, 벤 킹, 네드 킹, 제임스 서트클리프, 휴고 벅, 아담 존스. 그리고 다른 프레임에선 제임스 서트클리프 옆에 이마를 찌푸린 여왕이 보이고, 그 뒤로 페레그린 와프 교장이 우뚝 서 있었다. 교장의 꾹 다문 입술은 자부심에 금방이라도 터질 것 같았다.

“그리고 이것도요.”

렌이 옆에 놓인 밀착 인화지를 한 장 더 건넸다. 거기에도 한 이미지에 붉은 색 동그라미가 쳐져 있었다.

밤에 찍은 사진이었다. 널찍한 흰색 차일 아래에서 파티가 한창이었다. 웨이터들이 샴페인 잔을 올린 쟁반을 들고 돌아다녔다. 부모들과 소년들, 교사들과 손님들이 둘러서서 술잔을 기울이며 담소를 나누었다. 포터스 피프스의 행사가 막바지에 이르렀다. 파티장 한쪽에선 한 소년과 소녀가 반쯤 돌아서서 미소를 지었다.

"벤 킹이로군." 내가 말했다.

"네드 킹이에요." 렌이 반박했다. "더 자세히 봐요. 얼굴에 흉터가 보일 거예요."

"그럼 저 소녀는?"

소녀는 금발에 얼굴이 예뻤다. 단발머리를 뒤로 묶어 귀엽게 연출했고 반쯤 보이는 입가엔 미소가 어렸다. 평범한 티셔츠에 바지 차림은 이날 행사와 어울리지 않았다. 포터스 피프스에 모인 다른 사람들에 비해 너무 캐주얼한 복장이었다.

렌이 웃으며 고개를 저었다. "모르겠어요. 그냥 아무 소녀일 수도 있죠. 전에 네드 킹을 만나봤죠? 맬러리 경감님과 함께."

나는 브라이즈 노턴 공군기지에서 킹 대위를 만나던 밤을 떠올렸다. 대위는 부하들을 데리고 아프가니스탄에 가기 위해 헤라클레스를 탑승하기 직전이었다.

"살인사건이 막 터진 시점이었어. 네드 킹은 그날 아프가니스탄으로 떠나려던 참이었지. 맬러리 경감님은 킹 대위를 좋게 봤던 것 같아." 나는 20여 년 전 파티에서 웃고 있는 소년과 소녀의 이미지를 돋보기로 유심히 살폈다. "그건 나도 마찬가지였어."

"아무튼 킹 대위가 돌아오면," 렌이 말했다. "다시 만나봐야겠네요."

"쿠퍼 씨," 내가 말했다. "단지 저 이유만으로 학교에 가셨나요? 포터스 피프스 행사만 찍으셨나요?"

노인이 고개를 젓더니 자세를 편히 잡았다.

"기록에 필요한 사진을 찍으러 갈 때도 있었지. 그들은 교장이 새로 부임하면 늘 사진을 찍어달라더군. 그리고 헨리 8세의 동상도 자주 찍었어. 이 동네 관광 산업의 핵심이거든." 그는 커피 탁자 쪽으로 몸을 기울였다. "무덤도 찍었고. 황실 개들의 무덤 말일세." 그는 탁자에서 낡은 카드보드로 된 파일을 찾아 톡톡 두드렸다. "여기 있군."

파일 안에는 밀착 인화지가 아니라 윤이 반짝이는 8×10 사이즈의 사진이 여러 장 있었다. 일부는 포터스 필드에서 재직한 교장들의 인물 사진이었다. 페레그린 와프 교장을 비롯해 오래전에 은퇴하거나 세상을 떠난 교장의 사진이 보였다. 그리고 온갖 계절과 날씨에 따라 근접 촬영한 황실 개들의 무덤 사진도 다수 있었다.

나는 사진 두 장을 집어 들었다. 흑백 사진에서는 묘석이 빗물에 반짝거렸다. 잔디를 깎지 않아 주변이 지저분했다. 칼라 사진에서는 묘석이 여름 햇살에 반짝거렸고 주변 잔디도 깔끔하게 다듬어져 있었다.

그런데 두 사진의 차이는 그것만이 아니었다.

"비문을 보세요. 묘석에 새겨진 비문을…." 내가 흑백 사진을 들어 보이며 말했다. "여기엔 아무것도 새겨져 있지 않아요."

여름에 찍힌 무덤 사진엔 비문이 분명히 있는데, 빗물에 반짝이는 사진엔 없었다.

노인이 미소를 지었다. 그는 사진을 보지 않고도 비문을 읊을 수 있었다. "'형제, 자매들이여, 제발 조심하게. 너희 마음을 개에게 주어 찢기지 않도록.' 흠, 애초엔 그걸 새길 수 없었을 거야, 그렇지 않나?"

"어째서 그렇죠?"

"그 무덤은 500년 가까이 됐잖아. 하지만 그 구절은 20세기 초에 루디야드 키플링이 썼거든. 나 젊었을 때까지만 해도 무덤은 거의 허물어진 상태였어."

"혹시 그때 사진이 있을까요?" 렌이 물었다.

노인은 미심쩍은 표정을 지었지만 결국 이미지를 하나 찾아냈다. 금이 간 묘비 옆에 세워진 노란 불도저가 눈에 띄었다. 측면에 'V. J. 칸과 아들들'이라는 회사 이름이 선명하게 찍혀 있었다.

"무덤엔 아무런 표식도 없었어." 노인이 계속 설명했다. "어쩌면 있었는데 다 삭아서 안 보였는지도 모르지. 아무튼 난 못 봤어. 500년이나 됐잖아. 그런데 무덤을 복구할 때 그가 키플링의 시구를 새겨 넣었지."

"그가 누군데요?" 렌이 물었다.

"교장이지." 노인이 싱글 몰트 위스키를 한 모금 마신 후 말했다. "와프 교장이 무덤에 아무 표식도 없으면 안 된다고 했어."

29

렌이 몬티와 그의 아내, 골든 레트리버와 함께 치즈 토스트를 먹는 사이, 나는 암행 순찰차를 몰고 포터스 필드로 향했다. 수업이 다 끝났는지 학교가 조용했다. 교문이 열려 있어서 현대 자동차를 교직원 주차장에 세워 두고 안으로 들어갔다. 땅거미가 내리는 운동장에서 누군가가 움직이고 있었다. 그쪽으로 걸음을 옮기려는데 총소리가 탕 하고 울렸다.

구경이 큰 총인 것 같았다. 멀리서도 상당히 크게 울렸다. 이내 조용해져서 나는 다시 운동장 쪽으로 걸어갔다. 건물이 너무 생기 없고 우중충해서 1,000명이나 되는 소년들이 거주하는 곳 같지 않았다.

렌 주코프가 잔디 깎는 기계처럼 보이는 물체를 끌고 럭비 경기장을 천천히 돌고 있었다. 가까이 다가간 뒤에야 그가 지나간 자리에 흰 줄이 그어진 게 보였다. 경기장의 터치라인을 그리는 중이었나 보다.

내가 손을 들면서 큰 소리로 인사했다.

"금 밟지 말게!" 늙은 관리인이 말했다. "아직 젖었으니까!"

"저 기억하시죠? 웨스트엔드 센트럴의 울프 경장입니다."

신분증을 꺼내려는데 그가 더없이 무심한 표정으로 말했다.

"기억하네."

"현재 수사 중인 사안과 관련해서 몇 가지 여쭤보려고 왔습니다."

하지만 그는 시큰둥한 얼굴로 하던 일을 계속할 뿐이었다. 그가 지나가는 방향 뒤로 하얀 줄이 곧게 생겼다. 기계에서 나는 소음 때문에 내 말소리가 묻혀 버렸다.

"금 밟지 말게!" 그가 어깨 너머로 또 소리쳤다. 수십 년 동안 소년들을 상대로 소리치는 데 익숙해진 사람이었다. "어두워지기 전에 끝마쳐야 해."

나는 운동장을 다시 가로질렀다. 성당을 지나 묘지 쪽으로 걸어갔다. 발치에서 부산스럽게 움직이는 소리가 들렸다. 다람쥐 한 마리가 잽싸게 내 앞을 지나가더니 나무 위로 쪼르르 올라갔다. 헨리 8세의 개들이 묻힌 무덤에 이르렀을 때 두 번째 총소리가 들렸다. 일단 비문부터 살폈다.

형제, 자매들이여,
제발 조심하게
너희 마음을 개에게 주어 찢기지 않도록.

궂은 날씨와 세월 때문에 글자 사이사이에 푸르스름한 이끼가 끼었다.

뒤에서 발 끄는 소리가 들려 몸을 돌렸다. 렌 주코프가 내게 시선을 고정한 채 천천히 다가오고 있었다.

"원하는 게 뭔가? 여긴 함부로 들어오는 곳이 아니야. 미리 말하고 허가를 받았어야지."

"묘석에 새겨진 글귀 말입니다. 이게 새겨진 지 100년밖에 안

됐다는 걸 오늘에야 알았습니다. 그런데 무덤은 500년이나 됐잖습니까? 한 세기 전에는 없었다는 거죠."

관리인이 '그래서 뭐 어쨌다고?'라는 표정으로 나를 쳐다봤다.

"제가 어쩌다 그걸 놓쳤는지 의아합니다." 내가 혼잣말 하듯이 대답했다. 때마침 총소리가 또 들렸다. 나는 고개를 들고 관리인을 쳐다봤다. "관찰하고 알아채는 게 제 특기인데 말입니다."

그는 내게서 시선을 떼지 않았다.

"저 총소리는 뭡니까?" 내가 말했다. "12구경인 것 같은데."

"그보단 .410구경처럼 들리는군." 관리인이 말했다. "근거리 사냥엔 그게 더 좋거든. 농작물에 해를 입히는 야생 동물 때문이겠지." 그는 관절염 때문에 펴지지 않는 손을 작업복에 대고 문질렀다. 내가 자기 손을 쳐다보는 걸 알고는 얼른 주머니에 찔러 넣으며 덧붙였다. "쥐, 토끼, 여우…."

"어디 출신이시죠, 주코프 씨?"

관리인이 인상을 팍 썼다. "말했잖소. 여기 출신이라고."

"태어나신 곳 말입니다."

"러시아."

"러시아요? 거기선 렌이라고 부르지 않았을 텐데요."

"레프." 그가 말했다. "얼추 비슷하지."

"러시아 어디십니까?"

때마침 총소리가 또 나서 둘 다 고개를 돌렸다. 이번엔 더 가까운 곳이었다. 큰 게이지의 산탄총에서 나는 총성이 툭 터진 들판을 뒤흔들었다. 소리가 길게 이어졌다.

"누가 저렇게 자꾸 쏘는 겁니까?" 내가 물었다.

관리인이 또다시 무심한 표정으로 어깨를 으쓱했다.

"농부겠지."

"그렇다면 어르신은 2차 세계대전이 끝나고 오셨겠네요?"

"아닐세." 그가 웃는 듯 마는 듯한 얼굴로 말했다. "대조국 전쟁이 끝나고 왔네."

내가 웃으며 설명했다. "명칭만 다르지 같은 전쟁입니다."

"아니," 그가 정색하며 말했다. "전혀 다른 전쟁이야. 자네 나라 사람들과 우리나라 사람들 입장에선 전혀 다른 전쟁이야. 러시아에서만 250만 명이 죽었어."

우리는 말없이 무덤을 쳐다봤다. 애완견을 위해 무덤을 꾸며 준 영국 왕을 두고 러시아 출신 관리인이 무슨 생각을 할까 궁금했다. 전쟁이 발발했을 당시 러시아에서 살았다면 당치도 않은 짓이라고 생각할 것 같았다. 칠십 대로 보이는 것으로 봐선 그 당시 열한두 살쯤 먹었을 것이다.

"전쟁을 신경 쓰기엔 너무 어린 나이였겠네요."

그가 웃었다. "러시아에선 전쟁이 터지면 나이는 상관없다네."

내가 고개를 끄덕였다.

"이만 가봐야겠습니다."

나는 무심코 손을 내밀었다. 그는 관절염에 걸린 손을 주머니에서 꺼내 내 손바닥에 대고 살짝 스쳤다. 둘 다 겸연쩍은 얼굴로 돌아서서 갈 길을 재촉했다.

관리인이 이번엔 나를 따라오지 않았다.

아마도 내가 둘러볼 만한 곳이 없다는 걸 이미 간파했나 보다. 실제로 학교 건물이고 성당이고 죄다 닫혀 있었다. 어둠이 깔리기 시작했지만 창밖으로 불빛이 새어 나오는 곳은 거의 없었다. 전에 맬러리 경감과 함께 운동장을 내다보던 교장실을 올려다봤다. 거기도 사람의 흔적은 비치지 않았다.

하지만 주차장으로 돌아가는 길에 렌 주코프를 또 보게 됐다. 작은 돌집 앞에서 어떤 남자와 함께 있었다. 자세히 보니 톰 몽크 병장이었다. 화상에 그을린 시커먼 얼굴이 멀리서도 보였다.

늙은 관리인은 조막손에 담배를 끼우고서 몽크 병장을 지켜봤다. 몽크는 새로 깎은 잔디를 갈퀴로 모아서 외바퀴 손수레에 쓸어 담더니 오두막 옆쪽으로 밀고 갔다. 그곳에선 작은 모닥불이 타오르며 연기를 피워내고 있었다. 늙은 관리인의 일을 돕는 모양이었다.

내가 작별 인사차 손을 들었지만 그들은 나를 안 보는 듯했다.

차에 도착했을 무렵 또다시 총소리가 울렸다. 학교 바로 옆 숲에서 쐈는지 훨씬 더 요란했다. 어찌나 요란한지 나뭇잎이 부르르 떨리고 하늘이 쩍 갈라지는 듯했다. 관리인이 틀렸다. 뭘 사냥하는지는 모르지만 확실히 .410구경을 사용하는 건 아니었다. 저건 분명히 12구경 산탄총에서 나는 소리였다.

아무래도 커다란 짐승을 잡으려나 보다고 생각하며 얼른 차에 올랐다.

사방이 너무 고요했다.

선잠이 들었다가 화들짝 놀라 일어났다. 정신이 오락가락한 상태로 침대맡 탁자에 앉았다. 나는 자명종 시계에 비친 내 눈을 뚫어져라 쳐다봤다.

12:05.

내가 중얼거렸다. "자정을 넘긴 지 5분밖에 안 지났단 말인가?"

아래 육류 시장에선 업무가 한창인지 웅성거리는 소리가 들렸다. 일꾼들이 소리치거나 껄껄 웃는 소리, 카트를 끄는 소리로 활력이 넘쳤다.

뭣 때문에 잠이 깼을까?

바지를 입은 다음 서랍에서 너클 더스터(손가락 관절에 씌워 무기로 쓰는 금속 씌우개 - 옮긴이 주)를 꺼내 손가락에 끼었다. 무게는 가볍지만 상대를 제대로 강타하면 두개골을 삶은 달걀처럼 깨뜨릴 수 있는 도구였다. 스카우트의 이름을 부르고 싶은 충동을 억누르며 방에서 나갔다. 거실에서 자던 스탠이 잠결에 뒤척거렸다.

스탠의 우리를 쳐다봤다. 나는 무슨 소리 때문에 잠이 깬 게 아니었다. 오히려 소리가 전혀 나지 않아서 깼다.

스탠 옆에 무릎을 대고 앉았다. 녀석의 방석 밑에 손을 넣고 더듬었다. 어미의 심장소리로 여기라고 넣어둔 자명종 시계를 꺼냈다. 배터리가 나가서 멈춰 있었다. 어둠 속에서 스탠의 부드러운 털을 쓰다듬으며 미소를 지었다. 주방으로 가서 낡은 자명종 시계를 쓰레기통에 넣었다.

스탠에게 더 이상 필요 없는 물건이었다. 이젠 확실히 여기가 녀석의 집이었다.

하지만 스카우트의 방문 틈에선 불빛이 새어 나왔다. 내 딸은 여전히 불을 켜두고 잠을 잤다.

30

살만 칸이 대문을 열었다. 면도를 하지 않아 부스스한 얼굴로 옅은 아침 햇살에 눈을 찡그렸다. 한 손에는 야구 방망이를, 다른 손에는 담배를 들고 있었다. 하도 힘없이 들어서 바람이라도 불면 둘 다 손에서 떨어질 것 같았다. 와이셔츠 단추는 허리까지 풀려 있고 검정 나비넥타이는 차에 치인 들짐승처럼 맥없이 덜렁거렸다. 일주일 동안 밤이고 낮이고 이 차림새로 지낸 듯 보였다.

"살만 칸 씨," 렌이 말했다. "화이트스톤 경위한테 불만을 접수했-"

"그들이 여길 더 이상 지키지 않잖아요!" 칸이 야구 방망이를 든 손을 흔들며 말했다. "날 지켜주던 경관들 말입니다! 그 뭐더라…, 오스만 경고장인지 뭔지가 발부된 뒤로 여길 지키던 경관들요!"

렌이 다정하게 미소를 지었다. "당신의 목숨을 노리던 위협은 사라졌습니다." 굉장히 차분한 목소리였다. "범인이 기소됐거든요."

칸이 살벌한 표정으로 웃음을 터뜨렸다.

렌과 나는 멍하니 쳐다보며 그의 웃음이 가라앉기를 기다렸다.

칸이 우리의 어깨 너머를 쳐다봤다. 진입로에 네팔 출신 경호원이 서 있었다. 런던의 부자 동네에 가면 저런 경호원을 어디서나 볼 수 있었다. 그 동네만 지키라고 고용된 사설 경호원이었다. 부자들이 요새 밤잠을 많이 설치나 보았다.

하지만 누구도 살만 칸보다 더 겁먹지는 않았다.

"수고해라, 파담." 칸이 말했다.

구르카족 경호원이 거수경례를 했다. "네!"

우리는 칸을 따라 집으로 들어갔다. 소형 오토바이가 나선형 계단에 기대어 있었다. 대리석 마루에 깔린 유리 패널을 통해 지하층이 훤히 내려다 보였다. 실내 수영장이 하늘보다 더 푸른 빛깔을 뽐냈다. 수영장 온수를 염소로 살균했는지 냄새가 올라왔다. 렌이 나를 쳐다보는 시선으로 보아 무슨 생각을 하는지 짐작이 갔다.

'이 사람들은 가진 게 정말 많네요.'

"가족은 다 어디 갔습니까?" 내가 물었다.

"얼마나 위험한데 여기서 같이 지내겠습니까? 우리 가족에게 무슨 일이 생기면…."

이 방문은 '뚱보 소년 작전'을 마무리하기 위한 마지막 조치 중 하나였다. 그런데 살만 칸은 여전히 살해 위협을 느낀다고 호소했다.

"도대체 뭘 두려워하는 겁니까, 칸?" 내가 물었다.

"지금 농담하는 거요? 제일 친한 친구들이 연달아 살해당했잖소."

그는 다 타들어간 담배를 비벼 끄더니 잽싸게 하나를 더 피워 물었다.

"칸 씨, 날 봐요."

그가 나를 쳐다보다 고개를 홱 돌렸다. 그리고 야구 방망이를 바닥에 던지며 소리쳤다. "우라질!"

"당신 아버지 사업은 어떻습니까? 건축회사죠, 그렇죠?"

칸이 잠시 마음을 진정한 뒤에 말했다.

"우리 아버진 10년 전에 세상을 떠났습니다. 회사는 그 즉시 처분했죠. 그런 걸 왜 묻는 겁니까?"

렌이 불쑥 나섰다. "아냐 바우어가 누구죠?"

그 이름이 칸에겐 아무런 의미도 없는 것 같았다.

"도대체 뭔 소릴 하는 건지 모르겠네." 칸이 고개를 흔들며 말했다. "지금 뭐 하자는 겁니까? 당신들은 선량한 시민을-"

"그 학교에서 무슨 일이 있었죠?" 내가 물었다.

"그 질문을 언제까지 물어볼 참입니까?"

"진실을 들을 때까지."

"무슨 일이 있었냐고? 아무 일도 없었소. 그냥 신나게 놀았어요. 그게 다예요. 그렇다고 아무 사고도 치지 않았다는 말은 아닙니다. 무책임한 일들을 벌이긴 했죠."

"가령 어떤 일이죠?" 렌이 물었다.

"맙소사! 나도 몰라요! 유리창을 깨고 소란을 피우고 코카인을 구입하고 뭐 그런 일이죠."

"그게 다예요?" 렌이 반박했다. "하찮은 기물을 파손하고 기분 전환용 약물을 흡입했을 뿐이다? 이거 왜 이러시나…."

칸이 렌을 경계하듯이 쳐다봤다. "하지만 어떤 일도 충동적으로 저지르진 않았어요. 실험과 모험 정신에 따라 시도했을 뿐이에요." 칸이 흥분을 자제하는 것 같더니 주먹을 불끈 쥐고 덧붙였다. "우린 단지 그의 주문에 걸렸을 뿐입니다."

"페레그린 와프 교장 말입니까? 그가 20년 전에 당신네 기숙사의 사감이었죠, 그렇죠?"

칸이 고개를 저었다. "그가 제일 총애하던 녀석." 그러더니 갑자기 껄껄 웃었다. "와프 교장을 대변할 유일한 녀석."

문득 잃을 게 제일 많은 작자가 떠올랐다.

"벤 킹을 말하는 겁니까? 그래요? 그가 제일 총애하던 녀석이 벤 킹 맞습니까?"

칸은 나를 쳐다보지 못했다. "난 그렇게 말하지 않았습니다. 난 누구의 이름도 대지 않았습니다." 칸이 머리칼을 움켜쥐었다. "당신들은 나를 도우려고 여기 온 겁니다!"

"진술서를 작성하겠습니까?" 내가 물었다.

칸의 입술이 교태를 부리는 여자처럼 비틀렸다.

"내가 그러길 바랍니까, 울프 형사?"

"당신은 우리에게 얘기할 준비가 된 것 같습니다. 달리 대안이 없다는 걸 확실히 알았을 테니까." 내가 화려한 집 안을 휘둘러보며 말했다. "이런 게 다 무슨 소용입니까?"

칸이 굶주린 사람마냥 담배를 빨았다.

"그 전에 얘기할 사람들이 있습니다. 내 아내한테 얘기해야 합니다. 어여쁜 내 아내한테-" 그가 목이 메는지 말을 멈췄다. 고개를 숙이고 잠시 마음을 가다듬었다. "그리고 변호사한테도. 아이들한테도. 오, 하나님! 그 후에 당신네 경찰서로 출두하겠습니다." 이젠 어느 정도 진정된 듯했다. "당신네 수사를 도울 수 있을 거라고 봅니다."

"언제 출두할 건데요?" 렌이 물었다.

"염병할! 내가 준비되면 간다니까."

내가 고개를 저었다. "좀 더 구체적으로 알려주세요." 내가 말했다. "그리고 내 동료에게 함부로 말하지 마세요. 당신이 포터스 필드에 다니는 동안 심각한 범죄가 발생했다고 믿을만한 근거가 있습니다. 마음만 먹으면 당장이라도 당신을 연행할 수 있습니다."

칸이 껄껄 웃었다. "하하하! 그랬다간 당신은 내년 이맘때쯤 경호원 복장으로 우리 집 밖에 서 있어야 할 거요. 내 자식들이 마누라의 포르쉐 카이엔에서 산악자전거를 내리는 모습을 지켜보면서." 칸이 말을 멈추고 숨을 내쉬었다. "내일 아침. 늦어도 오후. 약속할게요. 난 이 지긋지긋한 상황이 끝나길 바랍니다."

"끝날 겁니다." 내가 보장했다. "우리가 돕겠습니다. 하지만 당신도 우릴 도와야 합니다. 그 학교에서 무슨 일이 있었습니까?"

"무슨 일이 있었냐고? 흠, 무슨 일이 있었는지 말하죠. 그들은 사람을 완전히 분해한 다음 다시 새롭게 맞춰줍니다. 영국의 명문 공립학교에서 하는 일이 바로 그겁니다. 그렇게 하라고 부모들이 돈을 지불하는 겁니다. 그들은 조각조각 분해해서 그들이 원하는 이미지로 다시 맞춰줍니다. 겁먹은 어린 소년들을 데려다가 기업인으로, 각 분야 지도자로, 미래의 수상으로 바꿔줍니다."

칸이 담배를 한 모금 길게 빨았다.

"열세 살 때 페레그린 와프 교장을 처음 만났습니다. 그땐 그냥 영어 교사였죠. 수업 첫날 그가 칠판 바로 위쪽에 분필로 점을 하나 찍더니, '이게 셰익스피어다'라고 했어요. 그런 다음 칠판 꼭대기에 분필로 또 점을 하나 찍더니, '이게 T. E. 로렌스다'라고 했습니다. 그런 다음 무릎을 꿇더군요. 우린 깔깔거리고 웃었죠. 그는 바닥 바로 위에 세 번째 점을 찍더니, '그리고 이게 너희들이다'라고 말했습니다." 살만 칸이 담배를 든 손을 흔들며 일그러진 미소를 지었다. "우린 거기서 시작했습니다."

블랙 뮤지엄은 아침부터 부산했다. 경찰학교에서 온 십여 명의 학생들이 제복 차림으로 101호실 앞에 모여 있었다. 존 케인 경사가 무덤덤한 얼굴로 그들을 쳐다봤다.

"기본 원칙을 알려주겠다." 케인 경사가 입을 열었다. "아무것도 만지지 않는다. 사진 촬영은 일절 금한다. 아무도 찾지 않을 것 같은 기념품을 슬쩍하지 않는다. 내가 반드시 찾을 것이다. 여기 있는 모든 물건은 너희들보다 훨씬 더 오래되고 너희들보다 훨씬 더 귀중한 것들이다."

학생들 사이에서 웃음이 터져 나왔다. 하지만 케인 경사는 웃지 않았다.

"그러니까 모든 물건에 경의를 표해라. 그리고 지저분한 손은 주머니에 찔러 넣고 아예 꺼내지 마라."

케인 경사가 블랙 뮤지엄으로 들어가는 문을 열었다.

"자, 어서 들어가라."

학생들은 소풍 나온 아이들처럼 신나게 웃으며 안으로 들어갔다. 첫 번째 방은 블랙 뮤지엄이 화이트홀에 처음 세워졌을 때와 흡사하게 꾸며져 있었다. 마지막 학생까지 다 들어가자 케인 경사가 몸을 돌리고 나를 쳐다봤다.

"저 친구들은 핸든 경찰학교에서 왔어. 이번 견학은 훈련의 마지막 과정이야. 험난한 바깥 세상에 내보내기 전에 나더러 준비를 좀 시켜달라더군. 정신 무장인 셈이지."

"괜찮다면 기다리겠습니다."

경사가 고개를 끄덕였다. "기다리게. 원한다면 같이 둘러봐도 좋고."

나는 그들을 따라 빅토리아 시대 거실처럼 꾸며진 방으로 들어갔다. 견학 나온 남학생 9명과 여학생 3명은 가짜 난로와 가짜 내리닫이 창을 보며 킬킬거렸다.

그들은 교수형 올가미 아래를 지나고 무기로 가득 찬 테이블을 둘러봤다. 복제품과 실물을 교묘하게 섞어 놓은 산탄총과 소총, 지팡이로 위장한 검, 아무리 봐도 우산으로밖에 안 보이는 권총까지 종류와 형태가 다양했다. 자동화기만 따로 모아 놓은 유리 진열장도 있었다. 문이 없는 출입구로 들어갈 때는 그들의 얼굴에서 웃음기를 찾아볼 수 없었다.

그들은 지팡이가 검으로 바뀌었다가 다시 칼로 바뀌는 모습을 바라봤다. 그 칼은 일명 '경찰 킬러'라고도 한다. 그밖에 듣도 보도 못한 총과 칼이 수두룩했다. 검붉은 핏자국이 그대로 남아 있는 것도 있었다. 공무 집행 중에 사망한 경찰청 소속 대원들의 유품 앞에서 그들은 가장 오랫동안 머물렀다.

블랙 뮤지엄을 둘러보는 데는 그리 오래 걸리지 않았다. 견학이 끝날 무렵엔 아무도 입을 열지 않았다.

“이곳은 교육장이다.” 케인 경사가 어수선한 책상에 기대서서 말했다. 그의 손에는 ‘세상에서 제일 멋진 아빠’라고 쓰인 머그잔이 들려 있었다. “경찰을 해치는 방법이 무궁무진하다는 교훈을 얻어가길 바란다.”

그들은 아무 말도 하지 않았다.

“뉴스코틀랜드 야드에 있는 범죄 박물관을 방문해 줘서 고맙다.” 케인은 전에 없이 격식을 차려서 마무리했다. “핸든 경찰학교를 졸업하기 전에 다들 심슨 홀을 방문해 보길 권한다. 그곳엔 런던 경찰청의 순직 경찰 명부가 있다. 엘리자베스 여왕께서 첫 페이지에 서명까지 하셨다. 공부를 마치기 전에 반드시 찾아가 보길 바란다.” 케인은 진지한 표정의 젊은이들을 바라보며 고개를 한번 끄덕였다. “자기 자신은 물론이요 옆의 동료까지 잘 챙기도록! 행운을 빈다!”

우리 둘만 남았을 때 내가 배낭을 열었다. 안에는 맬러리 경감이 사망할 당시 착용한 케블라 스텔스를 비롯한 증거물이 담겨 있었다. 목과 어깨 사이에 난 상처에서 묻은 핏자국을 빼면 케블라 스텔스는 거의 새것이나 다름없었다.

블랙 뮤지엄의 존 케인 경사가 안전하게 지켜줄 거라 굳게 믿고 경감의 유품을 조심스럽게 건넸다.

31

스탠은 런던 박물관 근처 브로드워크에 있는 '더 아니스트 소시지'라는 카페를 제일 좋아했다. 이곳은 리젠트 파크에서도 가까웠다. 스탠을 무릎에 앉히고 야외 테이블에서 베이컨 샌드위치를 나눠 먹었다. 한참 먹고 있는데 그녀가 걸어왔다. 런던 중심부에서 강아지를 키우는 사람은 다들 이 카페를 즐겨 찾는다.

"또 당신이로군." 나타샤가 말했다.

그녀는 자리에 앉지 않았다. 수잔과 스탠은 서로 상대의 궁둥이를 킁킁대면서 빙빙 돌았다. 그런데 페키니즈와 치와와의 교배종인 수잔이 돌연 몸을 돌리더니 스탠의 얼굴에 대고 날카롭게 짖었다. 스탠이 화들짝 놀라 뒤로 물러났다. 꼬리를 다리 사이에 말아 넣고 슬금슬금 뒷걸음질 치더니 내 옆에 바싹 다가왔다.

"우연치고는 참 그럴싸하군요." 나타샤가 말했다. "이런 걸 두고 영국 사람들은 뭐라고 하죠? 필연을 가장한 우연? 아니면 우연을 가장한 필연? 안녕, 스탠!"

나타샤가 말은 그렇게 해도 내 강아지는 반갑게 맞아줬다.

"흠, 당신이 살던 아파트에 갔었는데 옮겼다고 하더군요."

"공원 건너편 메릴리번으로 이사했어요. 규모를 좀 줄였어요."

나는 누런 봉투를 내밀었다. "당신이 보내준 비디오테이프예요. 돌려주고 싶었습니다."

나타샤는 입을 꾹 다문 채 봉투를 받아들었다. 자리엔 여전히 앉지 않았다. 럭비 경기를 찍은 낡은 비디오테이프를 손에 들고

서는 앉을 마음이 전혀 없는 듯 계속 서 있었다.

"당신의 죽은 남편이 눈을 잃게 된 경위와 관련해서 당신이 옳았고 내가 틀렸다는 얘기도 하고 싶었습니다. 너무 거칠고 무례하게 굴어서 미안합니다. 진심이에요." 나는 어깨를 으쓱하며 덧붙였다. "이 얘길 꼭 하고 싶었어요. 그게 다예요."

"그 다음엔 어떻게 될지 생각해 봤나요? 당신이 VHS 테이프를 돌려주며 미안하다고 말하면 내가 오냐 알았다 하면서 당신을 집으로 초대해 격렬하게 뒹굴 줄 알았나요?"

"흠, 그런 생각이 잠깐 스치긴 했죠."

나타샤가 고개를 저었다. "우린 기회를 놓쳤어요."

그 말이 어찌나 슬프게 들리던지 나는 적잖이 놀랐다.

"정말 그럴까요?"

"그래요. 어떤 남녀는 기회가 왔는데도 붙잡지 못해요. 타이밍이 안 맞는 거죠."

"버스 떠나고 손 흔들기다?"

"바로 그거예요."

테이블에 올려둔 휴대폰이 진동하기 시작했다. 발신자가 '렌'이었다.

나타샤가 웃었다. "우린 서로 잘 알지도 못하잖아요."

"난 당신을 잘 압니다. 당신은 좋은 남자를 만나 안주하길 바랐지만 엉뚱한 남자를 고르는 바람에 상심한 파티 걸 중 하나죠. 따스했던 마음이 단단하고 냉소적으로 변했고, 그럴수록 자신이 못마땅했겠죠. 더 나은 삶을 추구하니까. 내가 너무 비약했나요?"

내 휴대폰이 계속 진동했다.

"아뇨, 내 인생을 정확히 꼬집었네요." 나타샤가 말했다. "그렇다면 당신이란 남자는 어떤 사람이죠? 그까짓 휴대폰을 쳐다보려고 여자에게서 시선을 돌리는 시시한 남자들 중 하난가요? 세상엔 그런 남자들 천지예요. 난 그런 남자를 원하지 않아요."

"아뇨, 난 그런 남자가 아니에요. 그런 남자는 나도 참을 수 없어요. 실은 이 휴대폰을 없애버릴까 생각중이에요." 휴대폰이 계속 진동했다. "그런데 말이죠, 난 지금 이 전화를 꼭 받아야 합니다."

"물론 그러시겠죠."

나타샤가 수잔을 번쩍 집어 들더니 길고 늘씬한 다리로 성큼성큼 걸어갔다. 뒤를 돌아보지도 않고 한 손을 살짝 흔들며 작별을 고했다.

나는 휴대폰을 집어 들었다.

"화이트스톤이 살만 칸의 변호사에게 연락을 받았어요." 렌이 말했다. "칸이 오지 않을 거래요."

"오늘은 오지 않는다고?"

렌이 숨을 크게 들이쉬는 소리가 들렸다.

"경장님, 칸은 영원히 오지 않을 거예요."

살만 칸의 아름다운 집은 밤새 잿더미로 변했다. 부자 동네가 연기와 죽음의 냄새로 매캐했다. 내가 갔을 땐 이미 시신이 수습된 뒤였다.

녹음이 우거진 세인트존스 우드가(街)에 자리 잡은 저택은 이제 시커먼 골격만 남았다. 물에 흠뻑 젖은 골격에서 뜨거운 김이 솟았다. 5백만 파운드에 달하는 건축물이 화장용 장작더미로 전락했다. 지하 수영장엔 무너진 벽돌과 휜 강철과 그을린 나무가 수북이 쌓였다.

마이크 트루먼 소방관은 대원들이 잔해를 조심스럽게 살피는 모습을 지켜봤다. 게인 경위와 나는 트루먼 소방관의 설명을 들었다. 게인이 중요 사항을 수첩에 적었다. 출입 통제 띠가 쳐진 곳에서는 제복 경찰들이 카메라를 들이대는 구경꾼을 연신 밀어냈다. 구경꾼은 많지 않았다. 대부분 개를 산책시키거나 아이들을 통학시키라고 고용된 사람들이었다. 동네 주민은 거의 보이지 않았다.

"촉매제 역할을 한 증거물을 찾았습니다." 트루먼이 설명했다. "디젤 연료나 가솔린 같은 석유 증류물이에요. 하지만 계단 밑에서 작은 오토바이도 찾아냈습니다. 아동용 오토바이더군요. 거기서 촉매제의 흔적을 설명할 수 있습니다."

게인이 말했다. "그럼 아동용 오토바이가 발화지점이란 말입니까?"

트루먼이 고개를 끄덕였다. "그렇게 보입니다."

"그나저나 그는 어떻게 죽었습니까?" 내가 물었다.

"화재로 죽었냐 아니면 연기로 죽었냐, 그 뜻입니까?"

게인이 나를 빤히 쳐다봤다. "아뇨, 울프 경장은 그가 목이 절단돼 죽었냐고 묻는 겁니다."

불에 탄 시신은 처음 봤다. 시신은 마치 지구 중심부에서 나오는 검정 물질로 코팅된 것 같았다. 화재가 앗아간 것과 남긴 것을 직접 보니 충격이 두 배로 컸다.

살만 칸의 살갗은 거친 질감의 검정 코트처럼 보이는 것으로 대체된 듯했다. 그의 흉곽과 치아와 손가락뼈가 고스란히 드러났다. 살이 다 타버린 손가락은 피아니스트의 손처럼 가늘고 길었다.

화재는 모든 걸 앗아갔지만 상상할 수도 없는 고통의 그림자는 남겨 놨다. 쩍 벌어진 입에선 여전히 비명이 터져 나오는 것 같았다. 가슴과 생식기를 가린 우아한 손은 마지막 순간까지 자신의 가장 소중한 부분을 지키려 한 것 같았다.

화이트스톤과 나는 이안 웨스트 법의학 사무실에서 엘사 올센이 칸의 불탄 시신을 검시하는 모습을 CCTV로 지켜봤다.

"폼페이 최후의 날을 찍은 사진을 본 적이 있나?" 화이트스톤이 혼잣말하듯이 물었다. "죽는 순간까지, 아니 죽고 나서도 비명을 지르는 것처럼 보이지, 그렇지 않나?"

"오겠다고 약속했어요. 진술하러 오겠다고 약속했단 말입니다."

화이트스톤이 나를 쳐다보더니 고개를 저었다.

"살만 칸은 변호사와 함께 출두해서 조사에 응하겠다고 동의했을 뿐이야."

"그렇지만 그가 어떻게 죽었죠?"

화이트스톤이 화면을 가리키며 소리쳤다. "어떻게 죽었을 것 같아? 응? 자네 눈엔 불 타 죽은 게 안 보이나?"

결국 나는 문을 박차고 나가 부검실로 뛰어 들어갔다. 엘사 올센이 스테인리스 강판에 놓인 시커먼 사체를 살피다 말고 눈을 들었다.

"검시복과 머리망을 써야죠, 울프 경장."

"그가 어떻게 죽었죠, 엘사?"

화이트스톤이 뒤따라 들어왔다.

"어떻게 죽었냐고요?" 내가 다시 물었다. "다른 사람들과 같은 방법인가요? 누가 그의 목을 딴 겁니까?"

"울프 경장, 당장 여기서 나가지." 화이트스톤이 차분한 목소리로 말했다.

나는 그녀를 무시했다.

"엘사? 최첨단 시설을 갖춘 부검실에서 20년 넘게 시신을 봐왔잖아요. 그가 어떻게 죽었는지 정도는 알아야죠."

화이트스톤이 내 어깨를 잡았다. 어찌나 세게 잡았는지 나도 모르게 몸을 돌렸다. 작은 체구에서 어떻게 이런 힘이 나오나 신기할 정도였다. 화이트스톤의 노한 목소리가 부검실에 쩌렁쩌렁 울렸다.

"누군가가 그의 경동맥을 절단했다고 생각하는 건가? 그런 거야, 맥스? 누군가가 그의 목에 코만도 단검을 찔러 넣고 집에 불을 질렀다고 생각하는 거야? 킬러가 아직도 밖에서 활개치고 다닌다고 생각하는 거야?"

"네, 그렇게 생각합니다."

화이트스톤이 새까맣게 탄 시신을 가리켰다. "놈이 그런 데 신경 썼을까? 저길 봐. 저 불쌍한 자식의 목을 따는 데 그게 무슨 방법이든 간에 신경이나 썼겠냐고?"

"킬러는 불 질러서 사람을 죽이지 않거든요. 결과를 확신할 수 없으니까."

"이 사람을 왜 우리의 살인범과 연결 짓는 거지? 렌의 보고서를 읽었어. 게인과 트루먼 소방관하고도 얘길 했고. 줄담배를 피우는 주정뱅이가 연료통 근처에 담배꽁초를 떨어뜨렸다더군. 그 결과는 보다시피 훈제 인간이야. 그게 왜 자네한테는 납득이 안 되는 거지?"

"산화(酸化)가 뭔지 알아요, 맥스?" 엘사가 부드럽게 말했다. "불이 하는 일이 바로 산화예요. 연료 물질이 산소와 결합하여 빛과 열을 내면서 타는 현상이죠. 그 과정에서 주변의 모든 물질을 파괴해요." 엘사가 스테인리스 강판에 놓인 숯덩이를 쳐다보며 말을 이었다. "누군가가 그의 목을 땄다는 증거는 없어요. 불이 모든 걸 파괴했으니까."

웨스트민스터 궁의 크롬웰 동상이 서 있는 출입구에서 신분증을 꺼내 보여줬다.

신분증을 손에 쥐고 회전문을 통과하는데 저 위쪽에서 빅벤의 종소리가 울렸다. 안으로 들어가자 제복 경찰이 두 명에서 네 명씩 서서 헤클러 앤 코흐 소총을 들고 서 있었다. 신분증을 보여주면서 경찰을 지나치고 검색대도 무사히 통과하자 마침내 웨스트민스터 홀이 나왔다.

널찍한 홀에는 여행객과 가이드, 기자와 로비스트, 국회의원과 유권자들로 활기가 넘쳤다. 바글거리는 사람들을 빠르게 지나쳐서 홀 끝에 있는 계단에 이르렀다. 중세풍의 거대한 창으로 겨울 햇살이 쏟아져 들어왔다. 경비원이 창문 아래에서 나를 제지했다. 그에게도 신분증을 보여주고 힐링턴 노스의 하원 의원을 보러 왔다고 말했다.

"킹 의원님이 당신을 기다리고 계십니까?"

"네, 아마 그러실 겁니다."

경비원이 잠시 머뭇거리다 말했다.

"그럼, 중앙 로비 쪽으로 가십시오."

나는 왼쪽으로 몸을 돌리고 중앙 로비로 걸어갔다. 로비에는 역대 수상의 동상이 세워져 있었다. 훌륭한 업적을 남긴 수상은 전신상으로, 별 볼 일 없는 수상은 흉상으로 남았다. 로비에 서 있는 문지기에게 힐링턴 노스의 하원 의원을 만나러 왔다고 말했다. 문지기가 의원을 찾으러 갔다.

잠시 후, 문지기가 정장 차림에 안경을 쓴 금발 여자를 데리고 나왔다.

"울프 경장님? 난 킹 의원님의 비서인 시리 보스예요." 스칸디나비아 말투가 살짝 묻어났다. 전에 테라스에서 킹과 얘기할 때 손짓하던 여자였다. 우리는 악수를 나눴다. "알다시피 오늘은 날이 좋지 않네요."

바로 그때 하원 의사당 복도를 걸어 나오는 벤 킹이 보였다.

벤 킹은 하얗게 질린 얼굴로 나를 쳐다봤다.

"울프 경장, 난 다 끝났다고 생각했습니다."

"아직 끝나지 않았습니다. 20년 전에 도대체 무슨 짓을 저지른 겁니까?"

킹은 나를 떨쳐내려는 듯 계속 걸었다. 나는 그와 보조를 맞추며 나란히 걸었다. 금발의 비서가 내 팔을 살짝 잡는 게 느껴졌다. 주변 사람들이 우리를 쳐다봤다.

"아냐 바우어에게 무슨 짓을 저질렀습니까? 살만 칸이 나한테 무슨 이야기를 하려던 겁니까? 그 학교에서 무슨 일이 있었습니까?"

벤 킹이 돌연 걸음을 멈췄다. 인생의 전성기에 이른 권력자요, 한 치의 흐트러짐도 보이지 않던 사람이 몹시 당황한 듯 보였다.

"이 문제는 다음에 얘기할 수 있을까요?" 킹이 말했다.

"그럼 당신의 쌍둥이 형제가 돌아올 때 할까요?"

"내 쌍둥이 형제? 네드와 얘기하고 싶은 겁니까?" 그의 눈이 뭔지 모를 이유로 이글거렸다. "그런 일은 일어날 것 같지 않군요."

킹은 그 말을 끝으로 자리를 떴다. 시리 보스가 내 앞을 가로막고 섰다.

"제발, 오늘은 의원님을 가만 좀 놔두세요."

그녀는 황당하다는 표정으로 나를 쳐다보며 자동소총을 든 경관을 불렀다.

"끝난 게 아닙니다!" 내가 킹의 뒤통수에 대고 소리쳤다. "그건 당신도 알고 있죠, 그렇죠?"

하지만 시리 보스 때문에 나는 그를 붙잡을 수 없었다.

스카우트에게 줄 스크램블드 오믈렛을 만들고 있는데 스와이어 총경에게서 전화가 왔다.

"자네는 국제형법 및 형무회의IPPC의 심리가 있을 때까지 정직에 처해지며 경찰 직무기준 심의부서에서 조사를 받게 될 거야."

"혐의가 뭡니까?" 내가 계란을 저으며 물었다.

"근무 태만이나 소홀, 강압적 행동이나 괴롭힘…. 뭐가 됐든 넘치고도 남아." 총경이 잠시 뜸을 들이다 말을 이었다. "뉴스는 보고 다니나? 안 봤나 보군. 나 참, 뭣도 모르고 덤비긴." 스와이어 총경이 어이가 없다는 듯 한숨을 푹 내쉬었다. "멍청한 자식! 혼자 잘났다고 설치지 말고 TV나 좀 봐."

총경이 전화를 끊었다.

스카우트에게 스크램블드 오믈렛을 차려준 뒤에 TV를 켰다. BBC 채널을 틀자 늘 보던 뉴스가 나왔다. 이라크에선 폭탄이 떨어지고 아테네에선 폭동이 일어났다. 브뤼셀에선 회의가 소집됐다. 아이가 실종됐고 경기가 침체됐다. 그러다 갑자기 세 명의 군인 사진이 화면에 잡혔다.

"… 로열 구르카 라이플 연대 소속의 스물두 살 난 히말 사미르 이병, 스물세 살 난 비벡 프라빈 상병, 서른세 살 난 네드 킹 대위-"

"아빠?"

"가만! 아빠 이것만 좀 보고."

"… 헬만드주에서 사제 폭발물이 터지면서 그들이 탄 장갑차가 전복됐습니다. 세 사람은 캠프 바스천에 있는 병원에서 치료를 받던 중에 사망했습니다."

사진에서 구르카족 출신의 두 젊은 용병은 다부진 체구에 심각한 표정이었다. 네드 킹 대위는 남들이 모르는 비밀을 간직한 듯 카메라를 향해 환하게 웃고 있었다.

32

페레그린 와프 교장은 포터스 필드 교내 진입로를 따라 걸어갔다. 껑충한 키 때문에 그의 수척한 얼굴이 눈에 확 띄었다. 운집한 사람들을 뚫고서 높이 펄럭이는 영국 국기와 장식용 깃발을 스치듯 지나갔다.

활짝 웃는 얼굴의 네드 킹 대위가 저녁 뉴스에 등장한 지 사흘이 지났다. 포터스 필드 재학생과 졸업생들이 기숙사별로 대열을 맞춰 정렬했다. 교장은 한마디도 하지 않았다. 굳이 말할 필요도 없었다. 날카로운 눈빛을 슬쩍 던지기만 해도 재잘대던 학생들은 오금이 저린 듯 입을 꾹 다물었다.

와프 교장은 연합 장교 양성대 복장을 한 소년병들 앞에 이르러서야 걸음을 멈췄다. 소년병들은 중심가 끝에서 네 줄로 늘어서 있었다. 교장은 그들의 긴장된 얼굴을 보고서야 처음으로 미소를 지었다.

학생들과 동네 주민들이 중심가에 모두 모여 네드 킹 대위의 귀향을 기다렸다.

저번에 아냐 바우어의 실종 사건을 조사하러 갔을 때 전혀 도와주지 않던 레인 경사가 오늘은 비장한 얼굴로 임무를 수행했다. 하루 종일 차량 통행을 막고서 텅 빈 도로를 감시하는가 하면 교장 앞에선 아부라도 하는 양 연신 머리를 조아렸다.

군중 속에서 아는 얼굴이 몇 명 보였다. 중심가 끝 쪽에선 존스 부인이 로잘리타의 부축을 받아 간신히 서 있었다. 두 번째 피해자인 아담 존스의 어머니는 병색이 완연했다. 필리핀 가정부의 도움 없이는 거동도 못할 것 같았다.

시선을 조금 돌리자 렌 주코프가 톰 몽크 병장과 함께 서 있었다. 불에 그슬린 몽크의 일그러진 얼굴은 포터스 필드 주민들의 매끈하고 흰 얼굴과 확연히 대비되었다. 상이군인의 얼굴을 처음 본 일부 주민들이 몸서리를 쳤다. 어떤 부모는 몽크를 보고 놀란 아이의 얼굴을 다른 곳으로 돌렸다. 톰 몽크는 그런 모습을 보고도 아무런 내색도 하지 않았다. 그저 텅 빈 도로를 쳐다보며 또 다른 군인의 귀향을 기다릴 뿐이었다.

나타샤의 얼굴도 보였다. 그녀는 사람들이 덜 모인 도로 가에 홀로 서 있었다.

그때 사람들이 일제히 고개를 돌리고 교내 진입로를 따라 다가오는 차량을 쳐다보더니 갑자기 화난 목소리로 웅성거리기 시작했다. 고대하던 영구차가 아니라 검정색의 잘빠진 메르세데스 세단이었기 때문이다.

레인 경사가 제복 경찰들에게 고래고래 소리치며 도로로 내려갔다. 그는 한 손을 쭉 내밀고 메르세데스 운전자에게 멈추라고 명령했다. 차가 멈추자 제복 차림의 운전기사가 얼른 내리더니 뒷문을 열었다.

차에서 벤 킹이 내렸다. 길가에 늘어선 사람들이 하원의원을 보고 탄성을 터뜨렸다.

벤 킹은 네드가 죽던 날 착용한 군복 재킷을 입고 있었다. 영국 육군이 사막 전투에서 착용하는 위장복에는 검붉은 핏자국이 찍혀 있었다. 핏자국은 이미 변색되어 갈색 빛이 감돌았다.

이제 보니 죽은 군인의 귀향을 취재하러 온 사람도 많았다. 방송사 카메라와 사진 기자, 취재 기자들이 보였다. 취재진이 경찰 저지선을 뚫고 도로로 뛰어가 벤 킹을 에워쌌다. 스칼렛 부시가 한 사진사를 밀치고 뛰어가다 팔꿈치로 그의 눈을 찌르는 모습도 보였다.

"역시 벤답군." 페레그린 와프 교장이 어느새 내 옆에 와서 말했다. "저 녀석의 과시욕은 따라갈 자가 없다니까."

"의원님 일행을 올려 보내!" 레인 경사가 얼굴을 붉히며 대원들에게 소리쳤다.

벤 킹이 차도를 벗어나 인도로 천천히 올라왔다. 무표정한 얼굴과 축 늘어진 재킷에서 참담한 그의 심정이 고스란히 드러났다.

양복 위에 군복 재킷을 걸친 걸까? 그건 알 수 없었다. 보이는 거라곤 피 묻은 재킷뿐이었다.

킹은 연합 장교 양성대 앞에 섰다. 소년병들은 정면을 주시하면서도 곁눈질로 그를 슬쩍슬쩍 살폈다. 젊은 경관들이 질서를 회복하려고 안간힘을 쓰는데도 취재진은 그의 모습을 담으려고 바삐 움직였다.

"'그들이 무슨 짓을 저질렀는지 보게 합시다.'" 와프 교장이 중얼거렸다. "재클린 케네디가 남편의 핏자국이 묻은 분홍색 샤넬 정장을 갈아입지 않겠다면서 한 말이네. '그들이 무슨 짓을 저질렀는지 보게 합시다!' 암, 보게 해야 하고말고."

경찰이 밀려드는 취재진을 밀치고 당기면서 작은 충돌이 벌어졌다. 킹의 비서인 시리 보스가 나서서 보도 자료를 배포했다. 기자 두 명이 A4 종이를 한 장씩 들고 우리 뒤로 지나가면서 수군거렸다.

"저게 영국 육군의 DPM 사막용 위장복이래." 한 기자가 말했다. "그나저나 DPM이 뭐의 약자라고 나와 있나?"

"응, 여길 봐. 교란용 무늬 자료disruptive pattern material라고 나와 있군." 다른 기자가 말했다. "내일 신문 1면을 도배하겠는걸."

"군복을 입으려면 제대로 갖춰 입었어야지. 그래야 더 폼 나게 나올 텐데."

"비서 말로는, 아랫도리는 남은 게 없대나 봐."

두 사람은 잠시 말을 잇지 못했다.

"맙소사!"

"세상에!"

사람들의 웅성거림이 흐느낌으로 변하기 시작했다. 감정의 댐이 무너지자 둘러선 사람들의 눈에서 눈물이 흘러내렸다. 어른들이 우는 모습을 본 아이들도 하나둘 울음을 터뜨렸다.

포터스 필드의 소년들은 이를 악물고 눈물을 참았지만 그리 오래 견디진 못했다.

나는 페레그린 와프 교장을 쳐다봤다. 그의 눈에는 물기라곤 찾아볼 수 없었다.

"교장 선생님께는 참 힘든 하루겠네요." 내가 말했다.

"네드는 군인이었어. 군인에겐 이보다 더 멋진 죽음이 없지. 다만 장렬하게 싸우다 죽지 않은 게 아쉬울 뿐이야. 영국 군인이 끔찍한 그 나라에서 언제 처음 죽은 줄 아나? 영국과 아프가니스탄 간에 1차 전쟁이 벌어졌던 1839년이야. '부상당한 채 아프가니스탄의 벌판에 남겨졌는데 여자들이 당신의 남은 생명줄을 끊으려고 다가오면, 소총을 돌려 세워 당신의 머리를 스스로 날려버려라. 그리고 군인답게 당신의 신에게 나아가라.'"

"자살한 건가요?"

교장은 그것도 모르냐는 표정으로 나를 쳐다봤다. "키플링의 시에 나오는 구절이네. 어쨌거나 자살은 부끄러운 일이 아니야. 나약한 기독교인이나 못마땅하다며 혀를 끌끌 차지. 로마인과 그리스인은 자살을 실용적 행동으로 간주했어. 삶이 견딜 수 없는 지경에 이르렀을 때 우아하고 용감하게 벗어나는 방편이지. 아, 킹 대위가 저기 오는가 보군."

검정색 영구차가 교내 진입로를 따라 천천히 다가왔다. 영구차 뒤쪽에는 영국 국기로 감싸인 관이 실렸다.

"제임스 서트클리프에겐 자살이 실용적 행동 같지 않던데요." 내가 말했다. 길거리에 운집한 사람들이 영구차를 향해 꽃을 던졌다. 꽃이 앞 유리에도 떨어지고 번쩍거리는 보닛에도 떨어졌다. 천천히 굴러가는 바퀴 밑에도 떨어졌다. "그에게 자살은 단지 절망적 행동에 지나지 않았습니다. 두 번 다 말입니다."

와프 교장이 시선을 영구차에 고정한 채 한숨을 내쉬었다.

"불안한 청소년의 머릿속에서 도대체 뭔 일이 벌어지는지 나도 모르겠네. 하지만 인간의 육신은 신들의 소유물이라는 로마인과 그리스인의 관점엔 전적으로 동감하네. 잘 가게, 형사."

나는 교장이 벤 킹에게 다가갈 거라 생각했다. 아니면 잔뜩 긴장하고 서 있는 연합 장교 양성대와 함께 서 있을 거라 생각했다. 하지만 예상과 달리 교장은 군중 속으로 사라졌다. 조금 지나서 보니 그는 포터스 필드의 어린 소년 옆에 서 있었다. 흐느끼는 소년의 어깨에 큼직한 손을 올리고 뭐라고 말하는 것 같았다.

"그만, 그만." 입모양을 보니 이렇게 달래는 것 같았다. "그만, 그만."

영구차가 사람들 앞을 지나갔다. 쏟아지는 꽃 때문에 운전기사의 시야가 가려지자 와이퍼가 좌우로 몇 번 움직였다. 동네 주민들 손에 들려 있던 장미, 난초, 백합 등 값비싼 꽃들이 영구차 위로 툭툭 떨어졌다.

포터스 필드의 소년들은 빈손으로 네드 킹 대위를 맞이했다.

하지만 나중에 텅 빈 학교로 돌아와 성당과 묘지를 둘러보는데, 누가 갔다 놨는지 헨리 8세의 애완견 무덤에 백합꽃 한 송이가 놓여 있었다.

33

토요일 아침, 스미스필드 ABC 체육관.

나는 매트에 엎드려 허리의 긴장을 풀었다. 업 독 자세를 취해 잠시 유지하고 다운 독 자세를 취해 잠시 유지했다. 통증이 살짝 누그러지는 것 같았다. 여전히 아프긴 했지만 뭉친 근육이 조금씩 풀렸다.

이 시간엔 체육관이 한산했다. 스피커에서는 음악이 흘러나오고, 14온스 글러브로 패드를 치는 소리가 조용한 실내를 채웠다. 한쪽에선 젊은 여자가 묵직한 샌드백을 연신 두드렸다. 트레드밀에선 나이가 더 든 여자가 경제뉴스를 시청하면서 열심히 뛰고 있었다.

나는 왼다리를 벤치에 올리고 오른다리로만 선 다음 어깨를 뒤로 천천히 젖혔다. 허벅지와 허리 아래쪽 근육이 땅겼다.

그때 벤 킹이 체육관으로 들어왔다.

샌드백을 치던 여자가 그를 보고는 고개를 돌렸다가 다시 쳐다봤다. 일주일 내내 언론의 주요 뉴스를 장식하던 사람을 보고 긴가민가한 표정이었다. 킹은 네드의 피 묻은 위장복 차림으로 신문 1면을 장식했고, 24시간 방영하는 뉴스 채널에도 계속 등장했다. 그가 맞다고 확신한 여자는 만족한 듯 고개를 돌리더니 하던 운동을 계속했다.

킹은 운동복 차림이었다.

"포터스 필드에서 벌어졌던 일에 나는 조금도 관여하지 않았습니다." 킹이 말하다 말고 잠시 뜸을 들였다. "하지만 누가 관여했는지는 압니다."

나는 스트레칭을 멈추고 벤치에 앉았다.

"새로운 정보라도 듣고 온 겁니까?"

"그렇습니다."

"왜 좀 더 일찍 오지 않았습니까?"

때마침 링 쪽에서 벨이 울리는 바람에 킹이 고개를 돌렸다.

"타임!" 프레드가 소리쳤다.

벤 킹이 다시 나를 쳐다봤다. "네드를 사랑했기 때문입니다."

"휴고 벅을 죽인 남자의 정체를 압니까?"

"모릅니다."

"아담 존스는? 가이 필립스는?"

"모릅니다."

"살만 칸은?"

"그건 사고 아니었습니까? 화재 사고?"

"아냐 바우어에게 무슨 일이 벌어졌습니까?"

"아냐 바우어가 누굽니까?"

나는 벌떡 일어나 킹의 셔츠를 움켜쥐었다.

"지금 내 시간을 허비하려는 겁니까?"

킹이 고개를 저었다. "아니요."

"아냐 바우어가 누굽니까? 그녀에게 무슨 일이 벌어졌습니까?"

"난 그런 이름을 모릅니다. 다른 이름도 모릅니다. 당신이 말하는 소녀를 본 적도 없습니다. 하지만…, 그 학교에서 도덕적으로 미심쩍은 일이 벌어졌다는 건…, 압니다. 안타깝게도 네드가 그 일에 관여했다는 것도. 그래요, 내 친구들도 관여했죠. 그런 미심쩍은 행동을 부추긴 어른이 누군지도 압니다. 그가 수년 동안 우리를 성적으로 학대한 당사자였으니까."

나는 여전히 그의 멱살을 잡고 있었다. 옷깃을 비틀자 얼굴이 거의 맞닿을 듯 가까워졌다.

"거짓말!" 내가 말했다.

"거짓말할 단계는 지났죠. 사람들은 간혹 길을 잃습니다. 당시에 네드도 길을 잃었어요. 어렸을 때 아침 식사 중에 내가 네드의 얼굴에 유리잔을 던진 적이 있어요. 그 잔을 왜 던졌을 것 같아요? 네드를 사랑했기 때문입니다. 네드가 저지른 끔찍한 짓거리 때문입니다. 네드에게 벌어진 일은 죄다 그 남자 때문입니다."

"페레그린 와프 교장?"

"헤이!" 프레드가 나를 향해 소리쳤다. 나는 여전히 벤 킹의 멱살을 잡고 있었다. "링으로 올라오든 밖으로 나가든 해!"

나는 킹의 옷깃을 놔주었다.

킹이 슬며시 웃었다. "졸업한 뒤로는 글러브를 끼지 않았지만…."

"학교 다닐 때 권투를 했습니까?" 내가 물었다.

"물론이죠! 명문 학교에선 소년들에게 다 권투를 가르칩니다. 글러브 좀 빌릴 수 있을까요?"

킹은 무턱대고 덤비는 싸움꾼이 아니라 영리한 복서였다. 내가 접근해도 그는 일정한 거리를 유지하고 몸을 좌우로 흔들며 가볍게 뛰기만 했다. 덤빌 생각을 안 하는 걸 보고 처음엔 그가 겁먹은 줄 알았다.

왼손 잽을 날렸지만 그에게 미치지 못했다. 그 틈에 킹이 카운터펀치를 날려서 내 왼쪽 코를 가격했다. 내가 반격할 태세를 갖췄을 땐 벌써 뒤로 물러났다.

우리는 한동안 이런 동작을 반복했다. 그는 내가 주먹을 날리길 기다렸다가 몸을 살짝 빼거나 방어하면서 잽싸게 카운터펀치를 날렸다.

헤드가드 밑으로 땀이 비 오듯 쏟아졌다. 지난 몇 주 동안 스파링을 하지 않았더니 감각이 떨어졌나 보다. 움직임이 둔해져서 펀치를 맞은 다음에 반격할 기회를 포착하지 못했다.

벨이 울렸다. 휴식 시간 1분이 금세 흘러갔다. 킹의 자신감이 점점 커졌다. 그건 좋은 신호였다. 내가 잽을 날리자 킹이 카운터 잽을 날렸다. 하지만 이번엔 바로 물러나지 않고 연타를 날렸다. 내 헤드가드를 강타했지만 충격이 세진 않았다. 나는 그의 늑골에 레프트 훅을 날렸다.

킹이 한쪽 무릎을 꺾고 글러브로 늑골을 눌렀다. 얼굴이 고통으로 일그러졌다. 몸통에 가해지는 충격은 머리에 가해지는 충격과 비교할 수 없을 정도로 강하고 오래가는 법이다. 다시 일어났을 땐 아까보단 자신감이 떨어졌는지 다시 일정한 거리를 유지했다. 늑골 공격을 피하면서 이따금 반격을 취하는 것으로 만족하는 듯했다.

벨이 울렸다. 겨우 3분 동안 스파링을 했는데 둘 다 힘이 쭉 빠졌다.

"휴우! 스쿼시보다 더 힘드네요."

프레드가 우리를 보고 웃었다.

"수고했습니다!" 프레드가 벤 킹을 향해 덧붙였다. "팔꿈치는 계속 붙이고 있어요. 두어 라운드 더 뛰겠소?"

"다음에 더 하죠." 킹이 가쁜 숨을 몰아쉬며 말했다.

프레드가 껄껄 웃더니 바닥에 떨어진 타월을 집으러 갔다. 킹과 나는 땀에 흠뻑 젖은 채 앉아 있었다. 링에서 한판 뜨겁게 붙은 사내들 간에 묘한 친밀감이 감돌았다.

"원하는 게 뭐죠, 맥스?" 킹이 물었다.

"난 정의를 원합니다. 진실을 원합니다. 그리고 이게 끝나길 원합니다."

킹이 특유의 시선으로 나를 응시했다. 아까부터 보고 있었는데도 이제야 제대로 바라보는 듯한 시선, 나를 갑자기 대단한 사람으로 보는 듯한 시선, 처음으로 내 진가를 알아본 듯한 시선.

"당신이 원하는 걸 나도 원합니다."

"학대는 우리가 도착하자마자 시작됐습니다." 킹이 이야기를 시작했다. "처음엔 정신적 학대가 행해지더니 점차 성적 학대로 이어졌습니다. '셰익스피어는 여기고 T. E. 로렌스는 여기고 너희는 여기 밑바닥이다. 너희는 내 구두에 묻은 먼지 같은 존재이기 때문이다.' 우린 그 밑바닥에서 조금씩 올라갔습니다. 엄격한 아버지 같은 존재를 신처럼 떠받들면서 그의 문하생이 된 걸 영광으로 여겼죠. 역사, 미술, 문학, 전쟁은 물론이요, 욕정을 푸는 방식까지 가르쳐 줬거든요. 우린 그때 겨우 열세 살이었어요. 말하자면 힘의 불균형 같은 게 있었죠. 우린 그의 비위를 맞추고 싶어 했어요. 그를 즐겁게 해주는 것이 세상 무엇보다 중요했어요."

둘둘 감겨 있던 회색 띠가 주르르 풀리듯 우리 앞으로 고속도로가 시원하게 펼쳐졌다. 나는 킹의 얘기를 가만히 듣고만 있었다.

"그는 우리의 결핍된 부분을 모두 채워줬습니다. 아담과 살만처럼 정신적으로 불안정한 녀석들에겐 소속감을 느끼게 해줬습니다. 한 가족으로, 한 민족으로, 그가 조성한 은밀한 세상의 일원으로 받아줬습니다. 휴고와 네드와 가이처럼 힘만 센 녀석들에겐 똑똑하다고 느끼게 해줬습니다. 제임스처럼 남다른 녀석에겐 특별한 재능을 타고났다고 느끼게 해줬습니다. 그는 늘 우리에게 특별한 존재라고 말했습니다. 세상을 무시하고 비웃으라고 가르쳤습니다. 우리를 어루만지고 핥으며 아름다움과 진리를 설파했습니다."

킹이 한동안 입을 다물었다. 그러다 마음을 다잡고 다시 입을 열었다.

"나는 거기서 빠져 나왔습니다. 나는 했는데 친구들은 왜 못했는지, 그건 잘 모르겠습니다. 나한테는 타고난 생존 본능 같은 게 있었나 봅니다. 하지만 그들도 각자 나름대로 특출한 소년들이었죠. 제임스는, 제임스는 정말 뛰어난 친구였죠. 가히 천재라 할 만했죠. 아담은 신동이었고. 휴고는 운동에 탁월한 소질이 있었죠. 필립스는 힘이 장사였어요. 그리고 살만은…, 살만은 애처로웠어요. 우리와 동질감을 느끼려고 부단히 노력했죠. 그렇게 애쓰지 않더라도 누구보다 더 영국인다운 친구였는데…. 그리고 네드…, 네드는 선한 아이였어요. 네드를 좋아하지 않는 사람이 단 한 명이라도 있었을까 싶군요."

"그런데 왜 그의 얼굴에 유리잔을 던졌습니까?"

"그들은 점점 나이를 먹었어요. 교장실에 불려가 교장의 성욕을 채워준 다음 자리에 앉아 〈지혜의 일곱 기둥〉에 대한 강연을 듣는 것만으론 부족했어요. 한창 클 때라 호기심이 발동했죠. 휴고와 필립스는 동네 여자애 두어 명과 뒹굴다 걸리기도 했어요. 여자들, 특히 나이 든 여자들은 제임스를 보면 사족을 못 썼고요." 킹이 쿡 하고 웃었다. "그리고 필립스는 밤마다 정신을 잃을 정도로 자위행위를 했어요." 킹이 아랫입술을 깨물었다. "여자들이 없는 세상이었으니까. 어느 날 교장이 그들에게 여자를 찾아주겠다고 했어요. 여자. 그들 또래의 소녀. 그들이 바라는 게 얼마나 하잘것없는지 보여주겠다고 했어요."

"네드가 그 소녀에 대해 뭐라던가요?"

"그 소녀는 특식으로 제공된 거라고 했어요." 킹이 잠시 시간을 두었다가 말을 이었다. "바로 그 순간 내가 네드의 얼굴에 유리잔을 던졌습니다. 그 뒤로는 내게 입도 뻥끗 안 하더군요."

나는 고개를 돌렸다. 황량한 들판 너머로 포터스 필드의 시커먼 탑이 보였다.

소녀는 나이에 비해 체구가 작았다. 하얀 펜싱복 위에 포터스 필드의 블레이저를 걸치고서 본관 계단에 앉아 있었다. 검은 머리칼을 뒤로 넘기며 손에 든 책을 가만히 응시했다.

"재미있니?" 벤 킹이 물었다.

소년이 놀란 얼굴로 올려다봤다. "네?"

"그 책 말이야. 재미있니?"

킹이 손을 내밀자 소년은 일어서서 책을 건넸다. 부끄러운 듯 초록색과 보라색이 어우러진 블레이저를 만지작거렸다.

"T. E. 로렌스의 〈지혜의 일곱 기둥〉이로군." 킹이 책을 펼쳐서 낮은 목소리로 한 구절을 읽었다. "'하지만 다홈이 마침내 나를 끌어당기며 말했다. "이리 와서 세상에서 가장 달콤한 냄새를 맡아봐." 우리는 막사로 들어갔다. 커다란 창이 뚫린 동쪽 방향에 자리 잡고서 사막의 황량한 바람을 들이켰다. 과거를 곱씹으면서.' 너만 한 나이 때 나도 이 책을 읽었단다. 어때, 읽을 만하니?"

"이제 막 시작했습니다. 아주 좋은 내용입니다."

킹이 소년을 향해 고개를 끄덕였다. "교장 선생님을 기다리니?"

"네."

"개인 수업?"

소년의 창백한 얼굴이 금세 붉어졌다. "네. 토요일 오전에 펜싱 훈련을 마치면 바로…."

킹이 소년에게 책을 돌려주며 말했다. "수업은 취소됐다."

"네?"

"기숙사로 돌아가거라. 찌르기와 막기를 연습하든 자습을 하든 엄마한테 편지를 쓰든 해라."

소년이 미심쩍은 얼굴로 쳐다봤다.

킹이 손뼉을 한번 치면서 말했다. "어서 가라니까!"

소년이 자리를 뜨자 우리도 계단을 올라가 교장실로 향했다.

페레그린 와프 교장이 기모노 스타일의 흰색 가운 차림으로 문을 열었다. 게슴츠레한 두 눈은 초점이 풀려 있었다. 간신히 벤 킹을 알아보고 미소를 지었지만 나를 보자 금세 굳어 버렸다.

"아!" 교장이 입을 열다 말았다.

우리는 그를 따라 교장실로 들어갔다. 묵직한 양단 커튼이 드리워져 한낮인데도 어둑했다. 참나무 책상에 놓인 불 꺼진 물담배에서 연기가 길게 피어올랐다. 공기가 탁하고 후끈했다. 사방에 책이 흩어져 있었다.

"두 사람이 어떤 일로 행차하-"

"우린 진실을 알기 위해 찾아왔습니다. 교장 선생님." 킹이 말했다. "너무 늦었지만."

나는 숨을 쉴 수가 없었다. 커튼을 걷고 창문을 활짝 열었다. 운동장에선 다른 학교의 럭비팀과 경기가 한창이었다. 체육 교사 두 명과 구경하는 소년들이 경기장 주변에서 응원을 펼쳤다. 축구 경기장에선 5인조 경기를 펼치고자 가슴과 등에 밝은 번호판을 단 소년들이 원뿔형 표지판과 네트를 옮기고 있었다. 그들이 내지르는 함성과 웃음소리가 교장실까지 흘러왔다.

"진실? 감히 자네가! 흠, 감당할 수 있겠나? 지금까지 쌓아온 명성을 생각하게, 벤. 그 촌구석 이름이 뭐더라…. 이름은 까먹었네만, 아무튼 그 지역구를 대표하는 존경하는 의원님 아닌가!"

"힐링턴 노스죠." 벤 킹이 말했다.

와프 교장이 붉은 벨벳 소파에 털썩 주저앉았다. 그는 털북숭이 다리가 살짝 드러나자 가운으로 가렸다. 그러더니 한번도 반박이라는 걸 당해보지 않은 폭군의 잔인함을 또다시 드러냈다. "자네가 감히!"

"세상이 바뀌고 있습니다." 킹이 차분하게 말했다.

"그래? 거참 안타깝군."

"교장 선생님을 위해서 드리는 말씀입니다. 학대 피해자를 얕보지 말아야 한다는 걸 이제 알았잖아요." 킹이 시간을 두었다가 말했다. "선생님은 신뢰 관계를 깼습니다. 돌봐야 할 아이들을 학대했습니다."

"천재는 기존의 규칙을 따르지 않고 새로운 규칙을 수립하지."

킹이 고개를 저었다. "선생님은 아이들의 삶을 짓밟는 데 천재였죠. 그간 얼마나 많은 아이를 망쳐놨습니까?"

"나를 배신하는 건가? 그런 거야, 킹? 밀고자가 되겠다는 거야? 멍청한! 경찰의 끄나풀 같으니. 끄나풀, 응? 고자질쟁이를 좋아할 사람은 아무도 없네, 킹."

"수백 명?"

"그것밖에 안 되겠나? 수천 명은 되지. 그중엔 하원 의원도 있지." 와프 교장이 껄껄 웃었다. "정치인. 난 자네가 위대한 인물이 되길 바랐어! 기억하나?" 그는 힘없이 손을 한번 저었다. "옛날이 좋았지. '셰익스피어는 여기고 T. E. 로렌스는 여기고 너희는 저 밑바닥이다.'"

"아, 또 그 소리! 그렇다면 선생님은 어딥니까?"

나는 물담배 파이프를 집어 냄새를 맡았다. 가솔린과 꽃으로 만든 카레 같기도 하고 진한 사향 같기도 하고 아주 묘했다. 얘기만 들었지 직접 맡아보긴 처음이었다.

"아편인가요?" 내가 물었다.

와프 교장이 냄새를 들이마시더니 약해진 치아를 씩 드러내며 웃었다.

"신들의 꿀이지. 천국의 열쇠요, 황금의 정원이지. '소년이여, 네가 나를 사랑하노니 나를 끌어안아라, 피우고 또 피워 황금의 정원으로 들어가자.' 알레스터 크로울리Aleister Crowley의 책 《로터스를 먹는 사람들: 아편 예찬록 The Lotos-Eaters: An Anthology of Opium Writings》을 읽어 봤나, 형사? 안 읽었다고? 자네 취향이 아니라고?"

나는 교장에게 다가갔다.

"그 소녀에게 무슨 일이 있었습니까?"

교장이 이건 또 뭔 소린가, 라는 표정을 지었다. "난 우리가 소년들 얘기를 하는 줄 알았는데, 소년들. 그걸로 날 체포하려던 게 아니었나? 그걸로 날 늑대 무리에 던지려던 게 아니었나? 수천 명의 소년들 말일세. 그런데 빌어먹을 소녀라니?"

나는 교장의 뺨을 짝! 소리가 나도록 갈겼다.

"아이쿠." 교장은 맞은 뺨보다 감정이 더 상한 듯 움찔 놀랐다. "왜 이러나?"

"아냐 바우어." 내가 말했다. "금발의 어여쁜 독일 소녀. 20년 전 당신이 소년들에게 넘겨줬을 때 그 애는 겨우 열다섯 살쯤이었습니다."

"아, 그 계집애!" 교장의 눈이 바닥으로 깔리더니 금세 감겼다. "쉬고 있지. 고이 잠들었어. 꿈이라도 꾸고 있으려나."

"거기가 어디죠?" 내가 물었다.

교장이 벤 킹을 쳐다봤다.

"내가 어떻게 하길 바라나, 벤? 용서를 구할까? 상담을 받을까? 내 죄를 회개할까?"

"로마인은 어떻게 하라고 권했을 것 같습니까?" 킹이 말했다. "그리스인은요? T. E. 로렌스는요?"

"모르겠네. 따끈한 차 한 잔 마시고 푹 쉬라고 할까?"

내가 교장의 뺨을 한 대 더 때렸다. 어찌나 세게 때렸던지, 해골 같은 그의 얼굴에 손바닥 자국이 선명하게 찍혔다.

"어딥니까?" 내가 물었다.

"개들이랑 함께 있네. 빌어먹을 개들이랑."

"개들?"

"이번엔 정말 아프군." 교장이 나를 피하며 기다란 가운을 여몄다. "기분이 몹시 나쁜 걸. 경찰이 이렇게 무자비해도 되는 건가?" 그러더니 자기연민에 빠져 훌쩍이기 시작했다. 킹에게 몸을 돌리고 볼멘소리를 했다. "옷 좀 갈아입으면 안 되겠나? 이런 차림으로 갈 순 없잖아. 응, 벤?"

"날 봐요." 내가 나직한 목소리로 말했다.

와프 교장이 나를 쳐다봤다.

"그녀에게 무슨 짓을 저질렀습니까?"

교장이 가운을 다시 여미며 말했다. "따먹을 때가 될 때까진고 계집애를 건드리지도 않았어! 쳇, 나 말고는 누구 하나 건드릴 생각도 않더군."

킹이 나를 쳐다봤다. 그도 교장의 말에 충격을 받아 이제는 숨 쉬는 것도 힘들어 보였다. "맙소사!" 킹의 얼굴이 하얗게 질려 있었다. "맙소사!"

"열쇠, 열쇠 어디 있죠?" 내가 교장에게 물었다. "이곳 열쇠를 전부 주세요. 어서!"

교장이 뻣뻣한 걸음으로 책상에 가더니 서랍을 더듬었다. 잠시 후 열쇠 꾸러미를 두 개 내밀었다. 작은 꾸러미는 교장실과 자동차 열쇠로 보였다. 다른 꾸러미는 동화에 나오는 간수의 물건처럼 보였다. 녹이 잔뜩 슨 금속 고리에 스무 개는 됨직한 열쇠가 잔뜩 꽂혀 있었다. 보아하니 포터스 필드의 모든 건물에 진입할 수 있는 열쇠 같았다.

나는 혹시 누가 침입하지 못하도록 이중 자물쇠로 두 사람을 교장실에 가둬둔 후, 열쇠 꾸러미 두 개를 주머니에 넣었다. 그런 다음 성당 뒤 무덤을 향해 서둘러 걸음을 옮겼다.

묘지에 세워진 비석들이 보였다. 하나같이 무표정한 얼굴로 나를 쳐다보는 것 같았다. 가까이 다가가다 나도 모르게 걸음이 느려졌다. 헨리 8세의 개들이 묻힌 무덤에 누군가가 무슨 짓을 해놓았다. 다리가 후들거렸다.

고목들 사이로, 웅장한 무덤을 지키는 녹슨 철책 사이로 검붉은 물체가 잔뜩 보였다. 삐딱하게 서 있는 비석과 삐죽삐죽 솟은 십자가를 지나치고, 눈 먼 천사 석상의 비호를 받으며, 검붉게 빛나는 것들을 향해 걸어갔다.

양귀비꽃이었다.

누군가가 황실 개들의 무덤에 양귀비꽃을 흩뿌려 놓았다.

십자가 모양으로 엮인 것도 있고, 크고 작은 화환으로 엮인 것도 있었다. 늙은 군인들과 아이들의 묘석에도 양귀비꽃 화환이 놓여 있었다. 명예롭게 죽은 자들의 기념비에도 화환이 비스듬히 놓여 있었다.

묘지 주변에 한 송이씩 떨어진 양귀비꽃도 보였다. 화환에서 떨어져 나왔거나 11월 추도 주일 후에 버려졌나 보다.

저 많은 꽃이 도대체 어디서 왔을까? 포터스 필드에서 열린 전쟁 기념일 행사가 끝나고 수거한 것도 있겠지만 저렇게 많은 걸 보면 인근 지역에서 열린 전쟁 기념일 행사 후에 수거한 것도 있을 듯했다.

눈앞에 가득 펼쳐진 검붉은 양귀비꽃을 보니 한 가지 생각밖에 들지 않았다.

'너는 잊히지 않았단다.' 소녀가 떠올랐다.

나는 돌아서서 여길 벗어나고픈 마음이 굴뚝같았지만 꾹꾹 참고서 휴대폰을 꺼내 엘사 올센에게 음성 메시지를 남겼다.

"엘사, 울프입니다. 토요일인데 연락해서 죄송합니다." 나는 무덤 옆에 꿇어 앉아 양귀비꽃이 놓인 묘석을 어루만졌다. 너무나 차가운 기운에 오싹 소름이 끼쳤다. "화이트스톤 경위와 스와이어 총경에게도 바로 연락드릴 거지만 당신에게 먼저 알리고 싶었습니다." 나는 양귀비꽃 하나를 집어 들었다. "허가증이 필요합니다. 시신을 발굴해야 하거든요."

본관 앞에 빨간 렉서스가 서 있었다. 킹의 비서인 시리 보스가 운전석에서 휴대폰을 만지작거리며 앉아 있었다. 그녀는 나를 보자 차에서 내렸다. 근무 시간이 아닌지라 바지에 가죽 재킷 차림이었다. 그녀가 미소를 짓는 듯하더니 금세 걱정하는 표정으로 바뀌었다.

"괜찮아요?"

"아, 네." 내가 쭈뼛거리며 말했다. "그나저나 여긴 어쩐 일입니까?"

"킹 의원님을 시내까지 모셔다 드리려고요. 의원님이 아까 연락하셨거든요. 당신이나 다른 대원에게 폐를 끼치고 싶지 않다면서." 시리가 내 팔을 잡았다. "뭐라도 좀 갖다 줄까요?"

"위층에 바로 올라가야 합니다."

"물론 그렇겠죠." 그녀가 머뭇거리다 덧붙였다. "기회가 오면, 내 말은 이 끔찍한 일이 끝나고 상황이 좋아지면, 따로 얘기를 나눴으면 해요. 의원님은 돌아가신 맬러리 경감의 이름으로 자선 사업을 시작하고 싶어 하세요. 복무 중 살해된 경찰의 가족을 위한 기금 같은 거죠. 그런 일에 관심 있으세요?"

그녀가 내 팔을 다시 잡았다. 너무 오래 잡고 있는 것 같아서 느낌이 이상했다.

"맬러리 부인은 어떻게 지내시죠? 그분 성함이 마가렛이었던가요?"

"나도 모릅니다." 그렇게 말하는데 왠지 고개를 들 수가 없었다.

그녀는 미소를 지으며 내 뒤를 따라왔다.

계단을 올라가 교장실로 갔더니 벤 킹이 손으로 얼굴을 감싼 채 와프 교장의 책상에 앉아 있었다. 나를 올려다보는 킹의 두 눈에 눈물이 비쳤다.

"난 그 소년을 압니다." 킹이 말했다. "밖에서 만났던 소년 말입니다. 그 소년은 나였어요. 그 소년은 네드였어요. 아니, 우리 모두였어요."

시리가 킹의 옆으로 얼른 다가갔다.

"그는 어디 있죠?"

내가 교장이 어디 있는지 물었지만 킹은 이제 아무 짝에도 쓸모가 없었다. 어여쁜 비서의 품에 안겨 어린 아이처럼 흐느낄 뿐이었다.

나는 불길한 예감이 들어서 잽싸게 교장실을 여기저기 뒤졌다.

그러다 화장실 문 밑으로 흘러나온 물이 보였다.

문이 안으로 잠겨 있어서 어깨로 세게 부딪쳤다. 한번, 두 번, 세 번. 꿈쩍도 하지 않았다.

구두 밑창이 잠길 정도로 물이 계속 흘러나왔다. 마음을 가라앉히고 잠긴 문을 빨리 여는 방법을 떠올렸다. 한 걸음 뒤로 물러난 뒤 문고리를 발로 힘껏 찼다. 금속 장치가 부서지면서 문이 활짝 열렸다. 와프 교장의 길쭉한 팔 하나가 욕조 밖으로 축 늘어져 있었다. 팔목의 절개된 정맥에서 신선한 피가 뿜어져 나와 욕조 옆면과 화장실 바닥을 진홍색으로 물들였다.

금속으로 된 가로대와 싱크대 밑에 차곡차곡 쌓인 수건이 보였다. 잽싸게 수건 몇 개를 집어 들고 타일 바닥에 앉아서 교장의 팔목에 대고 눌렀다. 곧이어 축 늘어진 팔뚝을 수건으로 꽁꽁 싸맸다. 그런 다음 새 수건으로 팔목을 다시 눌렀다. 하지만 몇 초 만에 피가 흠뻑 스며들었다.

나는 비명을 지르고 도움을 요청하면서 페레그린 와프 교장의 절개된 정맥을 수건으로 눌렀다. 마른 수건이 다 떨어질 즈음에야 교장의 몸에서 생명의 기운이 다 빠져나간 걸 알았다. 그의 두 눈은 초점 없이 천장을 멍하니 응시했다. 나는 자리에서 일어났지만 숨을 쉴 수도, 움직일 수도 없었다. 한참만에야 콸콸 쏟아지는 온수와 냉수를 잠가야 한다는 생각이 들었다.

물소리가 잦아들자 바깥 운동장에서 나는 소년들의 요란한 함성과 화장실 밖에서 나는 남자의 억제된 흐느낌이 들렸다.

"발굴을 시작하게." 화이트스톤 경감이 말했다.

12월의 밤은 춥고 어두웠지만 감식반의 뜨거운 조명이 무덤을 환하게 비췄다. 매서운 밤바람이 묘지를 휘감고 지나갔다. 죽은 잎사귀와 마른 양귀비꽃이 바스락거리며 바람에 흩날렸다.

불도저가 앞쪽에 달린 쟁기로 황실 개들의 회색 묘석을 살살 밀었다. 불도저가 묘지의 경사면에 기우뚱하게 자리 잡은 탓에 조심스럽게 움직여도 불안해 보였다.

웨스트엔드 센트럴의 강력팀은 감식반원들 뒤에 가만히 서 있었다. 주말에 갑자기 연락을 받은 탓에 다들 복장이 자유로웠다. 화이트스톤은 집에 있다가 뛰어왔는지 티셔츠와 바지 위에 파카만 걸쳤다. 게인은 체육관에서 곧장 왔는지 추리닝 차림이었다. 에디 렌은 짧은 원피스에 뇌쇄적인 힐을 신었다. 유부남인 남자 친구와 데이트하다 왔는지, 아니면 그를 잊으려고 애쓰다 왔는지 모르겠다.

총경이 포터스 필드의 레인 경사와 얘기하는 모습이 보였다. 강렬한 인공조명 탓에 둘의 얼굴이 유령처럼 보였다.

고개를 다시 무덤 쪽으로 돌렸다. 불도저 바퀴가 부드러운 토양에서 뒤로 밀리지 않으려고 안간힘을 썼다. 갑자기 화강암이 깨지면서 커다란 석판이 옆으로 밀려났다. 곧이어 석판이 갈라지면서 파편이 사방으로 튀고 흙먼지가 뿌옇게 일어났다. 마침내 무덤이 열렸다.

보호복을 입은 대원들 십여 명이 재빨리 앞으로 나갔다. 그들은 관 뚜껑을 힘겹게 들어올려 오래된 떡갈나무 옆에 조심스럽게 내려놨다. 감식반원들과 사복 차림의 경관들이 앞으로 다가갔다. 하지만 무덤 속은 칠흑같이 어두웠다.

누군가가 조명의 방향을 조정했다.

그러자 땅속에서 스패니얼의 작은 뼈가 보였다. 못해도 열 마리는 됨직했다. 다리뼈는 물고기 뼈처럼 가늘고, 두개골은 테니스공만 했다. 그런데 작은 뼈들을 품에 안듯이 감싸고 있는 유골이 있었다. 누가 봐도 사람의 유골임을 의심할 수 없었다.

34

리젠트 파크의 브로드워크를 따라 나타샤가 걸어왔다. 검은 선글라스로 가린 완벽한 얼굴엔 표정이 없었다. 흩날리는 긴 머리와 쭉쭉 뻗은 팔다리에 눈이 절로 갔다. 페키니즈와 치와와를 교배한 조그만 강아지가 입에 막대를 물고서 그녀 옆을 총총히 따라왔다. 나타샤를 보니 구세주라도 만난 듯 반가웠다.

아냐 바우어의 유골을 발견한 지 60시간이 지났다. 그 사이 잠 한숨 못 자고 물 한 모금 넘기지 못했다. 3일째 되는 날 아침, 스카우트를 학교에 보낸 뒤 뭐라도 먹고 어떻게든 잠을 청해야겠다는 생각이 들었다. 사람이 3일 밤낮을 먹지도, 자지도 않으면 무너지기 시작한다. 하지만 홀로 자식을 키우는 아버지는 무너지면 안 된다.

'더 아니스트 소시지'라는 카페의 야외 테이블에 앉아 베이컨 샌드위치를 두 개째 먹는데 나타샤가 걸어오는 모습이 보였다. 나는 어느 때보다 그녀가 필요했다.

"당신은 완전히 스토커군요." 나타샤가 말했다.

"그럼 당신은 유쾌한 미망인?" 불쑥 내뱉고 나서 지나쳤나 싶어 덧붙였다. "아, 미안해요."

"딸과 강아지는 안 데리고 나왔어요?"

나는 테이블 밑을 내려다 봤다. "이런, 뭘 두고 온 것 같더니만!"

"안타깝네요. 난 당신 강아지랑 딸이 좋던데."

수잔이 물고 있던 막대를 던져두고 내 손을 핥았다.

"우리도 당신을 좋아해요." 속내를 들킨 것 같아 얼른 덧붙였다. "내 딸과 강아지 말입니다."

"이유가 뭘까요?"

"낸들 아나요."

나타샤가 내 손을 핥고 있는 수잔을 가리켰다.

"수잔도 당신을 좋아하나 보네요."

"아, 이건 나랑 상관없는 겁니다. 베이컨 샌드위치 때문이죠."

나타샤가 검은 선글라스를 벗었다. 전보다 한층 더 젊어 보였다. 그녀의 의도와 달리 냉정해 보이지도 않았다.

"저기요…." 그녀가 말했다.

나중에, 우리는 한 침대에 나란히 누웠다. 이제야 그녀를 제대로 알았다. 내 손이 그녀의 긴 팔다리를 더듬었다. 희고 고운 피부가 눈처럼 사르르 녹을 것 같았다. 문득 처음 만났을 때 봤던 그녀의 벗은 몸이 떠올랐다.

나타샤가 입술을 맞추며 내 속내를 알아내려고 살폈다. 메릴리번 하이 스트리트에서 자동차 소리가 들려왔지만 우리가 있는 곳과는 딴 세상처럼 느껴졌다. 나타샤가 내 손을 잡고서 자신의 몸을 서서히 쓸어내렸다. 자기 몸에 생긴 변화를 알리려는 것 같았다.

이제 보니 멍이 모두 사라졌다.

"다 나았어요." 나타샤가 말했다.

우리는 사랑을 나눈 후 스르르 잠이 들었다.

누군가의 옆에서 잠을 자본 게 언제였던가? 참으로 오랜만에 단잠에 빠져 들었다. 이토록 따스하고 안전하고 달콤한 세상이 있을까 싶었다. 하지만 시간이 너무 빨리 흘러갔다. 나가야 할 시간이었다.

살며시 침대에서 내려오는데 침대 발치에 누워 있던 강아지가 인기척을 느끼고 눈을 떴다. 녀석은 나를 짜증스럽게 쳐다보더니 도로 눈을 감았다.

나타샤도 잠에서 반쯤 깨어났다. 나는 침대에 앉아 그녀의 머리카락과 부드러운 살을 어루만졌다. 내 손길에 나타샤가 미소를 지으며 잠결에 중얼거렸다.

"아, 다시 누워요. 이대로 가면 경찰을 부를 거예요."

나는 그녀의 팔에 입을 맞췄다.

"딸을 데리러 가야 해요."

"그럼 오늘 밤에 다시 와요. 딸도 데리고. 난 요리를 못하지만 근처에 멋진 레스토랑이 있어요. 스카우트는 뭘 좋아해요?"

"오늘 밤엔 딸과 할 일이 있어요. 가족끼리."

나타샤가 나를 안았다.

"알았어요." 이젠 잠이 좀 깨는가 보았다. 그녀는 내가 바깥세상으로 나가야 한다는 걸 이해했다. "당신에겐 어린 딸이 있죠. 아빠로서 해야 할 일이 있다는 거 알아요."

이번엔 그녀의 뺨과 목과 입술에 입을 맞췄다.

"그래요." 내가 말했다.

"우린 어떻게든 해결해나갈 거예요." 나타샤가 말했다.

나는 그 말을 믿었다.

핌리코의 한산한 테라스 하우스 앞에 BMW X5를 세웠다.

스카우트는 조수석에 앉아 스탠을 무릎에 앉히고 꽃다발까지 들었다. 흰 백합과 장미와 이름을 알 수 없는 꽃으로 된 꽃다발은 스카우트를 가릴 만큼 큼직했다.

나한테 꽃은 부담스러운 물건이다. 화병을 찾아야 하고 줄기를 다듬어 꽂은 다음 수시로 물을 보충해 줘야 한다. 일주일 뒤에는 시든 꽃을 내다 버리고, 고약한 냄새가 나는 물을 쏟고 화병을 깨끗이 씻어야 한다.

누군가에게 꽃을 주면 그런 성가신 일을 시키는 것 같아 내키지 않았다.

차에서 내리는데 스카우트가 나를 보며 씩 웃었다. 그 모습이 무척 귀여웠다. 아랫니 두 개가 빠졌는데, 유치가 빠진 건 처음이었다. 꽃은 아무래도 좋았다. 중요한 건 마가렛 부인과 우리였다. 찾아뵙는 게 마땅한 도리였다.

스카우트가 벨을 눌렀다. 스탠이 두어 번 컹컹 짖었다. 신이 났는지 털북숭이 꼬리를 빙빙 돌렸다. 불투명 유리로 된 문 너머에서 웨스트 하일랜드 테리어가 요란하게 짖는 소리가 들렸다.

다음 순간 뿌연 유리문 너머로 마가렛 맬러리 부인이 홀로 나오는 모습이 보였다. 그녀의 입가에 살며시 미소가 번졌다.

35

소호 식당가는 우리의 구내식당이었다.

그래선지 가끔 뒷골목 레스토랑에서 예상치 못한 커플이 함께 식사하는 모습을 마주치곤 했다.

프리스 스트리트에 있는 시암 카페에 들어갔다가 빌리 그린 순경과 스티븐 박사를 우연히 만났다. 두 사람은 구석 테이블에 앉아 있었다. 제복 차림의 그린은 손에 붕대를 감고 있지 않았다. 나는 그쪽 테이블로 걸어가려다 멈칫했다. 둘이 우연히 만나서 식사하는 게 아니라 치료 중임을 깨달았기 때문이다.

"이리 오세요." 스티븐 박사가 나를 보더니 손짓했다. "50분에 걸친 치료가 다 끝나갑니다. 그나저나 정직은 풀렸나요, 맥스?"

내가 고개를 끄덕였다. "암탉 무리를 휘어잡던 수탉도 하루아침에 먼지떨이로 전락하잖아요. 인간 세상도 다를 게 하나 없더군요."

나는 그들의 테이블에 합류했다.

"실종된 소녀를 찾았다면서요?" 스티븐 박사가 말했다.

내가 또다시 고개를 끄덕였다. "방금 엘사 올센에게서 법의학 결과를 받았는데, 독일에서 보내온 치과 기록과 일치한답니다. 사망 원인은 목 골절이었습니다. 페레그린 와프가 다친 짐승 다루듯이 아냐 바우어의 목을 꺾었던 거죠."

"20년이 지난 후 그자는 자기 팔목도 절단했죠." 그린이 말했다.

"그래 놓고는 너무 수월하게 빠져나갔어요." 내가 말했다. "난 그자가 법정에 서고 감옥에서 죗값을 치르길 바랐거든요."

잠시 침묵이 흘렀다. 내가 그린의 손을 쳐다보며 고개를 끄덕였다.

"어떻게 지냈나, 그린?"

"그럭저럭 지내고 있습니다. 통증도 점차 가라앉고 물리치료도 꾸준히 받고 있죠. 오른손이 아직 뻣뻣하긴 해도 손가락은 전보다 잘 움직여요. 운동을 하면 할수록 좋아지는 것 같아요."

웨이트리스가 과일을 한 접시 내왔다. 화상 때문에 그린의 손에는 검은 얼룩이 남아 있었다. 포크를 쥐는 것도 힘들어 보였다.

"그래, 꾸준히 연습하게. 그럼 예전처럼 쓸 수 있을 거야."

보아하니 그에겐 동정 따위가 필요치 않는 듯했다.

그린은 포크로 망고를 집으려다 놓쳐서 접시 밖으로 떨어뜨렸다. 그런데도 계속 찔러대더니 결국 성공했다. 포크에 꽂힌 망고를 입으로 가져간 뒤 그린이 껄껄 웃었다.

"점심 먹는 데 시간이 더 걸릴 뿐이에요."

스티븐 박사가 그린의 접시와 그린을 번갈아 쳐다봤다.

"웃긴 얘기 하나 해줄까요? 요즘 제가 병가 중이라," 그린이 말했다. "우리가 밥을 체포한 다음 날부터 놀고 있잖아요. 이런 기회가 또 있을까 싶어서 그동안 꿈에만 그리던 라스베이거스에 갔어요. 비행기를 타고 라스베이거스로 날아갔단 말입니다." 그린이 극적인 효과를 주려고 잠시 뜸을 들였다. "그런데 그들이 날 들여보내질 않더라고요!"

스티븐 박사는 이 얘길 전에도 들은 듯싶었다. 나는 그린이 이 영웅담을 꽤나 여러 번 들려준 듯한 인상을 받았다. 그때마다 그린의 동료들이 열렬히 호응했을 것 같았다.

"그들이 자넬 들여보내지 않았다고? 미국에 도착했을 때?"

그린이 쾌활한 얼굴로 고개를 끄덕였다. 무엇이 웃긴지 내가 당연히 알 거라고 생각하는 눈치였다.

"미국 공항에선 입국 심사할 때 지문 검사를 하잖아요. 9/11 사태 이후 보안 규정이 깐깐해졌죠."

내가 어깨를 으쓱했다. "그래서?"

"그럼 지문이 없는 사람은 어떻게 될까요?" 그린이 마술 묘기라도 하는 양 두 손을 들어 올렸다. "그 즉시 다음 비행기로 쫓겨난답니다!"

나는 그린의 거무스레한 손을 쳐다봤다. 그가 손을 무릎에 내려놔서 더 이상 보이지 않을 때까지 계속 쳐다봤다.

"해리 잭슨." 존 케인 경사가 말했다. "다들 해리 잭슨의 유품은 그냥 지나치더군."

맞는 말이었다.

블랙 뮤지엄에는 그것 말고도 볼거리가 넘쳤다. 경찰의 목숨을 빼앗는 데 사용한 각종 화기와 칼, 피해자의 살을 요리하는 데 사용한 냄비와 팬 등 끔찍한 물건이 시선을 사로잡으니, 해리 잭슨에게 할애된 조그마한 공간은 지나치기 쉬웠다.

볼 것도 별로 없었다. 유리 상자 안에는 누렇게 변색된 신문 스크랩이 있었다. 두 문단으로 된 짤막한 기사였다.

그리고 죽은 남자의 엄지손가락 지문이 있었다.

"해리 잭슨은 영국에서 지문 증거로 기소된 최초의 범인이야." 케인 경사가 설명했다. "도둑질을 했거든. 1902년 여름에 덴마크 힐 주택가의 한 창문으로 침입해서 당구공을 훔쳤어. 그런데 창틀의 페인트가 마르지 않은 탓에 엄지손가락 지문이 찍혔지." 케인 경사가 말하다 말고 웃음을 터뜨렸다. "멍청한 자식! 그 일로 7년 형을 선고받았다네."

나는 신문 스크랩을 자세히 들여다봤다. 자칭 '치안판사'라는 시민이 〈타임스〉지에 보낸 편지였다.

타임스지 귀중,

한때 세계에서 가장 뛰어난 경찰 조직으로 알려진 런던 경찰청이 사람의 피부에 새겨진 이랑으로 범인을 잡으려 한다면 유럽의 웃음거리로 전락할 겁니다.

"8년이 지난 후 나머지 국가들도 그 방법을 따라했어. 미국에선 시카고의 토마스 제닝스가 지문 증거로 기소된 최초의 범인이야."

"그자도 도둑질을 했나요?"

"아니네. 제닝스는 살인을 저질렀어. 곧이어 프랑스도 지문을 증거로 채택해서 빈센조 페루자라는 이름의 인간쓰레기를 체포했지. 프랑스 사람치고는 이름이 별나지 않나? 아무튼 그자는 왼손 엄지손가락 지문 때문에 체포됐다네."

"죄명은요?"

"루브르 박물관에서 모나리자를 훔쳤거든. 그런데 경찰 파일엔 그의 오른손 엄지손가락 지문밖에 없었기 때문에 개구리들(프랑스인을 경멸적으로 부르는 말 - 옮긴이 주)이 그를 잡는 데 2년이나 걸렸어. 그건 그렇고 자네가 사건을 해결했다고 들었네. 맬러리 경감님이 하늘에서 무척 기뻐하실 걸세."

나는 고개를 끄덕이며 해리 잭슨의 엄지손가락 지문을 유심히 살폈다.

"20년 전에 아냐 바우어라는 소녀가 포터스 필드에서 집단 강간을 당했습니다. 페레그린 와프 교장이 뒤탈을 막으려고 소녀를 죽였어요. 도살자 밥, 아니 이안 팩이 아냐 바우어를 강간했던 소년들을 훗날 찾아가서 목을 땄습니다. 우린 이번에 살인자 두 명을 모두 잡았습니다. 그들의 동기도 파악했고요. 퍼즐이 딱 맞아떨어집니다. 그런데 퍼즐 조각을 자세히 들여다보면 도무지 앞뒤가 맞지 않아요."

"왜 맞지 않다는 건가?"

"이안 팩은 맬러리 경감님을 살해한 죄로 종신형이 선고될 겁니다."

"그건 나도 들었네."

"그런데 그의 부모 집에 가면 팩의 지문이 잔뜩 찍혀 있어서 지문을 채취해왔거든요. 하지만 휴고 벅과 아담 존스, 가이 필립스의 살인 현장은 물론, 그가 자백한 다른 살인 사건 어디에도 그의 지문이 없습니다. 부분 지문도 없고 심지어 장갑 지문도 없습니다."

"그래, 그 얘기도 들었네."

"그런데도 왜 거짓말을 할까요? 이안 팩은 왜 자신이 저지르지도 않은 살인을 자백하는 걸까요?"

"실상은 아주 시시하고 별 볼 일 없는 인간인데," 블랙 뮤지엄의 관리자가 말했다. "대단한 인간처럼 되고 싶은 거지. 그런 부류는 다 똑같아. 연쇄 살인범이 뛰어난 두뇌로 복잡한 범죄를 계획하고 조종한다고 생각하나? 천만에! 그들은 영웅이 아니야, 맥스! 그저 비열하고 쪼잔한 루저야. 그들이 누구냐고? 하나같이 벌레만도 못한 인간이지. 하지만 그들이 저지른 범죄 덕분에 보스턴 교살자니, 요크셔 살인마니, 도살자 밥이니 하는 영웅으로 불리잖아. 도살자 밥이 하지도 않은 살인을 주장한다 해도 전혀 놀랍지 않네. 앨버트 드살보도 그랬거든. 그 자식은 보스턴에서 여자를 13명이나 죽인 죄로 감옥에 갇힌 게 아니라 강간죄로 갇혔어. 여자를 끔찍이 싫어하는 사악한 미치광이였어. 그런데도 보스턴 교살자로 떠받들렸고, 나중엔 영화로 만들어져서 토니 커티스라는 할리우드 스타가 열연을 펼쳤다니까."

나는 해리 잭슨의 엄지손가락 지문에서 눈을 떼지 않았다.

"지문이 없어요, 지문이. 어째서 지문이 없을까요?"

블랙 뮤지엄의 존 케인 경사가 손을 내밀어 방치됐던 해리 잭슨의 전시물을 바로 세웠다.

"손이 없다면 지문도 없겠지."

36

오밤중에 학교 운동장에 도착했다. 500년이라는 시간을 버텨온 탑과 건물이 거무스레한 자태를 드러냈다.

눈 한번 깜빡하면 백 년 전으로 돌아갈 만한 곳.

온 세상이 쥐죽은 듯 고요했다.

마지막으로 휴대폰을 한번 더 확인했다. 이곳으로 오는 길에 화이트스톤과 게인과 렌에게 긴급 메시지를 남겼는데 아직 아무한테서도 연락이 없었다. 하는 수 없이 홀로 운동장을 가로질러 갔다.

멀리 숲에서 나무 사이로 스치는 바람이 윙윙 소리를 냈다. 오싹 전율이 일었다. 아냐 바우어가 어디에선가 나를 지켜보는 것 같았다.

'조금만 기다리면 편히 쉴 수 있을 거야, 조금만 기다리면….'

작은 돌집엔 불빛이 없었다.

주머니에서 열쇠를 만지작거리며 걸음을 옮겼다. 동화 속에나 나올 법한 이 열쇠 꾸러미는 포터스 필드에 있는 어느 문이든 열 수 있었다.

오두막의 현관문에는 자물쇠가 두 개 있었다. 평범한 원통형 자물쇠와 플러시볼트여서 문을 여는 건 복잡하지 않았다. 하지만 열쇠를 십여 개나 시도한 뒤에야 간신히 문을 열었다.

현관에 들어서서 잠시 귀를 기울였다. 호흡이 느려지고 어둠에 익숙해진 뒤 조용히 문을 닫았다.

테이블에는 빈 찻잔과 지역 신문과 .410구경 산탄총이 놓여 있었다.

하인의 숙소처럼 단출한 오두막집이었다. 왼쪽으로 침실과 욕실이 보였는데, 둘 다 문이 닫혀 있었다. 오른쪽으로 작은 거실과 주방이 보였다. 주방은 한 사람이 간신히 서 있을 만큼 비좁았다.

가만히 서서 어둠에 익숙해지길 기다렸다. 뭘 찾는지도 모른 채 한참 두리번거리다 싱크대 밑에 눈길이 멈췄다.

재빨리 주방으로 이동해 몸을 숙이고 싱크대 문을 활짝 열었다. 표백제와 소독약과 살충제 사이에 낡디 낡은 '머더 백'이 놓여 있었다. 진갈색 소가죽은 닳고 해졌으며 청동 손잡이와 자물쇠는 시커멓게 녹이 슬었다.

하지만 최근까지도 사용한 듯한 흔적이 있었다.

싱크대 밑에 대놓은 좁은 널빤지 너머로 작은 물체가 휙 지나갔다. 나는 손을 뻗어서 낡은 글래드스톤 백을 꺼냈다.

머더 백Murder Bag.

가방을 집어 들고 몸을 돌렸다. 그런데 들어올 때와 달리 집 안에 사람이 있었다. 렌 주코프였다. 렌은 관절염에 걸린 손으로 .410구경 산탄총을 들고서 테이블에 앉아 있었다.

나는 그가 볼 수 있도록 가방을 높이 들었다.

"어르신 가방이죠, 주코프 씨?"

그가 코웃음 치며 말했다. "그야 물론이지."

나는 말없이 가방을 테이블에 내려놨다.

"자네는 내 말을 믿지 않는군." 영국에서 오래 살았지만 그의 말투에선 러시아 억양이 남아 있었다. "내 말을 도통 믿지 않아, 그렇지?"

.410구경 총을 쥐고 있는 노인의 손을 바라봤다. 억센 팔과 주먹 쥔 손에 산탄총이 안정적으로 놓여 있었다. 하나도 불편해 보이지 않았다. 나는 문 쪽으로 힐끔 시선을 돌리면서 총이 장전되어 있는지, 저 손으로 방아쇠를 당기려면 손가락 관절을 얼마나 움직여야 하는지 따져봤다.

손가락 관절을 그다지 많이 움직이지 않아도 될 성싶었다. .410구경 총은 가장 가벼운 산탄총이라 아이들에게 사격을 처음 가르칠 때 사용한다.

"거기 앉게." 노인이 불쑥 말했다.

"제 동료들이 곧 여기로 올 겁니다." 말은 그렇게 했지만 나조차도 믿지 않았다.

"그 전에 일이 끝날 걸세." 그가 고갯짓을 하며 말했다. "앉으라니까."

하지만 나는 계속 서 있었다.

"경찰청으로 시신을 인수하러 오지 않으셨더군요. 아냐의 시신 말입니다. 아냐 바우어. 개들의 무덤에 있던 유골이 아냐의 것이라고 밝혀졌습니다. 독일에서 치과 기록을 보내왔거든요. 뭐가 무서워서 시신을 인수하지 않으셨습니까? 어르신도 아냐의 유골인 걸 알았잖아요."

"산탄총이 사람 얼굴을 어떻게 만드는지 본 적 있나?"

결국 테이블에 마주 앉았다. 의자가 둘뿐이었다. 그것만 봐도 노인의 단절된 삶을 알 수 있었다.

“오밤중에 남의 집을 뒤지다니!” 그가 고개를 저으며 말했다. “도대체 뭘 찾는 건가?” 노인은 내가 테이블에 내려놓은 글래드스톤 백을 가리키며 덧붙였다. “낡아 빠진 저 가방?”

“어르신은 아닙니다.” 내가 힘주어 말했다. “어르신을 찾으러 온 건 아닙니다, 주코프 씨.”

“날 찾으러 왔어야지.” 그가 마비된 손으로 산탄총을 들어올렸다.

“총은 내려놓고 얘기를 좀 나누는 건 어떻습니까?”

노인이 .410구경 총을 더 단단히 쥐었다.

“전에 나더러 여기 어떻게 왔냐고 물었지? 난 군인들과 같이 왔네. T-34를 타고서. T-34가 뭔지 아나?”

“전차잖아요. 2차 세계 대전, 아니 대조국 전쟁이라고 했던가요? T-34는 대조국 전쟁 때 사용한 탱크죠.”

“아니,” 노인이 반박했다. “그냥 탱크가 아니야. T-34는 러시아제 탱크야. 영국과 미국에게 자유와 민주주의를 선사한 탱크지. 전에 나더러 전쟁을 신경 쓰기엔 너무 어리지 않았냐고 말했지? 맞아, 그때 난 겨우 열한 살이었어. 전투에 참가하기엔 너무 어렸지. 독일군이 쳐들어왔을 때 난 마을을 벗어나 도망쳤어. 곧이어 러시아군이 우리 마을을 수복했어. 난 그제서야 마을로 돌아왔지만 내가 살던 마을이 아니었어. 민간인인 우린 같은 동포인 러시아 군인들에게도 인간 이하의 취급을 받았어. 무슨 말인지 아나? 내 어머니와 아버지, 할머니, 여동생들은 모두 사람 대접을 받지 못했어. 눈물이 마를 날이 없었지. 내 어린 시절의 마지막은 그렇게 흘러갔어."

노인이 잠시 입을 다물었다. 회상에 잠긴 건지, 바깥 동정을 살피는 건지 알 수 없었다.

"나를 포함한 민간인들은 러시아 군인들과 함께 서쪽으로 끌려갔네. 서쪽으로, 서쪽으로, 서쪽으로. 제1벨라루스 전선군이었어. 프론토비키frontoviki, 즉 최전방 부대를 따라 가면서 폐허로 변한 세상을 목격했어. 그들이 우리들을 노예처럼 부려먹다가 날 왜 살려줬는지 아나? 그들의 지도자였던 게오르기 주코프 장군과 이름이 비슷했기 때문이야. 그래, 난 살고 싶었어. 러시아 군인들에게 협조를 해서라도 살아남고 싶었어. 독일이 패망하는 걸 보고 싶었어. 인간에 대한 일말의 동정심 따위는 남아 있지 않았어." 그가 고개를 저으며 깊이 탄식했다. "독일군은 너무나 많은 걸 가졌더군! 전쟁을 일으킨 독일은 너무나 부자였어! 농장마다 동물이 차고 넘쳤어! 이미 넘치도록 가졌는데 도대체 왜 우리한테 쳐들어왔을까?"

"탐욕엔 끝이 없잖아요." 내가 달래듯이 말했다. "그들은 세상 전부를 차지하고 싶어 했죠. 광기에 휩싸여서."

하지만 노인은 이제 내 말을 듣지 않았다. 옛일을 회상하는지 목소리가 떨렸다.

"러시아 군인들은 여자를 원했어. '프라우, 프라우, 프라우!(frau, 독일어로 여자라는 뜻 - 옮긴이)' 민간인이었던 나는 독일군에 대한 복수를 원했지. 죽은 내 가족을 위해서, 조부모와 여동생들과 부모를 위해, 세상을 떠난 내 가족을 위해서, 나는 독일군을 죽이고 싶었지. 러시아 군인들은 내 눈앞에서 독일 나치군 십여 명을 하나씩 처단해줬어. 그러던 어느날 러시아 군인 하나가 나를 부르더니 사람 죽이는 방법을 가르쳐주더군. 나치의 목에 칼을 푹 찔러서 앞으로 당긴 후 계단 밑으로 뻥 찼지. 십여 명이나 되는 나치 친위대원이 그렇게 죽었어. 자네 눈엔 내가 늙어 빠진 노인으로 보이겠지. 하지만 아니야. 난 누구보다 냉정한 킬러야."

우리는 잠시 서로 노려봤다.

"사람을 죽인 지 꽤 되셨을 텐데요." 내가 나직이 말했다. "그 뒤로는 평생 칼을 만지지도 않았잖아요."

그가 .410구경 총을 내 얼굴에 겨눴다.

"게다가 독일 사람을 미워하셨다고 했는데, 아냐는 독일인이잖습니까? 그렇죠? 아냐는 독일인인데도 미워하지 않으셨잖아요. 오히려 아끼고 사랑했죠."

"아냐의 아버지는 독일인이지만, 엄마는 러시아인이야. 아냐의 엄마가 바로 내 딸이니까."

"그렇군요. 그런데 아냐가 열다섯 살 때 어르신을 찾아왔죠? 포터스 필드에서 할아버지와 함께 머물겠다고. 이유가 뭡니까? 여름 휴가였나요? 집에 문제가 있었나요? 어쩌면 둘 다? 필시 집에 무슨 문제가 있었겠죠, 그렇죠?"

"그 아이 얘긴 그만하게." 노인이 말했다.

풀이 죽긴 했지만 여전히 냉랭한 목소리였다. 게다가 이젠 .410구경 총을 내 가슴에 겨누었다. 머리보다 표적이 더 커졌다.

"그런데 어느 날 갑자기 아냐가 사라졌죠. 실종된 건지 일부러 연락을 끊은 건지 알 수 없었죠. 어르신은 무슨 영문인지 몰랐습니다. 아니, 어쩌면 무슨 낌새는 감지했지만 황실 개들의 무덤에서 유골을 보기 전까진 확신하지 못했죠. 무덤이 무너졌을 때, 아냐의 유골을 봤죠, 그렇죠? 황실 개들의 뼈와 함께 사람의 뼈가 있었죠. 어쩌면 더 뒤에, 그러니까 무덤을 보수할 때 봤는지도 모르겠네요. 아무튼 어느 시점에선가 어르신은 무덤 내부를 봤고 유골이 아냐의 것임을 확인했습니다."

"입 닥쳐!" 노인이 소리치더니 산탄총을 내 얼굴과 가슴 사이에서 왔다 갔다 하며 조준했다.

"어르신은 상황을 종합했죠." 나는 이야기를 멈추지 않았다. "아냐가 와서 머문 뒤로 소년들이 자꾸 얼쩡거렸죠. 휴고 벅과 일당들 말입니다. 그러던 차에 아냐가 사라졌습니다. 하룻밤 안 들어오는 줄 알았는데, 한 달이 지나고 1년이 지나도 돌아오지 않았죠. 결국 영영 돌아오지 않았죠. 무슨 소문이 돌지 않았나요? 페레그린 와프 교장의 추종자들이 어린 소녀에게 무슨 짓을 저질렀는지, 떠도는 소문이 있지 않았습니까? 그들은 진실이 드러날까 봐 두려워했습니까? 제임스 서트클리프가 자살한 뒤로, 아니 자살했다고 알려진 뒤로 필시 무슨 얘기가 돌았을 텐데요. 어르신은 아냐에게 무슨 일이 벌어졌는지, 그들이 무슨 짓을 저질렀는지 눈치챘을 겁니다. 와프 교장이 아냐의 목을 부러뜨린 현장에 함께 있었던 소년들 목록을 작성했겠죠. 그들이 어여쁜 손녀딸을 겁탈하고는 뒤탈이 두려워 가차 없이 죽이고 내다 버렸으니, 복수하고 싶었겠죠. 제 말이 맞지 않습니까?"

노인은 내 심장을 겨냥하려고 .410구경 총을 살짝 움직이더니 멈췄다. 마비된 손이 한 지점을 안정적으로 겨냥했다.

"중요한 건," 노인이 말했다. "중요한 건, 내가 그 아이의 복수를 했다는 거야. 이젠 내 말을 믿나?"

"믿습니다. 진심으로 믿습니다. 한 가지만 빼고. 어르신이 어렸을 때 이후로도 계속 누군가를 죽였다는 점만은 믿지 않습니다."

때마침 문이 열리고 톰 몽크가 들어왔다. 그는 바지에 낡은 군복 재킷을 되는 대로 걸치고 12구경짜리 산탄총과 축 늘어진 토끼 한 쌍을 들고 있었다. 화상으로 손상된 얼굴에서 눈이 왕방울만하게 커졌다.

"흠, 당신이 언제쯤 올지 궁금하던 참이었습니다." 몽크가 말했다.

"도살자 밥을 체포하는 현장에서 내가 아는 어떤 경찰이 손에 화상을 입었습니다. 빌리 그린이라는 용감한 젊은이죠. 그가 병가를 받아 라스베이거스로 휴가를 떠났답니다. 카이사르 호텔의 수영장에서 쇼걸의 서비스를 받으며 샴페인 칵테일을 즐길 생각이었겠죠."

"흠, 거 좋지." 몽크가 말했다.

"그런데 말입니다. 빌리는 공항에 내리자마자 개트윅으로 돌아오는 첫 비행기로 쫓겨났답니다. 미국에선 국경을 넘어오는 사람의 지문을 전부 다 채취하는데, 빌리에겐 채취할 지문이 없었기 때문입니다."

몽크가 항복한다는 듯 두 손을 들었다. 그제야 범죄 현장에서 우리가 지문을 찾지 못한 이유를 두 눈으로 확인할 수 있었다. 손의 피부도 얼굴 피부처럼 죄다 손상되어 있었다.

"라스베이거스에는 갈 생각도 하지 말아야겠군." 몽크가 말했다.

"도대체 무엇 때문입니까, 톰?" 내가 말했다. "감각을 잃지 않으려고? 특공대원으로 살려고? 살인 습관을 버리지 못해서?"

몽크가 미소를 거뒀다.

"정의를 위해서."

나는 미소를 지으려 했지만 입술이 살짝 비틀리다 말았다. 오늘 밤 내게 일어날 일을 깨닫자 심장이 쿵쿵 뛰기 시작했다.

"아아, 농담입니다." 몽크가 말했다. "당신 말이 맞습니다. 가장 용감하고 뛰어난 군인들을 거리로 내몰아 결국 자살에 이르게 하는 이 나라에 어떻게 정의가 발붙일 수 있겠습니까?"

"그래서 휴고 벅과 아담 존스의 목을 찔렀군요. 하지만 뚱보 필립스는 한 방에 보내지 못했죠, 그렇죠?"

"아, 그자가 그렇게 오래 버틸지는 몰랐소."

"하지만 킹 대위는 결국 놓쳤군요, 그렇지 않습니까? 탈레반이 선수를 쳤으니까."

몽크의 가면 같은 얼굴이 돌연 분노로 이글거렸다. "당신도 결국 멍청한 경찰에 불과하군. 킹 대위는 그야말로 용감한 전사였소. 어리석은 지도자들이 용감한 군인을 사지로 내몬 거요. 이 나라에서 100년도 넘게 이어진 비극이죠." 몽크가 문에 기대며 고개를 저었다. "네드 킹 대위는 내 목록에 오르지도 않았소."

"그렇다면 살만 칸은? 그 큰 집이 화염에 휩싸였을 때 그는 살아 있었습니까? 아니면 그 집에 침입해서 그자의 목을 딴 뒤에 방화를 저질렀습니까?"

"그 자식 집에 아동용 오토바이가 있더군요. 들어는 봤나요,

아동용 오토바이? 난 조국을 위해 10년 동안 헌신하고도 겨우 중고 자전거 한 대뿐인데!"

"아프가니스탄에선 어떤 장비를 착용했나요, 몽크?"

"말했잖소. 로열 그린 재킷이라고."

"난 그렇게 생각지 않습니다. 당신은 칼을 너무 잘 다루거든요. 비무장 결투에도 능하고 몰래 침입하거나 흔적을 지우는 데도 선수죠. 모르긴 해도 특수부대 지원대Special Forces Support Group, SFSG가 아니었나 싶네요. SAS 공수특전단? 아니면 SBS 해군 특수전부대?"

"내가 거짓말한다는 겁니까?"

내가 고개를 끄덕였다.

"그나저나 내 목도 딸 겁니까, 몽크?" 나는 그가 뭘 할건지 정확히 알면서도 물었다.

"저번에 기회가 왔을 때 땄어야 했죠."

나는 맞은편에 앉아 있는 노인을 바라봤다. "어르신, 애초에 경찰에 갔어야죠. 손녀의 죽음에 정의를 실현하고 싶었다면, 여기 서 있는 람보가 나타나길 기다릴 게 아니라 애초에 우리한테 왔어야죠."

몽크가 껄껄 웃었다. "아냐를 위해, 아니면 여기 있는 렌을 위해 누가 정의를 실현했을까? 경찰? 법원? 당신? 허허, 물러터진 판사와 허점투성이 법과 사악한 변호사가 득실대는 세상이? 등도 제대로 못 펴는 당신이?"

"그만해." 렌이 말했다.

내가 고개를 돌렸을 땐 노인이 이미 내 가슴을 향해 총을 발사한 뒤였다.

.410구경 총의 총성이 허공을 갈랐다.

나는 뒤로 벌렁 나자빠져 벽난로에 머리를 쿵 찧었다. .410구경 총의 귀청을 찢는 듯한 소리가 좁은 실내를 가득 채웠다. 나는 손으로 가슴을 더듬으며 신의 이름을 불렀다.

총탄에 맞아 부러진 갈비뼈에서 극심한 통증이 느껴지는 것으로 봐서 아직 죽지는 않은 듯싶었다.

.410구경 탄환이 가죽 재킷과 티셔츠엔 구멍을 냈지만 초경량 CV1 방탄조끼는 뚫지 못했다.

나는 거듭해서 "오, 하나님, 오, 맙소사!"를 뇌까렸다.

"머리를 날려야 확실하죠." 몽크가 말했다. "나도 이젠 집에 가야 하거든요."

"그래," 렌이 말했다. "이젠 그들에게 가게. 자네 가족에게 돌아가게. 때가 됐네. 여기 일은 다 끝났어. 고맙네, 친구. 고마워, 동생."

나는 똑바로 일어나 앉으려 했지만 상반신의 통증 때문에 움직일 수가 없었다.

'오, 하나님… 오, 맙소사…'

내가 앉아 있던 의자는 산산 조각난 채로 내 밑에 깔렸다.

렌이 톰 몽크에게 입을 맞추는 모습이 보였다. 톰 몽크는 뒤도 돌아보지 않고 오두막을 떠났다.

렌이 발을 질질 끌며 침실로 들어가더니 탄환이 든 상자를 꺼내왔다. 그는 .410구경 총에서 탄창을 힘겹게 분리해 3인치짜리 붉은 탄환을 밀어 넣고 다시 장착했다.

'오, 하나님… 오, 맙소사…'

렌은 발을 끌면서 내가 누워 있는 곳까지 걸어와 내 얼굴에 산탄총을 들이댔다.

'오, 하나님… 오, 맙소사…'

"안 돼!"

에디 렌이 현관에서 소리쳤다.

렌 주코프가 산탄총을 휘 돌려서 에디 렌을 겨냥했다.

"제발, 그만하세요." 에디가 말했다. "도대체 뭘 원하시죠? 제발, 말로 하세요. 네?"

렌이 에디의 얼굴을 물끄러미 쳐다보더니 돌연 산탄총을 바닥에 내려놨다. 그리고 반쯤 쭈그리고 앉아 총열을 자신의 턱 밑에 오게 세웠다.

에디가 내지르는 비명과 산탄총이 발사되는 소리가 천지를 갈랐다. 돌연 눈앞이 컴컴해지면서 나는 암흑세계로 빨려 들어갔다.

37

우리는 시내로 돌아왔다. 화이트스톤 경감이 내 BMW X5의 운전대를 잡았고 게인 경위가 조수석에 앉았다. 에디 렌과 나는 뒷좌석에 앉았다. 잠시라도 잠에 빠져들라치면 부러진 갈비뼈에서 수시로 찾아드는 날카로운 통증 때문에 화들짝 놀라 깨곤 했다.

"톰 몽크 병장은 아프가니스탄에서 돌아온 뒤로 고향에 한번도 돌아가지 않았어." 화이트스톤이 전방에서 눈을 떼지 않은 채 말했다. "바링턴코트에서 사람들을 만나봤어. 몽크는 용훈십자훈장Conspicuous Gallantry Cross과 함께 얼굴과 손에 3도 화상을 입고 헬만드주에서 돌아왔어. 중환자실에서 몇 달을 지낸 뒤 재활치료와 화상치료를 위해 바링턴코트로 갔어. 거기서 물리치료도 받고 정신과 치료도 광범위하게 받았어. 상이용사로서 으레 거치는 과정이지. 그런데 몽크는 회복된 뒤에도 바링턴코트를 떠나지 않았어. 다른 부상병을 도우며 계속 머물렀어. 일손이 하나 더 늘었으니 그쪽에선 마다할 이유가 없었겠지. 하지만 바링턴코트 사람들도 그 무렵 그에게 무슨 일이 있었는지는 아무도 모르는 것 같아. 바링턴코트를 떠날 날이 가까워 오자 몽크는 군복을 입고 포터스 필드 시내로 나갔어. 사진관에 들어가 화상 입은 모습을 찍어서 스트레트포드에 사는 약혼녀에게 보냈어."

화이트스톤이 입을 다물었다. 나는 화상으로 심하게 훼손된 몽크의 얼굴을 떠올렸다. 그리고 그 얼굴을 사진으로 받아 봤을 약혼녀의 모습도 그려보았다.

우리는 겨울 달빛이 처연하게 깔린 도로를 말없이 질주했다.

"그녀가 답장을 했는지 여부는 아무도 모른대. 문자든 이메일이든 페이스북 메시지든 연락할 방법이야 많지만, 몽크가 말하지 않으니 그 속사정을 어찌 알겠어. 그녀가 다 끝났다고 말했을 수도 있고, 어쩌면 전혀 연락하지 않았을 수도 있지. 뭐가 됐든 몽크는 그 의미를 알았겠지. 아무튼 바링턴코트에 머물며 직책도 없고 월급도 받지 않으면서 일을 거들었어. 치명상을 입은 참전 용사들의 재활을 도우며 묵묵히 지냈어. 그 와중에 포터스필드 운동장에도 가끔 드나들었고."

"그 와중에 비슷한 처지의 늙은 군인도 만났던 거죠." 내가 끼어들었다. "주코프 말입니다. 둘 사이에 아름다운 우정이 싹텄잖아요."

"그들이 주코프의 손녀에게 아주 몹쓸 짓을 했잖아요." 에디렌이 말했다. "주코프가 얼마나 복수하고 싶었을지 이해가 가요. 그리고 몽크가 그를 돕고 싶어 한 것도. 그나저나 몽크는 사악한 악당들을 죽이고 싶었던 걸까요? 아니면 그저 아무나 죽이고 싶었던 걸까요?"

화이트스톤이 백미러로 나를 힐끔 쳐다봤다. 하지만 난들 어찌 알겠는가? 국가는 몽크를 킬러로 양성해 놓고 이제 와서 사람을 죽이지 못하게 했다. 하지만 그는 할 줄 아는 게 사람을 죽이는 일뿐이었다. 내가 아는 건 거기까지였다.

내가 대답하지 않자 하는 수 없이 화이트스톤이 입을 열었다.
"우리로선 도저히 알 수 없는 문제야."
차의 푸르스름한 전조등이 어두운 도로를 길게 비췄다. 황량할 정도로 널찍한 올림픽 공원에 드문드문 세워진 초현대식 건물이 어렴풋하게 비쳤다.
"몽크는 이제 갈 곳이 없어." 화이트스톤이 말했다. "고향 집 말고는."

올림픽 공원과 인접한 곳에서 십여 대의 무장 경찰 차량이 허름한 아파트 건물을 에워쌌다. 주변의 깔끔한 아파트나 아담한 주택과 달리, 노동자 계층이 주로 살던 이스트 엔드의 모습을 그대로 간직한 아파트였다. 지난 몇 년 간 고급 주택가로 변신하는 와중에 홀로 방치된 듯했다.
우리는 X5의 창문을 내리고 신분증을 내밀었다. 경찰 저지선 너머에서 무전기의 잡음이 치직, 치직 들렸다. 이따금 경찰견이 짖는 소리도 들리고 바싹 긴장한 경찰 대원의 외치는 소리도 들렸다.
무장 대원들은 헤클러 앤 코흐 소총의 개머리판을 위로, 총구를 아래로 하여 45도 각도로 들고서 대기했다. 12월의 쌀쌀한 밤기운에도 땀을 뻘뻘 흘리며 금방이라도 출동할 태세였다.
톰 몽크는 아파트 바깥쪽 조그마한 풀밭에 홀로 서서 초지일관 한 곳을 올려다봤다. 어둠에 익숙해지자 글록17 권총 십여 정이 그의 뒤통수를 조준하고 있는 모습이 보였다.
경찰은 미리 아파트 주민을 대부분 대피시켰다. 창문마다 크리스마스 장식으로 켜둔 흰색, 빨간색, 초록색 꼬마전구가 반짝거릴 뿐, 인기척은 어디에도 없었다.

그때 젊은 여자가 한 아파트 창문에 잠시 나타났다가 사라졌다. 여자의 품에는 어린 아기가 안겨 있었다. 몽크는 여자가 사라진 뒤에도 계속 그 창문을 바라봤다. 심지어 불이 꺼진 후에도 시선을 거두지 않았다.

"그의 약혼녀로군요." 에디 렌이 눈물을 글썽이며 말했다. 푸르스름한 경광등 불빛에 렌의 얼굴이 환하게 비쳤다. "저기가 몽크의 집이군요. 여자도 불쌍하고 남자도 불쌍하고…."

"불쌍하긴!" 화이트스톤 경감이 말했다. "저자는 킬러야. 당장 체포해야지."

경찰견 부대가 셰퍼드를 앞세우고 나서자 무장 대원들이 옆으로 비켜섰다. 셰퍼드를 부리는 대원들이 한쪽 무릎을 꿇고 앉아 개의 뒷덜미를 긁어주며 마지막으로 격려의 말을 들려주었다.

개들이 짖는 소리를 들었는지 몽크가 몸을 획 돌렸다. 그와 동시에 낡은 군복 코트가 활짝 벌어지면서 코트 안주머니에 숨겨둔 무기가 보였다. 그가 포터스 필드에서 챙겨온 12구경 산탄총이었다.

사방에서 웅성거리는 소리가 들렸다. 누군가가 "사정거리에 들어왔다!"고 소리치자 화이트스톤이 "쏴!"라고 대답했다. 탕 하는 총성이 고요한 밤하늘을 갈랐다. 단 한 발이지만 그 소리가 워낙 커서 근처에 있던 사람들의 심장이 죄다 오그라들 지경이었다. 톰 몽크의 머리가 옆으로 홱 틀어지면서 뒤로 벌렁 자빠졌다. 총탄이 가격한 머리 위쪽은 머리칼과 살과 뼈와 뇌가 피를 흩뿌리며 사방으로 튀었다. 몽크는 차가운 풀밭에 영국 군인의 모습으로 쓰러진 채 미동도 하지 않았다.

나는 맥없이 늘어진 시신을 향해 걸어갔다. 그에게 품었던 증오심이 돌연 서글픈 비애감으로 변했다. 화이트스톤이 다가와 내 팔을 잡았다.

"맥스, 자네는 하룻밤에 너무 많은 일을 겪었군." 화이트스톤이 말했다. "크리스마스가 코앞이야."

38

일요일 아침.

스카우트가 창가에 앉아서 엄마를 기다렸다. 스미스필드 육류 시장이 주말 동안 휴장이라 건너편 거리가 한산했다. 멀리 세인트폴 성당의 하얀 돔 지붕이 아침 햇살을 받아 반짝거렸다.

TV에선 힐링턴 노스의 국회의원이 다우닝가 10번지로 들어서는 모습이 나왔다. 한 발짝 뒤에서 시리 보스가 두툼한 파일을 들고 따라 들어왔다. 기자들이 이름을 부르며 달려들자 벤 킹이 수줍게 미소를 지었다.

"승진을 축하드립니다! 한 말씀 해주십시오, 차관님!"

"최연소 하원 원내총무이자 정무 차관을 맡으신 기분이 어떻습니까?"

"채찍을 휘두르실 건가요, 아니면 당근을 주실 건가요? 킹 의원님은 어떤 스타일의 원내총무가 될 생각이십니까?"

수상 관저 앞에 경찰이 한 명 서 있었다. 킹이 뭐라고 아침 인사를 건네자 경찰이 거수경례를 했다. 벤 킹과 시리 보스가 안으로 사라진 순간 갑자기 허리에서 찌르는 듯한 통증이 번졌다.

스탠이 스카우트의 발치에서 졸다가 찡그린 내 얼굴을 보더니 몸을 부르르 떨었다. 그리고 다운 독 자세와 업 독 자세로 스트레칭을 하면서 그 커다란 눈으로 나를 지켜봤다. "날마다 이렇게 스트레칭을 하세요, 알았어요?"라고 말하는 것 같았다.

아니면 그저 먹을 걸 달라는 신호였는지 모르겠다.

바지 주머니에 넣어둔 휴대폰이 진동했다. 진동이 멈추는가 싶더니 곧 다시 진동하기 시작했다. 휴대폰을 꺼내서 앤이 보낸 메시지를 읽었다. 한때 사랑했던 사람보다 더 낯선 사람은 없을 거라는 생각이 문득 들었다.

"스카우트," 내가 애써 쾌활한 목소리로 말했다. "오늘은 엄마가 오지 못할 거래. 갑자기 일이 생겼나 봐. 미안하구나."

스카우트가 표정 없는 얼굴로 나를 쳐다봤다.

"엄만 아주 바쁘니까." 내 딸이 말했다.

나는 고개를 끄덕이며 딸에게서 눈을 떼지 않았다. 스카우트는 테이블로 가서 도화지를 펼치고 색연필을 집었다. 그리고 스탠의 얼굴을 그리기 시작했다. 나는 그 모습을 잠시 지켜봤다. 스카우트는 그림 솜씨가 좋았다. 툭 불거진 눈, 명화에 나오는 소녀의 머리칼처럼 털이 복슬복슬한 귀, 으깬 자두처럼 앙증맞은 코, 깃털로 덮인 듯한 꼬리까지 멋지게 그려냈다.

내가 슬며시 손을 잡자 스카우트가 고개를 들고 쳐다봤다.

"스카우트, 이젠 너랑 나뿐이야. 하지만 우린 괜찮아. 그렇지?"

스카우트가 자신의 그림을 보다가 다시 나를 쳐다봤다.

"네. 우린 괜찮아요."

나는 그제야 다시 숨을 내쉬었다.

"스카우트?"

"네?"

"네가 내 딸인 게 정말, 정말 자랑스럽구나."

스카우트가 일어나더니 어색한 몸짓으로 내 허리를 꼭 껴안았다. 나는 딸의 머리에 입을 맞춰 주었다. 스카우트가 몸을 떼더니 자기 방으로 걸어갔다. 스탠이 꼬리를 잠망경처럼 바싹 세우고 뒤를 따랐다.

나는 몸을 돌리고 TV를 봤다. 벤 킹이 수상 관저에서 나와 카메라를 향해 걸어오는 모습이 보였다. 시리 보스가 서류를 품에 안고 옆에서 걸었다. 하지만 카메라 앞에 이르자 웃으면서 화면 밖으로 벗어났다.

벤 킹은 여유롭게 미소를 지었다. 그리고 고개를 옆으로 살짝 기울이며 카메라를 응시했다. 사람을 꿰뚫어 보는 듯한 시선, 상대를 무장 해제시키는 동시에 자신도 숨김없이 드러내는 듯한 시선, 세상 사람들은 보지 못하는 것을 자신은 알아본다는 듯한 시선이었다. 전에 나를 유심히 바라보던 때와 하나 다르지 않았다.

그런데 순간 뭔가가 반짝거렸다. TV 화면에 어떤 물체가 반사된 건지 아니면 내 착각인지 알 수 없었다.

그러다 퍼뜩 깨달았다. 벤 킹의 눈이 의안(義眼)이라는 사실을.

제임스 서트클리프의 주장이 사실이었음을 그제야 알았다. 20년 전 지하실에서 누군가가 눈을 잃었다. 어린 소녀의 삶을 망가뜨린 데 대한 작은 벌이었다. 그런데 그 벌을 받은 사람은 휴고 벅이 아니었다.

어쩌다 그걸 놓쳤을까?

'당신이로군.' 벤 킹이 총리 관저 앞에서 카메라를 향해 미소를 짓는 순간 나는 생각했다. '당신이었어.'

쌍둥이 형제가 아침 식사 중에 다투는 모습이 떠올랐다. 성품을 제외한 모든 면에서 똑같은 형제는 전에 없이 분노한 상태였다. 한쪽이 다른 쪽을 향해 유리잔을 힘껏 내던졌다. 아냐 바우어의 삶이 망가지던 날 밤, 지하실에 있던 사람은 네드가 아니었다. 그걸 이제야 깨달았다.

그 사람은 바로 벤이었다.

"아빠?" 스카우트가 나를 불렀다.

전에 사줬던 아동용 복싱 글러브가 스카우트의 손에 들려 있었다. 딸과 나의 관심사가 일치할지도 모른다는 헛된 희망을 품고 사줬지만 포장만 풀리고 바로 서랍에 처박힌 선물이었다.

"방법을 알고 싶어요. 아빠가 가르쳐 주세요."

나는 스카우트가 글러브를 착용하도록 도와주었다. 가장 작은 사이즈였지만 스카우트에겐 우스꽝스러울 정도로 컸다. 그래도 우리는 웃지 않았다. 내가 손바닥을 들어올렸다.

"펀치를 날릴 땐 파리를 잡는 것처럼 하면 돼. 파리 잡아 봤지?"

스카우트가 몸을 살짝 떨었다. "스탠이 말벌 잡는 걸 한번 봤어요."

"흠, 그럼 그때를 생각해 봐. 손을 재빨리 뻗었다가 잽싸게 돌아오면 돼."

나는 시범을 한번 보인 뒤 손바닥을 다시 들어올렸다.

"한번 해봐."

스카우트가 얼굴을 찌푸렸다.

"난 세게 치지 못해요."

내가 스카우트의 어깨를 잡았다.

"스카우트, 얼마나 세게 치느냐는 중요하지 않아."

스카우트가 펀치를 날리기 시작했다.

크리스마스가 며칠 앞으로 다가왔다. 희뿌연 하늘에서 눈이 내릴 거라는 예보가 나왔다.

나는 학교의 어두운 강당에 앉아서 무대를 바라봤다. 침대시트로 만든 옷에 종이로 된 날개를 단 천사들, 솜으로 된 턱수염을 붙인 다섯 살 난 동방박사들, 베들레헴 마구간에 세워진 동물 인형들…. 그 한가운데서 투덜이 양이 작은 주먹을 불끈 쥐고서 외쳤다.

"천사들은 좋겠다!" 투덜이 양이 비통한 어조로 말했다. "마구간까지 훨훨 날아갈 수 있잖아! 하지만 난 걸어가야 한단 말이야!"

낡은 흰색 깔개를 그보다 더 낡은 배낭에 초강력 접착제로 붙여서 양털 의상을 만들었다. 스카우트의 코를 까맣게 칠하자 그럴 듯한 양이 탄생했다.

투덜이 양이 눈을 가늘게 뜨고 하늘을 쳐다봤다.

"내가 왜 마구간까지 걸어가야 하는데? 나랑 아무 상관도 없잖아! 게다가 난 예수라는 이름의 아기를 보고 싶지도 않아."

하지만 투덜이 양은 결국 자신의 행동을 뉘우쳤다. 무대 한가운데에 꿇어앉아 머리를 절레절레 흔들었다. 동방박사들과 천사들이 투덜이 양 뒤에 빙 둘러섰다.

"아, 난 왜 그렇게 투덜거렸을까? 왜 만날 심술을 부렸을까? 이젠 분명히 보여! 이젠 똑똑히 보인다니까." 스카우트가 고개를 들고 어둠 속을 응시했다. "아기 예수는 정말 특별해!"

객석에 앉은 부모들은 터져 나오는 웃음을 참느라 쿡쿡거렸다. 옆에 앉은 맬러리 부인이 내 손을 꼭 잡았다. 어둠 속에서 뜨거운 눈물이 내 뺨을 타고 하염없이 흘러내렸다.

옮긴이 박미경

고려대학교 영문과를 졸업하고 건국대학교 교육대학원에서 교육학 석사 학위를 취득했다. 현재 바른번역에서 전문 출판번역가 및 글밥아카데미 강사로 활동하고 있다. 옮긴 책으로 《프랙처드》, 《제인 오스틴에게 배우는 사랑과 우정과 인생》, 《혼자 행복한 여자가 결혼해도 행복하다》, 《이어 제로》, 《슈퍼히어로의 에로틱 라이프》, 《남편이 임신했어요》, 《언틸 유아 마인》, 《비포 유 다이》, 《포가튼 걸》 등이 있다.

초판 2018년 1월 30일 초판 1쇄
저자 토니 파슨즈
옮긴이 박미경

출판사 도서출판 북플라자
주소 경기도 파주시 서패동 파주출판단지 471-1
전화 070-7433-7637
팩스 02-6280-7635
홈페이지 www.book-plaza.co.kr
오탈자 제보 book.plaza@hanmail.net

ISBN 978-89-98274-95-5 03840